图书在版编目（CIP）数据

三月的雨带来四月的花 / 樊秀峰著. —石家庄：花山文艺出版社，2020.10
ISBN 978-7-5511-0251-3

Ⅰ.①三… Ⅱ.①樊… Ⅲ.①散文集－中国－当代 Ⅳ.①I267

中国版本图书馆CIP数据核字（2020）第154377号

书　　名：	三月的雨带来四月的花
	Sanyue De Yu Dailai Siyue De Hua
著　　者：	樊秀峰
责任编辑：	张采鑫　李　鸥
责任校对：	李　鸥
装帧设计：	王爱芹
美术编辑：	胡彤亮
出版发行：	花山文艺出版社（邮政编码：050061）
	（河北省石家庄市友谊北大街330号）
销售热线：	0311-88643221
传　　真：	0311-88643234
印　　刷：	石家庄继文印刷有限公司
经　　销：	新华书店
开　　本：	700mm×1000mm　1/16
印　　张：	23.75
字　　数：	330千字
版　　次：	2020年10月第1版
	2020年10月第1次印刷
书　　号：	ISBN 978-7-5511-0251-3
定　　价：	58.00元

（版权所有　翻印必究·印装有误　负责调换）

带来四月的花

樊秀峰 ◎ 著

河北出版传媒集团
花山文艺出版社
河北·石家庄

使看不见的看见，
使逝去的留住，
使遗忘的抵抗遗忘。

——［日本］大江健三郎

目 录
CONTENTS

◎ 第一辑　放逐尘世风霜

瓜心儿里的甜…………… 002
两个农妇………………… 004
辰姐老师………………… 006
祝你平安………………… 010
最好的礼物……………… 012
脑包儿　斗篷　虎头鞋… 014
一瓶海水………………… 017
戈壁石…………………… 020
窗前有树………………… 023
鸟窝儿…………………… 025
晚柿子…………………… 028
生活的浪花……………… 030
居家札记………………… 036
丝瓜络儿………………… 041
学费……………………… 043
睡………………………… 047
和煤泥…………………… 050

父亲的坏脾气……………………………… 052
这个夏天…………………………………… 058
世相（八则）……………………………… 061
老街………………………………………… 069
父亲的工友们……………………………… 080
新手机号…………………………………… 091
生活的深处………………………………… 093
我曾记得你的笑…………………………… 096

◎ 第二辑　张开云游翅膀

石家庄风味………………………………… 106
初夏，在北戴河…………………………… 108
藏在车里看动物…………………………… 111
塞罕坝看云………………………………… 113
"茄子"……………………………………… 116
秋到柿子沟………………………………… 118
马岭山药…………………………………… 120
到山里去…………………………………… 123
在山里住两天……………………………… 125
旅途三章…………………………………… 127
重庆美女…………………………………… 132

◎ 第三辑　轻嗅一缕书香

我的阅读史………………………………… 136
有空儿就翻书……………………………… 139
一张读书单
　　——2016年读书备忘录 …………… 142

写在书边上的闲言碎语……………… 150

夹在书页里的……………………… 154

母亲是我的写作老师………………… 156

老家的地里埋着我一本书…………… 158

业余作者……………………………… 161

我的投稿史…………………………… 170

赠书…………………………………… 175

最亲最真的是乡亲

　　——《莲花营村志》序 ………… 179

有心处处皆文章……………………… 183

寻找乡愁的坐标点

　　——《村上的事》自序 ………… 185

用心描绘"故乡的原风景"

　　——《村上的事》后记 ………… 187

我的感谢与期待

　　——写在《村上的事》再版之际 …… 190

献给我生活过的村庄、土地和岁月

　　——《村上的事》三版后记 …… 192

一种"敝帚自珍"

　　——《村上的事》四版后记 …… 194

安静下来，不紧不慢地做自己的事

　　——《在村子里》自序 ………… 195

"写你的村庄，你就写了世界"

　　——《在村子里》后记 ………… 198

像沾着泥土的草根一样

　　——《平原上的村庄》自序 …… 201

用文字记录我的乡愁

　　——《平原上的村庄》后记 …… 203

乡村风物，细描慢写
　　——《走，到村子里去》自序 ········ 207
生活给予我的款待
　　——《走，到村子里去》后记 ········ 210
故乡是我最为深远的精神源泉
　　——关于"村上的事"系列 ········ 214

◎ 第四辑　记取流年浮光

三月的雨带来四月的花············ 218
斑鸠在叫················ 222
春风起　荠菜鲜············· 225
春灌·················· 228
初夏时节豌豆黄············· 233
乡村阅微················ 236
故乡的闪念··············· 251
村庄拾零················ 259
造物有灵················ 264
村子里的慢时光············· 266
《土话词典》补遗（续）········· 269
村外·················· 278
听见·················· 281
打碗花················· 285
"蚂蚁搬家"··············· 288
那片树林子··············· 291
在菜园子里（三题）··········· 296
晒··················· 300
土··················· 304
请问芳名················ 307

回村 …………………………………… 310
母亲坟上的榆树 …………………… 312
粮食 …………………………………… 316
红高粱 ………………………………… 319
蒸年糕 ………………………………… 322
蒸血糕 ………………………………… 325
咸菜谱 ………………………………… 329
院门外的花和树 …………………… 337
"美丽"的遗憾 ……………………… 343
村庄十二时辰 ……………………… 346
打坯 …………………………………… 352
小拉车儿 ……………………………… 356
我是弯腰割过麦子的人 …………… 359
飞机拉线 ……………………………… 363

后记：他年旧事饶相忆 …………… 367

第一辑　放逐尘世风霜

瓜心儿里的甜

夏日炎炎，差不多每天都要吃西瓜。下班时顺路从街口的瓜摊儿买上，捎回家来，消渴又解暑，应时而方便。

俩大人一个小孩子，买只整瓜一顿儿吃不完，放放再吃，又不怎么鲜气了，便常常只买半只。用保鲜薄膜绷紧，覆盖住切口，能看得见那一兜儿又红又沙的瓜瓤和又黑又亮的瓜子，真是让人喜欢。先放进冰箱里简单冰一冰，吃完饭看电视时再搬出来，一刀下去，"咔嚓"一声，清脆的音儿里，仿佛也在"咝咝"地冒着凉气儿。对着瓜心儿咬下一口儿，立时，一股鲜鲜凉凉的清新和甜蜜弥漫开来，顺着嗓子滑下去，从嘴里到心里，那个舒服劲儿，让人禁不住浑身一激灵。这实在是夏天里的一大美事。

吃着西瓜，有时会想起小时候吃瓜的一些往事。

我跟七八岁的儿子讲，我像你这么大的时候，还没有吃过西瓜，哪里像现在这样，想吃就买，搂着西瓜，想咋吃就咋吃。当然，在村里，也有家里有闲钱儿、大人又惯孩子的，遇到街上有卖西瓜的，耐不住馋嘴的小孩子死缠烂打、撒泼耍赖，会花上两毛钱买上一牙儿，薄薄的，也就两指那么宽吧。那娇生惯养的小孩子乐得蹦高儿，一边啃着西瓜，一边美得哼哼唧唧，羡煞了围在旁边干瞪眼儿却吃不到嘴里的小孩子们。

我大概是在十二三岁时，才第一次尝到了西瓜的滋味。那一年的夏天，农历六月二十三，我跟着母亲去西龙贵姥娘家赶庙会（庙会在南龙贵村，一河之隔的西龙贵村却也跟着过庙、待客），姥娘在街口儿碰见一个推着小胶车儿卖西瓜的很和善的老汉,就给我们买了挺大的一块儿西瓜,有半拃来厚吧,由表姐素芬两手擎着,让我们四五个小孩子轮流着上前咬一口儿。素芬监视得很严格的,大家轮着来,每人只允许咬那么一小口儿,嘴不能张得太大。我们也都听话,小心翼翼地咬了,然后含在嘴里,美得直翻白眼儿,舍不得咽下去……

我讲着往事,又心酸又甜蜜,儿子安安生生地坐着,听着,忽然冲着我笑了起来,然后,"哇喔——"一声,朝着摆在他面前的西瓜夸张作势地咬下一大口,蹭得两边的脸儿上都是西瓜汁。我也跟着笑了起来。

我们三口儿吃西瓜,一般不是切成一块一块的擎着吃,而是围在一起,用勺子挖(音"wǎ")着吃。有时是儿子迫不及待地先吃一通,有时是我先下勺子,有时则是妻子第一个打开封口,但都遵守着一条不成文的规则:都是从靠近瓜皮的边缘部分挖下第一勺儿,然后再转着圈儿地挖,却独独绕开了最中间的瓜心儿。有时,吃来吃去,瓜都快要掏空了,唯独那瓜心儿还在。这样,最后坐下来吃瓜的,却往往能吃到西瓜最甜美、爽口的那一部分。我曾多次吃过这样的瓜心儿,儿子和妻子也吃过好多次。

瓜心儿是西瓜最甜美的部分,有时沙沙的,有时糯糯的,有时脆脆的。它的甜美,并不只是西瓜在生长的过程中自己酿就的,更是因为它在家人间的互相谦让和彼此共享之中,注入了无法言传的亲情、关爱与惦念。这份蜜一般的甜美,能一直流淌、浸润到每一个人的心底。

人生一世,岁月悠悠,所有的相遇,都是缘分,成为一家人而生活在同一个屋檐下,更是前世注定的今生有缘。"一家人"——这是一个多么平和、温暖、亲切的词语,它的内涵丰盈、充沛而又生动,一言难以道尽。一家人在一起,对好的、美的、珍贵的东西,就应该懂得分享,懂得珍惜,懂得谦让。无论是谁在先,还是谁在后,在彼此尊重与共同分享上,一个也不能少,谁都不应该被忽略、被淡忘、被落下。

藏在瓜心儿里的那份甜,不仅仅是甜,更是晶莹剔透、沁人肺腑而又不可抑制的深情与真爱。

两个农妇

时令已入深秋，白天一天天变短，夜晚一晚晚拉长，明显的标志就是，比起夏天来，天黑得越来越早了。

那天傍晚，黑影儿已经影影绰绰下来了，四周暮色渐浓。正是下班、放学的高峰时分，城市街头车水马龙，分外喧闹。走到一个十字路口，红灯亮了，我停下车来。

等在我前边的，是两位中年妇女，从发型和穿衣打扮上，很容易就能看出她们是从乡下来务工的。两个农妇正用很土气的郊县方言旁若无人地大声谈笑着。高个子的那个，一边用手粗粗地梳理着有些凌乱的短头发，一边歪着头对另一个说：

"你看，这才刚六点多点儿，天就黑成这股劲儿了，风也凉多了。他们老是不让咱们早点儿下班，真是差劲儿得慌！"语气中颇有一些抱怨。

另一个接过话茬儿，说道："可不是哩！——一样是干一天，累乎乎地跑回去，还得赶紧捅火、做饭、收拾锅头、管孩子。他们男的当然不用着急，回去了啥也不擩一下手，往门槛那儿一坐，跟个石门墩子似的，光知道'吧唧、吧唧'地一根儿接一根抽烟儿，一会儿问你一遍'还没做好呢？'整个儿一个催命鬼，净等着娘儿们烧锅燎灶给做好了、端上来，往那儿一坐，抓筷子端碗吃现成儿的。下辈子咱也转个老爷们儿……哎，俺家闺女这会儿大概早都放学了。"

"给你说，俺二妮儿今年变得可懂事儿哩！真是不一样，大一岁就有大一岁的样儿。夜来个（昨晚）我回到家，一看，俺二妮儿给熬好了一大锅米汤，正在案板上切白菜，打算炒菜哩！鸡也给喂了，猪也给喂了，比穷老头儿（丈夫）还强哩……"

"是么？哎呀，真好，你家二妮子真好，安详！——养活闺女就是不赖，比小子强！小子们就不行，成天跟个饿死鬼转世的一样，一回家，什么也不管也不看，急赤白脸的，就知道跟当娘的要吃的！急眼了，我就撑着他，叫他去找他奶奶去。俺婆婆做饭早，她那里有吃的……哈哈哈！"

俩人一递一句地数唠着，笑骂着。

"快看，换绿灯儿了换绿灯儿了，走走走，咱快点儿走吧！"稍矮的那位农妇急急地催促道。于是，俩人急急忙忙地跨上车子，躲躲闪闪地从路口冲了过去，然后向着南边拐过去了。晚风中断断续续地飘来她们你一句我一句嘻嘻哈哈大声说笑的声音。

西天边最后那抹玫瑰色的晚霞，已褪色成暗紫色的云朵，一点一点融入越来越浓的夜色。城市的灯火正变得五彩迷离。想到正急匆匆地奔走在越来越暗的回家路上的那两位农妇，我的心里忽然涌过一丝温暖的感动。她们的出现，使我想起了母亲。——母亲这会儿正在家里做着什么呢？天黑了，又忙碌了一天，母亲是不是也感到累了？她吃过晚饭了吗？她这会儿是否正坐在火炉前的矮凳子上，一边轻轻地捶着揉着酸胀、疲惫的双腿，一边和父亲有一搭没一搭地说着闲话儿……

生活庸常而又平淡，但在有意无意间，一个小小的细节和场景，就能给我们带来意想不到的绵绵联想与深深感慨。两位为了生活奔忙、劳碌的农妇，虽然对操劳、琐碎的日子有抱怨，但在她们的话语中，我分明听得出，她们依然对生活有着一份打磨不掉的热情、坦然与豁达。

我在心里默默地祝福她们，以及和她们一样辛勤劳作、纯朴处世的人们。

辰姐老师

1973年春，六岁半的我，开始在本村小学读一年级——那时新生入学，是在过完正月十五、十六，寒假结束以后。

我的启蒙老师叫李辰姐，家是我们自村儿的。她是一位民办老师，教我们的时候，也就二十三四岁的样子吧。

上了十五六年学，遇到过那么多位老师，最难以忘记的，还是小学时的辰姐老师。

老师当中，小学老师是最辛苦的吧。刚上学的小孩子，还都是娃娃呢，有的鼻涕擦不净，有的不会系鞋带儿，还有的腰带系不利索，闹不好就尿了裤子，这些，都要老师像当娘的一样帮忙料理。小孩子的脑子，是一张白纸，得从一个个拼音、一个个部首、一个个字、一句句话、一道道题开始教起，所以启蒙也最耗费心血。从一年级到五年级毕业，都是辰姐老师教我们语文和算术。她也是我们的班主任，除去礼拜天和寒暑假，天天守着我们，领着我们，跟着我们。我们先从念"b、p、m、f、d、t、n、l"学起，再是学写"毛主席万岁""共产党万岁""工人""农民""解放军"，一直到我们会造句、会查字典、会看图说话，会写作文，会列式子做应用题。辰姐老师还教我们唱歌，给我们讲故事。她领着我们唱："马儿啊，你慢些走哎慢些走哎，我要把这壮丽的景色看个够……"她唱一句，我们跟着唱一句，然后再连起来唱，一会儿就学会了。她还教我们唱《小松树，快长大》，唱《三大纪律八项注意》，唱《社员都是向阳花》和《我是公社小社员》,还有电影《闪闪的红星》《春苗》的插曲。她领着我们念:"妈妈拉着我的手,往泥塑收租院里走。收租院里有个女孩子,也紧紧拉着她妈妈的手。"她教育我们长大要做一个勇敢、正直的人,要敢于同坏人坏事做斗争。记忆最深的,是上二年级时,有一次她在课堂上给我们讲小人书"一块银元"的故事,里边有个作恶多端、坏蛋透顶的地主李三刀,最可恨的是他选一对童男童女,给他们灌注了水银,为他死了的老娘殉葬。在出殡的行列中,那个可怜的童女端坐在莲花台上,手持一盏白纱灯,双目圆睁,虽死犹生。她的母亲认出了她,扑了过去,手心儿里攥着那一块卖女儿得来的银元,撕心裂肺地大声叫唤,可她却再也听不到、再也无法回答了。穷人的凄惨,地主的恶行,让我们一会儿泣不成声,一会儿怒火满胸,辰姐老师也默默地流下了眼泪,难过得几乎讲不下去……

辰姐老师上课非常认真,她写的粉笔字也好看,方正、舒展、规矩,大大方方。那时,全公社共有八所小学,每年的初夏,都要进行一次竞赛考试,每个学校选出六七名学习好的学生作为代表,集中到乡中心学校去,考完了全公社进行大排队。辰姐老师带着崔素兰、王爱花、王庆楷、李彦青、王玉增、王庆立和我参加过两次。惭愧的是,我们从没有给辰姐老师拿过第一名,但也从来没有给她考过老后面儿(最后一名)。

我们那时功课不算多,作业也少,但每天在学校,过得都很热闹。上三年级的时候,上级号召进行"勤工俭学",辰姐老师就把全班分成若干小组,带着我们在校园最东边的闲地方上垒了羊圈,挖了地窨子作兔子窝,在里边养羊、喂小兔儿。到了夏秋农忙时节,我们还去生产队上参加劳动。李老师带着我们整好队,一同顶着烈日下到地里,帮着社员们春天耪草、夏天拾麦子、秋天摘棉花。我们都有些怕辰姐老师。她总是对我们非常严格,她一发话,就是铁的纪律,我们都得听,照着去办,不能拖拉,更不能违犯。她并不打骂我们,偶尔生了气,一般是忽然就不说话,面无表情,只用两眼瞪着我们,瞪不过一分钟,我们就耷着脖子、缩下身子,老老实实待着了。有时她也发狠,拿着黑板擦在讲桌上"啪、啪"地拍两下子,像是县官拍惊堂木似的,拍得讲桌上的粉笔末子都扑腾了起来。这么一来，班上再顽皮捣蛋的家伙，也不敢发嘎使坏、尥蹶子蹿套了。

记得我们每回升了新的年级，都盼望着及早地能发下新书来。我们都喜欢新书，一则是因为书里面的插画和故事；再有，就是书页间有一股独特的好闻的气息。在我们的渴望中，辰姐老师去领了新书，搬到教室里，摆放在讲台上，却并不急着发放。放学时，她在黑板上列出一道数学题，叫我们来做。做出来的，拿给她批改，做对了，就用红笔打上对钩儿，然后发给新书，就可以欢天喜地地夹着新书放学回家了。做错的，则要拿回去重做。做不上来的，只好在座位上抓耳挠腮，急得像个猴子。辰姐老师不急不慌地坐在讲台边上，看着一本书。又熬过一段时间，看看都过了吃饭的时间了，还剩下五六个学生做不上来，在那儿憋着，急得都要尿裤子了，辰姐老师这才站起来，走到黑板前，把题目讲上一遍，又一一把新书发给他们。这一手儿其实是很厉害的，那些平时不知道用功的学生受到了打击和惩戒，以后就会发奋念书，有所长进。到后来，实践证明，前后的几班学生中，就数辰姐老师教的我们这个班考上高中和大学的多，这与她当年想方设法地严格要求我们、管束我们，肯定是分不开的。至于她若干年后被评上河北省优秀园丁，事迹还登到了报纸上，自然也是情理之中并且当之无愧的了。

我打小就发苶，不好说话。其实这是表面现象，心里想的、做的怪事和坏事也多得很。母亲曾跟我讲过，有一次她去村西的官河边洗衣裳，正好碰见辰姐老师，便向她打问我在学校的表现。辰姐老师说我是个"苶里怪"，别看成天不吭不哈的不爱说话，肚子里可是有老主意，上课也不捣乱，只是总在底下做小动作，弄个破小刀儿剋剋这儿、剋剋那儿。看来，我在辰姐老师眼里的印象，并不是多么好。但我的学习成绩却并不坏。上课时，我一边听讲，一边在底下玩小刀儿，倒都听进了耳朵，记在了心上，一考试，还总排在前头，有时甚至还能位居全班的前三名。

我从小学起就不喜欢数学课，成绩总也好不过语文。特别是学到应用题的时候，常常是一脑子糨糊，一看题目就头大，瞪着两眼发愣，不知道怎么去列式子、求答案。我最喜欢上的就是语文课了，一年级时的"公社社员送公粮"，二年级时的"河边有条小水牛，喝起水来不抬头。有它不怕旱和涝，年年生产保丰收"，三年级时的"大哥在边疆，寄来一张像，站在大海边，手握冲锋枪。我也挺起胸，背起小木枪，回头问妹妹，看我像不像。妹妹摇摇头，连连说不像，个子没有大哥的高，枪也没有大哥的亮。我对妹妹说，别说我不像。等我长大了，准跟大哥一个样"，等等，我至今还能背得上来。上到四年级后，我们开始学写作文，《难忘的一天》《我喜欢的一个人》《记有意义的一件事》什么的。我写的作文一直受到辰姐老师的夸奖，她常在作文课后拿给我三两张教案纸，让我工整地抄写一遍，然后贴在教室后边的"学习园地"里。这对我日后爱好上写作，无疑是个巨大的激励。

辰姐老师教到我们小学毕业，又教了一年别的班，然后就调到县城的学校去了。我们那时不懂事，也不会表达，虽然心里很是有些依依不舍，却没有送她一件礼物，也没有去给她送行。她到了县城以后，名字变成了她的学名李素芹，转成了国办教师，20世纪90年代初还被评为省级优秀园丁，教书育人的事迹曾经上过报纸，我正是从报纸上才知道这个名叫李素芹的老师，就是原来在村子里教过我们的李辰姐。有道是"无巧不成书"：写她事迹的那篇人物通讯登在报纸的第三版，而第四版上就有我一篇写她的散文，题目叫《想念李老师》，两篇文章竟然登在同一天的《石家庄人口报》上。怎么就会那么巧呢？

启蒙时碰上辰姐老师，是我们一生的幸运。而我们和辰姐老师在一起的五年时间所建立的感情，也是永远不会被岁月冲掉的。我知道自己肯定不是辰姐老师最好的学生。我这些年用力地写作，想多弄出一点成绩来，其实是想表明：我在努力地做一名让辰姐老师高兴和得意的学生，也不枉她当年对我的关怀和教导。她能看到我用四十多年前她教会我的那些方块汉字，在这里满怀深情地写她，心里该会有些许的欣慰吧。

祝你平安

一个年轻、鲜活的血肉之躯，怎么说了个没，一下子就没了呢？——我去参加一位高中同学的葬礼回来，走在四月里春风荡漾的大街上，心情有些苦涩，又有些惶恐，走路的步子也变得沉重起来。

人的生命是宝贵的，无论是谁，生命所给予的机会只有一次。但是，只有一次的生命，却又是这般脆弱、易碎，单薄得不堪一击，倘若失去，就是真的再也不会有了。并且，任谁都是束手无策。

我的这位同学是遭遇车祸而死的。那一天的傍晚，他从学校接女儿回家，父女俩骑着自行车，女儿坐在后椅架上，有说有笑地走在车水马龙的大街上。就在这时候，一个"愣头青"骑着飞快的摩托车，野马似的从后头冲了上来，一下子就把他的自行车顶得飞了起来……在那个热热闹闹的充满了欢声笑语的城市的傍晚，我的这位遭遇不幸的同学摔倒在马路边上，来不及跟家人说上一句随便什么的话语，也听不见爬在他身旁的女儿（所幸安然无恙）撕心裂肺的哭喊，再也没有醒转过来，留下妻子、女儿和远在乡下的老母、大哥……

在葬礼上，望着遗像里他那张年轻的意气风发的脸，我的两眼蓄满了泪水。哦，我的同学，我的朋友，我们有多久没见面、没聚会了？平日里，我们各忙各的，各自在生活中奔波，只是偶尔打个电话，发个短信，交流一下最近正在阅读的书籍。你是那么有才华，而且勤奋，隔三差五，便在报纸杂志上读到你写的稿子。我至今还记得我们一起在乡下读高中时,你给自己订了半年的《文汇报》,每天在课下时间里给我们读登在头版的报纸社论。在20世纪80年代初期,在一所偏僻的乡下中学里,一名来自农村的学生,自己花钱订阅一份《文汇报》,是足以"惊世骇俗"、令人"刮目相看"的——连我们的校长也不会这么"豪奢"吧。这些年来,你远在乡下老家的母亲、大哥和大嫂,多么以你为荣;而你美丽的妻子、乖巧的女儿,总是带给你更多的爱和幸福!记得有一次,是在一个周六的下午,在石家庄秋林书城,我正在书架前翻书,刚刚提拔当了区教育局副局长的你,带着一帮人来检查书店的消防工作,彼此只是匆匆地招呼一声,相约有空儿了再聚,也没有多说几句。可是,谁想到,那次的偶遇却成了我们的最后一次见面。如今,我只能隔着泪眼看着你那双温暖清澈的眼睛和你热情而又冰凉的笑容,此生再相聚,终是再也不能。

忽然想起多年前流行的一首歌,是孙悦唱的,名字叫《祝你平安》。一直喜欢它的曲调优美、旋律流畅和一腔深情,而且歌词也写得好,平淡、朴素、家常,却充满发自内心的亲切和真诚,是对人生的最感人、最深厚的祝愿——平安! 平安,多么质朴而又美好的字眼! 人生若失去了平安,所有的健康、财富、名誉、幸福,便都打了折扣,失去附丽,最终成为一片虚无与空茫。

"你的心情现在好吗?你的脸上还有微笑吗?……"细细想来,平平安安地生活着,工作着,哪怕平平淡淡,甚至平平庸庸呢,也是最大、最本质的幸福啊! 人生何其短暂,而短暂的路途上却还埋伏着这么多出其不意,我们还有什么必要为名呀利呀去吵吵嚷嚷、去争呀斗呀、去不满足不满意? 相对于那些过早凋谢了的生命之花,这些东西的质量是多么轻飘,滋味又何其寡淡! "祝你平安!"——这个时候,仔细地咀嚼这几个原本平常甚至显得有些俗气的祝愿,我心灵的深处被深深地打动。有时候我想,参加一次葬礼,其实也是一次很好的人生观、价值观、世界观的教育与洗礼。——逝者如斯,人生不返,无论是谁,生前再怎么富足、辉煌,才华再怎么闪光、耀眼,走的时候也是两手空空,什么都得撇下,一点儿也带不走。

我的朋友们,此时此刻,我不想祝愿你们太多,只祝愿你们能够平平安安——平安最是福,平淡才最真啊!

最好的礼物

2012年秋天,儿子上了大四之后,自己联系了实习单位,然后就匆匆收拾行装,到北京去了。过了两个多月,他用自己攒下的实习工资,给我们买了三样礼物:一只泡脚桶、一本iPad,还有一只MP3。

儿子一人在外,什么都靠自己打理,那点儿微薄的实习工资,能顾得住他自己的吃住就不错,还要打电话、坐车、与朋友交往,是很不容易的。儿子是懂事的,自立能力强,花钱有打算。我们收到他用自己挣来的钱买下的礼物,由衷地感到欣慰:儿子长大了,会安排自己的生活,知道孝顺我们俩了。

这几样东西,是多么的贴心!我们先后试了试泡脚桶,插上电源,有好多功能,很好很享受,比单纯洗脚要舒服多了;打开iPad,可以随时随地上网,看电视剧、填数独、浏览博客和论坛,方便得很;儿子又帮我们给MP3装满了"班得瑞""神秘园"和"雅尼",这些优美动听的旋律,在我们散步、休闲时,想什么时候听就什么时候听。

更为可喜的是,儿子还在实习之余,以日记的形式记录下自己的学习、工作和生活,半年的时间里,竟洋洋洒洒地写下了一百多篇,总计十多万字,整理成一本纪实散文《大公司里的小实习生》。平日里,他写好一篇就发给我们一篇,既是在总结自己、丰富自己,又是在及时地向我们作出汇报。如今,这本薄薄的书稿就要正式出版了,我们能不高兴?利用"五一"小长假,我们又把全书从头至尾细读了一遍,一如当初一篇篇地阅读，心中的感觉依然那么丰饶和美好。——这是儿子送给我们的又一件有着重要意义的礼物！

　　读着儿子的书稿，禁不住心潮起伏、百感交集：经历是一份多么厚重的蕴藏和沉甸甸的财富！在这本小书里，儿子从一名实习生的角度，认真地观察、打量周围的人和事，揣摩自己在工作、学习和生活上的邂逅，以及由此生发出的或深或浅的职场感悟，真切而又充分地表现了一名年轻实习生的蜕变与成长，点点滴滴之中饱含着酸甜苦辣。起初，儿子的文字尚显青涩，但因为内容真实而率性，叙述鲜活而随意，字里行间有着掩饰不住的年轻朝气，一路读来，时而令人愁肠百转，时而令人忍俊不禁。我们从中读到了儿子的艰辛、儿子的成长，读到了儿子的承受、儿子的担当，也读到了他对自己、对家庭、对社会甚至对世界、对人类、对未来的思考。这实在是难能可贵的。

　　我们觉得，这份思想上的逐步成熟，是一个孩子送给我们作父母的最为珍贵而美好的礼物！

　　　　（此文系作者为樊伯阳的长篇纪实文学《大公司里的小实习生》所作的序言，该书于2013年8月由花山文艺出版社出版。）

脑包儿　斗篷　虎头鞋

一

家里的老相簿里，有我一张"百天照"：头戴"脑包儿"，乐呵呵地冲着镜头，一个劲儿地傻笑。那副混沌未开、天真未凿的小模样儿，看着也是蛮可爱的。

母亲说，给我照这张相时，姥娘藏在后边，用手托着我的小脊梁儿，我的"脑包儿"正好挡住她。——"三翻六坐七爬爬"，刚过百天的我，那时还不会坐呢！

"脑包儿"是带围脖儿的棉帽子，帽口儿上镶着一圈儿白色的兔毛儿，帽子顶上有两只竖起来的俏皮的小耳朵，也镶着白色的兔毛儿，最下边还有两根系绳儿，可以把围脖儿系住。有这样一只"脑包儿"戴在头上，冷天也不怕了，刮风也不怕了，又好看，又轻巧，又防风保暖，很实用。一个笑嘻嘻的胖娃娃，头戴"脑包儿"，看上去虎头虎脑的，平添几分逗人儿的喜气。

乡村的集市上就有卖"脑包儿"的，是那些心灵手巧的婆婆、姑娘、媳妇儿们在家里做好，拿到集上来卖的。姥娘的营生好，我戴的这只绿缎子、白兔毛儿的"脑包儿"，是姥娘又裁又铰，一针一线亲手缝制成，在我过满月时送给我的礼物。我在十月里出生，满月之后，天就渐渐冷了，这样的一只暖暖和和的"脑包儿"，真是亲切而又贴心。这只"脑包儿"

上,有姥娘心里的爱意、手上的温暖,是任何一只别的"脑包儿"也比不了的。

二

斗篷是冬天天冷的时候,给小孩子穿的防风御寒的棉披风,算是"脑包儿"的"加长版"或"豪华版"吧。一件斗篷能把小孩子从头到脚笼盖、包裹起来,上下严严实实,既轻便,又保暖,还好看。

斗篷一般用花花绿绿的绸缎做面儿,用绵软的细布做里儿,中间絮着一层薄棉。讲究儿的,在帽口儿、衣边儿上还要镶一圈儿柔软的兔毛儿。小孩子很娇气,经受不住冷,也怕着凉风儿,尤其是从脖子后边吹过来的小凉风儿——母亲讲过,这样的凉风儿有"贼性"。这样的一件可身儿的斗篷穿在小孩子的身上,特别是那些眉眼清秀、脸盘儿白嫩而又温柔、干净的小女孩,一抬手、一举足,显得分外的娇俏和可爱,走在街巷里,走在风里雪里,别有一番风情。

我小的时候没有穿过斗篷,只戴过一只"脑包儿",有了两个妹妹后,那只"脑包儿"又传给她们戴。

村子里有斗篷的小孩子并不多,只有那些条件好,爷爷奶奶、姥爷姥娘娇惯的小孩子,爹娘的心尖尖儿、宝贝蛋儿,家里才会舍得花钱去商场买上一件,或自己动手做一件。能拥有一件保暖的斗篷,该是多么令人欢喜的事,谁见了能不眼气?——在那个年代,即便是置办一件孩子穿的斗篷,也不是件容易的事哩!

三

我穿过母亲做的虎头鞋,后来也见过母亲做虎头鞋。虎头鞋主要是给还不会走或者刚会走的小孩子们穿的。

在乡下,虎头鞋被视作吉祥之物。小孩子过满月,亲友会拿虎头鞋作礼物。因为老虎是百兽之王,人们认为小孩子穿虎头鞋可以辟邪纳福,得到神灵的护佑。等小孩子会坐了，会站了，快会走了，长辈们就给小孩子穿上。

虎头鞋展示着女人们的营生和手艺，不是心灵手巧之人，是不会做也做不好一双虎头鞋的。

做一双虎头鞋，分为纳鞋底、缝鞋帮、绣虎脸等步骤，慢工出细活，大概得四五天才能做出一双来。纳鞋底前，先打袼褙。用面浆糊把棉布糊在桌子或是案板上，四五层糊在一起，再在日头下晒干，就是袼褙。从袼褙上铰下鞋底的样子，在上面铺两层碎布，再铺一层软布，然后用针锥、大针引着麻线纳出有着菱形或十字花图案的针脚。手巧的人，纳出来的针脚又细密，又整齐，很好看。

鞋面、鞋帮一般是连在一起的，也要用到袼褙，在袼褙的外面敷一层大红大绿、色彩艳丽的缎子，里面则垫衬一层软布，弄好了，就可以将鞋面、鞋帮绱到鞋底上了。绱好了鞋，接下来就是绣虎脸儿。绣虎脸儿是做虎头鞋的关键环节，可谓点睛之笔，一双虎头鞋做得好不好、手艺精不精，主要是看虎脸儿绣得生动不生动、灵气不灵气。绣虎脸儿通常先绣虎鼻，然后是眉毛、眼睛、嘴巴、胡须、牙齿，最后在虎额处绣上"王"字，一幅威风凛凛的虎头呼之欲出，这就成了。

虎头鞋一般不直接穿在小孩子的脚上，而是套在连脚棉裤的外边。一个肉乎乎儿的胖娃娃，再穿一双肉乎乎儿的虎头鞋，坐在大人的怀里蹦啊跳啊笑啊，多么逗人喜爱！一双虎头鞋，就是一幅乡间风情画。

一瓶海水

1992年到1999年，我在河北省教育工会工作了近八年。

省教育工会是全省教育工作者的群众性组织。每年的暑假，我们教育工会都要组织部分一线优秀教师和教育工作者代表，到避暑胜地或风景名胜去旅游休假。1996年暑假，我们组织大家去的地方是北戴河。在来自全省各地的四十名教师中，已经五十四岁的她，一开始并不怎么引人注意，齐耳的短发已经花白，但梳理得很整齐，一身农村妇女的打扮，简朴，干净，得体。她的模样和神情，一点儿也不像是来这著名的海滨胜地旅游度假的，倒好像是来走一个不太熟的远房亲戚似的，脸上始终挂着微笑，有一点新奇和兴奋，也有一些拘谨和客气。临来之前，我已经一一看过这些优秀教师的简历，知道她姓郝，是来自承德一个山区县的小学校长，连续多年的县级优秀党员，曾被评为省级优秀教师、全国师德标兵，她扎根在大山里教孩子们读书已经整整三十六年了。

我们住的地方，是河北省总工会所属的一座职工疗养院。这里离海边很近，隔开一片杨树林和一条宽阔的海滨公路，就是宁静、开阔的海滩，坐在房间里就能听到海潮"哗——，哗——"的声音。安顿好行李，郝老师就和几个同伴一起来到了海边。我们坐在沙滩上说些闲话儿。郝老师告诉我，她这一回坐了拖拉机又坐汽车然后坐火车，还是平生头一次实打实地专门来"旅游"的。她在那所山区小学给孩子们讲了三十多年有关大海的课文了，自己却一直没有见过大海的真正模样。这会儿，她第一次真切地坐在海滩上，一波一波的海浪，翻卷着雪白的浪花，就在眼前不远的地方，一会儿奔腾过来，又一下子退却而去，潮湿的海风吹乱她那已经斑白的双鬓，她一时兴奋得有些不知所措："这就是大海呀！——大海可真大、真好看啊！"

几个穿着漂亮泳装的城市姑娘，踏着浪花从她跟前欢快地跑了过去，然后就忘情地扑进了大海的怀抱。姑娘们天真而又快乐的情绪很快就传染给了她，她也真想扑进这片蔚蓝色的大海。可是，她从来就没有游过泳，而且也没有游泳衣，还多多少少有些不好意思。几个下到海水里的老师反复撺掇她："郝老师，你看你，大老远地来一趟，再不会玩水也得下海里涮一涮呀，要不不就白来了一趟嘛！"美丽的大海也在诱惑着她，她终于下决心在海边买了一件游泳衣，羞羞答答地换上，且惊且喜地下了海。因为不会游泳，她只是小心翼翼地在浅水处试探着，撩着海水玩。慢慢地，胆子才变得大了点。海潮一浪一浪地涌过来，她欢喜而又忐忑的心也在一起一伏。在别的老师的帮助下，她在海里试着扑腾了几下，因为惊慌，再加上海水的浮力很大，海浪也猛，冲得她站不稳，她连着喝了两口海水。又苦又咸又涩的海水呛得她头晕眼花、恶心呕吐，眼泪都下来了。在同伴们善意的笑声中，她有些狼狈地逃上了沙滩。

接下来的几天，郝老师一有空儿就下到海里去玩，高兴得像个天真的孩子。一次，坐在海边的礁石上休息，她跟我讲："回去以后，一定好好地给孩子们讲一讲我在北戴河的海里游泳的故事。不光讲如何在大海里'搏击风浪'，也要讲自己呛了海水后出的洋相。"我发现，只要一讲到她的学生，年过半百的郝老师就会一下子变得像个小姑娘似的，一副天真、欢喜、单纯的样子。

十二天的度假时间很快就过去了。老师们都在忙着收拾自己的行李和购买的大包小包海货，准备返程。郝老师没有买多少海货，倒是捡了许多各式各样的贝壳，还买了好多用贝壳做的小工艺品，小心翼翼地装了一纸箱子。她说，这是她特意带给她的那些孩子们的礼物，班上的孩子每人一件。不经意间，我又发现她手里还提溜着一罐头瓶的水，就问道："你带这干吗？——车上有水。"她有些羞涩地笑了："不不，这是一瓶海水。

我想提回去让孩子们尝一尝海水是个啥滋味。——你不知道,山里的孩子们可好奇了!"说话间,她好像是在想象着孩子们小心翼翼地舔着手指上蘸着的海水,一张张纯朴的小脸儿上,涌现出一副副生动、丰富、可爱的表情。我的心里刹那间涌起一股热流,多么朴素而又可敬的山村女教师啊,在她的心里,时时刻刻都装着她的学生们。

在秦皇岛车站熙熙攘攘的人流中,也许不会有人留意到有这样一位朴素的山村女教师:她的手里小心翼翼地提溜着一瓶水。只有我知道,那不是一瓶普普通通的水,而是一瓶要带回到大山里去,给孩子们尝一尝"海的味道"的北戴河的海水。——这清清亮亮的一瓶海水,何尝不是这位山村女教师的一颗心呢,清澈,透明,善良,温暖,盛满了母爱的情怀,淳朴而又高贵……

戈 壁 石

那天下午出门办完事，往回走时，恰巧路过一位朋友的单位，看看时间允许，便给朋友打了个电话，拐进去和他坐了坐，唠了会儿。

朋友是位作家、书法家，性格幽默，言谈风趣，加之各式各样的雅好颇多，日子过得丰富多彩、生动有趣。他办公室里的布置和摆设很有些特色，就像是一间艺术品展藏室，墙壁上、书架上、窗台儿上、墙角儿里、门后边，包括他的文件柜和办公桌上，除了书本和公文卷宗，到处悬挂和摆放着他四处淘来的、收来的、捡来的、买来的以及朋友们送来的花花草草、石头瓦块、盆盆罐罐、断简残片。它们色彩不一，形状各异，或沉稳肃穆，或纤美灵秀，或老成持重如乡村老者，或光洁鲜亮如新人出阁，每一件都是别具风骚、自成一格。朋友在其间俨然打坐，或读书写字或办理公务，左顾右盼之间，仿佛吸纳了这些物什的某种精气神儿，脑瓜子里的奇思妙想此起彼伏，文章也写得行云流水，常有惊人之语訇然而出，哄得他周围的人们一愣一愣的。

我顺手拿起他摆在办公桌上的一块石头。这块石头很粗糙，乍一看样子不怎么好看，但是又有些令人新奇的特别之处。这块糙石就像是一块方不方、正不正的破瓦片，颜色灰不灰、黄不黄的，四缘尖锐，遍身布满斑斑点点的疤痕，正中间偏偏又有一个圆润、细腻的半个鸡蛋大的凹坑。更可喜的是，在这块粗陋的石块上，竟然还星星点点地镶嵌着三四粒翠玉，大的若黄豆，小的似松仁儿，有的翠绿，有的莹白，个个温润而又明澈。

有了这几粒翠玉的点缀，丑陋的石块立马变得生动了起来，甚至还有了几分妩媚。想不到，粗糙与细腻、尖锐与柔和、干燥与温润就这么既对立又统一地组合在了一起，不可思议地杂糅成了一体，透出几分让人出其不意、捉摸不透的可爱。

朋友告诉我说，这是一块戈壁石。——看它的这般模样，想必在漫漫的岁月长河里饱受了风吹日晒，在荒漠的飞沙走石中历经了无数次雨打沙磨，慢慢才琢就了这样一副伤痕累累却又坚韧、内敛的筋骨。

我把这块石头在手上把玩来把玩去，一时间真有些爱不释手。对石头我自然并不陌生，小时候老家盖房、砌墙没少用过石头，碌碡、石磨、石碾子也曾是农家岁月的见证。还有河底的鹅卵石、修路的铺路石等等，在我们的生活中，石头真是太普通、太常见了。至于石头中的奇珍异品，我见过色彩斑斓的南京雨花石，见过温滑圆润的玛瑙石，也见过经过匠人精雕细琢的千姿百态的石头工艺品，可是，像这样简朴、沧桑、粗陋却又藏珠嵌玉、浑然天成的戈壁石还不曾见过。

朋友站在一旁，大方地说："送给你吧，看你这么喜欢。""别人喜欢你就往外送呀？""我这是在市场的小摊儿上淘来的，人家向我要十元，我还到五元钱拿下的。可遇不可求，喜欢就送你吧！好的东西自有它的归宿。这石头能当个不错的天然砚台使呢！——总不过才五元钱嘛！"朋友的话很是诚恳。

我把这块戈壁石郑重其事地摆在了我的办公桌上。闲暇之际，我常会静静地凝视着它，或拿在手上把玩、摩挲一会儿。虽然它并不怎么好看，也没有多么珍贵，但我却越来越觉得这块糙石别有深长的意味。记得上中学时，曾在语文课本上学过作家贾平凹的一篇散文，名叫《丑石》，里边有一句话至今记忆犹新："丑到极处便是美到极处。"当时不太懂，内心里还好几次讥笑过这位大作家是在说胡话、梦话。岂不知，这里边当真有一种辩证的哲学玄机呢！天天瞅着案头上的这块糙石，我也慢慢地悟透了贾平凹的话。

诗人牛汉也喜欢石头，他说："石头不会沉默，你打它，它会冒火……"真的，别看石头不会说话，每一块都是漂泊在大自然中的精灵呢！——它们或是石匠从巨石上砍凿下来的，或是狂风从浩瀚的戈壁、大漠中席卷出来的，或是流水从山谷中或从沙滩上冲下来的。它们有的被我们偶然挖出来，或者与我们在某个地方某个时辰不期而遇，被我们宝贝似的带回了家中，恭恭敬敬地摆放在博古架或者案头上，其间到底经历了怎样的颠沛流离？

糙石无言，宠辱不惊。无言是另一种别致的诉说；宠辱不惊则更是一种率意随心的高格风度。

我喜欢这块戈壁石。

窗前有树

我喜欢树。无论是平原上的一片片小树林儿,还是山野间莽莽苍苍的大森林,甚或只是生长在荒原野地上的孤独寂寞的一棵树、两棵树,在我眼里,都是一隅朴素、自然而又从容、生动的风景。树的模样从来没有丑的,只有别致。

平时翻阅图书杂志,对于版面上的题图、插图、尾花一类,我向来喜欢那种线条单纯、柔美,极富韵致,或者粗犷、明快,极富表现力的黑白版画,而尤其喜欢的是那种刻画树木的:窗外的树,院子里的树,门前的树,路旁的树,河岸上的树,湖滨的树,原野上的树,山坡上的树,枝叶在微风中翻飞轻吟的树,静静的枝丫上落满了白雪的树……那份宁静、沉郁、优雅和隽永,简直就是一种意味悠长的风姿绰约。

艺术来源于生活,而生活本身就是艺术,哪怕是围绕和穿梭在我们身边的那些来来往往、平平淡淡、波澜不惊的寻常日子,其中也孕育着诸多艺术的酵母,只不过我们芸芸众生,因为劳碌于稻粱谋取、沉湎于儿女情长、纠缠于功名利禄,而缺少像艺术家那样专注并致力于对生活敏感、丰富地去发现、透视、聚焦和表达,往往会熟视无睹、无动于衷。其实,只要留心去发现,一棵平平常常的树,也是大自然的一件艺术杰作,也是一片带着生动表情的优美风景。

乡下老家的院子里,长着几棵大树。北屋的窗前,是一棵上了年纪的枝条蓬松而翁郁的石榴树,每年到了五月,枝头照例会开满一串又一串鲜艳、火红的花朵；西墙根儿下，是一棵碗口粗的黑枣树，每年快到十月底的时候，树枝上密密匝匝的黑枣就熟透了，变得又黄又软（采摘下来晒干后才会变成"黑枣"——黑色的枣），对那些挂在高高的树梢上的黑枣，父亲无能为力，却由此招引来一群又一群的鸟雀们，叽叽喳喳地啄来啄去，能热闹一个冬天；东厢房的窗户前，是两棵挨得很近的高高的香椿树，春天的时候，它们绽开一簇簇的金红色的香椿芽，在酽酽的春风里，浓香飘拂，沁人心脾。我们家的院门外，有一棵杏树，有一棵桃树，当春回大地，春风柔软地吹拂，杏树梢儿、桃树梢儿就悄悄地抹上了一点点、一串串的嫩红……

后来，我搬进了城市里，住进了楼。推开四楼的北窗望出去，前边是同样挤挤插插鸽子窝似的宿舍楼群，下边则是灰秃秃的一排小房顶；南阳台下倒是有一片宽阔一些的空地，却又被绿篱圈了起来，中间用花岗岩铺平，然后安装上了各式各样的健身器材，整天丁丁当当地响个不停……

绿树永远是我们亲近自然的不可或缺的一道美丽风景。记得海德格尔曾经说过："人，诗意地栖居在大地上。"这句话让我沉吟良久：怎么个"诗意"法儿呢？要诗意地栖居，窗外不能没有树。窗外有树，可以聆听风吹树叶的天籁，可以欣赏小鸟在枝头欢快地跳跃、鸣唱，平淡的日子和庸常的生命得到自然灵性的浸润，变得丰富、温暖和生动。明代陈继儒在《小窗幽记》卷六中写道："凡静室，前栽碧梧，后栽翠竹，前檐放步，北用暗窗，春冬闭之，以避风雨，夏秋可开，以通凉爽。然碧梧之趣，春冬落叶，以舒负暄融和之乐；夏秋交荫，以蔽炎烁蒸烈之威。四时得宜，莫此为胜。"我的感觉也是如此。

忽然记起苏联好像有一首歌曲，名字叫《窗外的李树在摇晃》，虽然一直没有机会听到过这首歌，但单听歌的名字，便十分引人遐想，觉得有一份无限美好的向往在心中充满柔情地弥漫。——但愿，窗外有树这一本应是自然而然的寻常景致，在我们的生活里，不要再成为一种渴求与奢望罢。

鸟 窝 儿

学校橄榄球场的南侧，栽种着一排榆叶梅，有三十多棵。每年入冬后，园林工人修剪、打理校园里的花草树木，对这些榆叶梅也都进行剪枝和整形，一年又一年，榆叶梅们似乎老是一人多高的样子。

2018年初夏里的一天中午，我从橄榄球场那里经过，无意间发现一棵榆叶梅上有一只小小的鸟窝儿。我有些好奇和兴奋，便小心地走近了去看。小鸟窝儿架在一处树杈上，离地只有一米半来高，被一层层树叶遮挡着，若不留心，很难发现。

这只鸟窝儿只有茶碗儿那么大，用茅草枝、细麻绳和旧的塑料薄膜来回缠绕着，一圈一圈地编成，里边还夹杂着一些细铁丝、毛发什么的——谁知道这些乱七八糟的玩意儿，鸟是从哪儿捡来的。小鸟窝儿虽有些粗糙、凌乱，但随意、自然又小巧，自有几分可爱。

鸟窝儿里头空着，看不出住没住着小鸟儿。我在那儿待了好大一会儿，也没等到一只鸟儿。我想，一般的鸟儿都是怕人的吧，会不会有小鸟儿看见我站在这里，便躲起来不过来了呢？周围很寂静。我往四下里看了看，也没有看见一只鸟儿。

校园里有很多树，杨树，柳树，法桐，泡桐，洋槐，国槐，银杏，红叶李；也有很多鸟儿，麻雀，斑鸠，喜鹊，老鸹，鸽子，啄木鸟，戴胜，麦收前后还有布谷鸟。它们在树上鸣叫、嬉戏，钻进钻出，飞起飞落。高高的树杈上，有它们的鸟窝儿，冬天的时候，树叶子掉光了，大老远就能看见。可是，会是什么鸟儿，在这么矮的榆叶梅上盘一个这样的小鸟窝儿呢？

以后，每次经过那里，我都要留心看一看那只小鸟窝儿。小鸟窝儿虽然一直空着，倒一直是安然无恙的。

直到入冬以后的一天。

那天中午吃过饭，我照例在校园散步。走过橄榄球场那里，忽然发现园林工人们对树木进行了修剪。榆叶梅自然也在修剪之列，大多数枝丫都被剪掉了，修成了半人多高的样子，像一个人新理了发，原先的发型遭到"重创"，有点秃，有点丑，有点"突然"的别扭。我忽然想到那只小鸟窝儿，照这么狠的修剪法，小鸟窝儿一定是凶多吉少的。

果然！

那棵榆叶梅一样被剪得光秃秃、直橛橛的。树杈上的小鸟窝儿已不知去向。好在修剪下来的树枝还没有运走，一小堆儿一小堆儿地堆在路边。我便一堆儿一堆儿地挨着找了过去。

很快，在一堆剪下来的树枝里，我发现了那只小鸟窝儿，还好好地长在树杈上呢！——真是够结实的！我小心翼翼地抽出那根树枝。瞧，园林工人真是敢下手呐！把长得跟大拇指一样粗的树枝一下子就给剪下来了。他们只顾着埋头干活儿，在剪去树枝的时候是否留意到、发现过这里还有一只小鸟窝儿呢？如果小鸟儿从外面飞回来，不见了自己的小窝儿，那……

我站在路边，举着树枝，端详着这只小鸟窝儿，有些哭笑不得，有些惋惜和遗憾。

我对树上的鸟窝儿有着天生的好感和亲近。小的时候住在村子里，村里和村外有好多大树、老树，杨树，柳树，榆树，洋槐树，香椿树，臭椿树，柿子树。好多大树、老树上都有鸟窝儿，喜鹊的，老鸹的，斑鸠的，有时一棵树上三四个连成串儿，一个挨着一个，一层叠着一层。鸟窝儿大都架得很高，不会爬树，根本够不着。村里的人们，甭管是大人还是孩子，大都是喜欢鸟的，一般不去打鸟窝儿的主意。春天的时候，那些野马似的半大小子们有时会去爬树摸鸟蛋，掏还是光屁溜儿的小鸟儿，碰巧让大人们看见了，便少不了会挨上一顿"臭卷"。冬天和春天时好刮大风，我们常去树林子里捡"落地柴"，聪明、心细的孩子专门去有鸟窝儿的树底下踅摸，那里总是有喜鹊、老鸹们盘窝时不小心掉在地上的树枝。如果运气好的话，有时还能"发财"——捡到从树上掉下来的整个鸟窝儿，那可是一堆上好的柴火啊！不过，那样的好事其实是很难遇得见的。

后来，上学了，长大了，当我第一次听说外国有用"雀巢"作咖啡的商标时，一时哑然失笑：呵，"雀巢"不就是树上的"鸟窝儿"么？再一想，又不禁生出很多联想——架在高高的树杈上的鸟窝儿，是一个多么朴素、生动而又安详、美好的意象，别有一番情调，它让人想到家，想到舒适、安顿和哺育，想到寒冷中的温暖，风雨中的依偎……

我小心地擎着那根带着小鸟窝儿的树枝，把它带回到休息室里去，安置在玻璃窗前，左看看，右瞅瞅——紫褐色的枝条上，一粒粒芽苞错落有致地排列着，鼓突着；树杈那里，安安妥妥地托举着一只小鸟窝儿……休息室里随之弥漫起一缕自然的气息，增添了一抹田园的情调。同事金田见了也很喜欢，他特意找来一只白色的高尔夫球，放进了鸟窝儿里。猛地一看，很像是鸟窝儿里安详地卧着一枚可爱的鸟蛋了。

       2018年12月10日～12日，写于河北体育学院

晚 柿 子

大雪节气过后的一天傍晚，我的高中同学创杰来到我们家，送来二十多只晚柿子。晚柿子，就是摘得晚的柿子。——过了大雪节气才从树上摘下来，算是够晚的吧？我随手拿起一只，托在手掌上。这些柿子真好看，干净、饱满、光洁、匀称。一时间，又想吃，又有些舍不得吃。

"尝尝，你先尝尝！"创杰在一旁催促。

我在柿子皮上轻轻地咬破一个小口儿，吸溜起来，蜜汁一般甘甜而滑润的浓汁含在嘴里，仿佛一下子就流淌进了心窝儿里。

农谚讲："七月枣，八月梨，九月柿子红了皮。"有摘柿子摘得早的，九月十月就开始下树了。不过，这时候的柿子只是红了皮儿而已，还硬邦邦的，不脱涩是不能吃的，咬一口，涩得舌头发紧，跟嚼了一嘴锯末似的。柿子脱涩的办法有很多，有拿温水浸泡的，有和梨、苹果、香蕉搁在一起"捂"的，有用白酒擦拭的，有的还用到石灰石，说是叫"揽柿子"，不知道是怎么个具体的"揽"法儿，只知道"揽"过的柿子，模样儿没变，依旧是硬的，但脱去了涩味，咬上一小口儿，脆生生的，清甜可口，别有风味。可是，最好的脱涩办法，无疑是让柿子在枝头上自然长熟吧。

农历九月二十八，创杰到我们村来赶庙会，我父亲端出一盘柿子让他吃，他很诧异："这会儿就摘了柿子了？——太早了吧！还不到时候呢！"父亲说："是还不到时候，放一放不就软了？跟梨们搁在一块儿，软得更快，搁上一个来礼拜就能吃了。"

创杰用手捏了捏，拣了一个更软一点儿的。创杰咧着嘴，说："你这呀，还是摘得太早，落口儿有点儿'湿巴'（涩的意思）。到时候我卸了柿子，你再尝尝俺家的吧，绝对比这要好吃得多哩！"

我们家的老院子里有两棵柿子树，父亲每年摘柿子都早，还没到霜降就全摘下来了，他总怕鸟儿们跟他分吃了——鸟儿们的确也不跟他客气。父亲把摘下的柿子在窗台上一溜儿一溜儿地摆列开，晾晒着。放着放着，柿子就变软了，能吃了，口感差一些，倒也挺甜，但色气不太好，红得不透、不匀。难为的是，柿子们要软都软，一下子又吃不过来，搁又搁不住，好多黑掉了，软成了一坨泥，只好扔掉，怪可惜的。我说过父亲几次，父亲固执，不听。

创杰家的院子里有一棵两拃多粗的柿子树，赶上"大年儿"的时候，能结五六百只柿子，遇上"小年儿"，挂果也得有四五百只。他家的柿子，每年总要等到大雪节气过了之后才摘下来。那时候，柿子树上的树叶早就落光了，只有一只只、一串串的红柿子高高地挂在枝头，挂在树梢儿，离老远就能看得见，像是一盏盏的小红灯笼一样，好看得很。

创杰讲，柿子长在树上，只要不生病、没虫害，一般不会软、不会掉，刮大风也没事儿。麻野雀啄就让它啄呗，它们啄的那点儿，能吃多少呢。什么东西在外边，不是跟别人伙着的呀？再说，麻野雀啄的，大都是那些因为受伤或得了某种毛病才变软的，没毛病的，都硬，啄也啄不动。

每年过了大雪节气，创杰和他媳妇才张罗着把柿子摘下来。这时候的柿子，早已熟透，咬一口儿，甜甜的，糯糯的，特别是柿子里头的那几瓣"舌头儿"，格筋筋儿的，那口感，好得没法儿说。创杰把摘下的柿子放在冷屋子里，什么时候想吃了，就捏上一两个，这样子，能一直吃到过年。他们还在冰箱里冻上一些，等吃完了外边的，再吃冰箱里的，那时候，差不多已是转年开了春的时候，节在（俭省、爱惜、克制、量入为出的意思）着吃，能吃到过麦收。有一年过"五一"，创杰的大儿子和女朋友从北京回来，创杰端出柿子来，好生叫那个"川妹子"稀罕，一吃，更是惊奇得不得了，竟一连着吃了三个。明年，我要再好好劝一劝父亲，让他改改老习惯，等到过了大雪之后再摘柿子。

生活的浪花

1

小孩子大都在一岁左右开始学说话。成天让大人看着、领着,一般是先学叫人,小孩子跟妈妈爸爸最亲,最先会叫的,大都是"妈妈""爸爸",这两个词都属于"爆破音",上下嘴唇一碰,轻而易举地,发出的声音就差不离。

我儿子阳阳最先会叫的,是"奶奶"。

阳阳长到半岁,妻子的产假休满了,该回学校上班了,阳阳便交由我母亲带着,住在村子里。

母亲待小孙子亲得不行。每日里,不是在前边抱着、搂着,就是在后边背着,就连夜里,也是让阳阳光着小屁股钻进她怀里,慢慢地拍着、哄着睡觉。夜半时,还得起来把尿一次,稍稍管不到,就会让阳阳"开机井",把炕给尿了,弄得母亲半夜里起来给他换小褥子。

阳阳就是他奶奶的小尾巴儿,走到哪儿跟到哪儿。阳阳开始学着叫人,一张嘴儿,第一声先叫出来的是"奶奶"。

我们隔三差五回老家来,也有时一个星期回来一次。打上几天不见,儿子见了便有些生,扭头儿躲开我们,不是钻进奶奶的怀里,就是紧贴在奶奶身后藏着,小手儿拽着衣角儿,偶尔才偏过头儿来,偷偷地望上我们一眼,害羞地笑。母亲就往外拉他:"哎,这孩子!你不是成天喊着要找妈妈吗？这不妈妈来了！……"总要过那么一会儿，才会重新跟我们腻在一起。

母亲去世时，儿子正读大二，急匆匆坐火车从保定赶回来。一进村，有乡亲见了，老远就说："啊，阳阳你回来了，都长这么高了哇！你奶奶可没有白亲你一场呀……"儿子站下，望着那位乡亲，我看到他的眼眶里转动着泪花……那几天，儿子很少说话，帮着我们跑里跑外、忙前忙后，直到办完丧事，他才回了保定。

一晃儿，这都是十年以前的事了。

2

阳阳在省直四幼上幼儿园，每天傍晚下班后，我去接他。接出来后，我们俩一边往家走，一边"聊天儿"。有一次，我问他："阳阳，在你们班，谁是你最好的朋友？"

儿子一歪脑袋，张着小嘴儿说道："张梦飞呀！我们俩可好了！"

"是吗？你俩怎么个好法？"

"他每天都给我带糖！我也给他吃我的'鬼脸儿嘟嘟'（饼干）！"

"噢！你俩好，那你俩在一块儿不打架吧？"

"打呀，咋不打呀？今天我俩还打了三次呢！"儿子瞪着亮亮的眼睛，很认真的样子。

我有点儿不明白："打了三次？打架你们还是朋友呀？"

"是呀！——打得不疼嘛！又不真打。他打我一下，我打他一下；他又打我一下，我又打他一下；他又又打我一下，我又又打他一下；他又又又打我一下，我又又又打他一下……"

"行了行了！"我笑了起来。我又问他："你们在课堂上打架，那老师不训你们呀？"

"训呀！张老师说：'樊伯阳，你坐好！张梦飞，你坐到那边儿去！再打架，哼，就把你们两个都拽出去！'"

"这个算一回。后来为什么又打架？"

"哈！张梦飞刚坐到那边儿，就在桌子底下踢了我一下，我就踢了他一下;他又踢了我一下,我就又踢了他一下;他又又踢了我一下,我就又又踢了他一下;他又又又踢了我一下,我就又又又踢了他一下……"

"好了好了!"我大笑起来。

"……后来,老师就让我们俩出去了。张梦飞还拿沙子灌我脖子呢!我也灌他,灌不了我就跑着灌,我们跑呀跑呀……"儿子的小嘴儿还在不停地唧不唧着。

"瞧你一天干的好事!"我假装严肃起来,"你们就是这样的朋友呀?"

"是啊!别看我们打架,我们可好呐!张梦飞那会儿还跟我说呢,明天他还要给我带糖哩!——张梦飞跟我最好啦!赞赞就不行,他不如张梦飞,他可抠儿哩,小气鬼一个!还老在我后边,揪我的衣服!……"

说着说着,我们就到家了。

3

闲来看书,看到作家贾平凹在一篇文章里说:你生在哪儿,就决定了你。贾平凹说的没错儿。

我出生在乡下,但在十九岁上离开了。转眼间,我在城市里学习、工作和生活快有四十年了,这可比我在村子里的时光要长得多了。但是,我觉得我的心性和做派,依旧还是在乡下时的那个样子,换了皮儿换不了瓤儿。

写东西也是一样,写到村庄的时候,絮絮叨叨的话就多,记述人、讲故事,有画面、有细节、有感觉,如临其境,历历在目;要写城市了,却一下子拧住了眉头儿,总也拉不开架势,磕磕绊绊的,弄不顺溜儿。

故乡的村庄,是我毕生的家园。我在那里长大,一幕幕经历过的场景,留存在记忆之中,无一不生动、鲜明、深刻。它们所"决定"和带给我的,终将贯穿我的一生。

我愿意我是故乡林子里的一棵小树,是树上的一只小鸟儿,是故乡田野里的一株庄稼,是河坡上的一株小草。我也终将会回到村子里,变成一把土,和阳光、清风、雨露一起，滋养村外田野上的一垄垄禾苗、一朵朵野花。

4

一本厚厚的书，读过了一半儿之后，好像一下子就看得快了，很快就翻到了最后一页。

一个星期也是一样。一过了星期三，没怎么留意，就到了周末，心头不禁一喜。

一年四季，何尝不是如此呢？犹记得二月里，南房凉儿里的雪堆渐渐矮下去，北墙根儿向阳的地方，绿草芽探头探脑地钻出地面，窗前的杏花悄悄努开了嘴儿，斑鸠在树林子的深处有一搭无一搭地叫着："咕咕——，咕咕——"远处的野地里，几个小孩子牵着绳子在跑着、跳着，将风筝放上天去……很快，天就热起来啦，打雷，下雨，刮风，然后，知了在树顶子上吵翻了天；然后，小麦收割了，玉米从麦茬间慢慢地长高起来；再然后，夏天过去了，秋天又来了，树叶黄了，一阵风来，树叶掉了。河里的水落下去了许多，也流得缓慢了，变得清澈了，小孩子们很少下水打扑腾儿去了。有一天的早上，忽然就感叹：哦，天凉了！再过十来天，就该着过八月十五啦？……几个月前的事，一想，突然觉得好像都是上周刚刚发生过的事。

人的一辈子呢？说来漫长得令人茫然，然而，回首一望，五年、十年、一二十年，甚至三四十年，不也是一晃儿就过来了么？

想到这里，心下不觉深深地一凉。

5

村子里有许多高高大大的毛白杨。

在毛白杨粗大的树干上，这里，那里，高低错落的，有许多只大眼睛，仿佛正在静静地凝视着什么，瞭望着什么。在它们淡定的眼神里，也似乎有着一丝丝凉凉的忧郁。

我走到白杨树的跟前,抬头望着树干上那一只只大大的眼睛。那些大眼睛好像也发现了我,默默地盯着我看。

相视无言,只有头顶上的树叶子在风中哗啦啦地摇响。

这些惟妙惟肖的大眼睛,其实是一块块的树疤,是当初砍掉树枝时留下的伤口,慢慢地,它们愈合了,之后就长成了眼睛的样子。

何事当初的痛苦,因了难得的巧夺天工,竟华丽转身,蜕变成一只只美丽、清澈的大眼睛?

6

舅舅年轻时,是村里的拖拉机手。

秋收过后,马上就是翻耕土地,播种小麦。舅舅开着"红55"(红色的55马力拖拉机),每天在村南村北、村东村西耕地,有时工作到半夜了才回家来。院门儿是虚掩着的,一推就开。舅舅轻手轻脚进得院来,反身掩上门,然后走到我姥娘住的北屋西间的窗前站下,低声地说:"娘,你睡着了不?我回来啦,你别结记着了!"

姥娘听到了舅舅说话,在屋里答应着说道:"啊,是俺脏子(舅舅的小名叫'臭脏',平时就叫'脏子')?回来了?回来我就不结记你了。天不早啦,快去睡吧。"

舅舅"嗯"一声,反身,轻手轻脚穿过淡淡星光映照下的院子,回东厢房睡觉去了。

农闲时,舅舅开着拖拉机出外跑运输,有时好几天回不来。回来时,不管是前半夜,还是后半夜,舅舅总要到姥娘窗前说一声:"娘,你睡着了不?我回来啦,你别结记着了!"

有一回,姥娘跟我母亲坐着说闲话儿,我听见姥娘说:"甭管早晚,俺脏子回来到我窗户根儿喊一声娘,我这心呀,'吧啦嗒儿'一下,就算放下了,就不结记着了,再睡就睡安生、睡踏实啦!"

"吧啦嗒儿"!——我一下子就记住了这个土气、细小然而生动、亲切的象声词。

姥娘后来害病,慢慢地,就认不清人了,年岁越来越大,后来连我母亲、舅舅也渐渐认不清了。奇怪的是,姥娘偏偏始终认得我。老人家临去世前半个多月,我去西龙贵看她,走到床前,我问:"姥娘,你认得我是谁不?"姥娘在枕头上慢慢地扭过头来,昏花的老眼盯了我好一会儿,嘴角儿轻轻一动:"你是俺峰峰!"

在最亲我的亲人中,姥娘永远排在第一。

居家札记

熬 粥

我喜欢喝粥,也喜欢熬粥,特别是在冬天。

冬天的时候,在我们家,晚饭差不多天天熬粥:棒子面儿粥,小米粥,大米粥,大米小米加在一起的"二米粥",还有杂着红豆绿豆黄豆扁豆芸豆的豆粥,而且,粥锅里也常常搅和着红萝卜、山药以及蔓菁或者是北瓜、吊瓜(北瓜的一种,有长脖儿、短脖儿、窝脖子,黑皮、黄皮、花皮,特点是面、甜),跟头咕噜,疙瘩连串,乱乱乎乎,黏黏稠稠,吃起来特别味儿长。此时的窗外,北风呼啸,夜黑如墨,而屋内家人闲坐,灯火可亲,谈笑晏晏,三碗两碗热粥吃下,连打两个饱嗝儿,呵,肚子里熨帖得很。

世间养人之物,莫过于农家风味的一碗热粥。老作家孙犁信奉大道低回、大味必淡,他就喜欢喝粥,还曾专门写下一篇《吃粥有感》:"我好喝棒子面粥,几乎长年不断,晚上多煮一些,第二天早晨,还可以吃一顿。冬天坐在暖炕上,两手捧碗,缩脖而啜之,确实像郑板桥说的,是人生一大享受。"每天喝粥,映现出的,是他的文化哲学理念和淡泊人生的品性,也可说是他的养生之道、长寿秘诀。

我不光喜欢喝粥,还喜欢熬粥,特别是熬瓜豆乱粥。每年冬天,父亲都送给我们许多他自己种的山药、红萝卜、蔓菁,这些都是我熬粥的"标配"。等锅里的水"咯嗒、咯嗒"地烧开了,就把洗好、切好的山药、红萝卜、蔓菁,或是北瓜、吊瓜,和淘好的米,抑或是绿豆、黄豆、扁豆、红小豆之类,一起"乱"进锅里,先大火滚开,再小火慢熬,大半个钟头过后熄火,再焖上一两袋烟的工夫,揭开锅盖,那一锅"咕嘟、咕嘟"的黏、稠、香的乱粥,冒着蒸汽,热腾腾地扑面而来,何等可亲!

人说,粥香是一味药,它所医治的,是游子思乡的病;它所慰藉的,是游子心头的乡愁!此语甚是。

贴 饼 子

我会贴棒子面饼子,大概在十二三岁时就学会了。

那时候,棒子面是主粮,贴饼子、熬粥都离不了。母亲做饭时,大都是我负责烧灶火、打下手儿。我一边管着灶火,一边在旁边看着母亲张罗,先是端着面盆舀面,再从烧响了的锅里舀了热水泼面,一边续水,一边用一根尺把长的竹板搅面,然后用手把面和匀,用手掐一疙瘩面团儿在手里来回团弄、拍平、捏圆,最后,"啪!"地一下儿贴在锅边上。看过两回三回,我也就学会了。这原本也不是什么难事。有时,母亲一边贴饼子,一边给我说些贴饼子的要领:一是锅不能凉了,要不饼子抓不住锅,就会出溜下去;二是搅面的水,不用开水而要用烫水,但又能禁得住手;三是灶火也不能太大,太大的话,饼子容易烧得糊焦焦。我长到十二三岁上,有时母亲在地里忙,我就学着贴饼子,贴出来的饼子大的大,小的小,有的厚,有的薄,上面还有我深深的指印儿,除了不好看之外,也没别的毛病。母亲第一次吃到我贴的饼子,是很高兴的——小子不吃十年闲饭,能给大人帮上忙了。

我现在仍时不时地贴一点儿饼子。可惜城市的厨房里没法安置那种乡下的八印铁锅,我只好用电饼铛来贴饼子,更准确地说,是"烙"饼子,但效果跟贴出来的也差不多。而且,用电饼铛烙出来的饼子,上下两面儿都有一层黄粱粱儿的硬嘎渣儿,外焦里软,很好吃。这一样儿,倒比大铁锅更有优势了。

用来贴饼子的面粉，我也作了改进，有时是净棒子面儿，有时加入了白面、山药面，有时加入了黄豆粉、土豆泥，有时加入了榆钱儿、榆叶儿，有时加入了红萝卜丝，有时加入了采来的野菜……得什么就加什么，这样的饼子，你拿大白馒头给我，我也是不肯换的。

炮制"核桃酪"

闲读梁实秋，照着他在书中关于"核桃酪"的叙述和描写，一边揣摩着，一边照猫画虎地如法炮制了一道"核桃酪"。"核桃酪"曾是宫廷御用滋补佳品。

先将红枣煮得软烂，然后捞出来，连揉带搓地去除枣核，弄成枣泥（书里说，连枣皮也要去除的，但这道工序太烦人，我们实在是没办法办到），再将泡好的一大捧核桃仁加水，在捣蒜钵里捣碎（按书上说的，核桃仁也要脱去上面的一层皮，这个我们也没有办法，太麻烦、费事了，只好作罢），又将泡了一夜的糯米在捣蒜钵里捣成米浆，与核桃浆一起倒入锅里开始熬制，守在一旁，一边看着，一边用勺子时不时地搅动。锅开后，加入枣泥，又加了些冰糖。——"核桃酪"熬好了。

捣米时最出景儿，一边捣一边加水，不时有米浆溅出来，弄到手上、桌上、衣服上。书上说，米浆捣好以后，还要将碎米渣滓连同汁水倒在一块纱布里，用力拧，拧出来的浓米浆才好用。我们也拧了，但不太好整，一想，碎米渣又不是别的"下脚料"，最后又都倒进锅里了。

煮好的"核桃酪"，黏黏的，稠稠的，颜色也是书上说的"微呈紫色"，尝一尝，枣香、核桃香扑鼻，喝到嘴里黏糊糊儿、滑溜溜儿、甜滋滋儿的。

后来，我们又做过一次"核桃酪"，这次不是纯手工打造了，而是用上了搅拌机，又快当又便捷，虽说品质上还是和上次一样有些粗糙，但品味起来依旧不错。

妻子说：咱们这纯粹是瞎鼓捣着玩儿哩！我说：但鼓捣，也无妨。

洗　　碗

　　和单位一位同事聊天儿，他说他特喜欢洗碗刷盘子——眼见得油乎乎腻乎乎的盘子碗筷，倒上一点洗洁精，擦擦洗洗、冲冲涮涮之间，油然而去，焕然一新，心底何其畅快！好多人笑话他，男人家流连厨房。我倒是"心有戚戚焉"。

　　记得我刚成家不久，有一回，母亲来，我们包饺子吃。妻子擀片儿母亲包，我过来也上手，母亲看了我一眼，过了一会儿，自言自语似的说："唉，看俺峰峰，跟着媳妇儿学会捏饺子了！"我听出母亲话里有"味儿"。我知道母亲偏心我，她这话，不是欣慰，而是在替我委屈，在笑我没出息，同时也是在暗地责怪妻子。妻子也悄悄看了我一眼，笑笑，没说话。

　　在城市里，男人做家务，不是稀罕事，更不是什么丢人的事。过日子嘛，家务活儿又不是一个人的事，都要上手，才算男女平等，互相尊重体贴，本是应当应分。女的一样有工作，一样有压力、有烦恼，凭什么回家来就得又做饭又管孩子又管伺候你呢？难道她不是你最亲的亲人吗？

　　我和妻子在家务上也有分工，倒也没有明说，自然而然就执行起来：她做饭，我刷碗。吃完饭，我就主动洗碗清理桌子。这不是"帮忙"，而是分担。有时，妻子在厨房忙着，我也凑过去，一边择菜、切菜，拿葱、剥蒜，一边说话儿。有时是惹了妻子，趁机挤到厨房里抓紧"表现表现"，妻子也就消了气，不再提念我的那些缺点和毛病。

　　有人说："君子远庖厨。"其实那是找借口，是"偷换概念"——这句话原本也不是"君子不下厨房"这个意思嘛！

闲　呆　着

　　人是需要休息的。手头不忙时，或者是刚刚忙过了一阵子，我最喜欢的，就是闲呆着，闲着，发呆，什么也不想地歇一会儿，然后，再忙去。

往书房里一钻，整理整理桌上堆着的书报，随手翻翻书，看两页杂志，浏览一下报纸，喝喝茶，听听音乐。这么闲呆着，最放松，也最舒服。

闲呆着，去散步，也很惬意、自在。我喜欢一个人在僻静的小土路上慢慢悠悠地走，喧嚣的噪音随风远去、消散，紧张的神经渐渐恢复平静，繁乱的思绪也慢慢条理起来，心情就好像是秋收后的田野，空旷、辽远。这是一种愉快的放松与休息。我从市里回老家时，不喜欢走大道，总爱骑着车子寻找那些田间、地头、河边的土路，还时不时地停下来，看看这儿，看看那儿，一路走，一路玩。——这算是骑着车子散步吧。

北宋蔡确写有一首《夏日登车盖亭》："纸屏石枕竹方床，手倦抛书午梦长。睡起莞然成独笑，数声渔笛在沧浪。"写他在一个夏日的中午闲呆着看书，看着看着，困了，便把书抛在一边，酣然入梦，美美地睡了一觉，睡醒起来，独自一个人坐在那儿傻笑，听到远处响起数声渔笛。我有时也是这样，一个人在书房里闲呆着，呆着呆着，困意袭来，就仰在藤椅上，不知不觉睡着了。

闲呆着，只是忙了累了烦了之后的小憩。世事繁杂，扰人心性，何妨停下来，闲呆一会儿，寻找到内心的那份从容、淡定与宁静，再站起来，微笑着走向生活。

丝瓜络儿

妻子从老家带回来一只老丝瓜,扬手儿给我瞧,说:"收拾收拾,老丝瓜瓤儿,刷锅洗碗擦盘子,好使着呢!"

妻子把老丝瓜刮去了皮,又倒净里边的籽儿,老丝瓜就变成"丝瓜络儿"了——一团丝筋,密密麻麻缠绕、联结在一起,脉络清晰,并不紊乱。哈,怪不得叫"丝瓜"哩,果真是名正言顺!造物主的巧夺天工,即便体现在一团丝瓜络儿上,也令人叹奇。这些筋络如此繁复和细密,排列组合得又是这样周整与紧致,即使让巧手的姑娘专门去织,恐怕也是织不出的吧。

丝瓜络儿白净、筋道而又可手儿,拿到洗碗池子一试,果然很得当。这物件儿本色天然,纯植物纤维,清爽、透气,无毒无害无异味,又结实耐用,符合低碳环保要求,而且,属于修废利旧,没有成本,不用花钱。

不知是谁最早发现丝瓜络儿的妙用?我推想着,一定是乡间的一位善于勤俭持家的贤惠媳妇吧。发现全在偶然和无意之间。兴许是在某一天,她正在收拾着家务,随手拿起放在窗台上的一只干枯了的老丝瓜,轻轻抠开丝瓜瓤儿,倒出里边的瓜子,包起来,预备作来年的种子。剩下一团丝瓜瓤子,一时想不出它的用处,就想着当作柴火,扔进锅头下的灶火里。忽然,她的脑海里灵光一闪:这玩意儿又软和又干净,能不能当个抹布来刷锅洗碗?她拿起那个老丝瓜瓤子,走到厨房里去……由此,丝瓜络儿就在民间流传开来。现在,丝瓜络儿被当作天然的"百洁布"、洗洁巾,已经走进城市的超市,网店、微商也有专门卖这个的,还有的人,洗澡的时候也用这个来当"沐浴球"。

并不起眼儿的丝瓜络儿,因为变废为宝而重新派上了用场,让人不由得感到一种待见与欢喜,也让人见识到蕴藏于纯朴和自然里的那一点小小的美好与好玩儿。这样的物事,并不稀奇,在生活中,在我们身边,经常能够见到。

学　　费

　　我是在20世纪70年代初开始上学的。我没有上过幼儿园（那时的乡村还没有幼儿园，后来有了，叫"育红班"），直接读一年级。入学那天的情景，我至今还记得，母亲把我领到学校去，交给李辰姐老师，在一个本子上登记上名字，然后交了五毛钱的学费，我就成了一名一年级的小学生了。五毛钱——那时的学费真是"便宜"啊，村里的小孩子们都能念书，没有一个辍学的。母亲说，这是沾了毛主席的光儿，我们才有学上的。

　　我喜欢上学。上了学后，我的成绩不错，进步很快，第一学期结束时，我在班上考了100分，领回来一张好看的奖状，两手端着，兴冲冲地跑回来，交给正在做饭的母亲。记得奖状上面有杨乱子校长用毛笔写的"成绩优异""以资鼓励"之类的话，当时也不懂是什么意思，反正是一股劲儿地高兴。母亲以为我是块念书的料儿，也跟着高兴。

　　我的学习成绩一直都还好，每学期除了领到一张"三好学生"的奖状外，还能领到奖品，铅笔啦，学习本啊，文具盒啦。有了这些奖品，就不用再花钱买了，算一算省下来的钱，学费差不多就等于没掏一样。

　　我的初一初二也是在我们村小学念的，初三时因为全公社搞联合并校而转到了邻村南李家庄。初中的学费是每年两块半，开学的时候，母亲把钱交给我，我再交给老师，从没落过，我也从来没有为学费操过心。我仍然每个学期能得到奖品，奖品也比小学的时候"高级"，白报本、教案本，最贵重的是钢笔，一支七毛六分钱。我所使用的第一支钢笔，就是当时的校长吴连成发给我的奖品。这期间,我也搞过勤工俭学,和小伙伴儿一起捅过老牛壳儿(蝉蜕,是一种中药材),可惜保存不当,最后都碎成了皮皮儿片片儿的碎末子,一次也没能卖成。还有一次,是在上初一时,学校让我们捋洋槐树的叶子,晒干后交给学校。我很积极,忙活了一暑假,晒了一大席篓,卖了五毛七分钱。我还去公社废品收购站卖过我平日里收集的玻璃、废纸、破铜烂铁,最多的一次卖到了三块钱,感觉是很大的一笔收入了。这些钱父母没要,都留给了我,我也没乱花,大都用在买笔买本子上了。

初中毕业是人生的一道分水岭,我的许多同学就此辍学,或是去学瓦匠木匠,或是接替父亲去工厂上班,或是在家里务农种地。我考上了高中,接着念书。那时,家里的日子境况一般,母亲有时也念叨,要是我也去外头干活儿挣钱,或者在家种地,都能帮上她不少忙。母亲常常一个人在地里干活,没有帮手儿,有时很费劲地拉着小胶车儿,拉不动了就没好气,回来就埋怨我,弄得我心里很是惭愧,却又无奈。而且,我越来越觉得,长这么大了,还伸着手向家里要钱,心里头总有一种负疚感。

我也想着办法给家里省钱、挣钱。初三毕业那年的暑假,我开始给村里的建筑队当小工儿,一天挣五毛钱,生产队还给记工分。以后,每年的暑假,除了帮母亲干些地里的农活儿,我就跟着建筑队干活儿。我五爷爷是建筑队的工头儿,领着一伙子人去石家庄郊区振头给人家翻盖房子。我是学生,干不了别的,主要当小工儿,负责打下手儿,和泥、饮砖、搬砖、筛沙子、挖地基坑槽、加料斗子、支架板,大工不干的,小工儿都得干,随叫随到。到20世纪80年代初那会儿,当一天小工儿能挣两块钱。一个暑假下来,五爷爷交给我一小笔钱,除去交学费,我还能交给母亲一部分。

上高中期间,我开始写作,学着给报纸投稿,零星地发表过几篇,一共挣到过三笔稿费,一次五块,一次三块,还有一次是七块。钱虽然不多,但因为是稿费,好像跟别的钱不一样似的,引得不少人羡慕。

1985年我考上大学前,曾补习了两年,补习费花了八十块,期间,母亲一个月另外给我九块钱,交给学生食堂买饭票、菜票。考上大学的第一年，除了入学时买教科书花了七十块，以后，就再没有跟家里要过一分钱的生活费，虽然身上依然很少有钱，但比过去好过得多了。

我上的是河北师大，国家对师范生有照顾政策，不用交学费，除此以外，还发给伙食补助，每月十七块五的粮票和菜金，拘着点儿，基本就够吃了。住宿舍也不用交钱。要说花项，主要是买书、看电影——当然也不能由着性儿地买和看。再有，就是有过去的同学来师大找我，我请他们到学生食堂吃一顿好一点儿的饭（我们那时是很少去下饭馆的，大三以后才开始去一些小馆子）。大学里功课不算紧张，我有了更多的时间写稿子，经常给报社投稿。我们中文系教儿童文学的刘绍本老师和教写作课的李寿安老师，经常帮着往报社推荐我们学生写的稿子，发表的也比原先多了。我那时写不了别的，净鼓捣些小散文、小评论、小言论什么的，投给校报，以及《石家庄日报》《石家庄晚报》（《燕赵晚报》的前身）《建设日报》《河北日报》，隔个十天半月的能登出一篇，过上一段时间，就有汇款单寄过来，大多是四块的，五块的，《河北日报》的稿费高，一给就是十块、十五块，但是也很难发表。我把得来的这些稿费攒着，给自己买背心、买衬衣、买鞋子、买裤子。另外，每年放寒假时，我差不多都能评上优秀学生干部，奖金最少三十块，最多九十块，我就把这些奖金拿回家交给母亲。我还用自己攒的稿费给家里交过电费和买粮种儿的钱。大学的暑假里，我仍像过去一样去建筑队当小工儿，还到菜市场卖过一阵子菜。我曾经在学校宿舍的水房里捡过一阵儿牙膏皮，是因为听人说牙膏皮是锡的，有人回收，一支能卖五分钱，结果我捡了好几个月，攒了一袋子，却根本没人收这玩意儿，最后都扔掉了。

人们常说"穷学生"这个、"穷学生"那个的。是的，学生时期的确是很穷的，有时候，好长一段时间身上连一分钱也没有，但我并没有觉得自己有多穷，也不觉得自己有多苦，钱少就尽量省着花，没有也没法儿，日子照样一天天地过——没钱就不花呗，等有了钱再说，有饭吃就行。我这人不大讲究儿，不讲吃，不讲穿，更不闹排场。我力所能及地挣点儿钱，一方面照顾自己的生活，一方面也锻炼自己、磨炼自己。那时，堂兄堂弟们有的当瓦匠，有的当木匠，一天能挣四块钱五块钱，我的一些初中同学、高中同学有的当兵去了，有的顶班当工人，每月有工资。我虽然比不上他们，没能像他们那样早早就给家里做贡献，但我至少没给家里再增添更多的负担，足能养活自己，这在我的内心里，觉得是一件值得欣慰的事。

一个人身在苦中而不觉得苦，精神饱满地怀揣着单纯、朴素的人生梦想去奋斗，这样的日子，恐怕只有是在青少年时代吧。

睡

我能吃能睡，很少为失眠发愁。母亲早就夸过我："少心没肺，沾枕头就睡，'睡手儿'不赖！"

我的确是好"睡手儿"——入睡快，躺下就着，超不过五分钟；睡得沉，一般的动静儿是惊不到我的，即便被惊醒，若没什么大事，翻个身儿，继续睡。还有一点，就是在哪儿都能睡得着，从不"择床"。坐车坐船坐飞机，歪歪么么一会儿，就睡着了。

一个人睡眠的好坏，在很大程度上取决于他的心情。宋人周密在《齐东野语·睡》中说："近世西山蔡季通有睡诀云：睡侧而屈，觉正而伸，早晚以时。先睡心，后睡眼。"人要睡得好，先要使心情宁静，然后才能闭上眼睛，睡得安稳。我的一副好"睡手儿"，即缘于心无挂碍，信奉"顺其自然、随遇而安"，很少走心去想那些太多太远太复杂的事情，也就是肚子里不大搁事儿，搁也搁不多。如此，睡觉也便容易得多了。

我在家里是头大，长到六七岁，开始帮着家里小使小唤。十来岁时，地里的活儿好多都能做得来。到了十四五，能顶多半个劳力使，母亲和父亲支使我的时候也就更多，去地里干这，去地里干那，担水、垫圈、喂猪、和煤泥、出炉灰、挡鸡窝等家务活儿也有份儿。偏偏能睡，每天早起，总要母亲大着嗓门儿喊，甚至骂，才睁着惺忪的睡眼，三魂丢了二魂似的从炕上爬起来。有一回，邻居凤兰婶子跟我开玩笑说："峰峰，你娘大早起又喊骂你了吧？'日头都晒着屁股了！'——我在俺家院子里都听见啦！"那时还年轻，叫婶子一说，害臊得不行，为这事还跟母亲翻叨了几句。可是，我改不了自己的能睡，母亲也改不了她的大嗓门儿。要是母亲不催着喊叫，我能睡到日上三竿。一直到我结婚以后，还被母亲嚷骂着起床。"好睡手儿"成了个毛病了。

母亲常年习惯早起，每天早上总是第一个起来。她的口头禅是："早起三光，迟起三慌。"母亲也常给我们讲二爷爷的故事。我二爷爷是个终年勤谨的老人，不管春夏秋冬，总是天一扑明儿，就起来劳作，或是拾粪，或是拉土，或是垫圈，或是拉上小胶车儿，到村外的树林子里搂树叶子，或是一早起剜了半亩地。再看看自己，却在懒躺高卧之中，白白浪费了大好的晨光，实在感到羞愧。

我后来喜欢业余写作。写作这件事，是很耗工夫儿的，在我，因为是业余，大多时候都是用熬夜来争取时间。人生苦短，时光飞逝，而时间有数，不肯多分给谁一分一秒，只能靠从熬夜中挖取和延长。本来是好睡手儿的我，有时也只好抛开瞌睡，于是，晚睡晚起，也就在所难免。好在这时我已离开老家，母亲看不到我赖床，也就不用再害怕她的大嗓门儿。我妻子也讨厌我起床晚，但她更多的是催促我晚上不要熬夜，督促我早睡早起。她经常给我算一笔账儿：早睡了，就能早起，有熬夜的那工夫儿，早起一会儿也就补上了。更何况，早睡早起，有益身体。账儿是明白账儿，但架不住我喜欢夜晚，喜欢"开夜车"。而据孟子的"夜气"说，晚上适宜静思，一个人在入夜时分最容易入道、通神。于古有征，我更"有理"了。这么多年，早睡的时候不多，有时甚至熬过通宵。

但我其实并不缺觉儿。一来是晚起，二来是每天必定午睡。尤其是午睡，必不可少，否则，后响的脑子和工作就会混乱不堪。我在机关工作时，曾作过几年会议秘书，经常负责办公会议的记录。有时会议开起来很拖沓、无趣，有个别人发言、讲话干干巴巴，又絮絮叨叨，更显沉闷、冗长，听一会儿就容易犯困，昏昏欲睡的，真想找个背人的旮旯睡上一会儿。为了赶跑"瞌睡虫儿"，我就在开会之前先喝一杯两杯咖啡，提提神儿，挺顶事儿的。

我现在是真正在践行早睡早起了。一则现在的单位离家路远，每天必须早起，要不就会迟到。要早走，就须早起，要早起，就要早睡。二则，年岁也渐渐大了，精力下降，不敢再熬夜。早睡早起了，其他习惯也随之改变，也很快发现了早睡早起的好处，正像我妻子早就给我说过的那样，背着抱着一般沉，早睡早起并未浪费什么时间，也并未耽搁什么事。而且，一天里都是精神饱满的。

有人算过，人的一生中，三分之一的时间要在睡眠中度过。睡眠对于一个人来说，是一件顶要紧的事。有很好的睡眠，就有很好的休息，是为了更好地工作。能睡得着，睡眠质量还好，这是多么幸福的事！因为，不知道有多少人在夜里为着失眠而苦恼着。有的人越睡不着越焦急，越焦急就越睡不着，这太难受了。我也听说过许多治疗失眠的"偏方"，如数羊，数数儿，但近似搞笑，不知到底有没有成效。

闲事少管，睡觉养眼。对于一个人来说，只要能睡得着，天就塌不下来。天塌不下来，世上也就没有什么大不了的事。

和 煤 泥

  我小的时候，乡下缺烧的，烧水做饭通常是用烧柴火的灶火。蒸馒头或贴饼子时，光烧柴火不够劲，得有"硬火"才行，最好是烧煤。可乡下哪有那么多煤呢？老百姓平时烧的是从城市工厂锅炉里清理出来的没有烧透、烧尽的炉灰渣子——"乏炭"。冬天天冷的时候，住人的屋子里要生火烧炕，连烧水做饭带房间取暖，这时节上，才舍得烧点儿煤，但也不是敞着格儿地烧，要留着最要紧的时候才添上一点儿，跟芝麻盐儿似的，得省着用才行。老百姓里有能人，也不知是谁，"发明"了煤泥这东西。更多的时候，人们烧炕、做饭用的是煤泥或者晒干的煤泥糕。

  煤泥是把煤面子和黄土掺和在一起，加上水和成的。煤面子里掺些黄土，一方面能节省用煤，再有，也经用、好烧、耐烧。烧煤泥，虽说不像烧块儿煤那么火旺，火苗儿也不太"硬"，但能有效增加"供给"，也比烧柴火的热效高，不失为一个两全其美的法子。乡下人家过日子攥得紧、抠得细，事事处处都需要这样算一算小账儿的。

  在我们家，和煤泥、出炉灰的活计，大多是由我来干。那也是像我那样年纪的半大男孩子们，每天要干的最主要的一样家务活儿。

  每年头入冬，我们都要从地里往回拉一些黄土。村子里差不多家家门前都有一个不大不小的土堆。这些土，除了用来垫圈，再就是和煤泥。和煤泥是有要领的——煤面和黄土的比例是三比一，也就是说，放三锨煤面子，须加一锨黄土，先把煤面子和黄土掺和均匀了，再浇上适量的水，用铁锹来回翻搅几遍，煤泥就和好了。如果掌握不好这个要领，和出来的煤泥就不好烧——煤多了，土少了，煤泥黏性不足，放进炉灶里容易塌窝儿，晒成煤泥糕儿也不结实，一弄就散碎开了；煤少了，土多了，不好烧，关键是烧不起火苗来，有点儿火苗儿也不壮，老是上不来，半死不活的，做饭、烧水顶不上劲儿，弄不好还会灭炉子，更麻烦；煤和土比例正好，放水也得把握好量，水少了不成坨，水多了稀溜溜儿软，不好收拾。

和煤泥，除了现烧现和外，还要晒些煤泥糕。晒煤泥糕时，有的是在露天晒，把和好的煤泥摊开、摊平，再用铁锹刃儿划上方格，晒干之后，能一块儿一块儿地掰开，摞起来存放。也有的把湿煤泥摊在炉台子上，在炉口周围摊上一圈儿，干得更快。平时烧水、做饭，一般是烧晒干的煤泥糕，不用火时，就用湿煤泥垛住。晚上要睡了，炉子也要用湿煤泥封住炉口，再用火箸捅开一个小指头儿粗的火眼儿，到第二天的早上需要用火时再捅开，养一养，火就壮了。要是不用煤泥把炉子封住，火会烧得过旺，不留心就会烧得"过"了，炉子一烧过，就容易灭，那就得重新生炉子。生炉子是个很烦琐的事情，引火、加柴、添煤，程序很多，得小心翼翼的，结果还是弄得满屋子炮烟咕咚，呛得流泪、咳嗽，弄不好脸上也抹得乌眉画道儿，像是爬过烟囱似的。

我们家冬天生炕火，就是在炕沿儿下砌个齐膝高的炉台，烟道盘在炕里头，弯来绕去的，最后顺着墙角儿一直通到房顶上，房顶上再垒一截儿矮矮的烟囱。这样，生火的时候，跑烟的时候，热气便在炕洞子里盘来绕去，"顺便"也把土炕烧热了。炉台的前边，要挖个四四方方的炉灰坑，烧过的煤灰炉渣子，就落在炉灰坑里；炉台边上，一般是在右边，有个煤泥池子，大都是用砖头砌成的，专门用来盛煤泥，我们家是使用一个小半截的破瓮底子来当煤泥池。

后来，生活渐渐好转，烧煤也不像过去那么紧张了。烧了二十多年的煤泥，慢慢退出生活舞台，改成了烧蜂窝煤，冬天取暖也用上了土暖气。2017年冬天的时候，村子里家家户户通上了天然气，做饭、取暖再也不用烟熏火燎地烧柴火了，也不用着急买煤、烧煤了。和煤泥、烧煤泥，一身土、一头灰的时代，终于一去不复返了。

父亲的坏脾气

作家贾平凹曾在一篇文章里写道:"儿女小时可以打,如拍打衣服上的土,稍大了就是皮球,越打越蹦得高。"他回忆说,在他大学毕业以后,他父亲还曾踢过他一脚,再后来才不再挨打。读到这里,我不禁笑了起来,我想起我的父亲,我在少小的时候,可是没少挨他的打。

父亲年轻时,脾气很是暴躁。我打小就很怕他。父亲好像跟我不对眼似的,见了我,一向不给好眉眼。他在石家庄上班,每天傍晚来临,我的心里就开始紧张、发怵,想方设法不待在家里,因为父亲快要下班回来了。远远看见了父亲的影子,我就赶紧悄没声儿地躲开。可是,能躲到哪里呢?又能躲多会儿呢?——唉,那些惊悸不安的日子啊!

三个孩子中,我是头大,又是小子家,挨打也就最多。我反省过自己,为啥老是挨打?这里头固然有父亲脾气性格的原因,但与我不能讨他的喜欢也很有关系。我打小嘴笨,不好说,也不会说,有事儿学不清,遇着事,话头儿赶不上来,一着急,便脸红脖子粗地梗住,瞪着大眼,哦、哦半天也说不上来一句赶劲的话。慢慢地,我就养成沉默寡言的习性,成天闷不腾儿的,不言不语儿;遇上人多的时候,尤其是跟陌生人在一块儿,总好蔫巴巴地缩在一边,当个闷嘴儿葫芦。不好说吧,性子却又轴又拧,肚子里有老主意,加上好怪(我们这里讲"怪",是指不出声儿地捣乱的意思),于是,断不了就捅些娄子出来,自然就不招父亲待见了。挨父亲的打,特别是挨得重的几次,我到现在都还记着,实在是那份疼痛和屈辱留给我的印象深刻得让人难以忘掉。

打从记事儿起，我就害怕父亲。他的"气场"实在强大，我像小老鼠怕猫一样，不敢往他跟前走，能躲开就尽量远远地躲开。有时，本来我一个人正在一个地方若无其事地闲待着，或者是正在独自玩儿着什么，眼角的余光无意间扫到了父亲的影子，或者听到了他的动静，我会立马内心大乱、手脚无措，仿佛头顶一下子被阴云笼罩。还有时，我正和伙伴们在村外瞎跑着玩耍，只要有人在我身后低低地说一声："你爹过来了！"或者有人告诉我："还不快点儿回去？你爹正找你哩！"我就会吓得心里一急、浑身一紧，想要尿裤子的样子，比说"公社的张三喜来了"或"公安局的来了"还要让人神经紧张！我是被打怕了的。凡是因为闯祸的事惹怒了父亲，挨打是必定逃不掉的。父亲的打是真打，不是下手扇脑袋，就是拿脚踹屁股。若是母亲在旁边还好说，母亲会护着我，同样发怒地冲着父亲嚷骂："可村儿里你看看，有没有像你这样儿当爹的？小孩子家，不对了，嚷两句儿还不行啊？像你这样打，你就不怕把他打傻了啊？！"母亲一嚷嚷，父亲就住了手，虽然还没消气儿，却到底嘟嘟囔囔着走到一边儿去了。

那时候，母亲是我的"护法神"，有母亲在家，我就安然、自在、踏实一些。倘若母亲不在，我就会觉得没抓没挠儿不能安心，如果这个时候挨打，那就算是没救儿了，只有死挨死受。我要是想跑开，父亲就会瞪着大眼珠子雷吼一声："我看你给我跑跑！"我便像根木头杆子一样戳在那儿，耸着脖子，干等着父亲的巴掌带着一股风声，兜头抡下来。——我知道，跑是跑不远，也跑不掉的；跑了再被捉住，只会罪加一等。

我从三四岁开始，喜欢在墙上够得着的地方乱写乱画。有时用捡来的粉笔头儿、铅笔头儿，有时用小石块儿、小瓦片儿，有时用树枝、柴火棍儿，找到什么什么就是笔。画的最多的是汽车、拖拉机，模样都是歪扭、变形的，线条一律都是笨拙、死板的，有时连车轱辘也画不圆。其次就是好画一些张牙舞爪的小人儿、小狗儿，站没站相儿，笑没笑样儿，潦潦草草得不成个体统。按说，爱写爱画，小孩子的天性，应该不能算是什么缺点和错误吧。但父亲不喜欢，认为我这是"手贱"，是一种毛病，每回见了总要嚷一顿，吓得我立马扔了手中的粉笔头儿或树枝子，收紧了身子，贴住墙站着，噤若寒蝉。

有一回，父亲下班回来，见我在他新贴的年画的边上又涂鸦了一辆怪模怪样的汽车，一气之下，就朝着我的后脑勺扇了一巴掌，见我不吭声，以为我是不服气，就又踹了我一脚。平常，父亲揍我，我就咬紧牙关，绷紧身子，加上嘴又笨，不会说软话儿求饶，只好在那儿活受，打得身上疼得受不住，才扁着大嘴哭。这样一来，父亲越揍越生气，一边打我一边嚷："我叫你拧！你以为你是李玉和（革命现代样板戏、京剧《红灯记》中的英雄人物）哩，宁死不降是不是？"

那天，和我们家合住在一个院子里的桃枝婶子听见我又哭，忙从西屋里赶过来，人还没进屋，就先嚷嚷上了："这又是咋啦？咋又'歪歪'（小孩子哭）上了？——不是我说你哩，六月儿哥，你一回来就弄得孩子'歪歪歪'地叫唤！小孩子家惹着你什么了？"她上来推了我父亲一把，然后拉起我的手就往外走："走、走，上外头去，不赖他这儿等着挨打啦！唉，真是的！……哎，你这孩子还挺拧，走哇，糗在这儿不动，还等着挨你爹的打呀？"

我跟头跟跄地跟着桃枝婶子穿过院子，来到她家的西屋暂时"避难"。可是，没过多会儿，我又在她家里间屋的墙上，用攥在手心儿里的一小截铅笔头儿画了一辆拖拉机。可能因为还在哭着，喘气不平顺，拖拉机的几个车轱辘画得大小不一，有的还扁扁的，像是跑了气一样。婶子看见了，有些哭笑不得："唉，你说你这孩子，咋没个改呢？你不知道你刚刚挨了打呀，你爹为什么打你呀，你又给忘了？你这孩子呀！"婶子一边嘟囔着，一边走出屋门去，当笑话一样讲给父亲。父亲皱着眉头，一脸愁容地坐在东屋的门槛上，有些悻悻地说道："就是个属猪的，记吃不记打！"

曾经有一阵子，我有过一些担心：自己会不会被父亲连打带吓得缺了魂儿、少了心眼儿、留下后遗症？因为连我也明显地感觉到，我越来越胆小、懦弱、怯场，遇事没有主见，处事优柔寡断。我在班里、学校里的一些集体场合，总是尽量缩在不被人注意的一个角落里，才觉得心安理得。

后来我还发现，我在初中、高中和大学毕业时的合影照里，总是站在后排边角儿上的一个不引人注目的位置。可奇怪的是，有的时候我的性格却又正好相反，变得出奇地意志坚定，甚至胆大妄为、不管不顾，自己认准的事，就咬死理儿，谁来劝也说不下。我心里很是纠结：人生的路还很漫长，以后的我，该咋办呢？

村子里的孩子，挨大人的打并不少见。乡下的孩子，仿佛生来就命贱一等。大人们成天忙于活计，早出工、晚下晌，镇日里为着个穷日子像飞旋的陀螺一样奔波不停，也就顾不上多管我们。遇上哪个孩子调皮捣蛋不懂话，或是惹了什么祸事乱子，哪有工夫跟你苦口婆心、循循善诱呀，差不多都是张嘴就嚷骂，急了眼，也不管头子还是屁股，上去就是一巴掌；要是手不方便，抬脚就踹也是有的。挨嚷挨骂、挨打挨罚，差不多算是我们那一代乡下孩子们的家常便饭，好像我们这些小孩子生来就是讨账鬼，前世都跟父母有仇似的。

我上了学以后，境况有所好转，因为我的学习总的来说还算不错，也慢慢地懂了一些事。记得那时放了寒假，头过年的前四五天，父亲会抽出一天，用自行车驮着我，去他上班的厂子里洗一回澡。我其实挺怵头到父亲的厂子里来，每回遇到他那些热情、直爽的工友们，总要被他们好奇地围拢住，你问我这，他问我那，打听我的考试成绩，讨论我的高矮、黑白和胖瘦，高兴了这个搂一搂耳朵垂儿，那个摸一摸脑袋顶，嘻嘻哈哈地一个劲儿逗着我说话。我想，他们大概是稀罕听我那一口标准的硬橛橛的获鹿土话吧。我一五一十，有问必答，但我天生嘴拙，到了人跟前，特别是一遇到生人，更是说不上来，又因为自卑，也不肯多说一句话。他们还和父亲开着玩笑，故意颠倒黑白地使劲夸我，父亲看我不会嘴甜地叫"叔叔""伯伯""阿姨"，也不会主动说些讨好人的话，只是憨憨地涨红着个脸，张口结舌，还一个劲儿地低着头儿朝他身后躲藏，便有些生气，一边使劲地拉着我的胳膊或者袄袖子，将我从他身后往外撕拽着，一边谦卑地笑着说："你看看，没出过门子，一点儿也见不了个人！唉，蠢材一个！"在那些城里人面前，父亲的话像一把生了锈的钝刀子，一下一下笨拙地切割着、刺痛着一个乡下少年的自尊。

其实，父亲是个顶老实的人，名声是不错的。父亲在厂子里，工作勤奋努力，又能写会画，加上老实得有些谦卑，随和得有些绵软，从来没有像在家里那样凛然而严厉。我是在后来才慢慢地理解了父亲为什么这么暴躁的。那时候，受到家庭成分的牵涉，父亲事事小心谨慎，处处与人为善，组织上却一直对他不咸不淡、不冷不热，职位上进步很慢，工资又低，吃苦受累不少，仍是缺吃的、少花的，一年到头总在为穷日子来回盘算。无奈之下，他转头把对未来的希望寄托在孩子们身上。而我们的种种表现，又总是让他感到恨铁不成钢的失望。在他不顺心的时候，偏偏我又把应做好的事弄得一团糟，或者该说的话没有说到，他便开始数落我，结果越说越生气，越说越恼火，就转变成了炸雷似的嚷骂："看你的出息劲儿，长大了也是个吃菜的货！""吃菜的货"指的是啥呢？答案就一个字：猪！

每每这时，我的神情立马就显出不堪与狼狈来，特别是在过了十三四岁，我懂得了人要自尊自爱自重自强以后。父亲以撕裂的方式，当着那么多人的面损我，我就更多了一份苦恼甚至是气愤，也在我的心里留下痛苦深沉的阴影。这阴影是那么让人揪心和尴尬，但父亲似乎并无察觉。我变得愈加沉默和自卑。和父亲单独在一起的时候，我总是没有话说，举止和神情总不那么舒展、自然和从容。但是，我又有什么办法避开父亲呢？

我和父亲的关系，一直就是这样。母亲还在世时，在我们之间混着，或过渡一下，或周旋一下，和一和稀泥，情况还好一些。没了母亲之后，连这个桥梁纽带也断掉了。有时，在不得不单独面对父亲的时候，我甚至都找不到合适的话跟他说，也经常有弄得彼此不开心的时候。

我在父亲的嚷骂与呵斥中长大，变得羞怯、软弱，做事缩手缩脚，为人谨小慎微，遇事拿不准主意。步入社会、参加工作之后，虽说慢慢地有所改变，但性格当中依然缺乏那种从容、大气、决断和果敢，每逢领导让我站到人前说话，我就脑子"短路"，喉咙发紧，脑门子冒汗，无所措手足。我的朋友们以及我们单位的人，都知道我的嘴"不好使"。唉，一个人的人生之路倘若不是那么平顺，一定是有原因的，往上捯一捯根儿，就捯到了童年时期他所经历过的那些黯淡。我有时想，在我小的时候，父亲对我的教训和嚷骂，是想以此激励我奋发上进吧。我的固执的父亲总是有他的一番道理的。但对于当时那样一个原本就自卑而自尊心极强的孩子而言，父亲的这种态度，未尝不是一种伤害。

后来，家里的日子变好了些，父亲也渐渐变老，脾气变好了许多。特别是在我母亲去世以后，变化更多。虽然因为这事那事我做得不够周到，让他对我屡有不满意的地方，甚至跟我计较，跟我生气，跟我吵闹，但总的来说，还是比过去要好得多了。作家汪曾祺曾在一篇文章中回忆他的父亲，深情地说："多年的父子成兄弟。"话里透着平等、友好、温暖与融洽，真是让人羡慕啊！但我知道，我和父亲再怎么用力，怕是也达不到人家爷儿俩这种境界。唉，我们俩都不是那样的性格。我只能努力，多孝顺一些，尽可能多地给他的晚年生活注入一些暖意和亮色。毕竟，父亲这一辈子也不容易，往后岁数越来越大，只要他高高兴兴的，说到底也是我们做子女的欣慰之处。

这个夏天

进入九月,秋风渐起,又不慌不忙下过了两三场阵雨,天气转凉了。漫长而炎热的夏天,终于要过去了。

2018年的夏天,我过得并不平静、安稳。6月上旬的时候,参加单位组织的体检。做B超时,医生悄悄跟我说,在我的左肾上发现长了个不该长的东西,并询问往常年的体检结果。我说,往常年体检时,有医生说过左肾上显示有"钙化点",要注意观察。这时,三四个医生围了过来,盯着B超的显示屏细看,又站在一边小声地分析、商量,弄得我躺在那里,一时心里没底,七上八下的。最后的结论是:病变部位4.2cm×3.1cm,建议做加强CT以进一步确认。

没有一点思想准备,家里人和我,都一下子紧张起来,第二天就赶到医院做了个加强CT。结果一出来,医生们严肃而强烈地建议:马上住院,准备手术!这样,6月中旬住院,等端午节一过,马上实施手术。许是手术方案不够严谨(医生不承认),或是医生术后处置不够得当(医生更是自信地不承认),本来快要出院的我,却在术后第四天的半夜里出现了紧急状况:尿不出来了!又着急,又害怕,又憋得慌,我一下子满头大汗,一使劲,导致伤口二次出血。值夜班的女医生过来看了看,问了几句,却也是情况不明、束手无策。直到天亮以后,主治医生来了,才赶紧采取措施,作出处置。这个时候,我已经处于半昏迷状态,满身冷汗淋漓,狼狈得不成样子,像是刚从水里捞出来一样。

这样，我又被迫躺在病床上度过了苦不堪言的八九天！有一种陌生的、毫无经验的闷疼，在身体的深处潜伏着，不时出来冲撞一下我的忍受力。那阵子，正赶上石家庄连续高温预警。我无助地躺在那里，不能动弹，更不能翻身，只能保持一种姿势，简直度日如年：常常是满身大汗，却又不能见凉风；连着十几天不能洗头、不能洗澡，感觉头发都要沤掉了；该着吃饭了，老是不觉得饿，啥也不想吃；因为吹了空调，竟发了两起高烧，昏昏沉沉之际，莫测的际遇呀，错乱的遭逢呀，脆弱的生命呀，唉，脑子里真有了"万念俱灰""心灰意冷"的念头儿……我居然在医院里辗转了24天！那真是一段狼狈、黑暗、纠结而又无奈的日子，除了自己吃苦受罪，家人、亲友、领导、同事也都跟着忙忙乱乱、跑前跑后。说实在的，我现在一点都不愿意回忆那一程万般沮丧的日子，回忆起来总有一种不真实的感觉。

出院后正值暑假，可以安安生生待在家里休养。好在我身体的底子好，恢复起来倒也很快。妻子照顾得细致周到，啥活儿也不让我干，除了吃，就是坐着，坐得累了，就躺着。天气总是炎热，便总也闷在家里，无所事事，百无聊赖，只在一早一晚，趁着还算凉快点儿，到楼下遛遛弯儿，转两圈儿。有一次，碰到原来单位的一位老领导，他一脸诧异地望着我："你这是咋的啦？咋剃了个光头呀？不好看，身上也见瘦了。"我说，剃光头是图凉快和省事儿；瘦嘛，住医院、做手术可不是好耍的，体重一下子减了二十斤哩！老领导笑了："你呀，这是让医生给忽悠了！看我，左右两边的肾上，都有东西，好多年了也没事。医生眼里呀，稍微有点儿什么，就都是事儿！……"

这个夏天也就这么稀里糊涂地晃荡过来了！——我原本想在暑假里做好多事呢，结果，大都泡了汤，只是闲待着无聊，多听了许多歌，多读了几本书而已。

回想起来，之所以有此遭遇，可能与我多年来作息不规律，老是熬夜，还有其他一些不良生活习惯是有密切关联的吧。得过这么一场病，紧张过，沮丧过，焦躁过，忧伤过，落寞过，好在慢慢地也都应付过来了。我也思考、总结了许多，其中很重要的一点就是，珍重健康才是福。记得

"万无一失"这个成语不?——"一失"健康,就"万无"了!五十多岁了,得过这么一场病,也使我更加珍惜身边的亲人,更加珍惜时光,也更加热爱生活!我想着,从此以后,我要改掉过去的不良生活习惯,不再熬夜久坐,每日早睡早起,远离烟酒和应酬,关心粮食和蔬菜,保持心情开朗、愉快,在这个风雨兼程、忙碌而缤纷的尘世,努力去做一个珍重当下、关注健康、懂得幸福、珍爱幸福的人!

2018年9月2日,写于石家庄

世相（八则）

一

十字路口的红灯亮了。一位骑自行车带着小孩儿的年轻母亲停下来等红灯。

小孩儿是个两三岁的小女孩儿，花骨朵儿似的可爱。她正在心不在焉地啃着一支老玉米，用两手捧着，一会儿颠过来啃两下，一会儿又倒过去看看，再啃两口，老玉米让她啃得乱七八糟。

过了会儿，小女孩儿忽然欠起身儿，对妈妈撒着娇说："妈妈，我不想吃了。"妈妈稍微往后扭了一下头儿，说："不想吃了？不想吃扔了吧。"

"叭唧！"小女孩儿随手一扔，把老玉米扔在马路上了。周围一同等红灯的人们，都朝着这娘俩儿看，眼神儿怪异，有的还撇了撇嘴角儿，但没有人说话。

这时，绿灯亮了，年轻的母亲驮着小女孩儿，若无其事地骑过了路口儿。

街上依旧车水马龙。

二

去吃自助餐。

临桌来了位小伙子，先是一趟一趟地，来来回回弄了四大盘子水果：西瓜，菠萝，哈密瓜，火龙果。等了会儿，又端来一大盘子菜，然后坐下来，埋着头儿，专心致志地自顾自地吃起来。

弄这么多，我还以为不是他一个人呢。

他先吃那些水果，吃得很快，西瓜、哈密瓜，都是只吃一口儿，把瓜尖儿轻轻一咬，就扔在了一边，不一会儿就堆成了一堆。服务员过来帮着他拾掇，悄悄地白瞪了他一眼。小伙子仍旧埋着头自顾自地吃，既不看服务员，也没觉察到我正在悄悄地看他。"吃相难看！"我在心里悄悄给了他个鉴定。

其实，小伙子长得挺帅，就是有点胖，服装和发型也"别致"，怎么说呢，有点儿轻微的不太狠的"杀马特"。

我忽然觉得自己这样也不够礼貌，就赶紧扭过头来，收回视线，好好吃自己的饭。

三

在街边碰到一处卖红枣儿的小摊儿，从行唐来的，是一对父子。

一个老太太正在买他们的枣儿，她说她要二斤就行了。十五六岁的儿子张罗着给她装兜儿，然后过秤。

一看，这儿子就是个生手儿。他猫着腰，一边仔细地看着秤，一边小声地嘟囔："多了不多点儿，再去去。"然后就从兜子里往外抓枣儿，抓出了俩仨来，秤还是高，就又伸手去抓，老太太不干了，气咻咻地嚷了起来："啊，你差那俩呀？秤给高点儿就不行呀？"小伙子尴尬地停住，直起腰来，看看老太太，又扭头儿看他父亲。

他父亲从三马子车边走过来，扫一眼秤，大大方方地提起兜子递给老太太，又随手装进去一小把红枣儿，笑着说："给，老人家！一个吃的东西，秤高点儿就高点儿呗。"一边又埋怨似的瞪了儿子一眼："你这孩子，生。"

那位父亲接着给我称枣儿。他一开始装的不够秤，便一边称着，一边往塑料兜儿里添，三四个，又三四个，等秤杆刚要翘起来时，笑呵呵地把塑料兜儿摘下来递给我。

我的心情要比刚才那位老太太好得多了。

四

早上，公园里。

一个女人正在遛狗。那小狗儿一副乖巧可爱的样子，讨人喜欢。它的前后脚上还穿着红袜子，来回蹦蹦跳跳，煞有介事，滑稽得让人直想笑。

忽然，它停在一棵树旁不肯走了。女人使劲地拖着牵它的绳子，它执拗地往旁边歪着脖子，赖在那儿不肯动。女人走回来，弯下腰，慈爱地问它："宝贝儿，你是不是饿了？"小狗儿不理睬她，蹲在那儿，瞪着圆溜溜的眼，心不在焉地东瞅瞅西看看。女人接着问："你是不是渴了呀？咱赶紧回去喝水吧。"语气里满是爱怜。小狗儿扑拉了一下短短的尾巴，仍是一声不响。女人有些生气，伸手又去拧它的耳朵："问你呢，听见没有？"小狗儿歪歪脑袋，躲着女人的手。女人没了耐心，生气了，站起来，轻轻地踢了小狗儿一脚："装什么洋相，给我走！"

小狗儿忽地站了起来，迈着欢快的小碎步儿，一蹿一蹿地往前跑了，把牵在女人手里的绳子扯得直直的。

"慢点儿，慢点儿，小东西！哎哟喂……"女人的步子变得有些紧张而零乱起来。

五

一个周日的下午，我去石家庄图书批发市场的秋林书城买书。

排队结账时，我前头的一位初中生模样的小姑娘，忽然回头冲着我说："哎，借你一块钱！"我一愣。当意识到这位小姑娘是在跟我说话时，我稍稍迟疑了一下，也没多想，就从钱包里找出来一块钱，随手交给了她。那小姑娘结完账，匆匆地对我说了句："谢谢谢谢！"然后就低着头急匆匆地走开了。

女收银员有些诧异地望着我,问道:"刚才那小姑娘是跟你借的钱吧?你认识她吗?"我说:"是跟我借的,但我不认识她。""不认识你咋还借给她?""我看人家一个小姑娘,就给她呗。再说也就一块钱,没啥。"收银员淡淡地笑了笑,说:"其实,我看见她手里还有一张整钱呢……有意思,我们这儿断不了遇有这样的人,跟人也不认识,却开口借钱,借也不多借,就借一两块。"

刚才那小姑娘,也真够敢说话的:面对一个平白无故的陌生人,张嘴就"哎"人家,借一块钱,一点儿也没有难为情。假如是我的话,钱不够我宁可不买,也不会轻易去向一个陌生人开口借钱。怎么好意思呢?要是遭到拒绝,该会有多尴尬!

平心而论,如果换转一个地方,不是在书店而是在一个别的什么地方,不是买书而是干别的,一个陌生人张嘴向我借一块钱,给不给还真说不定。可是,这是在书店买书,为一块钱而问到你了,举手之劳的小忙,还是应该帮一帮的吧。

不过,我想要说的是,这小姑娘在向人求助借钱的时候,实在应该更礼貌一些的——连个"叔叔"或"伯伯"也不叫,只喊了我个"哎","谢谢"也说得跟"语气助词"似的没有多少诚意,这是有些说不过去的。

六

那天晚上,我在单位加完班,骑车往回走,走到立交桥下的路口时,前方正好由红灯转换绿灯,便照直往前骑。这时,一辆由东向西的电动车,像一抹黑影儿一般突然闯过来,我赶紧捏住车闸,但为时已晚,"咣当"一声,电动车撞上我的前车轮。猛烈的撞击使得车身向右拐了个弯,前轮也变了形,没法儿走了。

撞上我的是个二十多岁的年轻姑娘。她这一下子不光把我吓得不轻,她也惊慌得有些发蒙,语无伦次地一个劲儿解释:"我跟着前边的一个人,没看见红灯,我有急事,一点儿也没注意到你……我还紧着要回家哩！"我看姑娘那急乎乎的样子，都快要哭了，一时间也不知道说什么。在围观路人的劝说下，那姑娘有些犯难地掏出100元，说："我身上只有一百二十，给你一百，我留二十，要是不够你修车子的话，只要你打电话，我再给你补。"围观的人中有人说："一百肯定不够，这种牌子的公路车，我知道，修理费很贵的。"我没说别的，彼此留下电话号码，然后，她就骑上电动车急匆匆地走了。这时我才发现，自始至终，她竟然连车子也没下。

车子不能再骑了，打出租又接连遭拒，只好打电话叫朋友开车过来，帮忙把车子拉回家。来来回回这么一折腾，一个多小时过去了。第二天，我去捷安特自行车专卖店修车，前车轮的里带、外带都没事，只是折了三四根辐条，车圈有些变形，就换了一幅新车圈和几根辐条，花去98元。

事情就这么过去了。对于那晚我是怎么回的家、车子修好了没有、100元够不够修车，那位姑娘始终没再来电话问询一声。我只记得那姑娘当时对我说，她姓贾，是某茶城的一名茶艺师。

那天晚上，幸亏她撞上的是我的自行车，而不是电动车或者汽车。

七

一个夏天的晚上，我和妻子去超市买鸡蛋。

卖鸡蛋的柜台那儿，有十一二个人在等着，松松散散地，排着一溜儿长队。一位中年女售货员上上下下忙活着，先是弯着腰往塑料袋儿里捡鸡蛋，再称重，贴签，封口儿。因为小心翼翼，所以动作有些慢，排队的人们慢慢地就有些急和烦。一位老者终于忍不住，冲着售货员喊道："哎呀，怎么这么慢呀！让我们自己拾好了，也省得你一个人又慢又辛苦，又让我们干等着。"售货员直起腰，扭过头儿来，纯朴地笑一笑，说："不行的，超市有规定，只能由我来。别着急，很快就轮到了。"一位大妈又问了几句，售货员很有耐心地解释，说是若让顾客自己捡，有的人手轻，有的人手重，有的喜欢红皮蛋，有的喜欢白皮蛋，有的喜欢大个儿的，有的专门挑小的。人们来来回回、挑挑拣拣的，鸡蛋破损率太高，损失太大。而且，这些鸡蛋是"促销蛋"，价钱便宜些，超市规定限量供应，每人每次只能三十枚。有的顾客想沾便宜，老是想着能多捡一些，就断不了为这事儿吵吵嚷嚷，弄得大家都不愉快……

听她这么一说，人们只好耐着性子继续排队，耐心地看着售货员不停地忙活，却帮不上忙。售货员把称好的鸡蛋交给等在旁边的顾客，转身又猫下腰去捡鸡蛋了。称重的空当，她一边用左手轻轻地捶着后腰，一边低声地长吁短叹，想必是累得腰酸背痛了吧。——工作单调又辛苦，没有片刻的空闲，还要忍受着顾客嫌慢的埋怨，时间一长，腰背不酸痛才怪。

后边陆续又有人过来排队，也就又有人问她能不能自己捡，她就一遍遍地解释。在我买到鸡蛋要离开时，同样的问题，女售货员已经解答过三次了，好在她的态度一直是热情的，不慌不忙地，一边说着话，一边手不停。

我想，要是我在这儿卖鸡蛋的话，就在柜台旁边贴上一则告示，告诉顾客两点：一是因为是让利促销，每人每次限购30枚；二是可以由超市员工负责捡鸡蛋，保证不破不裂，也可以自己捡鸡蛋，但是不能乱挑。这样周知一下，既清楚明了，容易取得顾客的理解，又可以软化和安抚顾客的情绪，还能省却不少不必要的口舌麻烦。至于每人每次是否30枚、挑啦拣啦，不用去计较，也懒得计较，差不多就行。

如果下次再去买鸡蛋，我就把这个想法告诉那位纯朴、实诚的女售货员。

八

"站住！给我站住！——我就不信追不上你！""今天非逮住你小子不可！"

大街上忽然传来一阵急促、忙乱的脚步声，一个又高又瘦的男人在前边猛跑，后边一个个头儿不高的胖男人在奋力紧追，一边追，一边还高声喊着。人们不知发生了什么事，纷纷驻足。

"抓小偷呢？"一个人问旁边的另一个人。

"小偷？小偷最可恨了！"

"快，抓小偷啊！"

好人就是多，醒过神儿来的人们跟上胖男人，一块儿向前追去。

"还不站住？！——你小子真有劲儿跑啊！"胖男人早已气喘吁吁、满头大汗，仍锲而不舍地追着。

说话间，前面那个男人跑到了一个小区门口儿。可能也是跑累了，他跟跟跄跄地停下来，拄着双膝大口大口地喘息，脸憋得像猪肝一样。

"快抓住他！快抓住他！"人们纷纷喊着。

小区门口儿值勤的保安听到喊声，马上赶过来，没怎么使招儿，就反拧了那个男人的胳膊。

"哎呀哎呀，快放开快放开！干吗呀你们？"那男人疼得龇牙咧嘴，不停地叫唤。

"放老实点儿！走，送派出所再说话！"赶上来的人们纷纷喊着、嚷着。

"上什么派出所？快放开我，拧得我疼得不行！"

胖男人终于追了过来。他扶住路边的一棵树，上气不接下气地拉着"风箱"："可是追上了！你小子哟！唉，跑不动了！真是跑不动了！"

"偷什么了，快交出来！""快拿出来，小心挨揍！"围上来的人们你一句我一句地大声叫着。

也不知谁叫了110，两名警察分开人群，走了进来："怎么回事儿？谁给打的电话？"

"哎呀，瞧，瞧这事儿闹的——误会了！"那胖男人冲着人们胡乱地摇着双手，赶紧解释，"他，他不是小偷，他他，是我们单位的，我们闹着玩儿呢！这，这小子忒抠门儿！去年，大伙儿评了他先进，这小子就没请客。前一阵子，他被套住的股票解套儿了，嚯，还是不请客。这不，今天，他又收到了180元的稿费，嘿，舍不得出回血，还跑！……今儿个就要你一句话：说吧，到底请不请？"

"请请请，行了吧。我服了，还不行？你们这些家伙，真是一帮子'死鸡头'！瞧我这皮鞋，都跑成皮凉鞋啦！"那男人从地上站起身来，一脸无可奈何的苦相。

"谁让你老跑，不就请个客么，跟要杀你命似的！……谢谢各位谢谢各位！耽误大伙儿耽误大伙儿！"胖男人抱着拳，冲着周围的人们使劲抖着。

连两名警察也气得差点儿乐出声来。一名警察上前推了那胖子一把："奇葩！胡闹！再碰上你们这样儿，就给你们找个地方受受教育！——大家散了吧，都去忙自己的事儿吧。"

人群一哄而散，只剩下那俩人还待在那儿，大眼儿瞪小眼儿，此起彼伏地喘粗气儿。

老　街

在石家庄学习工作生活，有三十五六年了。游走在日新月异的城市里，有时会想起当年走过、待过的一些老街、老马路，想起那年、那月、那时的种种情状，旧日时光里的温情，恍若昨天，恍若眼前。

石　铜　路

我们由村里上市里来，走的都是石铜路。

这条路，由石家庄市区延伸出来，沿东北至西南方向，越过郊区最外围的防水濠，越过我们村北的五里桥，一直通到鹿泉南部最大的乡镇——铜冶镇。从石家庄和铜冶这两个地方的名字中各取一个字，给这条公路命名，所以就叫"石铜路"。

那时，石铜路是石家庄西南方向最大的一条进出市区的通道，也是沟通城乡之间物资交流的交通要道。

当年的石铜路，不算城市市区里的街道，而是一条乡村公路。它是我所见到的离我们的生活最近的一条柏油路。我们要去市里的话，从村里出来，沿着村东的乡道——"大寨路"一直往北，走上五里地，就拐上了石铜路。上石铜路之前，走的都是坑坑洼洼的土路和砂石路，一走到石铜路上，会眼前一亮，心里也一下子变得轻快起来："嘿，这回道儿可就好走了！"而从石铜路上拐下来时，就会不由得皱一下眉头："唉，又得走难走的道儿了！"

　　印象深的是石铜路上必经的那道防水濠。防水濠的东侧是一道南北走向的防洪堤，用以预防和拦挡夏天时从山里下来的洪水进入石家庄，堤外有一条深深的水濠。石铜路从防水濠上经过，那里就形成了一道长长的斜坡。我和母亲拉着小拉车儿去石家庄袜厂拉乏炭，或去华北药厂拉泔水，每回走到这里，心里就发怵，先要在坡下歇一歇，等身上的劲儿缓过来了，再一鼓作气，将载重的小拉车儿拉上坡顶。坡顶上的路边，有个很小的院子，院子里有一座蓝砖房子，门口挂着一块牌子，上面写着"水文站"，房门和院门却常是锁着的，一回也看不到有人。我不懂"水文站"是啥意思，有一次问母亲，母亲说："测水的。""测水干什么用？""怕发大水。"问了半天我还是不懂，但也不好意思再去烦母亲了。

　　沿石铜路往市里走，走到郊区的振头村，路口往村东一甩，石铜路就算到头儿了。这里已经有了明显不同于乡村的城市景象，已经能看到楼房，看到烟囱，看到更多的汽车来来回回地跑来跑去。

　　在石铜路的顶头儿，振头的村东，有个地方叫"铁道坡"，是因为铺铁道而堆起来的缓坡。走上"铁道坡"，就可以看到两根亮闪闪的铁轨，从北边延伸过来，经过"铁道坡"后，沿着省二监狱的西围墙，向南边延伸而去。路口竖着一块警示牌，上面写着："宁停三分，不抢一秒。"旁边还画着一个简笔的火车头。有时由北向南，有时由南向北，会有车头冒着黑烟白烟的火车，拉着好多节黑色的车厢，雄赳赳气昂昂地打这里通过，震得地面都在微微地发颤，令人无端地有些担心。

　　每当有火车要通过，路口铁路值班室里的铁路工人总要提前做好准备，按响电铃。电铃是一种提醒行人注意避让火车的警报装置。随着电铃响起，位于路口两边的两根原本高高举着的栏杆，就"轧轧轧"地响着，徐徐地放下来，把东来西去的汽车、拖拉机、马车、驴车，还有自行车和行人统统拦下。那位穿着一身制服的中年铁路工人，神气地站在路口的栏杆边，手里拿着小红旗小绿旗，火车经过他的身边时，他向火车敬礼，火车向他喷烟，有时还"呜——"地吼一声。直到火车过去了，拦路口的栏杆才又重新升起来，随之，憋了半天的车呀人呀潮水一般涌过去，喇叭、车铃响成一片，铁路工人也用胳肢窝夹了旗子，吹着口哨儿，回他的值班室里去……当年的那个"铁道坡"，后来因为铁路改线而拆掉了，如今，那里是清水涟涟、碧波荡漾、杨柳依依的"民心河"。

"铁道坡"的坡下，往东，渐渐的，就进入石家庄繁华、热闹的市区了。

支 农 路

由"铁道坡"往前走，马路分开了岔——往东是仓安路（现在叫槐安路），往左拐是支农路。

那时候，我们走得最多的就是支农路。顺着支农路进市，然后，去人民商场买东西，去人民公园看猴儿，去省三院看病，去石家庄袜厂拉乏炭，去华北药厂拉泔水。从这里也开始有了城市公共汽车，6路公交车的站牌就竖在"铁道坡"的坡下，支农路的南口。从这儿坐上6路车，先往北再转东，横穿整个石家庄，一直通到市区东头的终点站：河北师大。那时的石家庄，还不像现在这么大。

支农路，从"铁道坡"通到维明路，也就八九百米长吧，路不宽，是斜着的，西南—东北走向，中间还拐个大弯儿，走到顶头儿，是石家庄东风塑料厂的西墙。支农路的两旁栽的是笨槐树，中间也杂有几棵高大的毛白杨，枝叶茂密，夏天时浓荫匝地。支农路上有好几个厂子，我记得有木器厂，有油毡厂，有农药厂，有化学试剂厂，有一个起重运输队，后来又有一个胶鞋厂。工厂的围墙大都是那种老砖墙，蓝砖垒的，厂门口也不咋气派，一左一右两个砖门垛，两扇铁门。门口有收发室和存车棚，收发室和存车棚的老师傅大都和和气气的，常常穿着一身老旧的工作服，站在门口，笑眯眯地跟进出、来往的人们打招呼、开玩笑。

厂子里的厂房大都是尖顶的平房，一座挨着一座，一排连着一排，一座房子就是一个车间。车间的门大都开得很大，夏天时老敞开着，到了冬天，就挂上巨大的灰棉布的门帘。很笨重的棉门帘上，总有一块地方黑乎乎、油腻腻的，人们就是由那里掀开门帘走进走出的，三天两头儿的，这个蹭点油泥，那个蹭点煤灰，很难不黑不油。厂区里也有一座或两座二层楼，最高的也就三层楼——估计是办公的地方吧。另外，我还注意到，有包裹着保温材料的黑乎乎的粗管子在厂区的上方凌空架起，循环往复，相互沟通，还从支农路的上空穿过。这种景象在村子里是没有的，虽觉丑陋，却也壮观。父亲说，那是热水管道。

上班下班的时候，支农路上会一下子热闹起来，来来往往的自行车挤在一起，像垄沟里的水头儿一样，急着朝前流淌，说笑声、喊叫声、车铃声响成一片。进出工厂大门时，人们就从车上跳下来，推着车子走，跟收发室的师傅友好地打声招呼，然后滑行一下，骗腿上车，再摁一下车铃，猛蹬几下，一溜烟儿远去了。

支农路留给我最初的城市印象，除了人多、自行车多、汽车多以外，就是街上的味道，有农药厂飘出的浓浓的农药的味道，有木器厂里锯木头时散发出来的木头的香味，也有油毡厂和胶鞋厂的大烟囱排出来的黑烟，带着一股呛鼻子的煤烟味儿。这些味道迥异于乡村。长大以后，我才知道，这是空气污染，城市里的人最讨厌、最害怕的就是这个。

现在，这些厂子大都没有了，有的转产，有的倒闭，有的搬迁，有的改造。那些老房子、老围墙也大都拆除掉了。路还是原来的老样子，这些年里，柏油路面翻新过一次，车辆比过去多了许多，路旁的树木也长粗了不少。路口有个明月家居城，占地很大，来来往往的汽车、拉货的三马子和行人特别多，弄得街上的交通秩序都有些乱了。

有时路过支农路，想起当年的情景，总觉得恍恍惚惚的，那些呛人的味道没有了，有的是一种丝丝缕缕的旧日时光的味道。

仓 安 路

从"铁道坡"一直正东走，就是仓安路。

仓安路在市区的街道当中，可能不算太起眼，但在当年的我们看来，已经算是很气派的了。虽然路面上不时有些坑洼、裂缝和破碎，刮风的时候也经常尘土飞扬，毕竟也是一条挺宽的柏油路，平整的地方，依旧被日头晒得闪闪发亮，一下子就显得高级了许多。加上路两旁是一棵棵高大、笔直、整齐的小叶杨，也就更显得阔气、排场。

仓安路是条断头路，向东过了京广铁路，即到了元村村西，顶住一条南北柏油路，相交形成一个丁字路口儿。

2002年，城市规划开搞，仓安路从元村往东打通，从振头往西延伸，既改造拓宽，又对接连通槐南路，随着横跨京广铁路的斜拉高架桥在2005年9月横空出世，槐南路和仓安路连为了一体，成为市区里的一条东西交通大动脉，并正式更名为"槐安路"，仓安路成了槐安路的一部分，名字也就随之消失了。

上初中二年级的时候，我和班里的同学做伴儿，骑着自行车来过几回仓安路。仓安路的边上，有个振头供销社，我们在那里买过学习用品。也就是在那一年，曾经有一段时间，忽然白报本很不好买，村里和公社的供销社总是买不到，缺货。我们的作业，大都是写在白报本上的，买不到白报本，交作业都犯难。我们就四处打听哪里有卖白报本的。后来，听人说是制本厂里着了一次大火，把存纸的仓库给烧着了，没有白纸做本子，所以才供不上货。再后来，纸厂就用印刷厂的"下脚料"，一种年画的反面来砌本子，应急上市。年画的正面印着《闯王李自成》的连环画，反面则是白的，可以用来写字、列式子、做演算。我们打听到振头供销社里有卖这种白报本的，就骑着车子过来买。我在振头供销社买过好几次，一毛六一本，纸虽然有些硬，倒也挺好使的，而且还能看画，也算一举两得吧，李自成、高迎祥、张献忠、刘宗敏等一众农民起义的将领，我们最早就是在那样的白报本上认识他们的。

仓安路上有省二监狱，有市调味品厂，有纸袋厂，还有个印染厂，别的都记不起来了。省二监狱在路南，走到这里，远远地看到有警察握着枪在大门口站岗值勤，又看到紧闭的大铁门、架着铁丝网的高高的围墙，立马会感到有一种森严、强硬的气氛，心里也有些莫名的惊慌和害怕，不敢多看，赶紧走过去。调味品厂出酱油醋，还没有走到调味品厂门口，就能闻到浓郁的酱油醋味儿，不自觉地就多吸溜几下鼻子。村里有好多人到了过年的时候，提溜着塑料桶去调味品厂的门市部买酱油买醋，说是比起从村里供销社打的酱油醋，还有那个敲着梆子推着车子来村里的老头儿卖的酱油醋，质量要好许多，色儿正，量足，味儿好。那家调味品厂现在改叫珍极酿造厂了。纸袋厂好像不大，是个小厂子，我们村里却有好几个人在纸袋厂打过工，是家在振头的亲戚给介绍过去的，我记得有三喜、正月、五辈儿、贵州。他们早上一起骑着车子出发，傍晚的时候又一起说说笑笑着回来，我早上去上学、傍晚放学回家，经常能遇见他们。

现在再走在槐安路上，哪里还能看得出一点儿当年仓安路的样子呢？

工　农　路

1989年7月，我从大学毕业，分配到河北省总工会工作。当时，省总工会办公地点有两处，一处在中华大街68号（现在是河北工人报社），机关室处大都在这里。另有一处，就是工农路54号，路南，省总工会招待所所在地。我们有六个部门的办公室，在招待所的二楼西边。我先是在工运史志研究室工作了三年，然后调整到省教育工会，直到后来调到办公室去工作才离开这里，在工农路这边整整待了十年半。

工农路54号是个大院子，院子的北头，是省总工会招待所，一座五层楼，分为四个部分，一层是河北工人报社，二层西边是我们，二层东边和三四楼是招待所的房间，主要用来接待来自全省各地的基层工会干部。五层过去是省总工会干部培训学校的教室和办公室，后来，学校搬走了，除了最西头儿那个大教室改成会议室外，其他的房间住着省总工会机关近年新分配来的几个大学生和几个男单身。他们有时候在楼道里用煤油炉或电炉子做饭、炒菜，一上到五楼，就能闻到煤油的味儿、炒菜的味儿、做饭的味儿，几道味儿混合在一起，丰富莫辨。

招待所的食堂在院子的东边，中午，我们和工人报社的编辑、记者以及住招待所的客人一起在那里打饭，住宿的客人就在食堂里吃，我们和报社的人们大都是端回去，几个人凑在一间大办公室里，一边说着话，一边吃饭，很是热闹。

院子的西边，是招待所的锅炉房和澡堂子，西南角儿上常年堆着一个巨大的煤堆。院子中间的空地，修成了篮球场，地上画着白线，东西两头儿支着篮球桩子。傍晚下班后，常有一伙子人在那里呼儿喊叫着争抢篮球，"嘭、嘭"的拍球声有力地响着，一直响到暮色渐浓的时候。

工农路东起南长街，往西通到城乡结合部的北杜村。其实原先并没有这么长，从维明路往东这一段是早就有的，往西则是后来延伸过去的。

记得1985年我刚上大学那一年，星期天常骑车回家，有一次，沿着工农路西行，走着走着，过了现在的红旗大街（那时刚修通红旗大街不久）再往西，居然看到了一片山药地，还有玉米地、菜园子。随着城市建设的不断发展、扩张，在工农路的两侧，陆陆续续的，许多建筑如雨后春笋拔地而起，新增了不少单位，有机关，有学校，有居民区，有农贸市场，人流车流也跟着增多，工农路上变得越来越热闹了。

当年，工农路上最热闹的地方，是桥西区蔬菜批发市场，就设在工农路的路南和路北（现在的民心河一线），北头到裕华路，南头到仓安路。每天一大早起，天还不亮，仓库、大棚、站台间，都是批发蔬菜、往来贸易的，有装车的，有卸车的，有搬筐的，有扛箱的，有背袋的，大车小辆、穿梭不息、你来我往、大呼小叫、闹闹嚷嚷，直到傍晚时分，人们完成了一天的交易，才渐渐安静下来。穿过菜市场的工农路，有时被汽车、拖拉机、三轮车、自行车、手推车等大车小辆堵得过不来、过不去，地上的菜帮子、菜叶子、草绳、纸箱扔得满地都是，一片乱糟糟的景象，有点儿不像城市的街道。我每次从这里经过，都感到头疼。

我在这条路上来来回回走了十年半，直到1999年的年底才离开。后来，单位的新宿舍院也建在工农路上，在大西头儿。我在那里从2000年5月一直住到2011年10月，之后就搬走了。工农路现在变化很大，已经是城市的一条交通繁忙的次干道了。有一次，是在傍晚，我还碰见一个电视剧组在工农路上取景拍摄。而在我原来上班的那座54号院，省工会招待所撤销了，河北工人报社搬走了，五层大楼也拆掉了，就连招待所东西两侧的省总工会宿舍楼也都拆掉，现在盖了两栋高层公寓，旧日的景象无影无踪，一点儿也没有留下。

草 场 街

出了省总工会招待所大门,马路的对过儿,就是草场街的南街口。

我挺喜欢"草场街"这个名字的,觉得有些田园的色彩与清新的意味。为什么叫"草场街"呢?——在这条小街上,来来回回,一点儿也看不出有草场的景象与痕迹。我曾问过好多人,他们都说不知道、说不清。

草场街是条南北小街,南头儿连着工农路,出北口儿就上了裕华路,统共也就五百多米,而且只有四米多宽,两辆小轿车走得头碰头了,要错过去,得小心翼翼地互相礼让着才行。街的两旁大都是单位或工厂的宿舍小区,一座座红砖楼,五层的、六层的。宿舍院里有树,有杨树,有法国梧桐,也有许多香椿树,香椿树大都栽在小房前,或者是一楼的小院儿里,枝丫一直伸高到二楼三楼的窗户跟前。还有栽石榴树和无花果的。石榴树的枝子从墙头里边冒出来,挂着一颗颗石榴,像小灯笼一样好看。除了早上和傍晚人们上下班、上下学高峰时节,草场街常常是安静着的。偶尔有收废品的三轮车慢慢地串游,骑三轮的一边东张西望,一边摇着手里的拨浪鼓,"当啷、当啷、当哩当哩当啷",声音很响地传过来。

有一次,我在草场街上,迎面碰到一位七十来岁模样的老人,觉得面熟,走过去了,忽然想起来,我在南李家庄上初三时,曾经在村街上见过他,当时他正站在街口跟村里的几个老乡唠闲话儿,我去上学,正好从他们旁边路过。他那会儿还不到六十吧,一看穿衣打扮和神情举止,就知道是在外边参加工作。还记得他那会儿领着一个长得很俊的小妮儿,六七岁的样子,花骨朵儿似的,不知是他孙女,还是他外孙女。没想到十来年后会在这里偶然遇见。我还想呢,他的那个孙女(或是外孙女),一定长成了个美少女了吧。

草场街上曾有一家工商银行储蓄所。我刚上班的时候,同事中有一位陶宝琴大姐,人很善良,有一次,她劝我在银行存钱,每个月发了工资,存一张三年期的,坚持着存够三年,手头上就有了三十六张存单,然后接着再往里边滚存,就像滚雪球儿似的,越滚越大、越滚越多。这样,手头总是有三十六张存单，既能约束和督促着自己多存些钱，每个月还有到期的活钱和利息，一举多得。临时需要用钱了，也能很方便地取出来。大姐一片好心，我真的就照着大姐说的办法存钱了，三五年过去，倒也很有获得感和成就感。因为断不了去存钱、取钱，我跟储蓄所里的人们都熟了。我还记得，储蓄所里有个女的，长得很好看，眉眼儿有些像是电影演员李秀明。

我的工作发生变动以后，来草场街的时候就少了。一晃儿好多年过去了，有一回，我骑车子去图书批发市场，特意又绕道，从草场街上走了一趟。穿过熟悉而又陌生的小街，恍兮惚兮，昔日重来。草场街还是当年模样，变化不大，楼还是那些楼，院还是那些院。南街口往里一点儿，那家"小马商店"和斜对面的"怡香茶庄"仍在营业；一扇总是关着的旧铁门，仍是落寞地关着，还能看到"禁止停车"那四个油漆斑驳的大字。能看出来的是，街面翻新过。那家小小的工商银行储蓄所已经停业了，大门紧锁，锁上生了淡淡的铁锈，只是门楣上的牌子还在。旁边有一家卖纯净水的水站，过去是没有的，现在，一堆堆蓝色的塑料水桶，整齐地码放在储蓄所的台阶上。

化 纤 路

化纤路算不上老街，三四十年前时，它还远离市区，连名字也是没有的，只是一条五六米宽的砂石路。之所以能记得它，是因为独特的记忆。

从石岗大街（现在的中华北大街）北头儿东侧一个小路口拐下去，走百十多米，再往北一拐，走七八十米，就到了石家庄市建华化工厂。我父亲1968年从部队转业，分配在这里上班。建华化工厂的门牌号我记得好像是石岗大街39号。还有，电话2136、电报挂号2139什么的，印在工厂的信笺纸的底部，我用这样的信笺写过信，所以印象很深。1985年，化工厂转产，成立了石家庄市化纤织物厂，生产腈纶毛毯、人造毛皮、工业用呢，很是红火，只是好景不太长，后来就破产了，虽然厂区厂房现在还有，却是满目荒凉破败。

那时候，这一带属于郊外，东南边不远是一个叫柏林庄的村子，工厂周围即是柏林庄的庄稼地和菜地。我正在上小学，放了暑假寒假，有时会跟着父亲来他的工厂。父亲上班去了，我没事儿干，就跑出来游逛，也不敢走远。最远的一次，是沿着石岗大街往北走，过了一道水渠，接着往北，走着走着，见路东有一堆南北走向的大土堆，像马鞍一样，上面乱乱地长满了洋槐树，四周则是庄稼地。回来跟父亲一说才知道，这个地方叫赵陵铺，那个有些颓圮的大土堆，是赵佗先人的陵冢。

赵佗，恒山郡真定县（今正定县）人，原为秦朝将领，秦末大乱时，割据岭南，建立南越国，号称"南越武王"。西汉初年，吕后临朝，采取"别异蛮夷"政策，严禁铁器、母牛、母马等输入南越。赵佗再三遣使请求撤令均遭拒绝。吕后还派人掘赵氏祖坟，诛赵氏宗族，赵佗因此宣布脱离汉朝。汉高祖时，赵佗受赐"南越王"，归属汉中央政权。汉文帝继位后，恢复"合辑汉越"政策，为赵佗重修先人冢，每岁奉祀并派人守卫，以后渐成村落。因正定通往获鹿、井陉的驿道从此经过，便设立驿站，故称赵陵铺。民间有"先有赵佗先人墓，后有赵陵铺"的说法。"获鹿八景"中"烟树苍茫锁赵陵"，反映的就是昔日赵佗先人墓的景色。因为来祭拜的人太多，又有了拜陵庄，就是今天的柏林庄。毛主席曾经说过，赵佗是"南下干部第一人"。2006年，以赵佗先人墓为基础，修建了一座公园——赵佗公园，也是石家庄第一个以名人命名的公园。这个公园刚建成的时候，我去过一次，当年的那座大土堆，转边儿用青砖围垒，栽植了松树，铺设了甬道，四周圈起了高墙，大门是牌坊式的。

父亲上班的工厂离家太远，加之父亲渐渐上了年纪，1986年调到了离家近便的石家庄市第一毛纺厂。从那以后，我就再也没有来过化纤织物厂了。2017年深秋，有一次我路过中华北大街，突然想起父亲原来上班的工厂就在附近，就留心寻找。走到一个很不起眼儿的小道口儿，看见道口儿上竖着一块孤零零的路牌，上面写着：化纤路。我心想，肯定就是这里了！

路好像比原来宽了一些，路面曾经硬化过，但破碎了不少。这一带的景致早已发生了巨变，原先石岗大街两侧的大杨树，工厂门口南边的菜地、农田都没有了,代之而起的是一座座商住楼、超市、酒店和高层住宅小区,还有凌空飞架的高架桥,川流不息的人流、车流。我骑着车子顺着化纤路往里走,到了那个往北拐的小路口儿,就望见了北边不远的那片厂房。我停下来,下了车子,推着,愣愣地走过去。路旁有两棵一搂多粗的泡桐树,枝枝杈杈的,倒还健壮。我想,没错儿,这里一定就是当年的化纤织物厂了。

眼前的厂区,是一片空空荡荡的,生满了荒草的院子,原来的大门门垛还在,安着两扇铁栅子门。近门口处的空地上,靠边摆放着一些机器设备,地上有一片一片黑色的油污。进门不远处,东边的那座三层红砖小楼也在。我想起来,我在这里曾参加了厂工会为老段和陈凤梅举行的婚礼。当年的我,一个乡下来的腼腆、羞怯的少年,在这里二楼上那间日光灯上缠满彩纸的大屋子里,第一次喝到了红葡萄酒……这是一座曾经充满了欢声笑语的有故事的小楼,没想到现在看上去却是这样的不起眼,砖墙灰旧,窗框破败,玻璃残缺,灰颓、破落的样子,让人心生惆怅。

还记得化纤路路口的南侧,有个小院子,镇日里铁门紧锁,我路过几次,一次也没见开过。院子里有一座类似农村的机井房似的蓝砖房子,里边传出"嗡嗡"的机器响声。院墙里外各栽着一棵大柳树,因为缺乏修整,枝条茂密得乱糟糟的。父亲好像曾经跟我说过,那是厂子的水泵房,他还在里边值过夜班。那个小院子早已拆掉,什么也没有留下。我推着车子在那里站了一会儿,就默默地走开了。

父亲的工友们

父亲从部队上转业后，在工厂工作了三十六年。他有好些很要好的工友，从二十多岁开始结交，到五十来岁他调到另一个工厂，再到退休，一直到现在，父亲始终与他们保持着联系。逢年过节时，他们工友们断不了来来去去，相互走动，父亲去石家庄找他们串门儿，他们有的也来乡下找我父亲叙旧。

父亲的这些工友，我也是都见过的。不过，大都是在我小的时候，有的印象深些，至今还记得；有的印象较浅，加上过去了这么多年，现在想不起来了。随着时光的推移，岁月的流逝，父亲的这些工友有的已经去世了。闲下里，父亲经常跟我念叨起他们，很是怀念，也很有感叹。

这里，我约略记下他们其中的几位。

老　　段

父亲平时在家里跟我们提说最多的，就是老段。老段长、老段短，老段这个、老段那个的，能讲上一长串儿。

老段在厂子里开始被人们叫"老段"时，论年岁其实一点儿也靠不上"老"，而且，也还没有结婚。

我在厂子里见过这个老段，他的名字叫段珍平。人们说，老段的老，就老在他的胡子上。他的胡子很壮，见天儿刮，下巴和腮帮上总有一层密密的发青的胡茬儿，这便使他多出几分老相。年纪轻轻就被人称作"老段"，老段见人仍是笑嘻嘻的，一点儿也不恼。其实，他和我父亲的岁数差不多。

老段是1961年的兵，在天津当武警。我父亲是1962年的学生兵。他们同在1968年转业分配到石家庄市建华化工厂。老段的老家是南龙贵的，在我们村正南八里地，算是邻村老乡，父亲自然就跟他走得很近。

父亲说，老段模样不错，中等个儿，不胖不瘦，白白净净，大眼儿大眼儿的，还有着孩子一样长长的眼睫毛儿。人也老实、憨厚、脾气好，一说话先笑眯眯的，什么时候跟人说话也是慢搭扯语儿的，从来不着急不着慌。可是，那时候也不知道老段是咋想的，老也不结婚谈对象。别人热心给他介绍对象，他总是哼哼哈哈地胡唤答应，莫衷一是，不往跟前走，不当一回事儿，你越郑重其事给他说相亲见面的事，他越躲着你走，你这儿还没说完话呢，他就急着要走，而且，你越是喊他，他走得越快、越远，跟逃跑一样。给他介绍的对象，好多模样儿好、性格好的，有的还是新分来的女大学生，他也是不理愣怔的。有时好不容易拉住他去见人家姑娘的面儿，可见了一回，就没了下回。晃来晃去，几年过去了，他最后看中的是厂子里的女工陈凤梅，一位返城的下乡知青。陈凤梅身材单薄，身子骨儿不壮气。那时，他差不多快四十了吧。父亲说，老段家里兄弟姊妹多，他有两个哥哥两个弟弟，还有一姐一妹。兴许是因为家里负担重的原因，他才结婚很晚吧，也说不太清。

陈凤梅比老段小好几岁，他们结婚后，感情一直很好。陈凤梅退休后，睡眠不好，连带得精神上也时常恍恍惚惚的，有时上街，见什么买什么，然后到街上找个地方摆摊，把刚买来的东西再卖出去。——哪有这样做买卖的呢？老段成天在后边追着找她，光照顾陈凤梅就把老段给累住手了。

父亲说，老段这人爱学习、爱钻研、爱琢磨技术。父亲又说，老段其实很有个性，那就是拗。他自己肚里要是有个谱儿，谁也说不转他，你说着，他笑模滋滋儿地听着，也不反驳，但老主意自己拿着，过后该咋样还咋样。父亲还讲过，有一年，建华化工厂出了一次安全事故，乐果车间发生大爆炸，当时老段正在车间，被炸成重伤，叫人们抬出来时，昏迷不醒，手和胳膊耷拉着，上面的皮，秃噜得一片一片的，流着血，很是吓人，也是老段命大，住了一程子医院，算是捡回来了一条命。

老段来过我们家好多次，我遇见的有两次。1989年秋天我结婚时，他特意骑着自行车，跑了三十多里路，从石家庄赶到乡下来，送来一幅花被面儿作喜幛。2010年秋天我母亲去世后，他也来了。好多年不见，我看到他真的老了，头发花白，但精神还好，仍是穿着一身洗得发白的工作服，仍是笑嘻嘻地慢悠悠儿地说话。我父亲把我出版的新书送给他一本，他高兴得不得了，拿回去，一篇篇地从头看了，以后一见了我父亲，就夸我写的书，也说不来别的，就一股劲儿地说如何真实，如何朴实，如何有意思，还提到书中的一些情节和细节，感叹了又感叹，笑了又笑。

老段踏踏实实当了一辈子工人，然后就退休了。老段的儿子高中毕业后，在石家庄一家大型饭店当服务员，儿媳在教育系统工作，单位却在邯郸那边的一个县里，两地分居，常年不在家。老段和陈凤梅经常去邯郸，帮儿媳带一带孩子，住上半年几个月，回到石家庄住一阵子，再去。赶上放寒暑假，他们便把孙子带回石家庄来。后来，儿媳又生了一个小孩，他们就在邯郸长住，只偶尔回石家庄待一待，有时连过年也不回来。老段讲，儿子和儿媳都很懂话，对他们老两口儿很孝顺。

老段是2017年的除夕那天去世的，得的是肺癌。父亲和我听到这一消息，很是惊诧。父亲回忆说，他前段时间给老段打电话，他总是一边打电话，一边连声咳嗽，最早是干咳，父亲就问他，咋老咳嗽呀？他还一个劲儿说没事儿没事儿，过了冬天就好了。后来，冬天过了，可咳嗽一直好不了，他曾自己跑去省医院看医生，吃吃药，打打针，输输液，也没当事儿，精神头儿一直很好。谁知到2017年要过年了，忽然就去世了。

大年初一那天早上，我和父亲赶去老段家中吊唁。他家一直住在老旧的化纤织物厂宿舍小区，陷在周围的高楼大厦之间，楼前只是很窄的一条小过道儿。在老段家里，我碰见了过来帮忙料理后事的老段的外甥。他外甥叫文革，和我一般大，是高中时的同学。文革的个头儿、模样儿，还有身板儿、架势，特别像他舅舅。我想起那句老话儿："外甥舅儿，不差一豆儿。"还真是那样儿。

陈　凤　梅

　　2017年农历正月初一的早上，我陪着父亲，去给刚去世的老段吊孝。我和父亲向着老段的遗像三鞠躬，家属们还礼后，引着我们到北卧室里去见老段的妻子陈凤梅。

　　陈凤梅半躺在屋里的床上，身上搭着一条棉被，还围着一件大棉袄。她头发花白，两只眼睛显得很大，脸瘦成了长条儿，脸色也不大好。如果是在街上遇见，我一定不能认出她来。

　　我在厂子里见过陈凤梅。她留给我的第一印象，来自于三十多年前她和老段举行结婚典礼的那天。至今我还记得陈凤梅和老段结婚时的情景。他们的婚礼是在厂子里，由厂工会帮着张罗举行的。那是个冬天，学校已经放了寒假，快要过年了，父亲特意带着我来厂子里洗澡，那天正好赶上老段和陈凤梅举行结婚仪式，我就去参加了。婚礼定在晚上，在厂部二楼的工会活动室里进行。两个大敞间的活动室，已经简单而热闹地装饰好了，日光灯管上缠了红的绿的彩纸条，房顶上对角拉了彩花，正东的墙壁上贴了父亲给剪的大大的红"囍"，平时开会时用的桌子，都铺上了红色的平绒布，围成一个大圈，上面摆着瓷盘子，里边是花生、瓜子和水果糖。这么一布置，屋子里一下子就显得新鲜、喜庆、热烈而又庄重。

　　婚礼在吃过晚饭后不久开始了。人们围着一对胸前佩戴着红花的新人，咯儿嘎地笑闹着、起哄着。老段腼腆得像是个大孩子，红着脸。倒是陈凤梅，一点儿也不忸怩和拘束。她穿着一件暗红的带着金丝儿的小袄，很可身儿，盘着整齐的头发，大大方方地跟开玩笑的工友们一递一句地对答、说笑，应付自如。人们朝着陈凤梅的头顶上一把一把地撒着用彩色的闪光纸剪成的碎花儿，她就一个劲儿地往下扑拉。婚礼一直进行到很晚才散。

　　这是我在城市里参加的第一个婚礼。那一年，我可能是十二三岁的样子吧。那天晚上我一直坐在最边儿上，只瞪着两眼看热闹，不敢说话。这样的一场婚礼，跟以往我在村子里见到的结婚仪式是如此不同，完全别开生面，令我好奇而又兴奋。我夹杂在那一班年轻工友们纵情欢闹的声浪中，平生第一次品尝到了红葡萄酒。那清澈透明而又红得尊贵的液体，在高脚玻璃杯里轻轻地晃动，在日光灯影里晶光四射，当它们触碰到我的嘴唇、舌头，新奇、别致的味道，带给我一种从未有过的高级的感受。

陈凤梅的家是石家庄郊区的，曾当过几年知青。工厂招工时，特招一批下乡知识青年，她就进了厂子。她人很随和，待人好，爱说笑，模样也行，身材适中，只是有些瘦，这也使得她穿什么衣服都显得肥肥大大的。她身体不大好，据说每晚都睡得很晚，经常是上夜班的工人来了，她还待在车间不走，不是拾掇这儿，就是打整那儿，要不就是守着水池子洗这个衣服、洗那个衣服。

后来几年，我又在厂子里见过几次陈凤梅，每次见了她，她总要笑嘻嘻地问我这、问我那。再后来，我上了初中和高中，就没有再见过陈凤梅了，只是断不了听父亲念叨她和老段两口子的事。父亲时常到他们家里去走一走，后来调离化纤织物厂之后，也断不了去，退休了也去，春天去给他们送几把香椿芽、嫩韭菜，夏天去送些茄子、西红柿，秋后送嫩玉米、送北瓜、送眉豆，去了就在他家吃顿饭，然后才坐车回来，回来就给我们讲他们的事，讲他们的儿子和媳妇的事。这样，虽然我再没见过陈凤梅，但感觉并不生疏。

头老段得病之前，他们的儿子又生了个二胎，老两口儿赶过去，帮着给带孩子。陈凤梅和老段管大孙子，主要是靠老段。老两口儿很喜欢这个孙子，小家伙儿长得好看，又聪明、好动、好玩儿，小小年纪儿就成天爬高上梯的，没一会儿安静，还玩电脑、玩手机，手溜儿得很。陈凤梅和老段每回见了我父亲，三句话没说过，话题就转到了这个大孙子的身上。

老段去世以后，儿媳妇就把陈凤梅接到了邯郸，一边照看着孩子，一边照顾她。儿媳妇很贤惠，有时去外地出差，也把她带在身边，开着车拉着她，让她跟着出去走走、转转、散散心。

马 主 席

马主席，是父亲原来所在工厂的工会主席。

父亲他们的工厂虽说不大，但麻雀虽小、五脏俱全，党政工团妇武保，各个科室都有。厂工会主席是个女的，姓马，名叫翠仙，因为是山西人，一辈子讲话都是山西口音，工人们私下里说到她，都不叫她主席，而是亲切地叫她"马老西儿"。山西人在河北，大都被调侃着这么叫，"老西儿"这个、"老西儿"那个的，并不奇怪，口气里反而有一种亲切。她当了二十多年的厂工会主席，从中年当到退休，为职工群众办了不少好事实事，深受大家的信赖，在工人们中间很有威信，落有不错的口碑。

父亲说起厂工会，很有感情。有几年，家里困难，常为钱的事犯愁，父亲断不了上厂工会借钱、还钱。没发工资时，手头儿紧，就去工会借；等一发了工资，不说别的，先把上月借的还上。就这么借了还、还了借，以应付生活中的急需，周转家里遇到的困难。

说起厂工会的"马老西儿"主席，父亲也总是心存感激。马主席只比我父亲大一岁，人很善良，也热心肠。她知道父亲是"一头儿沉"，家庭负担沉，杂七杂八的拖累多，便经常按照工会的工作条款与政策规定，尽其所能地给予关心和照顾，批个困难补助啦，发个生活补贴啦，评个工会积极分子啦，等等。我父亲老实人一个，但手很巧，能写会画，马主席对他关心，他也力所能及地回报厂工会和马主席，每逢厂子里开展职工活动，开个会什么的，写横幅、写会标、安置扩音器、摆话筒、播唱片，都是父亲一手儿帮着操持，是名副其实、当之无愧的"工会积极分子"。那些年，父亲上班离家远，遇到刮风下雨下雪的坏天气，道不好走，有时会迟到，因为这个，每到年终评选先进工作者时，父亲总也受到影响。但在马主席这儿，"工会积极分子"年年都跑不了，她惦记着这事儿哩。厂工会有什么奖品，包括过年过节、搞职工联欢会发的小东西，马主席都悄悄地给我父亲预备下一份，以资鼓励。

父亲给我讲过好几次，有一年年终，厂工会组织评议职工困难补助申请，马主席记挂着他的困难，特意嘱咐他写了一份补助15块钱的申请。但是在讨论评议的时候，有人提出了反对意见，说有一次看见我父亲在马路边买了一兜儿苹果，家里困难的人，哪还有多余的钱去买苹果吃呀？就因为这个，父亲的申请没有被通过。其实，父亲买的苹果是剩下不多的货底子,他从那儿路过,正好碰见,也是为了图便宜,一下子包圆儿,想买回去给孩子们吃一吃的。困难申请没通过,但父亲知道马主席的心肠是热切的、温暖的,心里仍是感激着马主席。多年以后,父亲仍时不时地念叨起马主席为人的好处,去老段家走动时,也总要到马主席家里去看看她,坐在一块儿说会儿话。

我原先一直未见过马主席。不过,也许我跟着父亲去厂子里时曾经见到过,但并不认识,也就不知道。真正见到马主席,已经是2017年的大年初一。她家和老段、陈凤梅是一个单元、一个楼层,门挨着门。老段去世以后,我和父亲去吊唁,马主席家的门也开着,顺便就到马主席家里坐了坐。

马主席个子很高,胖胖大大的,很富态,说话声音也高,一看,就是当过干部的人。她退休多年了,身体保养得很好。那天,她坐在沙发上和我们说话,一口的山西口音,亲亲热热的,怪好听。我们说话时,她老伴出出进进地给我们沏茶、端茶、端瓜子,然后坐在旁边的小凳子上,笑眯眯地看着我们,却不多插话。

从马主席家出来,父亲跟我说,马主席这个人,是个好人、好领导、好主席,她对咱们家是有恩情的。我说:"我知道,你早就跟我说过,不止一回。你什么时候说到马主席,什么时候都是念叨她的好儿。"

厂工会主席能当到这个份儿上,不容易,也不简单。

小梁子和闫增文

小梁子叔叔叫梁什么,我不知道。父亲一说起来,就是"小梁子""小梁子"的,没提说过他的名儿。我小的时候,跟着父亲去厂子里,曾经见过他,现在回想一下,只记得他个儿不太高,好说笑,人很精神,也很精干,模样儿什么的,只是有个模模糊糊的印象。

小梁子叔叔和老段一样,也是1961年的兵,也是在1968年转业分配到石家庄市建华化工厂。他们家是石家庄郊区留营的。都来自农村,都当过兵,现在又都分到了厂子里,相同的人生经历、生活道路,岁数都差不多,小梁子叔叔和我父亲、老段他们,很快就熟络起来,经常凑在一块儿,成了要好的哥们儿。

小梁子叔叔一开头儿分在厂里的供销科工作,成天在外边跑业务。父亲说,小梁子人本来就聪明,加上跑业务,走州过县的,见多识广。他能干,脑子活,会说话,会办事。曾经有一段时间,父亲常和小梁子叔叔一起就伴儿出差,跑工人的外调。他们先后去过唐山、南宫、平山、赵县、深州、武邑、获鹿等许多地方。父亲跟我讲过他们出差时遇到的一些有趣的事,很有意思。那时交通不太发达,他们能坐火车就坐火车,没有火车就坐长途汽车,路上还搭过农民的马车,有时下了马车还不到地方,就步行着去,一走就是老半天。有一回,他们去获鹿的抱犊寨,是爬山上去的,当时的抱犊寨还没开发成旅游景区,山顶上只有几小户人家和一处大一点的土院子,那是生产队办公的地方。那天办完事情,天色已晚,他们就在山上凑合着住了一晚上。他们每到一地,遇着什么事了,碰着什么困难了,比方见什么人、说什么话、怎么去说,还有先办什么事、再办什么事,大都是由小梁子叔叔出头儿交涉,因为他有眼色,嘴也好使,会临场发挥,话儿说得妥妥儿的,事儿办得圆圆的,分寸把握得很好,最后,不光把事儿办了,哪头儿也都挺满意。再后来,小梁子叔叔就提拔了起来,当了副厂长,分管供销工作。他是他们那一批转业的人当中,干得最顺、提得最快的。父亲是很佩服他的。

前几年,小梁子叔叔的女儿在海南琼州买了房子,一到冬天,小梁子叔叔就和老伴儿飞过去,在那里过冬。他经常从海南给父亲打来电话,一唠老半天,有时我在旁边也能听见他在电话里哈哈哈哈地笑。我父亲羡慕小梁子叔叔,羡慕得不行。

闫增文也是部队转业来的,比我父亲晚几年,跟我父亲很要好。他是唐山人,他们那批转业来的,一共三个唐山人,后来,那两个调回唐山了,只有闫增文留了下来。闫增文和小梁子长得条个儿、模样差不多,我常弄混他们俩。

闫增文经常穿着一身劳动布工作服,戴着一副线手套,开着个三轮摩托车,一会儿出去了,一会儿回来了,哧溜哧溜地跑来跑去。有一次,我在厂子大门口玩耍，正碰见他开着他那辆三轮摩托要出去，他看见了我，从驾驶楼里下来，笑呵呵地对着我说："来，小子，走，跟我出去兜一圈，耍一遭儿！"我没见过世面，又想着坐一坐摩托车，又有点儿胆小和害羞，便腼腆地站在那儿，红着个脸，吭哧吭哧，不说话。"走啊，怕什么哩，一会儿就回来啦，保证丢不了！"说着，还过来拉我。我笨拙地鞧着屁股直往后躲，一边嚷嚷着："俺找俺爹！俺找俺爹！"——我在家里时很怕父亲，但在厂子里，父亲却是唯一的依靠。我这一闹，倒弄得他尴尬起来。"噢噢，算了算了，你这小子！——我又不是狼，你怕个什么哩？你不坐，我可走啦！"说完，他跨进车楼里去，然后发动起摩托，"突、突、突"地开走了。小闫叔叔一走，我立马就后悔了——是啊，怕啥哩？有啥怕的？又不是别人。小闫叔叔从外边回来后，跟我父亲说起这个事，父亲也笑话我："狗肉上不了大席面！"我心里打定主意：下次，要是小闫叔叔再叫我坐他的摩托车出去玩儿，我一定去！我长到这么大，都十一二岁了，还从来没有坐过汽车呢！可是，小闫叔叔再也没有邀请我坐他的摩托车。我有时假装闲玩儿，特意在厂子的门口儿等着他，让人丧气的是，碰见了好几回，他也没有叫我上他的车，只是按了按车喇叭，就"突、突、突"地开走了。

小闫叔叔是个好给别人帮忙办事的热情人，他曾经开着他那辆三轮摩托来过我们家串门儿，有时是他一个人，帮着父亲往回拉东西，有时是拉着厂医院的医生，来给我母亲看病。我们家门口儿，从来没有停过汽车，小闫叔叔一来，把摩托车往那儿一停，让我感到很高级、很兴奋、很自豪。这事儿留给我的印象，是十分深刻的。

小 田 儿

见过还是没见过小田儿，我真的说不准了。父亲说："见，你是肯定见过他的。那时我们几个在厂子里，岁数都差不多，老是黏在一块儿，你见过老段、陈凤梅，见过小梁子、闫增文，就肯定也见过小田儿。"可是，我是一点儿也不记得了，没有留下任何关于小田儿的印象。

和小梁子叔叔一样，从小田儿叔叔刚上班，还是个年轻小伙儿，到他人到中年，当了厂领导，再到他退休，变成一个老头儿，父亲张口闭口，一直都是叫他小田儿，没有改过口儿。

小田儿叔叔跟我父亲和老段的经历不大一样。他是保定高阳县人，从农村考学出来，毕业后留在石家庄参加工作。父亲说，他上的是石家庄轻化工学校，毕业分配到父亲所在的工厂——石家庄市建华化工厂，专业对口儿，虽比我父亲和老段、小梁子来得晚，但一来就当上了技术员，起点好，起步快，工作起来得心应手，出类拔萃，很快就步入了正轨，成长为单位的业务骨干。加上他是个很聪明、机灵的人，听到什么话，一听就明白，遇到什么事儿，一点就透，在厂子里人缘也很好，如鱼得水，工作上很快就干出了成绩。不久，他就当了车间主任，我父亲和他在一个车间，当副主任。他俩工作上配合得很好，有事儿好商量，车间的生产、政工都搞得红红火火。再后来，他就干上去了，提拔当了管生产的副厂长，离开了车间。

父亲每回说到小田儿，顺便也会说到小田儿的媳妇安淑英。安淑英在厂图书室工作，是个很和善的人。父亲和小田儿叔叔关系好，跟安淑英说话也近，便常从图书室借阅图书，父亲给我们借阅过《人民画报》《民族画报》以及《八小时以外》《中国青年》之类的杂志，拿回家来给我们看。我阅读的第一部长篇小说，谌容的《万年青》，也是父亲从安淑英那里借阅的。我比村子里其他孩子更早地接触书籍，接触到文学，了解村子以外更为广阔多彩的世界，就得益于父亲的工厂里有个图书室，得益于父亲跟小田儿和安淑英两口子走得近。

我父亲讲，全厂子里所有的人，数来数去，就数小田儿的人生道路顺风顺水。正是年富力强的时候，遇上了好的发展机会，给他搭建了一个展示自己能力和水平的平台。他抓住这个机遇，奋力拼搏，大展宏图，生活由此大放异彩。引用现在一个网络流行用语来说，小田儿叔叔的人生，真是"开挂"的人生！

父亲他们工作的厂子，紧挨着一个叫柏林庄的村子，厂门外就是村子的农田和菜地。工厂和村子在"工农联盟"方面搞得不错，村子里有好多人到厂子里上班。20世纪80年代初期,改革浪潮奔涌,城乡经济活跃,建华化工厂搞转产,生产化纤织物,如毛毯啦,毛呢啦,人造毛皮啦,一时产销两旺,就搞扩大生产,跟柏林庄搞起了联营,在村子里建了一个人造毛皮提花分厂。小田儿被工厂派了过去,代表厂方,担任厂长,村里也推选了代表担任副厂长,和他协调合作。他懂经营、有技术、会管理,全身心地投入,统管产供销全面工作。那些年,联营厂经营不错,效益很好,小田儿和村里的人们关系也处得很是融洽。

  小田儿叔叔有两个闺女,跟他们老两口儿住得很近,走动起来非常方便,退休后的日子过得自在、安然。父亲说到小田儿,有时会联想到自己,辛苦工作了一生,在市里连一套房子也没有,退休以后只能回到乡下的老家,不由得就发出感叹,同样是活一辈子,人和人是大不一样的。可是,命中注定,命运使然,又有什么办法呢,人和人是不能比的。

新手机号

快到年底了，一个星期天的下午，我去离小区不远的一家中国电信营业厅，给家里的宽带续费。接待我的是一位年轻姑娘。在办理业务时，按照优惠条款，她说要赠送给我一个新的手机号。

一开始，我不想要这个新号码。姑娘有些不解："你咋不要呢？这是优惠给你的呀。"我说："我一个号就够用了。我现在的这个手机号，已经用了十几年了，家里头的人、亲戚、同事、同学、朋友，都存的是我一直用着的这个号。多一个新号，我还得绕世界通知去，我找那麻烦干什么？"

姑娘笑了，看我就像看"出土文物"似的，她说："这有什么？你不见人家好多人，现在都是两个号，还有的，有三个号。还有的人有两个手机、三个手机哩！"

说得我也笑了起来。我说："人家都是有买卖的，做生意的，搞经纪的，或者是领导，工头儿，大忙人儿。我事儿不多，电话少，一个就够用的了，用不着俩。"

姑娘笑着说："不要白不要，又不跟你要钱！"

"那我就要吧！白要谁不要？——你说是不？"

姑娘好看地点点头："就是的。"

我回去后，先向妻子汇报了这件事。她也说，咱又不是搞生意、做买卖的，平时电话就不多，多一个新号也没多大用处。不过，不要钱，白给的，每个月可以免费打300分钟，以后电话想打就打，也够用了。最后，她说："以后你就用这个号，多给我打吧——上班到了单位，打一个，告诉我你到了；要下班了，再打一个，告诉我回家啦！"

有了两个号，我心里也有些兴奋、好奇，有些"烧包儿"。我先用这个新号给父亲打电话。电话拨过去，那头儿是通的，可是，一直没接。再打，还是没接。——父亲有时忘带手机，不接电话是常事。我又给一个高中同学打，想告诉他我多了一个新号，叫他存在手机里。可是，电话拨过去，一接通就给挂断了。再拨，还是。我有些扫兴："这家伙！搞什么搞？"我转而又给父亲拨号，铃声响了会儿，终于接通了，我喊了一声父亲，父亲的声音有些犹豫："谁呀？……你是谁？……噢，哎呀，你呀！我说这个号咋没见过，一连着响了三回，想着肯定是有事儿的吧，我才接……不知道的号不接，净是广告的……"

我给二妹打电话，电话一通二妹就接了："哎？谁呀？……哥你换新号啦？"

我一共拨了十个人的电话，像二妹这样立时接通电话的，就仨。其他的，不是老也不接，就是一接通就给挂断，或者本来通了，却又放出录音："你所拨打的用户正忙，请稍后再拨。"还有一个跟我很要好的初中同学，连拨两次都不接，我只好先给他发了个短信，再拨，这才接了，嘻嘻哈哈地说："还以为又碰着个骗子呢！"

我有些明白了，不接电话的人们一定是在怀疑我这个陌生的新号。说来也是，如今，有几个人没被陌生的电话骚扰过？"你好！买房子吗？紧邻南二环，精装修！""你好！买不买商铺呀？旺街旺铺！""你好！要不要办贷款，无任何抵押，三分钟到账……""您好！您的孩子上辅导班不？名师坐镇，先试听，再交费。"……的确让人不胜其烦，难怪有的人见着不熟悉的号码，一概不接，或者立马挂掉。

妻子说："唉，人们的心眼儿小了，一个电话号码都相互提防着。"

没想到，我这优惠来的新号码，一时半会儿还真不好用上。

生活的深处

到邯郸去，我最怵头的就是喝酒，因为实在不胜酒力。

邯郸人好客，对朋友真诚，主人对客人都极为盛情地予以款待。当地民间流传着不同于别处的"酒文化"：酒场一开席，主人作为"酒官"，先要对客人倒仨、端仨、敬仨，然后再陪着一起碰仨，一下子客人就要喝下去十二个满杯，回头还要端起酒来"贺官"，也就是回敬。这是个"礼数"，不能缺的。单是一个人又倒又端又敬的，还好消受，最架不住的是"车轮战术"，一桌子人挨着个儿地来，简直就是轮番轰炸，杯起杯落之间，用不了多会儿，任你再海量，也就没有招架之功、更无还手之力了。

那天，我从涉县回来，坐在车上一直不敢动弹，生怕在路上吐了，出一些让人尴尬的怪现状。百般坚持着，一回到宾馆房间，到底还是吐了。之后，躺在床上不知不觉就睡着了。醒来时已是晚上十点半，忽然觉得有些饿，于是，穿上衣服来到街上，想找一个小饭摊儿，喝上一碗小米粥，或者吃一碗热馄饨、热面汤什么的垫补一下，安慰一下饱受酒精刺激的胃口。

夜深了，小街上有些冷清。深秋的晚风轻轻地吹过，吹动树叶哗啦啦地响。我顺着小街往前转悠，在街边找到一家还没打烊的米线店，要了一碗炒河粉。米粉店里没有别的顾客，只有老板一个人。老板是临漳县人，五十多岁了，很和善。他一边动作麻利地炒着河粉，一边和我随意地聊天儿，讲他的艰辛，也讲他的快乐，说话不急不慌。炒好的河粉端上桌，他就坐在我的对面，一边看着我吃，一边接着唠。等我吃完了要离开时，我们差不多都快成老朋友了。

胃里有了热乎儿的东西，身上就得了安慰，好受一些了。我绕道另一条小街往回走。在一个小十字路口，看到街边有好多打麻将的，足有二十多桌，有坐着打的，有站着看的，哗啦啦、哗啦啦的麻将声此起彼伏，响成一片。二十几只灯泡明晃晃地照着这些中年人显得十分疲惫而苍白或发暗的脸。

顺着路往东走，很快就到了一条大街。路边上有两三个摆小摊儿的。有一个是卖冷饮的，有三四个人围在灯下正在下棋，也不说话，棋子落下来的声音清脆、响亮，好像都有些不服对方。过不远儿，有一个烟酒门市部，门口旁边堆着高高的一摞酒箱子，我知道，那是门市部的"广告"。灯光兀自亮着，却看不到有人守着，也没有顾客光顾。再往前走，还有一个小摊儿，地上铺着塑料布，上面摆列的多是一些袜子、鞋垫儿、尼龙手套、自行车座套之类的小物件儿。女摊主正在往一起收拾东西。看来是要收摊儿了。旁边那个男人显然是她的丈夫，端着一个破茶缸儿，用一支毛笔蘸着里边的水，在大理石铺的便道上练习写字，他很认真地写着"工人，农民，中国人民解放军"，笔画已有那么点书法的意思了。看到我在看他，他忽然有些不好意思地说："闲着没事儿，瞎练练。"女人一边收拾着东西，把东西装进一个个纸盒子里，一边催他："别瞎写了，快帮着我收拾收拾，该回去睡了。"男人哼哈着，却仍不肯停下来。我问女人这摊子生意咋样，女人有些无奈地说："唉，对事儿了能捡个仨瓜俩枣儿的，也就混口饭吃吧。太熬得慌！"女人告诉我，小摊子后边的一楼就是她家，摆个摊儿，图的是近便。我看到，那座四层砖楼已经很破旧了，只是沿街的外墙上刷着很新鲜的红涂料、黄涂料。

我默默地离开了那里，往宾馆走。夜风吹来，已经很凉很凉。三五成群的中学生，骑着自行车从我旁边飞快地驶过，一边大声地说话、争论，一边很夸张地打着哈欠。过马路的时候，不止有一辆出租车在驶近我时减慢了车速，司机师傅满怀希望地望着我。他们可能以为我要打车，见我无动于衷，才猛地一加油门儿，轻轻地按一下喇叭，急驰而去，消失在远处的夜幕之中。

路灯有些寂寞地亮着,大街两旁高大、挺拔的梧桐树,即便是在夜里,仍显得那么美丽舒展、枝繁叶茂。

我走到宾馆的楼梯口时,正好遇见一位年轻的女服务员下班,她正顺着楼梯一步步地走下来,左胳膊上搭着件外套,右手里提着一个小包。她冲着我努力地微笑了一下,很快就从我旁边走过去了。我分明看到了她的脸上带着难以掩饰的几丝倦容……

也许,在平时,我们不会注意到这些生活深处的场景,在都市白天的繁华和喧闹里,它们都被淹没了。也许,看到了我们也会熟视无睹。然而,在这夜深人静的时候,这些场景就都凸显出来了:有自得其乐,有百无聊赖,有平平淡淡,有有滋有味,有热热闹闹,有冷冷清清,有生活压力下的努力、坚持,也有不屈服命运的纠结、挣扎……也许,这才是充满细节的真实的生活。而我白天所经历过的那些热闹、喧嚣的场景,在我的脑海里已恍如隔世。

我曾记得你的笑

一

在我的童年生活中,对我最亲、最好的,是姥娘;对我笑得最多,笑容也最亲切、温暖的,是姥娘。

记忆里,姥娘一次也没有训过我、嚷过我、骂过我、打过我,一次也没有嗔怪着给过我不好看的脸色。真的是一次也不曾有过。姥娘有的只是亲,只是面对着我时永远亲切的眼神和温暖的微笑。

小时候,我最喜欢去的地方就是西龙贵的姥娘家,先是跟着母亲去,等到长大一点儿,就自己跑着去。从莲花营到西龙贵,六里多地的土路,曲里拐弯、上坡下坡,在那些年里,也不知道来来回回跑了多少趟,却从来没有感到烦、累和不愿意的时候。每次去姥娘家,只要是一见了我,姥娘的脸上总是笑眯眯的:"哈,俺峰峰来啦!"哪怕是在见到我之前她正在为着一件什么事发愁、伤心或者抱怨、生气,一见我走了过来,便什么都忘记了,立马就眼角上带着笑了,眉头也舒展开了。什么叫慈祥?——我的解释是,慈祥就是姥娘见到我,眼角带笑地望着我时那个亲切、温暖的样子。

姥娘的个头儿不高,成天戳着个围腰,在屋里院里出出进进、忙里忙外。我上高中时,身高蹿到一米八二,姥娘走到我跟前,跟我说话时,老是得半仰着下巴颏儿,便开玩笑说:"唉,穷小子,长这么高,跟个电线杆子似的。"但在她的眼里,我永远是个没长大的孩子。我生来长得黑,但姥娘从来没有笑话过我,虽然她有时也叫我的外号儿——黑蛋,可她叫着的时候,眼角上、嘴角上都是笑着的,语气里带着亲劲儿,那就跟别人不一样,不是取笑;我打小就笨嘴拙舌,有时跟表弟妹们闹点儿别扭或是格气、打闹,找到姥娘给掰理儿时,即使有我的不是,姥娘也总是向着我说话,帮着我和稀泥。

我一到姥娘家,就好像换了个人儿似的。一见到姥娘对着我笑,我就会打消怯意和拘谨,觉得踏实、安心、高兴,变得随意、舒展、自然,有时甚至还有些孩子似的顽皮与放肆。姥娘一共有十个外孙、外孙女和四个孙子、孙女,她对谁都疼、都亲,但我觉得,她最疼、最亲的,是我。她的笑,那么纯净、温暖、充满深情,就像一片冬日里晌午时分的阳光,照亮了我灰色、单调、寂寥的生活;又像是在夏天的傍晚时分吹过树梢的微风,拂去了我心头的焦躁,清凉了我的身心;更像是神奇的药,驱散我的自卑,打消我的怯懦,安抚我所经受的伤痛。

在我的心里,永远保存、铭记和想念着的,就是姥娘那温暖、亲切、慈爱的笑容。

二

解庆年是我在获鹿中学补习时的历史老师,他只教了我短短九个多月,但我对他的印象却是很深也很好的。

1985年的夏天,我考上了河北师大。那年秋天的一个星期天的下午,我从家里骑车子返校,路过我曾经就读的永壁中学,去看望在那里的同学梁凤义。我们在教室里天南海北地聊了会儿,梁凤义对我说:"解老师在课上好几次说到你呢!"我说:"说到我?哪个解老师呀?讲我什么?"梁凤义说:"解老师,就是解庆年,今年开学后刚从获鹿中学调过来的。他讲你理解能力强,上课能跟上他的思路。"我一下子又惊喜又诧异:"解老师调到这儿来了?"梁凤义说:"这学期一开学就调来了。那会儿我还见他呢!——他总是星期天下午提前返校。"

我站起来，让梁凤义带我去见解老师。校园西头有排教师宿舍，解老师的屋门虚掩着。我们在门上轻轻敲了三下，听到解老师"唔"了一声，便推开门走了进去。解老师正盘腿坐在床上，光着头，戴着他那副大镜片的近视镜，抬头见是我，一愣怔，然后就笑了："是秀峰呀？——稀罕得慌，你这会儿咋过来啦？"说着，伸着两脚找地上的鞋子，然后拉着我的胳膊在床边坐下来。

1984年的10月，我在获鹿中学文科班补习，解老师正好教我们历史。作为一名高中文科生，之前我的历史课学得并不好。原先的历史老师讲课是"平推法"——照着课本的顺序，一章章、一节节地往下讲，久了，历史年代、人物、事件就堆到一块分不大清了，中国历史、世界历史是分散的、碎裂的，没有联系的。解老师不这样，他有很清晰的历史逻辑与历史思维，讲课从来都是串着讲，上下五千年，纵横十万里，融会贯通，从中国的唐朝一下子"蹦"到同年代的日本，从黄河流域又"跳"到两河流域，正讲着中国的春秋战国时代，马上就串到欧洲这会儿正在干什么，埃及那时是个什么样……历史的烟云，一下子就在我们的头脑里立体、鲜活了起来，一点儿也不枯燥、乏味和纷乱。我特别喜欢解老师的这种讲课方法，望着他脸上自信的微笑，跟着他的思维里走外转、纵横驰骋，用眼神儿跟他互动。这也是解老师之所以对我印象较深的缘故吧。我想，如果我一上高中就遇到解老师，说不定上大学时我会报考历史学系的。

解老师的家在远离县城的乡下，跟我们是邻村，相距只有三里地。上岁数了，每周骑车来回跑家挺费劲，他就申请调回了离家近便些的乡村中学。这些，我事先并不知道，在这里碰上他也是无意间的偶遇。可是，让我难为情的是，解老师以为我是专程过来看望他的，一时间我又不好意思解释和否认。我的心里很是有些惭愧。

解老师给我倒了一杯热水，推到我跟前。他一直歪着头，笑眯眯地看着我，听我说这个说那个，不时插一两句。窗外的天色渐渐暗下来，我这才站起身来，跟解老师告别。解老师戴上帽子，一直把我送到学校大门口，笑眯眯地看着我走远了才返回身去。

这之后，我就再也没见过解老师。过了两年，解老师退休了。2002

年秋天，我们村过庙会那天，解老师来村里看戏，曾找到我们家问我的情况，还跟我母亲要了我的电话，说有事找我，却一直也没有联系。2003年初夏的一天上午，我从解老师他们村边路过，便想着去村里看看多年不见的解老师，谁知进村一打听，村里人告诉我说，解老师已经在头一年的冬天得了个急病去世了……我推着车子走出解老师他们村，心里被惭愧压得很是沉重——我再也不会见到解老师了！

好多年过去了，我仍记着解老师的模样，特别是那个深秋的星期天的下午，我们在一起说话时，荡漾在他脸上的笑。那笑，是喜爱，是开心，也是欣慰，留在我的心中，则是一份深长的温暖的回忆。

三

我和妻子认识，是在上高中的时候。

那所乡村高中坐落在一个村子里。妻子就是这个村子里的，每天走读。我们也是走读，但中午不回家，早上从家里带来饭盒，学校食堂中午给馏一下。吃了饭就待在教室里，看看书，说说话，有时无所事事，就结伴到学校外边的街上或是小河边溜达一圈儿。

当年我注意到她时，我们还不是一个班的，也不知道她的名字，她比我们年级高，后来插班到我们34班补习，才成了同学。

我对她的印象是很好的，朴实，安静，身材苗条，当她脸上带着羞涩的微笑和别人说话时，样子更是好看，好看得就像春天时的好天气一样。我那时就暗暗地想，将来找媳妇儿就冲这样的找。

我上高中时，有严重的偏科，除了语文、地理，其他各科都烂得提溜不起来，特别是英语和数学，简直一塌糊涂。但我在学校里却小有名气，因为我在高二那年，在报纸上发表过一两篇文章。这在偏僻的乡村，是一件很令人诧异的稀罕事。可是老师不怎么喜欢我——老师喜欢的是那些老老实实背书、安安静静做题，将来有可能考上大学的"苗子"，那时的我显然不在此列。

有一天，我忽然发现那个好看的女生走进了我们34班的教室里，竟然就坐在我前边,而且,只与我隔开两排。我的心里有些乱,莫名的兴奋,无端的失落,时常的心猿意马,交织在一起,有时上着课会望着她的背影发呆,有时盯着她的齐肩小辫儿愣神儿。可是,我一直也没有机会跟她说上话儿。她在课堂上从不和同桌交头接耳,包括上自习,也是安安静静,一直专心致志地在学习。课下,除了和同桌、前后桌偶尔低声说笑几句以外,也是不多说话的。放学后,她就跟一个叫秋玲、一个叫秋娥的同村女生一起,背上书包回家去。

  我性格腼腆、内向,都快要进行毕业考试和高考预选了,我和她始终连一句话也没有说过。但我实在不愿意因为自己的腼腆和懦弱而错过了这个姑娘。于是,"蓄谋已久"的我一次次地鼓足自己的勇气,才装作有意无意地在路上"碰见"了她一次。

  那是初夏的一天中午放学的时候,我推着自行车,等在她回家必经的路口儿,有意"制造"一场并不经意的"遇见"。见她走了过来,我也及时地"出现"了,心里"咚咚咚"地乱跳着,笨拙地尽量以自然的语气跟她说了一句话,打了一声招呼。至于说了个什么话,现在已经忘了,按我当时的那个傻劲儿,肯定说不出来像张爱玲在小说里所写的那样:"噢,你也在这里呀?"最有可能的是一句愣乎乎的:"你回家啊?"——纯粹是没话找话的废话。我却清楚地记得,她微微一惊,停下脚步,一抬头,看见是我,微微咧嘴一笑。还好,她没有把我当成一个"神经质"或者是坏男生!——对于一个"神经质"、坏男生,或者是没有好感的话,她肯定是不会这么笑的。

  她笑得多好看啊,纯净,清澈,又有些羞涩,犹如一缕温暖的春风从我的面前轻轻拂过。因为兴奋带来紧张,紧张带来慌乱,那天她说了一句什么,我也没有听太清,就狼狈地跳上自行车逃走了。我的动作一定是夸张、古怪、难看极了的,说不定她会在后边偷偷地笑话我。但我永远记得,那天,她穿着一件粉红色的碎花儿褂子,很朴实,很干净,很好看。这一印象,深深地印在我的脑海里,留存在记忆之中,再也磨灭不掉。

  那一年,她考上了大学,我落选了。历经波折,两年之后,我也考上了大学。又过了四年,她成了我的妻子。

四

儿子打小就喜欢笑，一笑，两眼角弯弯的，眯成一条缝儿，我们就笑他："看不见眼了看不见眼了！"

至今还记得儿子出生后第三天的傍晚，在石家庄空军医院，护士把他抱了过来，我们第一次看到了他的样子。当时，护士把他横放在床头，我们三四个大人立马围在一起，欣喜而又好奇地来看这个裹在小包裹里的小人人儿。儿子真是太给我们面子了，就在我们七嘴八舌地议论他的眼、眉、鼻子、嘴巴时，竟轻轻地咧了咧小嘴儿，朝着我们淡淡地笑了一下，连护士都觉得惊奇："哎哎，快看快看，小家伙儿这会儿就会笑哩！嚯！这才几天呀！——"年轻的女护士是位活泼的河南人，一有什么稀罕的事儿，就大惊小怪地拉着长声儿，"嚯！——嚯！——"

儿子的这一笑，是他来到这人世间送给初为父母的我们最好、最可爱的"见面礼"吧！

天下小孩儿哪有不爱哭的？我儿子也一样，他也哭，哭起来也哇哇的，但确实更爱笑，嘻嘻，嘻嘻，有事儿没事儿就嘻嘻，却并不怎么出声。还抱在怀里的时候，儿子就"识逗"，不管是谁，一逗他，他就哈啦着小嘴儿朝着人家笑，特招人待见。也好哄转，有时本来正哭着呢，抱一抱，让他"看这儿看这儿"或者"看那儿看那儿"，注意力一转移，眼里还带着泪花就又笑了。儿子长大了一点儿，依然是恼的时候少，笑的时候多，看动画片笑，看漫画书笑，即便是不声不响地自己一个人玩儿，脸上也总是笑模滋滋儿的。说话的时候也是，不笑不说话。儿子眼睛不算大，一笑，更显小，成了弯弯的眯眯缝儿。每逢他笑着的时候，他奶奶就在一旁逗他："还笑！还笑！再笑就看不见眼喽！——看，没了眼喽！"儿子仍然嘻嘻地笑着，一边冲过来抡着小拳头儿捶母亲的腿，母亲也跟着笑了起来。

儿子长大了，长成了一个大小伙子。青春期，谁能没有成长的疼痛与苦恼？儿子也有他难言的烦心事，常常令他皱着眉头发呆，若有所思地发愣，心不在焉地走神儿。但乐观向上的性格就像一阵阵清风，将烦恼的阴云一忽儿吹散，心情重又阳光明媚起来，笑容重又回到脸上。学习生活是快乐的，他常常戴着耳机，一边听着音乐一边看书写字做题——说了他多少次，他也不改，反倒乐呵呵地"狡辩"：优美的音乐有助于打开思路；工作是快乐的，面对困难和问题，不推拖，不怵头，调整心态，把握节奏，该吃吃，该睡睡，该玩儿玩儿，该干干。现在，儿子不在我们的身边，远在大洋的彼岸，我们每个星期六的上午都要跟儿子视频一次，隔着万水千山，我们能从儿子脸上微笑的神情中看得出，尽管有些孤独，有点儿寂寞，有时也很想家，但儿子依然是快乐的，读书、健身、写作、旅行、会朋友，日子是充实的。

儿子不在身边，我们常常回想儿子的笑。儿子的笑是甘甜的蜜汁，是芬芳的美酒。每每回想起来，都是一种幸福的感觉。我们希望，儿子永远是个爱笑的幸福的人！

五

我还记得许多人的笑。

我在省教育工会工作的时候，接触的多是乡村教师和县一级教育局的干部。印象深的是张家口阳原县教育工会主席杨得谟。他的神情、气质，颇有些像作家陈忠实，特别是当他笑着的时候，也是满脸刀刻一样的皱纹，也是满脸纯净得像是小孩子一样的笑。而且，像陈忠实总是叼着烟讲一嘴陕西话一样，他抽烟也很凶，一边叼着烟，一边讲着纯正、地道的阳原方言，烟头儿上的烟灰挂得老长，都弯下来了，也不记得去弹，有时就落在他的衣襟上。陈忠实好多时候面容冷峻，而我们的杨主席，总是乐乐呵呵笑笑眯眯的样子，一笑，两眼就小得跟席篾儿拉的似的。由于他的抽烟，办公室里烟雾腾腾，陶大姐就半是嗔怪半是玩笑地喊他一句："老杨！你看你！"杨主席赶紧眯眯笑着说："不了不了，这是最后一根！"他的阳原土话不大好听懂，但他会说一句普通话，干巴利落，俩字儿，那就是"同志"，后边紧跟着的，就又是阳原话了。他喊我"小樊"时，俩字儿拐仨弯儿，说到"樊"字时，口音重得好像用铁锨剜了一下子似的。

我们那时正搞着全省农村教师家属扶贫行动，是针对着乡村贫困教师的。阳原县是贫困县，杨主席经常来省里，为他们县里的教师家属扶贫跑项目、跑资金。他热情、幽默而又善谈，言语间又有点儿小小的狡黠。每一次他来了，就住在省总工会招待所，我们的办公室在招待所的二楼，他上下、来去的很方便。我们在一起，总是交谈得很好。他坐在办公室的沙发上，脸上带着他特有的让人感觉亲近的笑容，既谈工作，也聊闲天儿，说这个说那个，热闹地说个没完，彼此都很开心、愉快。

大概是1998年的秋天，我去阳原出差，临走的时候，他忽然抱着一塑料兜儿刚从路边一个门市部买来的阳原特产豆腐皮儿，追着长途车，从车窗里猛地塞给了我……没想到，那竟是我们最后一次见面，没过一年，杨主席突发疾病，离开了人世，还不满六十岁。多年以后，我仍很想念他。每当我想起杨主席，首先想起来的就是他站在面前笑着的样子，天真，开心，温暖，慈蔼，又隐隐地有一点儿逗人的嘎气。

印象深的还有承德隆化县的龚河老师。

龚河曾经当过多年初中化学老师，因为笔头子厉害，调到县教育局从事文字工作。我认识他的时候，他不是县教育工会的干部，但经常给县教育工会帮忙写稿子、搞宣传。我们那时办着《河北教工》杂志，龚老师给我们投稿，我们就是通过写稿子、编稿子认识的。我第一次见到他，是在省教育工会举办的通讯员培训班上。我看到报名表上有龚老师的名字，就到招待所去看他。他从承德坐了一夜火车来到石家庄，又困又累，正歪在床上补觉儿。他醒了后，坐起来，朝着我笑。因为他的笑，我一下子就对他印象更好了。

我看人一向注重第一印象。从他和善友好、毫无心机的笑容中，我认定他是一个纯朴、诚实、善良的人。那天我离开的时候，他忽然从床底下拽出一只编织袋儿，里面竟是半袋子榛子。他就是背着这半袋子榛子先坐长途车，然后上火车、下火车来到石家庄的，这是他送给我的"见面礼"。那以后，我们更是经常联系，一年至少见一面。他写作一直很勤奋，写新闻消息，写人物通讯，写报告文学，还写诗歌、歌词、评论，还搞摄影。2003年,他以五位农村党员绿化荒山、无私奉献为题材撰写的报告文学《盛德在木》参加全国征文,作品刊登在《人民日报》的副刊"大地"上,年终评奖时,和著名作家蒋子龙一起,荣获了一等奖。

龚老师比我大8岁,却从不摆资格,一见面、一打电话就喊我"老师"。他2018年退了休。从第一次见面到现在,至少有二十六七年了吧,我们一直都保持着联系。

第二辑

张开云游翅膀

石家庄风味

家在石家庄，有外地的朋友问我：你们石家庄有什么风味？这一问，一时间还真把我给问住了。

其实，这个问题在我脑中已经盘桓许久了：什么是石家庄风味？石家庄有风味吗？而答案无疑是肯定的：有！

但什么才是石家庄的风味呢？一直以来，不少人都感觉石家庄好像没有什么独特而且明显的风味。我反复地琢磨过，也问过不少石家庄的本地人，问过好多在石家庄生活了多年的外地人。被我问到的人们，有说这个的，有说那个的，有说不上来的，还有张冠李戴的，叽里咕噜地说了一大堆，众说纷纭，莫衷一是，终归也没有说太清楚。

有一年，单位的一位同事去南方出差回来，兴奋地跟我们讲他的"重大发现"，说是过了河南信阳后，高速公路两边有好多饭店、饭馆标着"石家庄风味""石家庄特色"什么的，心中不觉一惊，同时又有点儿纳闷：自己在石家庄都待了二十来年了，还说不清楚石家庄的风味和特色是什么呢，这里倒大大方方地以"石家庄风味"作为招徕！于是，他便专门下了车，兴冲冲地前去一探究竟。你道这里的"石家庄风味"是什么？原来是烙饼、炒饼丝、缸炉烧饼、圪豆儿、鸡蛋汤……一律都是土得掉渣渣儿的东西！——呵呵，敢情就是这些，别的地方不也有啊！听他那口气，他一是不太"感冒儿"，觉得数不上；二是还有些瞧不上眼儿呢。

一方水土养一方人，这"水土"其实就是一方的风味。石家庄是有很多本土风味名吃的，如金凤扒鸡、中和轩蒸饺、牛肉罩火烧、鹿泉百尺杆大肉丸儿饺子、正定马家鸡、赵县驴肉、晋州"懒豆腐"，等等。这些地道的本地名吃，石家庄的老百姓口口相传，都还是很认的。但要说多么驰名，恐怕还谈不上。有一年冬天，去正定品尝马家鸡，印象很深，正定的朋友炫耀说，马家鸡让著名主持人崔永元"实话实说"地狠夸过，而且把他说的话印在了包装袋子上。至于别的本地名吃，出了石家庄就没太大的知名度了，而且有的现在在石家庄也轻易见不着了。记得在20世纪七八十年代的时候，中和轩饭店非常有名气，能在那里吃顿饭，绝对排场。那时，父亲在市里上班，曾带母亲和我在那里简单地吃过一回，又给两个妹妹带回来过满满的一饭盒包子，嘿，一咬皮儿，一篓子油"滋"地蹿出来，那叫个香啊！让我和两个妹妹念叨了好几年。以后，每逢路过那里，或者一听说中和轩的名字，就馋得忍不住要咽口水。

　　回头再看看我们身边，走一走里弄小巷，串一串农贸市场，可不是嘛！咱石家庄就是有不少人爱吃烙饼——在我老家鹿泉一带叫"旋（念'算'的音儿）饼"，再有就是炒饼丝儿——分素炒饼和肉炒饼两种，佐以绿豆芽或是绿甘蓝，就犹如北京人爱吃炸酱面、山东人爱吃煎饼大葱、西安人爱吃羊肉泡馍、兰州人爱吃牛肉拉面一样。

　　石家庄人心眼儿实在，在这地方，甭管是南甜北咸，还是东辣西酸，只要讲究儿色香味、服务态度又热情，就能在石家庄站得住脚、立得住根，老百姓就抬举你，给你留下一席之地，决不耍泼使赖地撵你、挤你。也正因如此，在石家庄这座"天下第一庄"中，有许多外地来的风味特色，这"食府"、那"会馆"，某某"村"、某某"城"什么的，一个接一个地开，也一个接一个地火：湖南风味，重庆风味，四川风味，广东风味，新疆风味，陕西风味，山西风味，江苏风味，保定风味，兰州风味，张家口风味，还有肯德基、麦当劳、巴西烤肉……哈，你就数去吧，多啦！东西南北中，各路风味荟萃一地、兼容并蓄，彼此之间宽容以待、以邻为友，各自和气生财、相安无事。不是吹，在石家庄，想吃哪一种风味，差不多都能找得到。

　　这种宽厚和包容，是否就是石家庄最大的风味特色呢？

初夏,在北戴河

别致的清新美丽

初夏时节,我们来到北戴河,作短暂的停留。

作为著名的北方海滨胜地,这个时节的北戴河,旅游旺季还没有开始。太阳静悄悄地照着,云彩静悄悄地飘在天上,路边的草静悄悄地绿着,绿地里的花静悄悄地开着。街上也静悄悄的,偶尔有一辆两辆汽车驶过。间或有三三两两的游人从路旁茂密的树荫下悠闲地走过,也是静悄悄的。长长的海滩上,没有几个游人,只有徐徐的海风在追赶着海浪嬉戏,白色的浪花一如既往地哗哗哗地冲上来,又哗哗哗地退回去。很难想象,盛夏时节最是热闹缤纷的地方,这会儿竟是如此一番空旷而又寂寞的场景。

然而,北戴河毕竟是美丽的,抬头看看天,天空是那么蔚蓝;远处望望海,海面是那么辽阔。走在阳光下,阳光是那种澄明、清澈的灿烂;站在海风里,海风是那种惬意、妩媚的温柔。初夏的北戴河,到处充满清新、恬静而又安详的气息。

热闹、繁荣是一种美,而清新、宁静同样也是一种别致的美。初夏的北戴河,虽然没有旺季时游人如织的那番热闹与欢畅,但它依旧自有其迷人的风情。

听　涛

　　我们所住的河北省总工会北戴河工人疗养院环境很好，窗外是一片稀疏的小杨树林，再往外是一条海滨公路，然后就是沙滩、大海了。站在窗前，一抬头就能望见海天之际那一抹无边无沿的蔚蓝。

　　推开窗户，"哗——，哗——"的声音随着徐徐的海风，穿过树林，迎面而来。那是大海不息的涛声，它是如此的切近，如此的激荡，此起彼伏，去了又来，仿佛永远也不知道疲倦。有时，涛声很舒缓，犹如清风在树林中行进；有时，涛声又很急切，犹如疾雨洒过前庭。

　　夜幕已降临，涛声却依旧。今夜可以枕上听涛了，这不啻于一番绝美的妙境。涛声随风潜入夜，便也走进了我的梦里，游遍了梦乡的每一个角落。

　　"哗——，哗——"，于涛声里入眠，眼睛睡了，耳朵却舍不得，一直醒着，一直谛听着……

看　海

　　我不是第一次到北戴河了，但海的风景依然看不够，欣喜、畅快的心情，一如当初那般蓬勃。

　　海的美在其壮观而安详。这是一种令人折服的美。站在海边远望，眼前的景象既摄人心魄，又熨帖心灵，这是壮观的安详，又是安详的壮观。

　　海的美在其浩荡而大气。这是一种令人慨叹的美。辽阔的海面横无际涯，充盈着天地之间的浩然之气。奔腾的海水滚滚而来，似万马驰原，勇往直前。它们扑倒在沙滩上，化成一片泡沫，迸裂在礁石旁，碎成一团玉粉，却依旧前赴后继，百折不挠。

　　海的美还在其纯粹而沉静。这是一种令人陶醉的美。晴天时，远望蔚蓝一片，海天一色；阴天时，远望混沌一片，还是海天一色；雨天时，远望一片迷茫，依旧还是海天一色。它们的纯粹与宁静，永远相依相偎在一起。

有白帆从远处驶过，划开了海天一色，而在白帆的后面，海与天又很快相融在了一起，了无擦痕……

捉 螃 蟹

坐在海滩上小憩，我们无意中闯入了一个神秘世界。

其实，我们早就发现了海滩上布满的一个个小沙洞，只是并不知晓其中的秘密。等我们坐下来，四周一片宁静时，秘密却自己揭开了：一只只小螃蟹鬼头鬼脑地从沙洞中探出头来，趴在洞口，警惕地向四周瞭望，在确认没有危险的情况后，便大摇大摆地钻了出来。它们有的独自悠闲地横行着踱步，有的则三三两两地聚在一起，张牙舞爪地追逐着嬉闹……我们先是一动也不动地盯着眼前这一切，心里既兴奋又紧张，然后大家互相使个眼色，忽然就跳起来、冲过去。谁知，这些狡猾的小鬼头们却比我们身手敏捷多了，不等我们跑到跟前，早已纷纷四散逃尽，躲进了沙洞中，一个也没让我们逮住。

"和我们玩儿'地道战'？来，咱们来它个'瓮中捉鳖'。"不知是谁说了一句，大家便纷纷行动起来。我们仿佛一下子又回到了童年时光。

沙洞很好挖，挖不了几下，洞里就冒出了海水，再接着小心翼翼地往下掏，掏着掏着，忽然有人"哇"地叫一声，一只小螃蟹被"捉拿归案"了。被捉的小螃蟹显然心有不甘，它狂躁地挥舞着杀气腾腾的大夹子不肯就范。不一会儿，一只只小螃蟹相继"落网"，我们竟逮住了五六只。我们把它们装在一个塑料兜里，再装上沙子，又灌了些海水，一起带回了疗养院。

这些家伙在袋子里总也不肯安生，在静静的房间里闹出很大的动静来，倒像是聚在一起抗议我们。心中终有所不忍，于是，提起兜子来到海边，将它们重又放归大海。袋口儿刚一打开，小家伙们就争先恐后、不管不顾地蹦了出来，连个招呼也不打，很没有风度地连滚带爬，一下子逃了个干净！

初夏，在北戴河，有说不尽的美丽风景，有说不尽的迷人风情……

藏在车里看动物

秦皇岛国际野生动物园离海边很近,坐落在北戴河海滨的一片高大、茂密的树林子里,与大海只隔着一条宽阔的海滨公路。

动物园占地有500多亩,是目前我国占地面积最大、森林覆盖率最高的野生动物园。园区内,虎园、狮园、熊园、猴园、猩猩馆、鳄鱼馆、大象苑、禽鸟区等,分别以树林和高高的铁栅栏为界,相互隔离开。在这里,游人既可以领略到人兽隔窗相望的有惊无险,又可享受到人与动物亲切融洽的"相敬如宾"。

野生动物们不是好招惹的。为了安全起见,游客进入园区,通常都要乘坐动物园方面提供的特制车辆:车窗上封有铁条,以防动物实施"偷袭"和"打劫"。虎园、狮园和熊园的入口处,还都挂着写有"郑重声明"的木牌:"虎园下车,等于自杀""动物凶猛,游客小心"。好奇之余,不禁也让我们惊出一手心儿的热汗!

那天,我们乘着汽车刚进入动物园的大门,年轻的司机师傅就嘱咐我们,在猛兽区,一定要记着"动口不动手",万不可打开车窗逗耍野物儿们。他还给我们讲了一个真实的故事:有一次,几位游客不听劝阻,用食物撩逗熊园里的两只狗熊,把狗熊给逗急了,一只狗熊用厚重有力的熊掌狠狠地拍打着汽车,把车壳子划得东一道儿、西一道儿的,掉了好几片车漆,车子里的人吓得吱哇乱叫、不敢动弹。后来,在别的汽车的帮助下才算解了围。司机的故事把我们唬得一个个两眼发直。见我们这样,他一脸顽皮地吹了一声口哨儿，笑道："咳，放心吧，只要不打开窗户撩逗它们，大家'相敬如宾'，就保准没事儿。看把你们给吓的。"大家伙这才此起彼伏地松了一口气。

且惊且喜地穿过狮园、熊园，我们的汽车又慢悠悠地驶入虎园的大铁门。刚进门，一只憨态可掬的小老虎便从旁边的树林子里跑了过来，好奇地围着汽车转来转去。而另外几只大老虎，却在远处或行或卧，或相互嬉耍、逗闹，对来访的我们一副若无其事、懒得搭理的样子。忽然，司机似乎听到有什么响动不大对劲儿，惊呼道："小老虎咬咱们的汽车呢，你看吧，肯定给咬上牙印儿了！"等驶出了虎园区，我们纷纷下车察看，果然见我们汽车的后保险杠上留下了小老虎啃过的三四道伤痕！——小家伙的小虎牙可真够硬的！

藏在车里看着车下的动物，心中不禁泛起诸多的感慨——人类对动物"残酷迫害"这么多年，使得地球上的人越来越多，生态越来越坏，而可爱的动物们却越来越少了！尽管国际国内有关组织和各方有识之士纷纷行动起来，将被人类逼得快要走投无路、断子绝孙的动物们列入珍稀保护的名单，甚至关在"野生动物园"里进行开发、保护和人工繁养，却仍难挽狂澜于既倒。其实，人和动物都是自然之子，本没有什么卑贱高下之分，生命的质量和价值的砝码本应是对等的，应当共存共荣、相得益彰才对。人类自命为高高在上的"万物灵长"，纯粹是以自我为中心的不知天高地厚的贪婪与狂妄！人类欺侮动物不会说人话，不会使枪弄炮搭陷阱，可自然天条会记下我们所有的欠账，回头找我们一笔一笔地"拉清单"！

"从前人看笼中兽，如今兽看笼中人。"我们藏在车里看动物，动物也在车下看着我们。那些老虎、狮子、狗熊、金钱豹们的眼里，有凶猛，有冷漠，有敌视和恐惧，但同样也有温存、纯净、善良和泰然。它们被关在笼子里（尽管动物园的笼子很大很大），可是，在它们的眼里，我们人类不也同样囚在一个个铁壳子里、铁笼子里吗？——到底是谁看谁，倘若仔细地想一想，还真有些不大好说得清楚呢！

塞罕坝看云

夏日的塞罕坝，是最令人心旷神怡的时节。

塞罕坝，蒙语为"塞堪达巴罕"，是"美丽的高原"的意思。这里地处河北省最北部的围场满族蒙古族自治县的最北端，往北越过清水涟涟、弯弯绕绕的吐力根河（当地人称"小滦河"），就是内蒙古克什克腾旗的地界了。塞罕坝是我国目前最大的机械化林场，也是滦河的水源涵养地，宽广美丽、绿意浩瀚。这里在历史上曾是非常有名的皇家猎苑——"木兰围场"的一部分，古木参天、水草丰茂、鸟兽云集。在20世纪30年代，由于日寇的掠夺性采伐，加上战火的无情摧残，塞罕坝曾一度变得形容焦枯。新中国成立之后，一大批创业者、开拓者们从20世纪60年代初起，植树种草，休养生息，使得塞罕坝又重新焕发了生机。目前塞罕坝拥有林地面积120多万亩，森林覆盖率达到80%。她宛若一条绿色的长龙，绵延、横亘于内蒙古高原的南缘，像一道坚不可摧的绿色屏障，有效地阻滞了浑善达克沙地的南移，成为为北京固沙源、为天津保水源的一块风水宝地、旅游胜地，被游人们誉为"河的源头、云的故乡、花的世界、林的海洋"。

徜徉在草野广袤、绿林苍茫的塞罕坝，心中荡漾着按捺不住的欣喜和畅快：凉爽的微风从树林间吹过，松涛阵阵，此起彼伏；辽阔的草滩上开满了各色的野花，有金莲花、虞美人、野玫瑰等，摇曳多姿，芬芳四溢；宁静、秀美的湖泊（当地人叫"泡子"）就像是草原上眨动着的明亮的眼睛；还有灿烂清澈的阳光，清新凉爽的空气，潺潺流淌的河水，快乐鸣叫的鸟儿……

但我觉得，塞罕坝天上的云彩，也绝对称得上是一桩奇异而又赏心悦目的风景。在塞罕坝，我常常仰起头来，痴痴地凝望着天空中飘动着的那些瑰丽、神奇、美妙的云朵，一任想象插上翅膀，诗意地"云中漫步"。

云彩永远是天空中最为生动的故事和充满诗意的篇章。站在高岗子上向四周看去，天空和云彩仿佛都变低了，一团团、一朵朵像是柔软的棉絮似的云彩，似乎一伸手就能抓住一把。瓦蓝瓦蓝的天空，是那么辽阔、明朗；洁白的云朵，时卷时舒，变化万端，是那样的令人心驰神往：它们有的埋伏在远处的山岗和林梢儿，有的飘浮在草野的尽头、湖泊的上空；有的像是扬鬃奋蹄的骏马在奔驰；有的像是神态怡然的老人在散步；有时像一座巍峨而又辉煌的童话中的城堡，有时又像波涛奔涌、浪花飞溅的滔滔大海；她们有时空灵而又飘逸，让人想起退潮后浅浅的海滩；有时娴静而又辽远，让人想起风光旖旎的田园……

塞罕坝的云彩也是诡异多变的。刚刚还是这一朵、那一朵的白云，不知什么时候，忽然聚集在了一起，越聚越多，越积越厚，越压越黑，然后就变成乌云了，你还没明白是咋回事儿呢，"哗——"，一阵急雨点儿就洒落下来了；没过多会儿，好像又听到了什么口令，忽然地就停住了雨脚，太阳也很快地露了出来。雨后的云彩变化最快，有时像被风扯着，一丝一缕地离散；有时则大块大块地搬运，匆匆忙忙地向一个地方飞渡，好像是要去执行什么任务似的。有时，我们的汽车在公路上奔跑，云在天空中飞，汽车便追着落在地上的云的影子，可汽车跑着跑着就追不上了，那团云影已悠悠地掠过了前面的山坡、树林；还有时，我们走在灿烂的阳光里，而前边不远处的天空中，有一大团云彩低垂着，仿佛挂着一张灰色的幕布似的。当地的朋友对我们说："看，那块云彩正在前边那儿下雨哩！"

在塞罕坝，最为壮观、奇巧的云彩，当属天边的那一抹抹瑰丽、奇美的晚霞。那天，雨一直下到傍晚才停了下来，凉爽的晚风把聚在一起的乌云吹散，从云缝间露出了夕阳的笑脸。于是，最为壮美的一幕出现了。我们纷纷聚在我们住的塞罕湖宾馆门前的小广场上，观赏这在城市里难得一见的神奇而美丽的晚霞。那被夕辉照彻了的云彩，先是一片玫瑰红，又是一抹浓重的橘黄，然后又幻化出一团淡紫，天光云影，斑斓夺目——这纯净而又繁复的色彩，再高明的画师怕也难以调和得出来吧。

我总在想，塞罕坝的天空为什么会这样洁净、深邃、蔚蓝？——是让塞罕坝的一朵朵白云给擦拭的吧；塞罕坝的云朵又为什么会这样瑰丽多姿、神奇美妙？——是大自然对热爱她的人们慷慨的回赠吧。我真想说服同行的朋友，一起抛下所有的行李，把这些美丽的云朵多带些回去，把她们这一朵、那一朵地点缀在我们城市的天空……

轻轻地，我走了。挥一挥手，我带不走一片塞罕坝的云彩。可是，在我的心中，永远有一片飘着美丽云朵的辽阔、蔚蓝而又充满深情的塞罕坝的天空！

"茄 子"

  那是在一个暮春时节。午后，雨霁天晴，西安临潼华清池，空气湿润，春光酽酽，新发的树芽也显得更鲜嫩、更翠绿。
  在芙蓉湖风景区，有五六个男孩儿女孩儿正挤在一起，互相排队，却怎么也排不整齐。看样子，他们是要照相。这几个小孩子，大的有七八岁，小的也就三四岁的样子，都穿着那种刚刚从旅游纪念品商店买来的大红大绿的，衣边上镶着白兔毛的小"坎肩儿"，显得分外可爱。他们像是一群春天里的鸟儿，叽叽喳喳，这个喊，那个叫，有高声的，有尖声的，一直也合不拢小嘴儿。正闹着，一个梳着抓髻的女孩子，跑过去跟正摆弄着照相机的摄影师说了一句什么话，然后跑回来，喊住其他几个，依着她的意思，来到一座"龟驮碑"的前头来排队，女孩子扶着石龟探出的脖子站好，别的孩子则有坐着的，有站着的，还有半蹲着的，都瞧着那位摄影师。摄影师那张黑黑的脸上挂着笑，一手端着照相机，一手来回挥着，"导演"着这些不肯安分的孩子们："注意，别嚷嚷了。听我说'一、二、三'，你们就一齐喊'茄子'，听见了吗？""听见了！"孩子们争先恐后地答着。"来，一块儿喊，一、二、三——茄子！""茄子——！"孩子们直着脖子，拉着长声，嘹亮地喊了起来，娇嫩而又清亮的童音儿，逗得站在旁边的游客们一个个开怀大笑。孩子们也都跟着笑，你拉我、我拽你，做着鬼脸儿，闹成一团。
  这时，一位站在旁边看热闹的外国老人走上前来，弯着腰去问一个正跑向自己母亲的小男孩儿：

"小朋友，泥们（你们）刚才含（喊）的是什么？——是'切子（茄子）'吗？"

小男孩儿愣了一下，有些害羞，抬头瞅着这个和颜悦色的外国人。那外国老人依旧弯着腰，问："是'切子（茄子）'吗？"小男孩儿镇静了镇静，然后笑了笑，说："是，'茄子'。"

"切子（茄子）？这是为什么？"

"嗯。是啊，就是茄子。"小男孩儿使劲地点点头。

外国老人皱着眉头儿，还是不明白："泥们（你们），含（喊）'切子（茄子）'，作什么用？"

"不知道。反正我们一照相，他就让我们一块儿喊'茄子'。"旁边的一个快嘴小丫头抢着说道。

老人歪着脑袋，眨巴着两眼，到底也弄不清楚这是为了什么。

小男孩儿的妈妈走了过来，说："我给你说吧。说'茄子'的时候，你看，表情是不是像在笑的样子？——这样照出相来会更好看些。"

外国老人愈加不明白了："可是，我们看见，小孩子们本来都是笑着的呀。他们，都是非常地、非常地高兴和漂亮呀！为什么还要'切子（茄子）？"

小男孩儿的妈妈一时想不出更好的解释法儿，而那位外国老人仍在专心致志地等着她回答。这时，旁边的外国老太太走了过来，脸上一直笑眯眯的，她拉住自己天真得有些傻气的丈夫，一边"OK、OK"，一边分开人群，点头摆手地走开了。

年轻的摄影师又在召集孩子们摆姿势照相了。孩子们依然兴高采烈、叽叽喳喳地随着他大声喊着"茄——子！"——这个年轻人呀，他可真是一个相当笨拙的摄影师啊！

秋到柿子沟

我们去柿子沟那天,刚过了霜降节气。霜染秋色,正是柿子沟一年之中景色最美、人们最繁忙的时候。柿子沟的老乡们说,霜降以后摘下来的柿子,容易搁存(即储藏),这是多少年的老讲究儿了。

保定的满城,是国家林业部命名的"中国磨盘柿之乡",境内的柿子沟早就名声在外,我原先也听说过。以往走京昆高速,路过满城地界,每每能见到路旁一片又一片的柿树林,到了秋天,满树的柿子高高低低地举在枝头,像是一只只红灯笼,蔚为壮观,分外好看!等我们进了柿子沟,发现这里更是一个柿子的世界。

汽车出了城区,沿着曲里拐弯、上下起伏的水泥路一路向西,很快就钻进了山里。路两旁迎面而来的,大多是柿子树,它们遍布农家的房前屋后,村外的沟沿儿、山坡,一棵棵、一排排、一行行、一片片,树上硕果累累,有的连树枝都压弯甚至压折了。这些柿子都是"磨盘柿",个头儿硕大,体态饱满,色泽红润,细细看来,真的像是一个个小磨盘呢!

汽车载着我们来到位于柿子沟深处的神星镇东峪村。村里的男女老少正在柿树林里忙活着摘柿子。好多农户是全家人齐上阵,男的举着长长的木杆子,用杆子顶上的铁钩儿钩住枝头上的柿子,稍微往外一拧,柿子"唰"地就掉了下来,站在树下的妻子,也扬着头,双手撑开一个自制的布兜儿,见柿子掉了下来,忙伸开胳膊去接,柿子在布兜儿上"咚"地颠了一下,然后归到了旁边的堆儿上。这样摘柿子不会摔坏或破了相。老人们蹲在地上,或坐在马扎上，一个个地清理着柿子把儿上的树叶和细树枝，再仔细地装进一只只抬筐里。柿子是娇气的东西，抬筐的内壁上都缝着一层软软的衬布，以防止把柿子扎破。如果摘到一个熟得稀溜溜儿软的柿子，就小心翼翼地捧给在旁边玩儿的小孩子。小孩子接过柿子，揭开一小块柿子皮儿，连吃带吸溜，弄得脸蛋子上、嘴边像是长了猫胡子一样，滑稽又可爱。

在一片柿树林中，我们专门去拜见了四棵分别被命名为福、禄、寿、禧的"千年柿子王"，其中最老的一棵已经有一千四百多岁，老乡们还给它立了一块石碑。"老树春深更着花"，这四棵"千年柿子王"虬曲交错的枝丫上，还结着好多红澄澄的柿子呢！我们跟一家正忙着摘柿子的老乡随意攀谈了起来。老乡讲，他家有一百多棵柿子树，最小的柿子树也长了二十多年了，每年都能收摘万儿八千斤的柿子，挑出个头儿大、色泽明亮外观品相好的柿子，交到村果品专业合作社设在村边的收购站上，每斤能卖到块儿八毛，差不多的也能卖个六七毛钱。他们平时外出打工，柿子红了的时候，特别是霜降以后，就回到村子里来摘柿子、卖柿子。漫山遍野的柿子树，就是老乡们的"铁杆儿庄稼"，平时的管护也比较省工，只在每年的农历七月十五前打一遍杀菌的药就可以了，摘柿子时因为连带着把细树枝拧了下来，相当于给果树剪了枝，又能省下一部分劳动。那老乡一边干着活儿，一边跟我开玩笑说："城里的人想要治颈椎病、肩周炎啦，来我们这里摘上几天柿子，管保能给治好！哈哈哈……"

一棵柿子树就是一片生动的风景。柿子的树叶经霜变黄、转红，色彩丰富，耀眼的色彩堪比香山上的红叶。更有枝头饱满、硕大的红柿子，在蓝天白云的映衬之下，鲜艳夺目，渲染出一派喜人的景象。有的人家这会儿并不急着摘柿子，他们要等到北风吹来、叶子落尽的时候再来采摘。可以想象，到那个时候，树上一颗颗红彤彤的柿子，一定会像天上闪烁的繁星一样，更有一番好看的景色。

霜降时节柿子红。秋天的柿子沟是美好的，也是繁忙的。从外地开车赶来的一拨拨儿客商，从城里骑车来的一队队"驴友"，在柿子沟里来来往往、川流不息。田间、地头、村旁，到处都是堆满柿子正在包装外运的热闹场景。——柿子沟的秋天，是丰收的秋天，是甜蜜的秋天，更是快乐的秋天！

马岭山药

霜降以后，趁着天还不怎么冷，一年之中正是山景儿最好的时候，我和创杰、献敏头一个礼拜之前就约好，一起骑着车子进山里游逛一趟。我们要去的地方，是元氏西部的一个叫南佐的山区乡镇，还想着顺便再到马岭村去买些山药——过了霜降刨山药，节令管着这事儿呢，这会儿去买，管保有的是，不会让我们跑了空儿。

"棋盘马岭黑水河，一溜儿旷儿三道坡。"村子里老辈子的人们都这么说，我母亲，我二姨、三姨也老这么说。棋盘（当地口音，其实是"齐范"）、马岭、黑水河、旷村、三道坡，都是元氏县西边山里的村子，哩哩啦啦，又曲里拐弯的，一个比一个远，一个比一个更往深山里。人们把这五个村子编排进去，口气里有些调侃、玩笑的意味，主要是讲这些村子又偏，又远，道儿也不好走，不好去。——但那是过去年代的事了，现在，宽阔的公路通进了山里，我们仨骑着车子，游游逛逛着就去了。

南佐是一个大镇、古镇，有名的山口大集。每逢过集的日子，不光附近三里五乡的人们，就连邻近县乡的，也有人专程过来赶集，大街上来买的、来卖的推挤不动，各式吆喝，此起彼伏，非常热闹。20世纪70年代中期，我母亲三十四五岁时，到了冬闲的时候，就和闰月婶子一块儿做伴儿，来南佐镇赶集，买这儿出产的粉条儿——这儿的粉条是正宗的山药粉条儿，货真、价实、味儿正、好吃、耐煮。母亲和婶子一去一回跑这一趟，紧走也得一天，驮着一大包粉条儿回到家，天都黑透了，贴身的夹衣也让汗水渥透了。村子里还有人去南佐赶集买山药、蔓菁和晒干的山药片儿。那时日子穷，尤其缺吃的，常年为做饭发愁，这些东西买回来，加工加工，可以顶粮食吃，或者和正经粮食搅和在一起"充数儿"，比如，将蔓菁擦成丝，晒干，收进席篓里存好，到了冬天，熬粥、下杂面时可以放上一把儿，锅里看上去乱乎乎儿的，显得"内容丰富"，也提味儿；一时吃不了的山药怕放坏了、放烂了，就擦成山药片儿，在房顶上晒干，再用碾子推一推，碾成山药面，用来蒸包子、擦"圪斗儿"、压饸饹面，来回调剂着变换一下花样儿……穷苦的日子，可不就得这么想法往前过呗！

我们从鹿泉的铜冶镇出发，一路往南，之后便沿着封龙山脚下的公路进山。柏油路铺得很好，只是一路拐弯，一溜上坡，有时蹬着费劲，或者蹬不动了，就下来推着车子走。头晌午前，我们仨赶到了南佐镇，在镇上的一家小面馆吃午饭，就着刚出炉的缸炉烧饼，整了点儿猪头肉和凉拌菜，还喝了一瓶白酒。从小面馆里走出来，一个个面红心热的。

出南佐镇往南，再往西，沿着缓缓起伏的柏油路，骑车不到十五分钟，就进了马岭村。马岭离南佐镇很近，却属于黑水河乡。我们来马岭，为的是买这里出产的山药。马岭的山药很有名——红皮儿，白瓤儿，甜，面，酥。而且，马岭的山药粉芡也多，非常适合漏粉条儿，在周遭和左近的集市上，一说是马岭的山药、马岭的粉条儿，人们都愿意买。我母亲、我二姨多年前就跟我说起过马岭的山药，一边笑着一边说："棋盘马岭黑水河，一溜儿圹儿三道坡。"觉得念起这个歌儿来很好玩儿。说到最后，还要学说一句当地人的方言："俺这个山药，嘎面（千面）嘎面（千面）的！"

刚过霜降没几天，创杰先去马岭跑了一趟，买了一些山药，还特意给我送来一编织袋。真是好东西啊，特别是烤熟了吃，比炒栗子也不差！这也逗起了我对马岭这个地方的好奇，也要来这里逛一逛、看一看。

一方水土养一方人，是因为一方水土有一方水土的出产，滋养、哺育着这一方的人们。马岭这地方属于浅山丘陵地带，干旱少水，正适宜于山药这种作物，产量既大，品质还好。这个村子里的人家大都种山药，收下来就在地窨子里小心地码放、储存好，遇着左近的南佐、铜冶等镇过集，就套上小毛驴儿，或拉上小拉车儿，驮上几袋子山药赶集去。

那天，我们骑着车子进了马岭村，在街上转悠，看到一户人家大门正开着，就走进了院子里。应着声儿迎出来的主人，名叫王墩子，已经六十开外的年纪，言谈话语间，透着朴实、憨厚。听说我们要买山药，乐呵呵地领着我们来到他家院门外南边的一处闲院子。院子的空地上挖着一口地窨子，今年收的山药都存储在这里。他小心翼翼地顺着梯子下到地窨子里去，给我们装了两编织袋山药，用绳子拽了上来。老人说，底下还存着百八十袋哩！吃完了，你们记着还来找我！

等吃完了这次买的山药，马岭，我们还要再去的。我们还要再买上一些粉条儿。——那位名叫王墩子的老农，您可要等着我们啊！

记于2019年11月5日

到山里去

我喜欢到山里去。在平原上长大,对山里充满好奇,即便是去普普通通的山区,也感觉跟旅游一样,心情很是愉快。

2017年深秋,一个星期天,我们一大早从石家庄出发,去临城县赵庄乡围场村的一个山庄果园摘苹果。汽车出了市区,穿过平原,很快驶入山区,等过了赞皇院头镇的地界,来到临城县赵庄乡那个名叫围场的山村时,已快到晌午了。日头照在身上,暖洋洋的。

山村里的晌午安安静静的。围场村位于一条宽阔的山沟里,四周山上山下大都是果园,核桃、栗子、苹果大都摘过了,乡亲们在村边公路旁的山货站的晒场上忙着晒核桃、砸核桃仁儿,场边上堆着一堆堆干酸枣儿和长满尖刺的栗子壳。

朋友带我们去的果园,位于村南一条山间小溪的南岸。一大片整齐的果园里,挨着果农的小房子四周,还有三四十棵苹果树的枝头挂满了"红富士",在正午阳光的照射下,红彤彤的,像是一只只美丽的红灯笼。我们欢天喜地地散入果园,一个个高兴得像是小孩子一样,抬头看,这个树上的苹果个儿最大;一扭脸儿,又好像那棵树上的苹果最好看,又兴奋,又好奇,又发慌,一时都拿不定主意到底要摘哪一个了。我迫不及待地先摘下一颗红苹果,在衣服上蹭了一蹭,然后就狠狠地咬了一口,哈,这么水灵,脆甜脆甜的,爽口得很。等吃完了苹果,流淌下来的果汁把手指都黏在一块儿了。

不多时，我们搬着装满苹果的纸箱子，一个接一个地从果园里走出来，大家你瞧瞧我的、我看看你的，都觉得自己摘的苹果是最好的。淳朴的老婆婆忙着照应，用水瓢舀了水缸里的水，乐呵呵地给我们一一洗手。她儿媳则忙着将我们摘下来的一箱箱苹果一一过秤，然后写上名字，再搬到电动三轮车上，拉到我们停车的地方。果园门外那条小溪上有座小桥，只能过人，不能走车，她的车便直接从没过脚脖子的溪水里开了过去，再拐弯，再上坡。溪水缓缓地流淌着，清清亮亮的，我蹲在溪边洗了洗手，没想到水竟凉得扎手。

朋友的家在市里，和别人合伙，在山里养蜂、养野猪、种果树已经六年多了。为了我们这次来摘苹果，朋友事先在村子里买了两只"笨鸡"，说是中午炖着吃。他的"营地"在村东的一处山坡上。我们把鸡收拾干净了，又在小树林中间找块平地，用砖头石头支起一口大铁锅，然后就开始点火烧水炖鸡块儿。大家来了兴致，有抱干柴烧火的，有负责提水的，有洗萝卜、切萝卜的，有给锅里加作料的，也有等着吃的。村里的乡亲很淳朴，话不多，帮着给熬了一锅大锅菜、蒸了一锅馒头。这顿饭吃得我们忘记了矜持，一个个额头上都冒出了汗来。

晒了会儿日头，我们就去深山里摘柿子。这些柿子早就熟透了，老乡们嫌费事，又卖不上价儿，任凭它们在枝头热闹地寂寞着，成为麻野雀、乌鸦等鸟儿们过冬的食物。我们一边摘，一边玩儿，一边吃。好多挂在高高的枝头上的柿子，晶莹剔透的样子非常诱人，但是我们够不着，只能望洋兴叹。

我们还去看了散养在一条山沟里的三百多头野猪。野猪们有大的，有小的，还有的是刚生下来没几天的，在山坡上跑着，到处乱拱一气，还相互追着咬架，看样子，一个个脾气都很坏的。朋友说，到了快过年的时候，这些野猪成批地卖给城市里的人们，按毛重算，一斤二十五块钱，效益是很好的。只是捉猪的时候，很费劲，小心挨咬，得用一种特制的网。这些家伙要是凶起来，一般人是根本不敢靠前的。

等到我们从山上下来，起身踏上归途时，西天边的晚霞正在悄悄地变暗，很快就要消逝了。

在山里住两天

我出生在一个平原小村，站在我们村的村西，能看见西边十多里地以外，那一抹有些淡蓝又有些淡灰的太行山脉，只是在天幕的映衬下，更像是一幅长长的不规则的列车的剪影，并没有立体感。人小，胆子也小，不敢去，路又远，恐怕也走不到，父亲也从来不答应带我到山里去走走、看看，那里的山便一直离我远远的，可望而不可即。

1984年，我十八岁，秋天，我到县城高中补习。县中西边不远就是山，站在校门口看那山，甚至能看得清山的褶皱纹理，看得清山上盘来绕去像是细绳子似的毛毛小道儿。我和几个同是平原上长大的同学，常在下午的课后时间走进山里。那些山其实并不高峻，半个多小时就能登到顶上，除却山脚下的苹果园、杏树园外，四周的山坡上到处是一片片、一堆堆的石头，<u>一丛丛</u>、一簇簇的灌木<u>丛</u>，一窝子又一窝子高高低低的野草。我不免有些失望，总觉得，山也不过如此。

参加工作以后，屡有出差的机会，曾在不少山城、山镇、山村里住过。记得有一年，我到江西的庐山去，住在一个叫东谷宾馆的地方，宾馆的南边、西边被山围挡着，是一处清幽的所在。南方的山比起北方的山来，最大的不同是树多、水多，有山有水有树，景色自然美丽。紧挨着我们住的宾馆的北边，有一条奔流的溪水。夜深人静的时候，水哗哗的，流得很响，可是，睡不着觉也不觉得烦，甚至倒有些舍不得睡觉了。尤其是一天晚上有月亮，更是舍不得躺下，觉得不能辜负了这美妙的时空，干脆披上衣服走出来，坐在河边的大石头上待了好久好久，直到月亮西斜，夜半更深。

我在山里住的时间最长的一次，是在赞皇县嶂石岩一个叫西格台的小村子里，在一户家庭旅馆，一连住了一个星期。那家的小院儿不大，却很整洁，院子里有三棵树，一棵是石榴，两棵是柿子，年岁都不小了。早晨起来后，站在屋子门前的台阶上，抬头就能看见远处披着灿烂霞光的九女峰，空灵、秀丽，美妙无比。每天想吃什么就跟房东说一声，女主人就很麻利地给我们做，全是山里的口味，在城市里踅摸不到的东西，如野山葱炒肉、野韭菜馅饺子、棒子碴儿粥。有一次房东给我们吃了回狼肉，据说那狼肉是从一家饭店里买来的。吃了饭，我们就到山里头去转悠。

石家庄西边的井陉县，新辟了一个旅游景区，邀我们去看。晚上回不来，我们就在景区旁边一个叫小峪的村子里住了一晚。那真是一个美丽的小山村。我们住的那户人家，整个是用石头砌出来的，院外的小巷是石头的，房墙、院墙是石头的，院子也是用石头铺平的，还有饭桌和凳子，也是用大石头凿成的。虽然我只在那个小山村里住了一个晚上，第二天吃了早饭就离开了，然而小村的宁静、秀美，村里人的厚道、质朴，却常令我念念不忘。

人是世俗的动物，似乎永远不能满足，当了皇帝想成仙，到了山顶想上天，这山望着那山高。住在城里挺好的吧，却羡慕乡下的宁静、新鲜；住在乡下，看不到天地辽阔，只是艳羡城市里的繁华和热闹。忽然想起冯小刚拍过的一部电影《甲方乙方》，里面有这样一个情节：一个在城市里待得腻烦的城里人，贱兮兮地非要住在乡下，过一过当农民的日子，可是搁在乡下好长时间不能回去，都快要给憋得崩溃了。故事当然是黑色幽默的搞笑，但在现实中，却并非没有这档子事。城市人所谓的对乡下的向往与羡慕，大都是装腔作势的"烧包儿""嘚瑟"——吃饱了闲着没事儿，背着手儿在山里散散步，转悠着看看田园风光、山野小景儿，这还行；高兴了，留下来住上十天半月的，图个新鲜，也行。真的要叫他在乡下扎下根儿来，面朝黄土背朝天，劳动、生产、过日子，土里刨食讨生活，你试试看他还愿意不？我敢打赌，答案一定是：不愿意！

旅途三章

车行十渡

在涿州住了一晚，第二天早起，我们开车离开市区，往西北方向的涞水野三坡进发。

汽车很快就驶出了河北，进入北京的地界。过了房山区张坊镇的一个叫"片上"的小村后，公路就依傍上了拒马河。车窗外，清凉的风扑面而来，风景也开始变得愈加明媚、生动、有趣起来。

清清亮亮的拒马河像是一条闪闪发光的飘带，从山中逶迤而来，在两岸高山的夹峙下，平添了几许柔婉的妩媚。柏油路并不算宽，但挺平坦，也干净，就是弯多了些，随着山势此起彼伏，又随着河湾扭来扭去，一会儿从拒马河的右岸穿过低低的石桥到了河的左岸，走一会儿，又从河的左岸穿过低低的石桥回到右岸。我看见在每座桥的桥头，都有一个石头礅子，上面用红漆写着"一渡""二渡""三渡"……原来，每拐一回弯、过一次河，就算是一个"渡"，那么，"十渡"就是在拒马河上来回拐十次吧。"十渡"的名字，也就是这么得来的吧。

我们这一段旅途的愉快和美妙，就全在这一次又一次往来穿梭这些"渡"上了。

初秋的阳光照在拒马河的河面上，波光潋滟中，河水显得有几分的清冽。河水不算太大，水流也不急，走近了看，河中的水草就像是姑娘们长长的柔顺的发辫儿，在水中不急不缓地左右摇摆着，自在而又随意。河滩上比较宽阔的地方，有一片连着一片的郁郁葱葱的树林和庄稼。河面上，则有三五成群的鸭子和鹅在游弋着。它们有的在嬉水，有的在觅食，把头和脖子扎进水里，只露出个高高地翘起来的肥墩墩的屁股和来回拨弄着的嫩黄的脚掌，样子十分顽皮、滑稽而又憨态可掬，逗得我们过去老远了，还一直扭着脖子朝它们看。

　　从一渡开始就算进入了旅游区，二渡、三渡、四渡……每一个渡都开发成了旅游景点，可以在河面上漂竹筏、钓鱼，也可以在岸上跑马、射箭，还可以在河边吃烧烤或者品尝农家风味。最有诱惑力的莫过于品尝烧烤河鱼了——如果时间从容又有雅兴，你可以坐在河边自己钓，等不及的话，也可以让老板从河边的养鱼池里捞一条现成的。那新鲜而又浓郁的香味在风中丝丝缕缕地弥漫着，直诱得游人馋涎欲滴……

　　九渡和十渡是这段路上最热闹的地方，这两个"渡"挨得很近，河面也比别的地方宽阔了许多，又从河中间拦了一道橡胶坝，出现一大片的水面。河两岸的山很有气势，植被也好，再加上十渡镇设在这里，所以，这里的人气最旺。胆子大的游客可以从岸边高高的山崖上往河里跳"蹦极"，喜欢热闹的可以在橡胶坝下的河水里玩"混水摸鱼"，爱好清静的可以在河上乘一只竹筏垂钓，悠然自得，美不胜收。

　　车行十渡，如同行驶在山转水绕的风景画廊，真是一段美妙无比的魅力之旅。我留心细数了数，过了十渡，沿着拒马河溯流而上，还有十一渡、十二渡……到野三坡，差不多共有二十多个"渡"，风景依然朴素而又秀丽，只是还没有来得及开发出来。不消说野三坡有多么的雄奇、壮美，单是这山迎水送、如诗如画的一路风光，就足以让人心旷神怡的了。"青山野渡，百里画廊"，还真是不愧有如此称谓。

戴河暮色

　　风情万种的北戴河，美丽得几乎无与伦比：碧海，蓝天，绿树，白云，温柔的海风，金色的沙滩，欢乐的游人……这些景致无疑都是大自然给予北戴河的多情的赐予，令人心旷神怡。而与戴河的一次很偶然的巧遇，同样让我感受到了一种触动心灵的美不胜收。

那天傍晚，在北戴河"集发生态农业示范观光园"的"绿色餐厅"里吃过晚餐，我独自出来在四周随便走一走，也并没有什么明确的目标，便转身往西，沿着石板铺就的甬路，迎着晚霞走去。走不多远，就到了河边。这条河，就是戴河。据说，"北戴河"和"南戴河"就是由这条河而得名。

抬头一望，我不禁被眼前的这一片无比壮阔的美景惊得有些发呆了，甚至还有些不知所措、无以名状的惶惑。那真是一幅美妙的画卷：夕阳已经下山了，而它的余晖却仍升腾着绚丽的辉煌，将四周的景物涂抹上了一层暖色的金红；天空是那样的透明，几朵正由玫瑰红渐渐暗淡成紫灰色的晚霞，静静地泊在那里，又好像停留在山顶上；长庚星总是要比别的星星亮得早许多，此刻，它就像一颗亮晶晶的钻石镶嵌在天幕上，而初秋的上弦月，才刚刚显出一弯细细的亮亮的金钩儿。

宽宽的戴河静静的，从西边逶迤而来，在这里拐了个弯后又向南折去。此刻，它肯定仍在不停地流淌着，但在暮色之中，你却看不出来，河水仿佛凝滞了一般。有清凉的微风从河上徐徐吹来，吹皱了河面，吹皱了倒映在河面上的天光云影，也吹皱了河岸上那些散淡的树木、整齐的庄稼映在水面上的倒影，它们都在轻轻地自在、随意地微微抖动着。

我没有想到在北戴河的海滨会有如此不期而遇的田园美景。河边有一块标识牌，上面写着："戴河入海处"。我忽然心有所悟：眼前这戴河的娴静与优雅，分明是它在历经了山地、平原、田野、村庄，曲折有致地一路走来，在即将投奔、融入大海之前所特有的那种明澈、淡定、豁达和安然。

河岸边只有我一个人，没有别的人寻到这里来，除了附近草丛中那些不知名的秋虫们此起彼伏的鸣唱，这里的宁静与美妙便仿佛全属于我一个人了。久久地站在戴河岸边，四周慢慢浓厚起来的暮色渐渐包容了我，溶化了我。而这幕美景所带给我的难得的轻松、愉悦与舒坦，使得我一时间不禁有些忘情和陶醉，已然将身后缤纷的灯火和喧哗的人群忘了个干净。

正所谓人生无处不相逢,人间无处不风景,重要的是我们要有一双随时能够发现美的眼睛,有一颗宁静、坦然而真诚的心去面对,去感悟。在北戴河、南戴河,我曾不止一次在它们的美景中徜徉复慨叹,但唯有这一次与戴河暮色的不期然而遇,使我流连忘返。看来,风景是无所谓大小的,也许正是那并不起眼的一隅朴素而又别致的景色,更能切近我们心中的那一份渴望与向往,也更容易让人怦然心动,且久久不能释然……

夜宿五岳寨

乘车从石家庄出发时,我们几个就做好了打算,要在五岳寨住上一晚。我们想把这趟旅程尽量安排得从容一些。从石家庄到五岳寨,有二百多里路呢。

汽车一路往西北,渐渐进山了,远远近近的山川草木,愈发变得清新、明媚起来。走着走着,路边开始有一条清清亮亮的小河,一会儿离得近了,一会儿又拐得远了,总在路旁悄悄地流淌着。司机师傅热情地说,这水是从五岳寨下来的。哈,山上只要有水,就一定会有好风景!

到了五岳寨的山下,太阳才微微西斜,天色尚早。我们安顿好自己的房间和行李,简单地安排收拾了一下,顾不得休息,就兴奋地呼朋唤友,三三两两相跟着,说说笑笑着往山上走去。空气的清凉,不由得让我们打了一个激灵又一个激灵。

山里边的天要比山外黑得有些早。当我们费尽了辛苦,终于攀过了崎岖险要的通岳峡后,已是下午四点多一些的光景了。我们坐在山道边的一座观景亭里歇息,静心地享受这无边的山景,心里有股说不出的惬意。此时的五岳寨,太阳已经落山,只在东边远处更高一点儿的山巅上,还留下一抹亮亮的静静的金黄色。

四周渐渐地沉寂了,大山的阴影慢慢地弥漫开,柔柔的风吹起来,拂过山岩、拂过林梢。还能听到不远处有潺潺的水声传来,找寻半天,却看不见小溪的身影。这般怡人的景致,让人不由得就变得心境平和、安闲下来。我们有一搭、没一搭地说着闲话,刚刚出过汗的身上,渐渐地就觉出来了凉。当山道上的暮色越来越浓稠起来，我们才顺着一级级石头台阶，绕来绕去地下得山来。被四围的山头挤窄了的夜空中，繁星点点，而灵溪度假村里，已是灯火通明。

　　夜幕在这远离都市喧嚣、红尘扰攘的海拔一千多米的山地中，严严地合上了。微明的夜空里，若有若无地飘浮着一层薄薄的云彩，点点星光透出来，仿佛是调皮的孩子的眼睛，一眨一眨的。这时，再看身前和身后的大山，少了几分白天见到它时的巍峨、沉雄的气势，只剩了个高高耸立的灰黑色的剪影与一团轮廓。而附近山坡上那一簇簇、一片片盛开着的紫色的"万金子"（当地老乡的口音），金红色的"扭荆"，白色的"蜜蜜条儿"，红彤彤的映山红，此时此刻，也没有了阳光下那令人目眩的灿烂与明艳，全都隐逸在默默的夜色之中了。

　　山里的空气多么清新，山里的夜晚多么宁静，山里的一切，似乎都让我们这群在城市的水泥笼子里憋坏了的人们，心里充满莫名的新鲜与好奇。楼外的空地上，有大人，也有孩子，在无拘无束地谈笑着，玩闹着。再远处，那条从山上淌下来的小溪的流水声，这会儿明显地真切、鲜明了许多，声音中似乎都透着一股沁人肺腑的清冽。

　　躺在床上，一时间我却没有睡意。我在想，夜色的闭合，其实也是另一种形式和内容的敞开吧。不是吗？——今夜留宿在这山中，纯净、美好的夜色，使人们得以抛却都市里那些烦心的浮躁，倾心解读它的宁静、安恬以及温柔。这样的夜晚，多么富有诗意！

　　夜深了，一弯清清亮亮的下弦月，静悄悄地升了上来，有淡淡的月光透窗而入。我靠在床头，凝神屏气，从身到心都沉浸在那一片柔柔的月色里。也不知道是在什么时候，自己才渐渐沉入甜美的梦乡……

重庆美女

2006年夏天,儿子初中毕业。那年的暑假里,我们随一家旅行社去重庆游玩了一趟。

去重庆旅游之前,曾受过电视节目的"蛊惑":重庆出美女,尤其是在解放碑广场,美女如云——三步一个张曼玉,五步一个林青霞。爱美之心,人皆有之。糙男人的心里也是爱美的。于是,心里早就对重庆充满着向往,呵呵。

一到重庆,接我们的导游就不失时机地向我们炫耀,重庆的美女能"养眼",说是本地有一则调侃男人的顺口溜,说的真够玄乎的:"三天不打望,就得白内障;五天不打望,出家当和尚。"——"打望"就是"瞅""看"的意思。

在重庆待了两天,果然见到不少美女,而我觉得"打望"的最佳地点,一个是在解放碑广场,另一个则是在商场。解放碑广场自不必说,城市中心,繁华之地,好去处自然会春色满园,不时有美女撞入眼帘,果然个个端庄、时尚而又清纯、秀美,或是迎面走来,桃花灼灼,满面春风,楚楚动人;或是擦肩而过,只留下一个风摆杨柳的俏丽身影,令人叹羡而流连忘返。另一个"打望"地点——商场,同样也是美女如云。

那天,我们在棉花街附近的"家乐福"超市购物,正好赶上收银员们要换班,女领班正在对着站成一排的收银员讲话。收银员是清一色的美少女,白衫、蓝裙、白白净净、笑靥如花,个个青春逼人,引得不少顾客回头扭颈地不住"打望"这一道亮丽的风景。

在那家"家乐福",我遇到了这次重庆之行所见到的最美的一位姑娘——

也许是我们来重庆的时机选择得不太对,正赶上暑期里的重庆遭遇五十多年不遇的连续高温干旱,空气热辣辣的,干燥得仿佛一把火就能点着。浩浩荡荡的嘉陵江只剩下细细的一绺流水,连长江也是水位变低。儿子有些水土不服,一是热得受不了,二是吃不了麻辣烫,两下里赶到一块儿,结果第一天晚上就闹起了病,先是上吐下泻,后又发起烧来,吃了点药后才算有所好转,但晚上睡得不怎么踏实。

第二天上午,我们在家乐福购物时,儿子的病情突然又发作了,一下子没有了精神。人生地不熟的,把我给急得直想蹦。我扶着儿子准备回宾馆,可还没走出超市门口,儿子就坚持不住了,浑身发软,脸色蜡黄,站都站不住了,身子直往下出溜。我赶紧扶着他,想到旁边休息一下。坐在门口附近的一位年轻姑娘见状,紧着跑了几步赶上来,迎住我们,又随手拽过一只凳子,麻利地张罗着让儿子坐下来。她蹲下身子,望着我儿子脸上的神色,有些着急地说:"天太热天太热!看样子这是中暑了。"她扭过头来对着我说:"你赶紧的,到对过儿药店里买点藿香正气水来。我先给他揪一揪'痧'。"说着,拿过一瓶矿泉水湿了湿手,在儿子的脖子两边开始一下接一下地"揪痧",一边揪着,一边说:"你快去吧。没大事儿,放心!"我跑出去买了药,交给那位姑娘。看来,"揪痧"这一招果然管用,又喝了点儿藿香正气水,很快,儿子的感觉就好多了,安静地坐直了身子。

商场的几名工作人员也都围了过来,热心地帮忙、出主意,这个提醒我们要多喝水,那个建议我们多休息,还有的问我们是从哪里来的、来重庆几天了。

儿子状况好转了,我也松了一口气,这才注意到眼前的这名衣着朴素的姑娘,模样很是清秀,眼神很是清澈。由于一直忙来忙去,她的脸上红扑扑儿的,额头和鼻尖儿上沁出了细密的汗珠儿。我们谢过了大家,慢慢地走出了商场。

回去的路上，才想起来忘了问一下人家姑娘的名字，只是记得她是"韦博国际英语"设在家乐福的宣传咨询点上的一名促销员。

重庆之行，这位不知名的好心姑娘给我们留下了温暖而美好的印象——她应该是我心目中最美的重庆姑娘，不光模样好，更因为她有一颗善良、热情而又美丽的心。

第三辑

轻嗅一缕书香

我的阅读史

我真正开始有意识的阅读，其实是很晚的。

幼年读书是在乡下，除了学校发给的课本，其他的课外闲书很少，全村也找不见几本。从一年级到初中，学校里从来没有过报刊阅览室，没有过图书室。我童年少年时代的阅读，除了《红灯记》《南瓜生蛋的秘密》《敌后武工队》《闪闪的红星》等有限的几本小人书之外，几乎是空白的。

其实，我一上学，便喜欢上了阅读。阅读带给我一片新奇而神秘的世界。每学期发下来的新课本，我总要先睹为快，特别是语文课本，不出五六天，就从头到尾看完了，那些不认识的生字也拦不住我，课文后边有拼音，拼一下就读出来了。但这远远不能满足我阅读的渴求，可是，又实在没有别的读物，在乡下，连小人儿书也是不多见的。

初三毕业那年的暑假，我读到了第一本文学书。那是一本名为《万年青》的长篇小说，是父亲从他上班的工厂图书室里给我借来的。中考结束后，我常跟着母亲下地干活儿，有一段时间是浇玉米地。天旱，水浇得很慢，地里又热，于是，改了畦口后，我就拿上书，到地头儿的树凉儿里坐下来，捧着厚厚的小说，一页接一页地读，有时入了迷，就忘记了改畦，畦里涨满了水，就溢了出来，垄沟也冲开了，水跑得哪儿都是，等想起来了，赶紧撂下书，蹚着水去改口子。我记得很清，那本书的作者叫谌容，写的是批判"三自一包"，至于书里的故事情节，到现在早都忘光了。

我在1981年秋天上了高中后，开始真正意义上接触文学。那时候，正赶上文学风起云涌的繁荣时期，无论机关、厂矿，还是部队、学校，从城市到乡村，阅读热潮遍地，舒婷北岛流行，文学风华绝代，全国各地的文学爱好者如雨后春笋，好多年轻人搞对象，喜欢表明自己"爱好文学"。我就读的那所偏僻的乡村高中，也有着浓厚的文艺风气。学校传达室有个姓杜的老校工，经常替乡里的邮局代销一些杂志，如《人民文学》《小说月报》《滹沱河畔》《新地》《百泉》《芒种》《河北青年》什么的。我们班有几个男同学，下了课就去那里翻，断不了买回三本两本，在班里来回传着看。有时看得入迷，上课时也偷偷地看。我也瞅着人家的空儿，借过来翻阅。学校有一间图书室，是个里外间的小套房，外边的一间，是借阅图书的柜台，里间屋是藏书库。图书室一周只开放一次，而且是在周末下午的两节课余时间。每一次，我必定要去那里借书还书。我从那里借过高尔基的《童年》《在人间》《我的大学》，后来又借过一本罗曼·罗兰的《母与子》，还没有看完，我们就毕业了。

当年我们班上有几个和我一样爱看闲书的，后来学习成绩都不同程度地出现了下滑，我是"中毒"最深，成绩下滑得也最狠的一个。但是，也是因为看书，帮我打开了一扇瞭望世界的窗口，我的眼前渐渐展开了一片新的天地。再后来，除了在课堂上写老师布置的作文以外，我在课余时间里也模仿着杂志上登的东西，胡涂乱抹。不懂得怎么去写，也不知道啥该写、啥不该写，只是"为赋新词强说愁"，一味地鼓捣一些自以为是的东西，然后就给报刊投稿，当然，登出来的很少很少，有时连退稿的回音也没有。但是，为了自己心中的文学梦想，我依然固执地坚持着，连高考也受到了影响。

后来经过补习，我考上了大学中文系，读书、写作的环境和条件大为改善。大学期间，我阅读了许多文学名著，《钢铁是怎样炼成的》《静静的顿河》《青春之歌》《红旗谱》《创业史》《子夜》《家》等等，都是在大学里读的。我虽没有挥洒自如的文学天赋，但一直孜孜矻矻地坚持着。随着年龄的增长，我读的书越来越多，业余写作也渐渐上了道儿，经常在报刊上发表一些小东西，精神生活充实、自由，自得其乐。从2011年起，我开始给自己规定任务，每年读书不少于50本，看完一本，就记录下来。这些年，我没让时间白过，好多都用在了读书上。我去书店买书，去图书馆借书，陆陆续续读了孙犁、赵树理、巴金、萧红、沈从文、汪曾祺、周立波、路遥、陈忠实等，最多时，我一年读过八十九本书。在这期间，我开始写作"村上的事"系列，一写就是十年，已经出版了四部散文集。阅读教会我的道理，写作所给予我的回报，真是太多太多了。

杨绛先生说过："读书好比串门儿——隐身的串门儿。要参见钦佩的老师或拜谒有名的学者，不必事先打招呼求见，也不怕搅扰主人。翻开书面就闯进大门，翻过几页就登堂入室，而且可以经常去，时刻去，如果不得要领，还可以不辞而别或者另请高明，和他对质。"回想一下我的阅读生活与经历，确实是这样的。

阅读，早已经成为我平淡的生活中一份不可缺少的精神享受。这个习惯，我会一直坚持下去的，但一年阅读多少本书，我不想再给自己规定数目了。不顶着任务，随意而不刻意，随缘一些，轻松一些，会是更好、更自在的阅读吧。

有空儿就翻书

曾国藩曾说过这样一句话:"积钱不如教子,闲坐不如看书。"我挺喜欢这句话。

业余时间里,有点闲空儿,我就愿意举着一本书看。2012年搬了新家后,我也"阔"了起来,有了一间虽说不大,倒也像模像样的"书房"了。坐在书房里舒适的藤椅上看书,身旁是一排高大的书柜,罗列着我这些年攒下的书们,也满像是那么一回子事儿了。我很知足的。有什么能比得了安安静静地看书,让人心里更觉得踏实和愉快呢?我常一个人坐在书房里,翻翻这本,看看那本,直到媳妇儿喊我了,这才伸着懒腰走出来。

书一本接着一本地看,过上一阵儿就跑一趟书店。有时一买一摞子,让服务员用牛皮纸给包好捆上,然后扛着走,就像儿子小的时候,我把顽皮的儿子扛在肩上一样;有时心里头乱,转悠半天,一本也瞧不上,就空着手儿回去;有时,也从网上买些书。我喜欢读年头儿早些的旧书,因为我上过新书们的当。

我看过的,觉得有意思的书,就推荐给我媳妇和儿子看。他俩看得比我慢一些。

我也时常读到那些让人摇头、倒胃的书。"什么破烂玩意儿呀这是?"——每逢看到我不"买账"的书,我就不让它回到我的书架子上。偏偏有的书,作者的名头儿还很响,很著名。我就遇到过一位,这家伙写小说拉得架势很大,产量也大,关键是还曾获得过国家大奖,好多报纸上还经常鼓吹、宣扬他！可是，他实在让我失望。我也决定，他"响"就"响"他的吧，反正以后我不会再看、更不会再买这个作家写的书。——当然，这是我个人的感觉。你不喜欢，人家偏拿奖，怎么着？犯不着为这事儿生气。

喜欢写点儿文字的人，都是喜欢读书的。但在早些年，我所读过的书实在不多。我在初中毕业以前，连一本文学书籍也没有看过。上了高中，见别的同学课上课下经常手捧《鸭绿江》《芒种》《滹沱河畔》《新地》等杂志看得津津有味，心里边感到纳闷儿：这些书咋叫"鸭绿江""芒种"这样的名字呢？这是什么意思呢？——那时，我这个孤陋寡闻、懵懂无知的又黑又瘦的乡村少年，问过不少惹人发笑的傻话、笨话。也就是从那时候开始，我才接触上课外读物，接受到文学作品的熏陶与滋润。课外读物渐渐给我打开了一扇新窗口，为我的眼界展开了一片新的天地。

但我依旧读书很少。一是在乡下，文学读物实在少得可怜；二是老师、家长的严密封锁与搜缴——他们认为，文学读物都是没有用的"闲书"，看这些东西会浪费时间，耽误功课和干活；再就是，我也没有闲钱去买。就是在这样断断续续的很有限的阅读中，我开始初恋般地喜爱上了文学，并学着给报刊投稿。到我考上大学时，已经在《安徽青年报》上发表过两篇稿子，在县里办的报刊上发表过四五篇了。

上了大学后，读书的环境和条件好了，我读的书也渐渐多了起来。幼功不足，只有"恶补"，我渐渐养成了有空儿就翻书的习惯。我一边读，一边写，不慌不忙地坚持着，到2010年4月，我的第一本书《村上的事》出版了。端着我的新书，我心里感到十分欣慰——这是我多年坚持读书、写作，不抛弃、不放弃的收获与回报。

2011年，接受组织委派，我到正定县挂职锻炼。工作之余，或是值班的时候，出差在外的晚上，大部分的时间我都用来看书了。那一年，我先后读了《毛泽东文集》一至八卷、《毛泽东选集》一至四卷，又读了《浩然全集》的一至七卷，读了《桐柏英雄》《贾大山小说集》《契诃夫短篇小说选》《屠格涅夫散文选》，还读了萧红、孙犁、郭风、路遥、铁凝、汪曾祺、史铁生、刘亮程、贾平凹的各种集子……这些书，有从图书馆借的，有从书店里买的，有从网上淘来的，也有朋友帮我找的。

　　独坐一隅，安心读书，沉浸其中，物我两忘，阅读所给予我的，实在是一种美好的享受。一本又一本的书，无不让我感受到某种敬畏和感动。每一本我所读过的书，就是给我打开的一扇窗口，让我见识外面新鲜的世界，让我感悟大师们的心灵，让我分享前辈们的生命经验。同时，它们也增厚了我的阅历，丰润了我的人生，滋养了我的写作。

　　清代姚文田说："世间数百年旧家无非积德，天下第一件好事还是读书。"有空儿了就翻书，我会一直坚持这样的一个好习惯。

写于2013年4月2日

一张读书单

——2016年读书备忘录

从2011年起，我开始有意识地记录下我每年所读过书的书目。这一篇记下的，是我在2016年阅读过的六十八本书的书目。

上 半 年

半年的时光过去了，转眼已是盛夏。

这半年的时间里，我先后读了二十七本书。读得很杂乱，因而也饶有兴味。读书是需要时间的。白天要上班，读书的工夫大多是在晚上，没有别的应酬，就可以看到夜深；除此之外，双休日、节假日，除了骑车子跑乡下，大多也用来读书。最近这五六年，我订的计划是每年至少要读五十本。上半年读了二十七本，算是时间过半任务过半吧。

到6月底还有十来天的时候，我得了个去上海学习的机会，第二十六、二十七本书，就是在中国浦东干部学院学习时读的。浦东干部学院的环境很好，我所住的8号公寓221房间，是二楼最西边的房间，更是清幽、安静。窗外有一棵高大的樱花树，起风的时候，纷披的枝叶擦着窗玻璃，都要伸到窗子里来了。——要是在春天樱花盛开的时节来，我一定会美得舍不得睡觉吧。窗外更远处，是一丛丛茂密的红叶李，成熟的李子紫红紫红的，许多掉在地上，摔得裂开了纹儿，也没人收拾，常有喜鹊、乌鸦、麻雀、斑鸠在那里啄食。正是江南的梅雨季节，小到中雨飘飘洒洒，一会儿停,一会儿下,一会儿小,一会儿大,一直下到夜深。我常常打开落地窗,伴着窗外的雨声,手捧着书慢慢地看,渐渐将流逝的时光忘却。

浦东图书馆就在干部学院的对面,隔着一条马路。吃过晚饭,我也常到那里去,随便翻翻书。那里有鳞次栉比的书架,有宽大结实的书桌,有温柔明亮的台灯,也很安静、凉爽。每回都是要到闭馆了,我才恋恋不舍地离开。我翻的书主要是丰子恺和汪曾祺的,《阿咪》这本半是文字半是漫画的小书,就是我在图书馆里读完的。

这半年,我经常读的杂志跟往常一样,有《读者》《散文》《人民文学》《三联生活周刊》《中国新闻周刊》《看天下》《求是》《新华文摘》《环球人物》等。每本杂志都从头到尾读完是不可能的,只是粗粗翻阅,挑选中意的或感兴趣的篇章细读。

经常浏览的报纸也跟以往一样,主要是《人民日报》《河北日报》《中国纪检监察报》《文汇报》《文学报》《报刊文摘》《燕赵都市报》《石家庄日报》《燕赵晚报》等。我看报纸大多是浏览,有的版面只是看一下标题,读得细的主要是副刊。

我一般看电视不多,要看就看中央电视台的新闻联播、焦点访谈和纪录频道、电影频道。我没有微信,手机也不上网。我在搜狐、新浪上有博客,有合适的文字就更新一下。我有QQ号,是妻子帮着给开的,刚用了半年多,所以QQ好友也没几个。儿子把我们的QQ组建成一个小群儿,我们仨经常在上边说些废话。但我觉得,其实每句话都是有用的。

扯远了。现将我上半年看过的书记录如下:

1. 《天津日报珍藏版 孙犁文集》(下)。

厚厚的一大册。读到许多情真意切的回忆孙犁先生的文字。

2. 《古船》,张炜著。

挺有名的书,却看不上劲来,觉得作者的文字没什么味道。

3～4. 《这边风景》(上、下册),王蒙著。

这是作家写于四十多年前的长篇小说。60万字。荣获茅奖。

5. 《青春万岁》,王蒙著。

文字单纯而又稚嫩,中学生味儿很浓。

6. 《汪曾祺文集》。

读汪曾祺的文字真是舒服、有趣。

7. 《莫言作品精选》。

莫言的散文净说真话。

8. 《乖，摸摸头》，大冰著。

书中写的十二个故事，居然都是真事。

9. 《老张的哲学　猫城记》，老舍著。

《猫城记》老是读不进去，可能是我心里浮躁。

10. 《太阳照常升起》，［美］海明威著。

翻译得太直，文字没味道。以后读翻译作品，要挑出版社，挑译者，挑版本。

11. 《贾平凹文集》（散文1）。

贾作家在写作上，也有稚嫩的过去。

12. 《讨山记》（台湾）阿宝著。

这是一本毛边书，翻阅不便，有时让人着急。

13. 《心守一事去生活》，梁实秋著。

在这嘈杂的人世间，心守一事、简单生活，往往分外可靠且迷人。

14. 《世界上所有的夜晚》，迟子建著。

生活的真实，有时还不如艺术的真实看上去更真实。

15. 《我的千岁寒》，王朔著。

这一本怎么看不大懂？

16. 《我曾经的名字叫知青》，子蕴著。

这本书写得很真实。

17. 《欧阳海之歌》，金敬迈著。

欧阳海比我父亲小四个月。

18. 《杂的文》，韩寒著。

是够杂的。

19. 《好妈妈胜过好老师》，尹建莉著。

一个教育专家十六年的教女手记。出版不到四年，印刷56次。

20. 《牛天赐传》，老舍著。

文字幽默而传神。书中的插图也很好，丁聪是仔细看了书才作的插图。

21. 《蹉跎坡旧事》，沈博爱著。

一代中国农民的耕读梦；一部丰厚的个人史著作。

22. 《在这个时代里缓慢行走》。

这是我从《报刊文摘》邮购的一本书。

23. 《沉重的翅膀》，张洁著。

一部以改革初期的历史为背景的长篇小说。

24. 《萧红文集》。

每年都要读萧红。

25. 《中国历代政治得失》，钱穆著。

要研究中国传统文化，绝不能忽略中国的传统政治。这本书要寄给儿子，让他也读一读。

26. 《阿咪》，丰子恺著。

丰子恺写猫、画猫的书。小时候、老时候，升平或乱世，猫儿相伴看流年。

27. 《野火集》，龙应台著。

"野火"之"野"，并非狂野，而是"礼失求诸野"之"野"。

下 半 年

一晃儿又是一年。

2016年下半年，工作之余的闲暇时间里，我依旧很杂乱地读书，一共读了四十一本。加上上半年读过的二十七本，全年共读书六十八本。我这一年没有白过，很有获得感。

明年，还要继续读书。我订的计划是每年要读五十本。

现将我下半年读过的书记录如下：

28. 《乡土经典与晋地文学》，许孟陶著。

一本文学评论专著，以赵树理的《三里湾》和柳青的《创业史》为标本，深入分析、比较两部经典之作的文学特色与贡献；另外，阐释了山西的"后赵树理"写作。

29. 《人啊，人！》，戴厚英著。

一部呈现并正视人性复杂的长篇小说。

30. 《徐志摩抒情诗》。

这是我从楼下收废品的老叔那里讨来的一本旧书，作家出版社1990年7月第8次印刷。

31. 《中国散文年度佳作2014》。

许多文章选得还是不错的。

32. 《古韵新音》。

一位市级领导赠阅的诗词集，一共九十九首。

33. 《天气》，贾平凹著。

从书中可以看到作家运笔的随意自如与潇洒大气。

34. 《我告程维高》，郭光允著。

现实多么复杂，反腐何其艰难，郭光允的遭遇何其曲折而勇气又何其可嘉！

35. 《心灵笔记》，徐泽著。

散文写的是敞开的自己。

36. 《连云小镇》，张文宝著。

作者加在文章后边的议论实在多余。作者居然还是一个省的作协副主席。

37. 《草木一村》，舒飞廉著。

真是难得的好书。每年至少看一遍。

38. 《高寿的乡村》，阎连科著。

小说家写的散文，一个有意思的视角。

39. 《掬云得月》，葛丽萍著。

作者是一位江苏省的小学老师。写作的态度是认真的。

40. 《家》，巴金著。

一部充满激情的作品。读完了书，我又从网上看了孙道临、王丹凤主演的同名黑白老电影。

41. 《受戒》，汪曾祺著。

收在这本集子里的文章都看过不止一遍。但是还要看。

42. 《小回忆》，蔡天新著。

一位数学教授写的自己小时候的经历。好像是看着日记写的，因为一些事记得实在是太细致了。

43. 《四季小品》，朱伟著。

作者是《三联生活周刊》主编。

44. 《在薄情的世界里深情地活着》，雪小禅著。

文字有个性。

45. 《中国哲学史》（上册），冯友兰著。

以我的学识与见地，读这样的著作很有些费劲儿。

46. 《这里的黎明静悄悄》，［俄］瓦西里耶夫著。

这是一部出色的小说，深刻地揭示了战争对美好青春的撕裂。

47. 《秦腔》，贾平凹著。

这部长达五百多页的长篇小说是难啃的，而且版式太满，看着不舒服。

48. 《断魂枪》，老舍著。

老舍先生中短篇小说集。老舍是杰出的语言大师。

49. 《赵子曰　离婚》，老舍著。

老舍先生两部中篇，耐读。韩羽先生的插图，神肖毕现。

50. 《读库1305》。

一本杂集子，内容有资料性。

51. 《三岛由纪夫精品集》。

第一次阅读三岛由纪夫的小说。

52. 《查泰莱夫人的情人》，［英］劳伦斯著。

这本书色情吗？我从书中看到更多的是生动的比喻、深刻的象征和鲜明的寓意。年过四十岁的人读这本书会更合适些。

53.《二马　旅行》，老舍著。

本书是老舍先生20世纪20年代客居英国五年期间，以英国为题材的作品，文笔幽默辛辣，对国人的丑陋习性有着强烈的批判，对英国社会的批判也毫不客气。

54.《斗室的散步》，黄永玉著。

黄永玉的一本画书，配的话很好玩儿的，如："不敢骂风，只好骂草。""我喜欢格言，因为它一点用也没有却非常好玩。""别太相信权威，他也靠裤子遮羞。"

55.《拾穗集》，鲁茂著。

此书系"澳门文学丛书"之一，文采一般。书里有些词语如"荷里活影片"，看不懂。

56.《北方的河》，张承志著。

张承志的中篇小说代表作。

57.《汪曾祺精短散文》。

这本书中有几篇我过去没有读过。

58.《获鹿县民间故事歌谣谚语卷》。

这是1988年辑印的册子。当年我也参加了民间故事的搜集整理工作，这本书中收了我4篇民间故事。

59.《昨夜西风凋碧树》，徐光耀著。

这部泣血之作，承载着一代人的苦痛与记忆。

60.《草房子》，曹文轩著。

硬着头皮才读完，终究还是不喜欢。作者2016年4月获"国际安徒生奖"。

61.《2015语录》。

这本书通过对2015年进行全面梳理，把一个年度的时代现场浓缩在由1000条有现场感、个性化、有趣的语录里，构成2015年的口述史。

62.《阳光》，老舍著。

老舍先生的中篇小说集。

63.《陀思妥耶夫斯基中篇小说选》。

陀思妥耶夫斯基是19世纪俄国文坛上耀眼的一颗明星，他关注底层穷苦人生。

64. 《南龙贵村志》。

鹿泉区南龙贵村党支部书记房献敏赠阅。史料丰富，文字朴实，充满乡土气息的一本村志。

65. 《唯爱与美食不可辜负》。

我得承认，我这样的年纪看这样的书，是有代沟的。年轻读者可能会喜欢吧。

66. 《会唱歌的墙》，莫言著。

莫言的散文语言生动、直率，感情真挚、充沛，读着过瘾、好玩儿。

67. 《鼓书艺人》，老舍著。

老舍先生的长篇小说，写尽一个艺人在抗战时期的重庆生活的挣扎与苦闷。

68. 《冀中一日》，孙犁等编。

这是我早就盼望阅读的一本书，好多篇文字有着原汁原味的稚拙和朴素动人的美。

写在书边上的闲言碎语

那天在书架上翻书，翻到汪曾祺先生的《旅食与文化》，便信手抽了出来。这本书我已经读过三遍了。

我喜欢翻看旧书，特别是一些名家的旧书。旧书经过了时间的淘洗与岁月的沉淀，似乎更多了一分随意、平和的气息。书虽旧，但每每读来，也总会有些新的感悟和收获。——所谓经典，不大都是旧书么。好的旧书，不会过时。

随手翻了翻，点点画画的书页间，又看到了当时随意写在空白处的只言片语。看自己买的书，我有时喜欢在书边上写点儿什么，记点儿什么，随意而又琐碎，也不一定跟书的内容有关，只是表达自己当时的情绪和想法。如今再看这些写在书边上的闲言碎语，虽说早已时过境迁，但仍能唤起关于当时读书情景的回忆，唤起一些悠长的回味。读着这些或工整或潦草的零星、散碎的文字，仿佛那一段旧日时光重又推到了眼前，别有一番情趣。

在一处书页的空白处，写有这么一段话：

> 听说师大中文系陈超教授每天读150页的书，且大多是些文艺理论方面的，真是比不了。我有个毛病，就是读书忒慢，一天连50页有时都办不到。不过，似乎慢也有慢的好处吧，未尝就是一件坏事。

这大概是感慨于自己看书慢，一边着急，一边给自己找理由吧。

鲁迅说：让幼小时喜欢吃的东西，蛊惑我们一辈子吧。与其说这是食物的蛊惑，莫如说是乡情的蛊惑。

2004年11月21日记

不知鲁迅这话是在什么时候、什么场合说的了，然而这话却正契合了《旅食与文化》这本书的精要所在。

仔仔，我爱你，永远地！
——摘自北京前门一胡同儿童涂鸦，2003年3月27日

看到这一句话，我不禁哑然失笑。我想起来了，那一年的3月，我正在北京学习，周六休息时，和同事王全刚老兄到琉璃厂去闲逛，吃过午饭在前门大栅栏的胡同里转悠时，见到孩子写在墙上的这一句歪歪扭扭的话很好玩儿，就在书上记了下来。

在《烟赋》一文中，汪曾祺讲到自己十八岁开始抽烟，从来没有戒过，"到了玉溪烟厂，坚定了一个信念，一抽到底，决不戒烟。吸烟是有害的。有人甚至说吸一支烟，少活五分钟，不去管它了。"读到这里，我在文章的旁边，写下了这样的话：

这就有点儿不对了吧，甚至有些"教唆"的意味。这老头儿敢这么写出来，而编辑照登，因为人家是名家；倘若是我辈，肯定得遭删，甚至连累得整个稿子被毙掉。

语气中颇多不服劲。不过，我所说的情形，大概是一定的。

为什么世界上聪明人很多，而成功者很少？因为很多聪明人

在已经具备了不少成功的条件时，仍在苛求更多的捷径，从而失去了机会。而成功者不会等待万事俱备。

——2003年4月1日星期二上午，摘于《报刊文摘》2003年3月28日

这段话抄在书页的空白处。一定是在读报时看到了，觉得好，便抄录下来，为的是警醒自己，不要等待万事俱备，要抓住时机，早日去努力。如今再读，仍是发人深省：自己是不是仍在傻乎乎地等待着，等待着总也等不来的"万事俱备"呢？

汪曾祺在《食豆饮水斋闲笔》中用了个"浮头"的词，这引起了我的好奇与兴趣，便在旁边写下这么一段话：

> 老家也有此种说法。过去不知怎么写，却原来是这样的俩字。想一想，该是这两个字。记得在哪里还曾见到"那话儿"的写法，一开始没有读懂，过了会儿忽然就明白了。香港有一位姓黄的女导演，拍了个电影，片名叫《女人那话儿》，被人斥为"三级片"。黄导演还曾在杂志上作过详细辩解。看来，这种土话香港也有，北京也有。老家村里的人们也说"那话儿"："我到村南那话儿去来。"但和黄导演的用意，是不一样的。

一边读书，一边在书上胡写乱画地闹着玩儿，这是不爱惜书本的表现。但自己的书自己做主，与他人无关紧要，想必别人也说不上什么。作家孙犁爱在包书皮儿上写几句话，日积月累的，竟编辑出了一册《书衣文录》，成为文坛佳话。我爱在书边"东施效颦"地搞些"批注"，纯属小把戏，闹着玩儿，并不想有朝一日也能修成"正果"。

爱在书边上写字、"批示"，并不是我一人的爱好。可以举一个别人的例子。

有一次，我读一本随笔集，这书是我从省图借的。看着看着，就会看到先头儿的读者在书页上所作的"批示"，如作者在一篇文章中讲，在北

京,藕上边生发的小芽叫"银苗",汪曾祺老先生在一篇谈吃的文章里说他不明白什么是"酱银苗",他便给汪老写了一封信。旁边有读者的"批示",就俩字儿:"理你!"在另一篇谈香椿的文章中,作者写道:"各种可以吃的树叶里,我以为香椿最好吃,几乎可入珍馐之列!"旁边又有一个字的"批示":"去!"由此看来,这位读者,也许对香椿不感兴趣,而且,对该书作者大概也是不大"感冒儿"的吧。

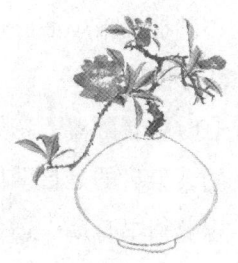

夹在书页里的

我有省图的读者证，但因为机关工作忙，时间零碎，这些年，我大多时候是去省图的二十四小时自助阅览室里"撞书"——这里全天候开放，不受上下班限制，方便。漫无目的地在书架上一层层地寻找，目光从书脊上一一掠过，若碰到合意的，就抽出来。如此这般，常与书有一个美丽的邂逅，也有不期然而然的欣喜与收获。

借阅的书大都是旧书，有时翻着翻着，忽然就会翻到夹在书页间的纸片。这是我前头的读者留下的，最多的是自助借阅机上打印出来的借书凭条，上面有借书人的名字，以及借书日期、还书日期、借书列表、条码号和书名等，因为时间久了，机打的墨痕已经淡去。除此之外，也有一些别的稀奇古怪的东西，不妨在这里"展示"一下：

有一回，书里夹着一张折叠的纸，打开一看，是"读华章俱乐部反馈卡"，说是在2006年4月15日至2006年10月15日期间填写读者反馈卡，就能成为俱乐部的会员，将有机会参加读者俱乐部活动，而且每月会抽出10位幸运读者，免费获赠一本约翰·科特的经典之作《变革之心》。

有一次，书页里夹着一张撕开的白纸，窄窄的一条，上面写了两行字："柳叶眉，窝窝眼，披肩长发煞白的脸"旁边还有一个大大的龙飞凤舞的"哼！"——这大概是一位正处于青春期的读初中的某一位女生，在发泄对班级里另一位她所嫉妒的女生的不满吧。

有一回在书中捡到一张自制的书签，上面分行写着几句话，第一句是:"原谅别人,可以使自己有好心情。"第二句是:"求之不得,不求自得。"第三句是:"如果奇迹没有出现,那就去创造一个!"第四句是:"有财理就不穷,有计划就不乱,有准备就不忙。"还有一句是:"男人心底的选择永远是纯真。"从字迹与笔画来看,这些话不是一次写下来的,也不知是这位读者从书上抄录下来的,还是自己总结出来的"思想火花"?都是些挺有意思的话。

有一次,书页间夹着的,是一枚洁净、漂亮的空信封。想来,这一定是一位怀春的妙龄少女夹在书里的吧。

有一次,居然从书页间掉出一张崭新、挺括的一元纸币,真是令人喜出望外的"奇遇"——"书中自有黄金屋",没想到书中还真有人民币!这位读者也真是够粗心的,夹进去以后就忘了。

还有一些其他的稀奇古怪的东西:有一次,书里夹着的,是一幅压得很紧的粉红色的折纸,打开,是一只小灯笼;有一次,书里夹着的,是一张张家口机场的登机牌,显示着航班、日期、舱位、座位以及登机人的姓名和到达站、登机时间、登机口等内容;有一次,书里夹的是一张用过的石家庄UME影城一部叫《女汉子》的电影票副券;有一次,书里边夹的是半张印着小白兔和小老虎漫画头像的贴纸。我见过小学生的作业本,他们把作业题目做完了,就揭一张这样的头像贴上去。——这一定是位小朋友夹进来的;有一次,书里面夹着一张纸条,上面记的是河北电视台民生6号线的电话:87116066,以及节目播出时间:18:20—19:00。——这位读者一定是一位关心世事的热心人吧。

这些夹在书页间与我不期而遇的各样玩意儿,因为带着不同读者的不同个性和信息,其实也像书一样,是值得一读的。捡起来翻看一番,玩味一番,冥想一番,有时令人莞尔,有时引人深思,挺有意思。

引为一乐,特此记之。

母亲是我的写作老师

我从小在农村长大,业余时间里喜欢写作,主要写一些乡村题材的散文。

这么些年来,我的一篇篇文章得以问世,大多得益于母亲的帮助。母亲无意中给我提供了许多素材。前两天在写作一篇《伏天》的文章时,写到一句农谚"头伏萝卜二伏菜",依稀记得后边还有一句话,却一时如何也想不起来,便跑去问母亲。母亲说,还有一句是"三伏过了种荞麦"。

母亲解释说,作务庄稼讲究节气,不误农时。因为每一样都有不同的生长期,什么时候种什么、不能种什么,季节不能乱了,乱了就不会有好的收成。比方种豌豆,得早种,地还没解冻就得下种,等到快过麦收了,豌豆正好收割。这东西怕伤热,种晚了,天热上来了,它就光长空棵子,结不了荚了。一过了麦收就得赶紧种玉米,晚了,玉米收不了,还影响种麦子,一茬儿压着一茬儿呢。菜园子里也是一样,种萝卜一定要在头伏下种,早了或晚了萝卜都不好好长,也长不好;种白菜得在二伏,早了、晚了,不是长着长着就烂根儿,要不就是长起来不裹心儿。荞麦不是说非得过了三伏天才能种,是说出了三伏天,天要凉了,种别的庄稼都晚了,时候儿不够,长不熟,荞麦的生长期短,即便过了三伏了,到天冷之前也能收一茬儿。荞麦这物件儿,最怕霜打,若赶上秋后下霜早可就麻烦了。一打了霜,荞麦就死了,收割时稍稍一碰,荞麦籽就会落一地,收拾不起来。荞麦的产量不低,一亩地,长好了,不少打,也好管,不费事。

荞麦面既能蒸卷子、蒸包子、包饺子,也能擀面条、拌疙瘩、出扒糕,但村里人说荞麦这东西是"婆婆喜欢媳妇恼",为什么这么说呢?因为荞麦这东西看着和出的面团子不小,但做成饭吃不如麦子、玉米什么的粮食顶事儿,不经饿,"三十里的馃子五十里的糕,二十里的荞麦饿断腰",说的就是这个意思。荞麦吃了不耐饥,扛不住饿,就怪怨媳妇儿,好像是人家媳妇儿不会做,或是做饭时做了什么手脚似的。其实不是,是荞麦不结实。媳妇由此受了婆婆、家人的一些误解,自然就会有些懊恼了。

母亲接着又说,荞麦长得可好看了,大老远就能看见开着一片白花花儿的荞麦地。有个猜荞麦的谜语是这样说的:"红树红皮儿,绿叶娥眉,白花儿落地,黑籽儿抢锤。"很形象地描绘了荞麦的茎、叶、花、籽的色彩与形状。到了秋后,荞麦地里会有许多"叫蚂蚱儿",此时别的庄稼早都收完了,"叫蚂蚱儿"只有在荞麦地里还能打食儿。秋后的蚂蚱一肚子儿,肥得蹦不起来,也跑不快。去地里割荞麦的人们,总要提上一个瓦罐,把捉住的蚂蚱放进瓦罐里,下了晌带回家,上灶火里燎一燎、烧一烧,吃着特香,要是耗点儿油炸炸,更是满嘴流香,非常解馋……

母亲慢搭扯语儿地说啊说,一说就是一大篇,有条有理有逻辑,有点有面有细节,有别人的总结和经验,也有自己的经历和感受。我把母亲讲的一一记录下来,稍微一整理,补充到我的文章里,我的文章立马就生动、饱满起来!——我的母亲,是我多好的老师啊!

母亲今年六十九岁了,一辈子生活在农村。她小时候只上过三年冬学,文化不高,很平凡,但有见识。我见过她写自己的名字"刘龙珍",一笔一画虽然拘谨一些,但横平竖直、结构匀称,自有一种稚拙的可爱和好看。如果她有机会读书,接受更多正规的教育,一定能成点儿事。要是再爱好写作,一定也比我会写、写得好。

现在,我记述乡村生活的散文集《村上的事》就要出版了,书里边记述的好多内容,都是母亲给我讲过的。没有母亲,就不会有我这本书——这么说来,一点都不为过。我得感谢我的母亲,她也的确是我在写作上的老师。

2010年2月,记于莲花营

老家的地里埋着我一本书

该给母亲烧"三七"纸了,我特意向单位告了假,回到村子里来。

半前晌的时候,和两个妹妹,还有二姨、三姨、四姨、妗子,以及表姐素芬、表妹立红在家里聚齐,我们带上老厚的一大沓子在上面"印"过钱的烧纸和几包各式各样的供享儿,穿过村街,一起到村北母亲的坟上去。

按村子里的规矩,父母亲去世安葬之后,做儿女的要按七天一个周期,连续在坟上烧七回"七纸",从"头七"直到"七七",然后再烧一次"百天纸",这之后,一年内,只需在清明、寒食、忌日和大年初一来上坟烧纸祭奠。

按民间的说法,烧纸就是给去世的亲人"送钱",好让他们在天堂里不愁吃、不愁喝、不愁花,日子过得好过一些。人们都很虔诚地去做这件事,打心眼儿里信以为真。

母亲的坟在村北的一大块麦地里。这块地叫"樊家坟",樊家户里的人,去世后都是埋在这里的。麦地的南边,是一条机耕道,记得原先我在村里上学的时候,这条路的路旁都长着高高的杨树,现在,它们早已不知去向。路南是村里的小学校。秋渐渐深了,村外的风有些凉。天依旧阴沉着,已经好几天了。

母亲的坟头孤零零地隆起在麦地的中间,因为是新土,老远就能看得见。安葬母亲时,地里刚刚收过了玉米,还没有耕地,现在麦苗都已经出土了,一行行、一垄垄,嫩绿一片。这块麦地前几天刚浇过了"蒙头水",还禁不住脚儿,稍一踩上去,立马就粘了一鞋泥。沿着用新土培起来的垄背儿往里走,脚下松软得很,一样地陷脚,也强不到哪里去。因为粘了越来越多的泥,我的皮鞋变得沉重起来。

对这块麦地,我是很熟悉的。樊家的祖坟在这里,我从小就跟着父亲来这里上坟烧纸,每年至少三次。十二岁之前,是给我老爷爷、老奶奶和奶奶烧,十二岁以后,又加上了我爷爷。

上坟的时候,父亲先是郑重其事地把供享儿一一陈列在地上,再用土坷垃压住一沓子烧纸,用火柴点着,然后就叫我喊:"老爷爷,老奶奶,爷爷,奶奶,你们都来拿钱吧!"我一边喊着,一边表情庄重地跪下磕头。父亲也跪下来磕头。大年初一来烧纸时,还要放上十来个炮仗。做完这些后,我们就默默地离开了。

现在,则又加上我母亲了。

因为浇水的缘故,母亲的坟头比刚堆起来时矮了一些,坟顶上也裂开了两道缝儿。二姨说:"肯定是水灌了墓了。"我想象着,冰冷的水渗透到了母亲的墓穴里,心里忽然感到忧伤。我又想到和母亲的骨灰盒放在一起的那本书,是不是也会渗进了水?

这本名叫《村上的事》的书,无论对于我还是对于母亲,都有着特别的意义,因为书里有许多是母亲给我讲过的故事,也有许多篇写到母亲。记得是在2010年4月初,这本书刚刚印出来之后,我拿了新书回家给母亲看。病中的母亲把厚厚的书拿在手里,晃晃悠悠的,来来回回、颠来倒去地反复抚摸着。那时,她已经卧床快三年了,不怎么能说话了,但她的心里是清楚的,能看得出,她是很高兴的。过了老半天,母亲突然猛地大声说了一句:"不赖!"我看到,她的眼里闪过了一丝亮光和笑意。半年后,母亲去世了。安葬母亲的那天,妻子和表妹红红将书装进一只厚塑料袋里仔细地包好,又用胶带纸缠了一遭又一遭,弄得严严实实。如今水渗进了墓里,也许不会把它浸湿了吧。

我们给母亲烧了好几沓子纸,因为摞起来太厚,便用一根树枝来回拨弄着。火焰跳动着燃烧起来,很旺,烤得我的手热辣辣的,把纸灰也冲起来老高,乱纷纷地落在我的头上和身上。我没有躲。我冲着坟喊:"娘,来拿钱吧!"我想象着,母亲应该能够听得到。

因为地上太湿,不好下跪,我们便只给母亲鞠了三个躬,然后便离开了。走到大路上跺一跺鞋上粘着的泥,慢慢地走着,回村里去。

老家的地里埋着我一本书,就在母亲的身旁。愿它一直好好的,陪伴着母亲,也给我的心上带来些安慰。

写于2010年秋

业余作者

一

我是一名业余作者。工作之余读呀写呀,许多的闲暇时间,都耗在了这上面,它们也带给了我许多人生的安慰。

我小时,家境并不算好,父亲当工人,母亲务农,年年向生产队贴钱,和叔叔家的关系一直闹得很僵,父母脾气也总是急躁,成长过程中,我在很多时候心里是不踏实的,慢慢地,就变得有些自卑、胆小、孤僻。长大后,离开乡村走入社会,才渐渐好了一些,但仍有很重的旧时烙印,性格内向、不善交往、不喜欢在人多的场合讲话。我也不大会娱乐,不会打麻将、下棋,不会唱歌、跳舞。打扑克算是会一点儿,除了跟儿子小时候一起玩过"一翻一瞪眼"和"长虫蜕皮"外,有一次出差途中,跟同事们偶然学会了"斗地主"和"拱猪",平时也很少打。别的都不行,我就趸摸着看书,古人曾说:"数百年旧家无非积德,第一件好事还是读书。"看书有意思,看的书渐渐多了,就喜欢上了写作。

一位艺术家说过:"你不能延长生命的长度,但你可以扩展它的宽度。"我觉得,阅读与写作就是一个挺好的办法。沉寂或喧嚣的岁月里,薄凉或浮躁的人世间,我有很多时候是一个人待在角落里,安静地看书,有点有意思的想法了,就随便划拉几笔,用文字来取乐,觉得好玩儿,也排遣寂寞。此间的乐趣与欢喜,只有自己能体味一二,不足为外人道也。

也许，这种自得其乐，是我喜欢写作的最大的动因吧。

我在业余时间里的读和写，是随性的，不刻意的。我觉得，这样其实挺好——没有任务造成的压力，想读了就读，读不下去就放在一边。喜欢某本书，多读两遍；不喜欢哪个作家，再红也不去追。写也一样，尊重自己的内心，想写了就写，有的写了就写；不想写，或者说写不出来，不写就是了，不憋自己。有时写了没地儿发表，也不去求人看脸色，就自己留着。我一直坚持的是：多看，少写；没用，不写。康有为曾经说过："多看少写是名家。"深以为是。

因为是业余，"单干""游击"式的写作，没有长远规划，没有高远目标，自己摸索着走，东一榔头西一棒槌，种得多、收得少，种一葫芦打两瓢。即便有那么一点点儿收获，也终归是小把戏、小家当、小名堂，总也徘徊在"文坛"之外，不为人注意，不好意思开口。看看报纸杂志、电视和网络上对那些大作家热热闹闹的报道和评论，说不上羡慕，却更觉出自己的碌碌无为，不免赧赧。我这不是谦虚，是真事儿。

业余写作这么些年，酸甜苦辣都尝到过了。刚开始那些年，我十六七岁，正读高中，正所谓网络上讲的"一枚惨绿的文青"——激情有余，水平太洼，狂热而又盲目，拉的架势挺大，没有真玩意儿，瞎撞一气。后来考上了大学，看书多了，见识也有所增长，情况才渐渐好转。再后来，走出校门，参加工作，感觉新奇、兴奋，也有热情和心劲儿，曾经有那么七八年吧，隔长不短，就有"豆腐块儿""萝卜条儿"一样的文章在报纸杂志上登出来，写得很杂，有言论，有评论，有散文，还有"来函照登"的读者来信。那时精力也真是旺盛，白天上班，晚上熬夜"爬格子"，见到什么、想起什么，就老琢磨着能写点儿什么，写出来就去投稿。

投稿的好处自然也是有的。一来可以"出名"。报纸上登得多了，慢慢地，就"浪得二两虚名"。再就是还能得稿费。稿子登出来，过一阵子，会有从邮局发来的绿色汇款单，飘然而至单位的收发室，钱固然不多，甚至少得可笑，但大家一样过白天黑夜，一样上班下班歇礼拜天，别人没有而单单你有，真仿佛是从大风中刮来，又正好落到你脚边，有一种类似白捡的便宜。当然，也有白忙活的时候，有的报纸和杂志发表了东西，却不发给稿费，不知道是忘了，还是故意赖掉，也不好意思去问人家。

四十四岁那年，我出版了第一本书：《村上的事》。之后，我没有停下来，接着写，一鼓作气，陆续又出版了三本，组成了"村上的事"系列，也申请加入了河北省作协。作为一名业余作者，我很知足了。现在，在外边，不时会有人提念到我的书，也有喊我"作家"、叫我"老师"的了。人家这么叫我，我却有些心慌气短、脸红脸热——我算是吗？我那水平够格吗？我一直认定自己只是一个老老实实、独自徘徊的业余作者。

二

回望三十多年来业余写作所走过的路，风风雨雨、泥泞坎坷，既有山重水复，又有柳暗花明，遇上的事儿真不算少。

汉赋大家扬雄说，写文章是"雕虫小技，壮夫不为"。"初唐四杰"之一的杨炯说："宁为百夫长，胜做一书生。"明清之际的大文人顾炎武也曾说过："一为文人，便无足观。"在文豪们的眼里，文章与文人尚且如此处境，名不见经传的业余作者更是要自惭形秽了。

业余写作的路，从来都不是一帆风顺的。一路走来，有自尊的固守，有自信的期许，有等待的渴望，有发表的喜悦，有被漠视的惆怅，有得到褒扬的欢欣鼓舞，也有写不出、写不好的苦闷、焦虑、彷徨和慌张。一行行文字，凝结着心血和汗水，铺展在绿格子的稿纸上，见证了我前行路上的迷恋、执着与坚韧，也记取了我爬坡、跋涉时的艰难、疲惫与茫然，勇气、意志与力量。我性子里有一股暗暗的拗劲儿，我也不怕费劲，肯下些笨功夫，靠着勤能补拙，这么些年，日复一日、年复一年，就这样慢慢地坚持了下来。

或有所得，或有所失，有时得有所失，有时失有所得，有时得而复失，有时又失而复得，人世间的事，常常是得失互为因果的。某种意义上，读书与写作也是如此。

写作曾经耽误过我考大学。乡下的孩子，念书就为了考大学、找出路，最后跳出农门，不再"面朝黄土背朝天"，土里刨食儿。倘若读了多年的书而没考上大学，又回到村里当农民去"修理地球"，让父母白白"供给"一场，会被视为功不成、名不进、不成器。很不巧，偏偏我就曾经是这个样子。

　　我是在1981年上了高中以后，才开始接触文学的。这件事儿说起来，真是有些"生不逢时"。那时年轻幼稚，不明白必须先跳出农门，然后才能更有机会爱好文学的道理。我也不是天才，不能一心二用。没有多长时间，我就因为看闲书、写稿子，把功课给耽误下了，虽说到毕业时已在报纸上发表了几篇小东西，被许多同学另眼相看，但付出的代价也是高昂的、深重的，那就是在1983年、1984年，连续两年连高考预选也通不过。这就叫作"得不偿失"——我在小学、初中时，成绩一向是不错的，家里的大人也对我抱以很大希望。可上了高中后，我只剩下语文、地理好了，数学、英语等却烂成一包稀泥，收拾不起来。父亲曾为了这事大光其火，有一次他搜查我的书包，掏出来一本"闲书"，恶狠狠地劈手扔进了猪圈里。直到第三年，我在撞了南墙知道了头疼之后才"改邪归正"，背水一战，将一门心思全用在补习功课上，这才翻了身、解了放，在1985年考上了河北师大。

　　我在师大读的是中文系，这是我喜欢的专业。课上课下，我有许多时间可以看"闲书"了，而且是名正言顺、理所当然。中文系有一个规模不大却琳琅满目的图书阅览室，有《人民日报》《中国青年报》《河北日报》《石家庄日报》等二十多种报纸，有《人民文学》《当代》《收获》《青年文学》等三十来种文学期刊，还有好多架的藏书。这里是一处宁静、幽美的文学港湾。没课的时候，我就钻进阅览室里，像条鱼一样沉潜下来，或浏览报纸，或阅读杂志。文学阅读滋润和丰富了我的心灵与感受，在大学里，我又重新拾起了写作，写言论，写影评，写散文，等到大学毕业时，我已经在报刊上发表了四十多篇文章。我把这些文章一一剪贴在了一个大本子上，毕业时，就是靠着这个剪贴本子作敲门砖，四处联系，最后在一个省直单位找到了满意的工作。

　　虽然我曾因痴迷写作耽误过考大学，但令人欣慰的是，在毕业找工作上，我终归是沾了写作的光。

三

业余的写作，也曾使我在人群里受到争议而成为"话题人物"。

有人说："在历史里，一个诗人似乎是神圣的，但是当一个诗人住在隔壁，便是个笑话。"这话大抵是不错的——写作常常像是遁入一个与日常世界相交又相隔的世界，写作的人在思维、语言和生活习惯上，毕竟与别人有许多不同，在常人的眼里，他们的行走做派便也有许多令人感到怪异的地方。我只是一个小小的业余作者，但也沾染了不少这样的"怪异"，让人看着不顺眼，似乎也就在情理之中了。

我大学毕业后工作的第一个单位，是一家省直机关。机关里年轻人不多，那一年，和我一同分配到这里的大学生，一共九个。我们九个人的加入，一方面备受瞩目，另一方面也受到挑剔。刚出校门，自然还带着满身的"学生气儿"，难免有些幼稚和轻狂，说话办事不知深浅。而我的"毛病"尤为突出："不好说话""好看报纸"。有人背后议论，说我一有空儿就翻报纸，拿起报纸就不知道放下，一看就是老半天；再就是用公家的稿纸和墨水写稿子，而且"抠儿"得令人讨厌——得了稿费也不知道请客让大家喝喝酒、抽抽烟。此外还有一些别的零星的话柄。我听到有人议论自己，很害臊，心里也很惶恐，单位毕竟不是文联报社出版社，看报纸和写稿子非为正业，自然应有所取舍与搁放。于是，我赶紧修正自己，看报纸的时间大大缩短，而且也注意分场合，上班时间尽量安安生生的，不看报。

但我在业余时间里写稿，却是有些任性的，总也舍不得放弃。单位里的人私下里言谈，或者人们在一起聊天儿说闲话儿，有意无意地总要提念到我一两句，且大都与写稿有关。领导也找我谈话，或明里或暗里教育我、批评我、训导我"要更多地把心思用在工作上"。1995年的时候，《河北日报》约我开了个"本月主持"的专栏，其实就是给"社会周刊"每周写一篇千字左右的评论或者杂谈。有一位领导看到了报纸，很生气，跟别人说，这个樊秀峰算是怎么回事？——在报纸上写文章讽刺这个、讽刺那个！他到底是机关的人，还是报社的人？不想在机关干，干脆就调走！过后，有人向我传达了这位领导的"指示"，可把我给吓得不轻，心中泛苦，额头冒汗，仿佛身临歧路，彷徨无主，乱抓了一通头皮，连着好几天脑子都是蒙的。

　　写作是刮拉脑袋、搓揉肠子的苦差事，这个少有人说。他们看到的是，同样地上班下班一天天过，我却隔三差五能从邮电局里领出钱来。单位曾有人在收发室看到我的几张新来的汇款单，热心地用加法和乘法计算过，先是一张张加起来，得出一个数，然后乘以三十天，这样我一个月能拿多少稿费，也就"统计"出来了，呵，竟比他们的工资还要多！这个，连我也是惊诧的，因为压根儿就没有拿到过这么多，因为并不是天天都有稿费寄给我。但是，关于我每月能拿多少多少稿费的传言，仍在机关不胫而走，真是没法。有位要好的同事私下里曾对着我说："咳，你干吗费那个脑子哩？要叫我，宁可绕着操场跑两圈儿也不闹你这个，费不着这个劲！"

　　为了避免引人关注，我也想过一些办法，比如特意起了一堆笔名，用得较多的笔名是"大峰"。这样，即使文章登出来，人们也轻易注意不到我。为了少让人说闲话，我尽量自己买稿纸（单位的稿纸一页有150个格子，不经用，我买的多是能写300个字的），自己买复写纸。投稿时，用自己买的信封，后来嫌邮局的贵，就专门去文化用品商店里买……

　　20世纪90年代中期，机关开始给各部门配备电脑和打印机，我所在的部门也分到了一台"486"。那会儿的人们，大都还不会用电脑打字，但是电脑里有游戏，很简单，一上手就能学会，其中一项是摆扑克：用鼠标点住一张扑克牌，摁住，再拉下来，在屏幕上扯过来、扯过去，摆过来、摆过去，等到按照次序把54张扑克牌全部摆出来、排列好，就算是赢了，会有一个"扑克长龙"在电子音乐的伴奏下，上下翻飞着跳舞的画面"以示庆祝"。电脑前，常有三四个人围着一个人摆扑克，人们两眼盯着屏幕，伸长着脖子，在那里纷纷出主意："这边、这边！""这个、这个！""对、对、对！""不对、不对、不对！"可是，你要是想在上面打一篇自己的稿子，就会有人议论你沾公家的光儿。我只好早来、晚走，偷偷地用一用电脑。为避免别人说我占用公家的耗材，我自己买来储存电脑文档用的3.5软盘，打印稿子时就换上自己买的色带和打印纸。

四

这期间曾经发生过一件事，过了许多年之后，我仍然难以忘记——

我在部门主要负责文字综合工作，经常写的是领导讲话、工作总结、调查报告和一些消息、通讯，这些工作稿件和我业余写的那些散文、杂文、评论，都存在办公室的电脑里，分类放在不同的"文件夹"中。有一天，我无意间发现，我的那些散文、杂文、评论都莫名其妙地不见了。我在电脑里反复查找，却怎么也找不见，急得抓耳挠腮，出了一脑门子汗。九十多篇啊，一下子归零！——是我自己误操作了？还是电脑出了怪毛病？抑或是被人有意删掉了？我反复回想，也咨询了一下报社微机房的工作人员，最终确认：既不是我误操作，也不是电脑出故障，而是人为删除！因为，同样存在电脑里的别的稿件都安然无恙嘛！这件事实在让人恼火，让人心凉，却又有头无尾，讲理都不知道给谁去讲！

经过这件事，吃下这个哑巴亏，我的逆反的"拗劲"也上来了：我偏要继续写下去！我心里憋着一股气，除了更努力地做好自己的工作，让别人挑不出大的毛病以外，我还是要继续当我的业余作者。记得有位作家说过："你不能改变天气，但你可以左右自己的心情；你不可以控制环境，但你可以调整自己的心态。"我的性子也是有些拧和"轴"，有时拿着孤傲当清贵，所以才会"开罪"一些人。以后，我常用这句话来宽慰自己，也反省自己，修补自己的心情，丰富自己的心灵，增长自己的勇气。从那以后，我不再在办公室的那台公用电脑上打我的稿子、存我的稿子了，我用多年来积攒下的稿费买了一台电脑，那时家里有电脑，还是不常见的。

随着年龄的增长，阅历的增加，我渐渐地变得成熟了起来，嘴上不再争竞、抱怨，心里也不动荡、喧哗，只是保持安静，静静地看自己的书，写自己的稿，做自己的事。尽管我在"会来事儿"上仍不能让人尽数满意，但我是努力的，精神饱满、尽心尽力地与这个世界达成和解，干好自己手头儿上的事，不去张扬，让别人不好再挑出我什么。古人云："心随境转,则为凡夫;境随心转,则为圣贤。"我虽当不上"圣贤",但也不甘为"凡夫"。我不再去过分在意一些人、一些事,如果有人问起,就微微一笑,然后说,忘了,既不解释,也不悲伤。闲话虽说不能完全荡涤和熄灭,但我也不太拿它当回事儿了,说就说吧,谁叫嘴长在人家的脸上?鲁迅先生在《写在〈坟〉后面》中说过:"愿使偏爱我的文字的主顾得到一点欢喜,憎恶我的文字的东西得到一点呕吐,——我自己知道我并不大度,那些东西因我的文字而呕吐,我也很高兴的。"我觉得,久后一日,会有人偶然看见我在书里写下的这些往事与经历,也许会有同样的感受,说不定也会"得到一点呕吐"吧。

当然,支持我的人也是大有人在的。有一次,我在楼道里遇见我们单位的"一把手儿",一边走一边随便聊了几句,他热情地跟我说:"小樊儿,我看过你写的东西,不错。年轻人,爱思考,有这么个爱好挺好的,比闲着没事儿找事儿强。好好写吧,不要放下你手中的笔啊!"正面对我鼓励,而且是机关里最大的领导,我的心里一下子又温暖,又激动。

我在那个单位工作了十九年后调走了。又是十多年过去了,听说,在原来的那个单位,至今还有有关我的一些"传说"。

五

2008年的春天,因了一个偶然的机会,我调离原单位,来到了另一家省直机关。我的情况和处境开始有了很大的好转。

这是一家更大的机关,每个部门每个人,手头儿的事情很多,工作都很忙,很少关注旁人的事。我也很忙,写稿、投稿虽然没停下来,但比原先少多了,说我闲话的人自然也就少多了。我的心情是愉快的。因为报纸杂志上稿很难,我在业余时间里开始转向闷头儿写书。幸运的是,我的第一本书《村上的事》出版以后,反响挺不错,又很幸运地得到推荐,很快进入了河北省农家书屋和全国农家书屋,还获了一个省级奖,于是再版、三版,连续加印。三年过后,厚厚的又一本书又印了出来。再往后,第三本、第四本……都很顺利。我虽然还是一贯有点儿自卑,但,这三四部书往那一摆，还是很能"唬人"的。写了这么多年，能落下这几本正经正样儿的书，而且还常有人提起、念叨，也是值得欣慰的事了。我再没听到有人说我的闲话，更多的，是来自领导和身边同事们的赞许、鼓励与羡慕。有意思的是，就连原来单位那几个曾经看不惯我的人，遇见我说话也变好了，口气也亲切了，好像多年不见、彼此挂念的老朋友似的，问这个、问那个，打听我的写作，还一劲儿地吵吵着跟我要书。

爱默生曾说：一个朝着自己目标永远前进的人，整个世界都给他让路。现在，我又调到了一所高校工作，职务变了，自主时间也比原先更宽松了一些。闲暇时间里，我仍旧坚持着读书与写作。我在网上见到一句话，说得很有意思，也很自信："我自风情万种，与世无争。"我是很欣赏的，人们要是都这样，该多么好！我坚信，生活永远是美好的，文学更会增加它的生动、丰富与精彩。每个人都有适合自己、自己也喜欢的活法儿，像我，不会别的，只是爱好在有空闲的时候随便看看书，有兴致了写点儿小东西而已。虽说没什么天分，只是一名勤能补拙型的业余作者，靠着喜欢，靠着坚持，靠着家人的支持，一年一年走过来，一点儿一点儿地取得进步，慢慢地垒造和建立起自己的文学世界，一个人安静地待在里边，既赞美，也感叹，有欣喜，也哀伤，心满意足，洋洋自乐。我想，这也不失为一种不错的生活方式吧。

岁月错纵，这么多年，不知怎么就过去了。我感激写作，是写作给我平凡的生活和平淡的人生着上了一点点亮色。有时我也回顾，我也盘算——我要是不喜欢读书、不爱好写作，空闲的时间里，我会干些什么呢？这事我想过好多次，究竟也想不出那会怎么样。记得马尔克斯在《百年孤独》临近结尾时说："文学是发明出来逗弄人的最好的玩具了。"我喜欢这个"玩具"。我觉得，当个业余作者，把时间浪费在与文学结缘上，就这样平静、平淡地生活着，度过漫漫人生岁月，难道不也是一件挺有意思的事么？

我的投稿史

追溯起来，我最早的投稿，开始于20世纪80年代初，我上高中期间。那个时候，堪称文学的爆发期和黄金岁月，文学一纸风行，诗人作家走红，无论机关、厂矿，还是部队、学校，包括偏僻的乡村，写作爱好者如雨后春笋，层出不穷。我也被文学热"传染"上，发起烧来。

我所就读的高中，是所乡村中学，却也有着浓厚的文学氛围。学校收发室里有个姓杜的退休老师，常常在门口的桌子上摆着卖一些乡邮电局送来的文学杂志，有《人民文学》《小说月报》《滹沱河畔》《新地》《百泉》，还有刚创刊的《河北青年》。我们班上断不了有同学买来阅读，我也买过几本，大家互相传看。记得有一回，石家庄地区文联主办的《滹沱河畔》上发表了我们的校长一首诗歌，学校里立马轰动起来，那天的《滹沱河畔》卖得最多，大家课上课下都在传看着、议论着。快四十年过去了，我现在还记得那位校长、诗歌作者的名字：杨久春。也就是在那会儿，我听同学们议论说，把自己写的文章、诗歌给杂志邮寄过去，这叫"投稿"。要是投得上，编辑部选中了，就会给登出来，过后还给你发钱哩！那钱有个挺洋气、郑重的名义，叫"稿费"……当时的我，听得一愣一愣的。虽说这些事像梦一样虚幻，比天边上的云彩还要远，却说得我心动了。那时年轻，自以为是，胆子也大，热血一涌，就开始把自己平时比猫画虎、照葫芦画瓢涂抹的那些自鸣得意的东西，装进信封往外邮寄。这就是我投稿的开始。

一开头儿啥也不懂，不知道天高地厚，就先拣名头响的投稿，不是寄给《人民文学》，就是寄给《人民日报》。头一天投了稿，第二天就去翻报纸，热切地留心着报纸上登出来的预告新一期杂志的目录，盼望着忽然有一天，眼睛一亮，能在目录栏里看到自己的文章题目赫然在列。结果当然可以想象，我成天跑收发室，翻得收发室的杜老师都烦了，也没有翻到。刚开始投稿，胆子大是大，可也害羞，怕人笑话，写东西和把信封投进邮筒，都是悄悄地进行，很少有旁人知晓。就这样，稿子一封又一封投出去，不是泥牛入海无消息，就是收到冷冰冰的退稿信，弄得我心里上下够不着，上课不能专心，吃饭时愣神儿，睡觉也有些恍恍惚惚的了。那种满心渴望却又慌张无措的意乱情迷，正像歌德小说里的那位少年维特，正害着一场烦恼而又难言的单相思。

大报大刊一直投不上去，慢慢地也就冷静下来，内心里也服劲了，知道自己眼高手低，吃不了几碗干饭，便降格以求，转投地方上小一点的报纸和杂志，今天东一榔头，明天西一棒槌。收发室那里，三天两头会有报社寄来的退稿。随着一封又一封退稿信的到来，我投稿的秘密成了公开，把我也"露"了出来，有的老师和同学再看我的眼神儿，便有些意味深长。唉，这样的日子是难堪而又无聊的。

当年，学校里订着十多份《安徽青年报》。我们班上也有，我经常能见到这份四开四版的报纸。我最喜欢的是第四版上的副刊，叫"风华"，除了登些小说、散文、诗歌等文学作品，还有木刻、绘画、速写等美术作品。三版上有块版面，叫"处女地"，每月出一期，登的都是还没发表过作品的作者写的诗文。我开始给"处女地"投稿，记得有一次我一下子寄了五篇，有《河滩上的小女孩》《致晚霞》什么的。过了一阵子，我就收到了《安徽青年报》编辑写来的一封短信，告诉我"来稿已阅，留用两篇"。这是自我投稿以来所得到的第一次"正反馈"，我一下子兴奋不已。可是，稿子却迟迟不见登报，弄得我心里直担心这事会不会"黄"掉，终于按捺不住，我专门写了一封信去问。不久，编辑给我的回信来了，说是版面安排有周期，让我不要着急，会很快安排发表的，随信还附寄了一份精致的折叠式1983年年历画。这下子放心了，我也只有耐心地等待。直到1983年4月19日那天，我才在《安徽青年报》"处女地"版上，发现了我的那篇《河滩上的小女孩》。那天，我手拿着报纸，高兴得心就要蹦了出来、飞了起来，坐着看，躺倒看，铺到桌上看，冲天举着看，翻过来、倒过去的，看个没完。就是这样的一篇比烟盒儿大一点儿的"豆腐块儿"，却在我们校园引起了一番轰动，成了一件稀罕事，就连三里五乡的也有人在说：中学里有个谁谁谁，是哪个村的，好家伙，写的文章登到报纸上了……过了四五天，我收到了《安徽青年报》寄来的样报，一个牛皮纸信封，上边打着一个"印刷品"的红戳儿，信封内装着两份4月19日那天的报纸。又过了很长的一段时日，我收到一张绿色的汇款单——这是我第一次收到汇款单，是我平生获得的第一笔稿费：5元。

可是，让我欢喜也让我忧，因为老看闲书，四处投稿，耽误了功课的学习，成绩一再下滑。那一年，我高考预选失败，灰溜溜地离开了那所乡村学校。

后来，我听从老师的劝告：先考上大学，再说别的。我下决心专心补习功课，两年后考上了大学中文系。从那以后，我又恢复了阅读、写作、投稿。

一晃儿，三十多年过去了。文学一直像我的恋人一般，是我在工作的余暇里最沉迷的慰藉与坚持。我用读书和写作来放缓自己的生活节奏，营造别样的清宁与闲适，建立自己的精神世界，内心里始终是简单的、本色的、朴素而又丰富的。这么些年，我的投稿遍及全国各地，东到东海之滨，西到帕米尔高原，从北国的茫茫兴安岭，到南国的巍巍五指山，从北京到南京，从西宁到南宁……投出去的稿子，有的发了，有的没有发，发了的我高兴、我感谢，没发的，我也不急躁、不苦恼——不发肯定有不发的理由，编辑的眼光永远是对的。再说，如果稿子没有大的问题，这里不给发，我另投他处、再寻下家就是了。这么些年，我曾遇到过很多很好的编辑，既专业，又敬业，还平易近人、尊重作者。也有个别比较牛的编辑，对待普通作者态度傲慢，居高临下，投个稿子好像是在求他恩典。还有个别编辑以权谋私，将发稿作为交换条件，让你认购他出版的作品集，你若不积极回应，他就"枪毙"你的稿子……这么些年，我也慢慢摸索出了一些投稿的技巧与窍门，比如，一家报纸用稿很快，马上再寄去一篇，虽然很快又用了，但不能马上再投第三次，更不能"狂轰滥炸"，过上一段相当长的日子再说；又比如，给省报的副刊投稿，一般是很难上的，如果有幸发表了，至少半年以后再投，否则投也白投，好稿子太多了！还有，最好少去编辑部当面送稿，也不要给编辑打电话催问，而是通过邮局或电子信箱寄稿，上稿子靠质量，用不用，编辑定，既不为难编辑，也不给自己找难堪。这么些年，上至《人民日报》《光明日报》《中国青年报》，下至我们的校报，还有县报、企业报，我都投过也发表过稿子。我在报纸上开过专栏，当过报社的特约记者，写的稿子也获过奖。我是沾过文字光的人，文学待我不薄，除了满足精神需求，让我不感到空虚、无聊以外，我还有许多意外的收获，其间所遇见过、尝到过的酸甜苦辣，拉拉杂杂，一言难尽——因为投稿，我帮助别人打抱不平、仗义执言，解决过他们遇到的人生困难和生活问题，也因为投稿给农民做过"广告"，促销他们的农产品，由此得到别人的认可、尊重与羡慕，体现了自己的人生价值；因为投稿，我受到过领导的表扬与鼓励，也因为发表的文章惹恼了地方、得罪了人，我让人家来单位"找"过、打来电话"慰问"过，最厉害的一次，是让人家告到了法院（后来，开庭之前，那几个告我状的又申请撤诉了），至于挨过个别领导和同事的打击与挫伤，受到冷遇和嘲讽，这些没什么意思的事，就不用多讲了吧。

我有一个山东的朋友，叫王辉，人很实在。他知道我喜欢写东西，常给我寄他们济南的报纸，供我作投稿的参考。每逢出差外地，他还留心搜罗当地的报纸寄给我。有一回他去南京，在街上买了一份《金陵晚报》，回去打开一翻，正好翻到那上边的副刊发表了我一篇散文——居然还有这样巧的事！类似巧事还有一次，我原来单位的一位领导去广西防城港出差开会，在宾馆的房间里，正好看到当地一家报纸上发表了我一篇东西，回来时专门把那份报纸给我捎了回来。

我出差的机会不算多，有时我就想，虽然我不能去某座城市旅游，但我可以"派"我的稿子去往那里，让我的文章"代表"着我，带着我的问候，随着报纸走遍那座城市的机关、团体、学校、部队、厂矿和大街小巷。这样想着，就这样去做，这些年来，登载我文章的报纸，最西边的有《喀什日报》《伊犁晚报》《乌鲁木齐晚报》《拉萨晚报》，最东边的有《青岛日报》《宁波晚报》《舟山日报》《厦门晚报》，最北边的有《呼和浩特晚报》《哈尔滨日报》《佳木斯日报》《牙克石晨报》,最南边的有《西双版纳报》《北海日报》《海南日报》《三亚晨报》……每每想起，心里是欣慰的——生活是平淡的，我虽然身在斗室，但因为写作，因为投稿，我跟外面的世界正发生着千丝万缕的联系，我的精神自留地里也因此生机勃勃，充盈着丰富、饱满、生动的令人着迷的东西。

近几年投稿少了些，投也是主要投给所在城市经常阅读的报纸。过去投稿是写在稿纸上，邮寄给编辑部，现在主要是发电子邮件。可是，如果手头没有报纸，投稿的电子信箱也就无从知晓。有的报纸虽然有网络版，但电子信箱的信息印在报眉上，在网上看不清，干瞪眼；有的报纸，电子信箱时常变来变去，编辑一换，原来的信箱也就作废了。还有的报纸不尊重普通作者，发了稿子，有时作者自己都不知道，既不给寄样报，也不给发稿费。

过了四十岁之后，人生即到鲁迅先生所说的朝花夕拾的时节。有时就想，总是这么投稿，发表出来的东西都是零碎的、散乱的。后来，我就开了博客，在博客上有意识地撰写"村上的事"系列散文，将华北平原上乡村的风土、人情、故事，通过原汁原味的文字呈现给读者。博客是一个很好的"文件夹"，我写一篇，存一篇，慢慢地攒着，到了够出一本书的篇幅，就整理一下，向出版社投稿。十多年过去了，我的"村上的事"一本接一本出版，已经出了四本，成了一个系列。写作这么多年，能落下这点儿东西，也实在是有幸和难得！

我会一如既往地阅读、写作、投稿。这条沿途充满风景的路，我会不紧不慢，一直这么走下去。

赠　　书

　　我收到过不少文友的赠书，也给别人赠送过自己的书。

　　曾有文友调侃："出书仅次于结婚。"对于一名普通作者，特别是业余作者来说，出书绝对算是一件大事。将自己心爱的新书作为礼物，分赠长辈、亲朋、好友，一同分享收获的喜悦，这大概是每一位出了书的人都喜欢做的事吧。将心比心，感同身受，对于别人赠书给自己，我是心存感激的，对他们的书也是珍惜和尊重的，彼此之间曾留下许多美好的回忆。但我赠书之后的感受，却有些五味杂陈。

　　最近十来年，我出了四本书，每次出了新书，都要给关心、提携自己的领导、老师和关注、帮助自己的朋友、同事赠书。我觉得，这既是向前辈、老师们表达一种谢意，也算是作一次汇报。同时，用新书作礼物来联络感情，方式别致，不落俗套。可是赠书的结果并不全是皆大欢喜，也有令人啼笑皆非甚至不大痛快的事情发生。

　　2010年我出第一本书时，新奇、兴奋的感觉，跟做梦似的，至今记忆犹新。当拆开包装，将新书拿到手的那一刻，头脑发热得有点儿晕，就像将自家的胖小子头一次抱在了怀里一样，咋看咋喜欢，简直爱不释手。过去老是接受别人的赠书，现在，自己也出书了，"来而不往非礼也"，自然也要回赠，共同来分享这一份喜悦。我郑重其事地拉了一长溜儿名单，然后在一本本新书的扉页上写下"拜望某某老师赐教""恭请某某先生斧正""敬请某某老兄指正""某某学兄惠存"，并签上自己的名字（事先悄悄练习了一番，呵呵），然后一一分赠。有的是专程登门赠书，有的是托人代为转交，有的是通过邮局寄发，前前后后很是忙活了一通。

　　这本书是我自费出版的，印出来后，除了交给出版社部分样书，其余的都拉了回来，堆在地下室。书多，又是第一次出书，出手就大方，谁要也给。除了主动赠送以外，还有些我不太熟的人跟我要书，我也都给了。有的是听说后托跟我相识的朋友拐弯儿要书，说是多么多么想"拜读"，我一激动：给！有的是外地、外省的读者，我一点也不认识，他们或是打电话、写信来，或是在网上留言、发纸条，"热情"地朝我要书。我有些犯嘀咕：不给吧，觉得人家好不容易张个口儿，不给抹不开面儿，也显得小气、"娇情"，又一激动：给！也有先给我寄来一本自己的书，或自己编的书、杂志，要求跟我"交换"的，还是一激动：给吧，大小是个人情么！我还遇到两个纯粹是骗书的。这两人讨书时说得很好听——先是恭维一大堆，然后说收到书后即寄来书款，可等我把书寄去了之后，就再也没了音信，我不好意思追问，最终也就不了了之。我自己劝说自己：咳，不就是一本书么！

　　书赠出去了，心中也充满了期待，想听一听"正反馈"。我对自己的书还是有底气、有信心的。因为我知道自己写这本书、出这本书，曾投入过多少艰辛的劳动、付出过多少不懈的努力，书里头也凝结着出版社、编辑、印刷厂等方方面面的心血和汗水。这样的书，照说是拿得出手的，给人看也不会丢人的，收到我赠书的朋友，不说视若珍宝吧，也会认真对待的。然而，我发现，事实并非如此。

　　我赠书最多的是给文友和同学。当他们接到我的新书时，无不是喜笑颜开的，满口地答应："一定好好拜读！"有的是真读了，还与我交流互动，给了我所期待的"正反馈"，有赞许，有鼓励，有批评，有建议。赠书给他们，我的心里是高兴的，是欣慰的。有的就不是这样了——他们有的拿到书，随口感谢几句、恭贺一番，再随手翻一翻目录，夸奖一下书厚，然后就漫不经心地搁在了一边；有的人，我给他寄了书，过了好久，也没有个回话儿，直到在偶然的一个场合遇见，才若无其事、轻描淡写地告知说：收到你的书了；还有的，明明收到了赠书，却选择沉默，跟没有收到似的，即便日后再见了面，也是提也不提一句，好像压根儿就没有发生过赠书这档子事儿。更为让人尴尬和别扭的，是我曾赠书给一位去外地任职的领导，后来，一位陕西的读者在我的博客上留言，说他在孔子旧书网上淘到了我的一本《村上的事》，还专门拍了书的照片给我看，书的扉页上，我当年的赠言和签名赫然在目。我的心里一下子很是不舒服——自己心爱的书就这样被人"遗弃"了！

令人啼笑皆非的是，有的人嫌我没有及时给他赠送书，竟像是我欠了他似的，朝着我兴师问罪起来："咱们关系不好吗？为啥出了书，也不送一本叫看看！"刚想辩白几句，他又抢白："怎么了？朝你要个书，是瞧得起你，是给你捧场、给你面子！——要是出了书，没人理、没人问，你说你难看不？"真是有意思，闹来闹去，倒显得自己小肚鸡肠、不仁不义，这岂不是莫名其妙的咄咄怪事？这些人，这些事，一度弄得我内心慌张、纠结得都快要有偏见了。

闲来翻报，读到一则有关鲁迅和《子夜》的故事。1933年2月3日，鲁迅在日记中写道："……下午，茅盾及其夫人携孩子来，并赠《子夜》一本，橙子一筐，报以积木一合，儿童绘本二本，饼及糖各一包。"据杭州师范大学李标晶教授考证，《子夜》出版后，茅盾给鲁迅送去一册，因为鲁迅得知茅盾在创作长篇小说，非常关心，曾多次问起创作的进展。因此，《子夜》刚出版，茅盾就带上一册来到鲁迅家拜访。那时精装本尚未印出，带去的是平装本，也没有签名。鲁迅翻开书页一看，是空白，就郑重地请茅盾签名留念。说着把茅盾拉到书桌旁，打开砚台，把毛笔递到茅盾手中。茅盾说："这一本是给您随便翻翻的，请提意见。"鲁迅却说："不，这一本我是要保存起来的，不看的。我要看，另外再去买一本。"于是茅盾就在扉页上用工整的小楷写上："鲁迅先生指正 茅盾 一九三三年二月三日"。看，两个伟大作家之间的赠书与交往，君子风度，知音互赏，真是让人羡慕。

现在有好多人，已经很少有耐心去安静地读书了，你给他赠书，他也不看。也有的人，你赠书给他，他是愿意的，也肯定会看的，但就是不愿意让你知道他看过了而选择沉默和怠慢。我后来也反思、掂量过围绕赠书所发生的这些事带给我的经验教训。好东西分享错了，效果有可能会适得其反，热情与善意得不到珍惜、尊重不说，还会在别人的眼里演变成显摆、炫耀，演变成自作多情、妄自尊大，并有可能让对方产生误解，以为你有求于他，或者向他巴结、讨好、献媚。赠书，不是一件随随便便的事，不必太过积极主动，太过热情豪爽，赠谁不赠谁，一定要看对象、选对人，并非赠得越多越好。"我本将心向明月，奈何明月照沟渠"，这样犯傻的事，以后再不能做。

　　我有一个朋友，叫吴普忠，阅历丰富、人情练达，他有一个观点："赠书要像谈恋爱送情书一样，送给你最心爱的人。"有一次聊天儿，他对我说，人家朝你要书，不要一要就给，他有可能只是随口那么一说，为的是叫你高兴一下，不可当真。他要是拿回去，翻一翻就撂在一边，不当回事儿，不懂得珍惜，你说你委屈不委屈、心疼不心疼？所以，非得叫他要上三遍，才能给他书。恳求你三遍书的，才是真正喜欢你文字的人。普忠教我的话是对的。等到出第二本书的时候，我赠书就冷静、慎重了许多，根据平时交往的远近、彼此关系的密疏以及过去赠书的经历与感受，谨慎挑选和决定赠书的对象。对那些关心、帮助过我的领导和诚恳交往的朋友，主动赠书，以示尊重与礼貌。除此以外者，能不赠就尽量不赠。《增广贤文》讲："知音说与知音听，不是知音莫与弹。"何况出版社给的样书也有限，想赠还得另外花钱去买，无端地奉送，送了也仿佛白送，既浪费感情，又浪费钱，何必呢，犯不着嘛。

　　到出第三本、第四本书时，我的赠书就比以先少多了。

最亲最真的是乡亲

——《莲花营村志》序

我在莲花营出生并长大，在村子里读完了小学、初中，然后就出去上高中、上大学，十九岁时离开村子，至今已有三十二年。走在人生的路途上，经历世间的风和雨，我越来越深刻地感受到：最亲最真的是乡亲，最浓最美的是故园。村里的田园、草木、人情物事等等，留存在儿时的记忆中，清晰如昨——

这是位于华北平原西部边缘的一座普普通通的小村庄。站在村西，能看到远处连绵起伏的铁蓝色的太行山，有着无比优美的淡远。但是，你要到山的跟前去，得走上六七里地，过了一个叫铜冶的热闹镇子，还得往西走上六七里。

平原上的村庄比较稠密，相隔三五里地就有一个村子。相邻的村子，阡陌交通，鸡犬相闻，庄稼地接壤，人们做农活儿或者赶集，时常碰面，好多彼此相熟，碰到了就招呼一声，或者打听一下熟人的消息，工夫大，就坐在地头儿树荫下，互相递根烟，东拉西扯说会儿闲话，开开玩笑。

每年的农历九月二十八，村里都要"起庙"，也就是过庙会。到了这一天，所有跟莲花营沾亲带故的，都要来走亲戚、赶庙会，村里还要请一台子戏，前前后后要热闹上两三天。演戏演的都是老戏文，或是河北梆子，或是保定老调，或是丝弦，或是河南梆子，或是河南坠子，一天两开箱，一般都是在下午和晚上。到戏台子底下看老戏的，也多是些上了岁数的老头儿和老婆儿们，抱在他们怀里的小孩子听不懂这些嗯嗯啊啊的，总在怀里扭来扭去、挣来挣去,想着要下来跑出去玩儿,想着去买吹糖人儿、风葫芦、山里红,又被爷爷或奶奶死死地抱住,不肯撒手。

戏台子的周围,十字街口,还有村供销社门前,就是热热闹闹的庙会,哩哩啦啦的规模和乱乱哄哄的景象,跟镇里五天一回的集市差不多一个样子。庙会上卖的东西品种很丰富,也都很便宜,当然,在品质上也不是太高档,有的东西在城市里是见不到的,比如那些镰刀、锄头、三齿之类的农具。也有许多卖小吃的,如荞麦扒糕、油酥烧饼、豆芽炒饼、牛肉罩火烧、肉包子、炸馃子、羊杂汤什么的,夹杂在人来人往、灰尘扑面之中,人们东游西逛一番后,呼朋唤友地随便坐在那里,要上这样的一碗吃一吃,再要上那样的一碗尝一尝,一边有滋有味地呼噜呼噜地吸溜着,一边很粗俗地跟同伴们五吹六拉,高声开着玩笑。而更多的人则是坐在亲戚家里的客厅上,热热闹闹地喝酒、吃饭、抽烟、喝茶、说话,然后支上桌子,哗啦哗啦地打几圈麻将,四个人打,桌边围着一圈人看,你帮这个他帮那个地乱出主意。

村里的人们大都很纯朴、和善、实在,彼此之间说是说、闹是闹,相处还是很融洽的,谁家有个红白喜事,前街后街、东头儿西头儿的,也都有个往来,讲究"传换"。但也有个别人、个别户属于"白脖子老鸹——另一种"。他们或者钻过脑袋不顾屁股,待人处事又湿巴又酸,或者凡亏儿不吃,沾光儿没够儿,或者神情很冷,整日沉默寡言,让小孩子们看见了觉得害怕,或者得理不饶人,无理搅三分,老是撇着嘴说话,或者老觉得自己站在高枝儿上,说的比唱的还好听,好像谁也不抵他好,或者心眼儿里七七八八,却只有针鼻儿那么大,净办一些自以为八面光儿其实却提不起来的框外事。这些人在村中留下了许多"话把儿",让人们在背后嘟念着笑话好多年。

村子里的人们对作务庄稼都很上心,种的最多的是麦子、棒子和棉花。每年一到六月,麦子黄了,广阔的平原上,麦浪起伏,蔚然壮观;麦收过去不久,棒子又渐渐长高起来,田野里织起了密密的青纱帐。"七月十五见新花。"过了农历七月十五,新棉绽桃,老人和妇女又开始惦记着摘棉花。村里村外,田园风光是朴素而又宁静的。

等到农闲的时候，或是把地里的活计打整利索了，该种的种了，该锄的锄了，该浇的也浇了，人们就去石家庄或别的地方打零工，挣个胡花钱。村子里出的最多的是瓦匠，其次是木匠，还有就是厨师、司机、跑买卖的。虽然日子里总会碰到一些风风雨雨、坎坎坷坷，或者遭遇磨盘压手的窘迫和不幸，但在每一天的黄昏，浮动在村庄上空的炊烟里，依旧会飘起朴素的饭食所散发出的香味。

记得当年曾听过一首歌，叫《毛主席走遍祖国大地》，歌中唱道："毛主席走遍祖国大地，锦绣河山更加壮丽。任凭征途风云变幻，鲜红的太阳永放光辉！"当时我们有些想不通：毛主席都走遍祖国大地了，他老人家啥时候能来莲花营看一看呢？盼呀盼呀，直到1976年9月9日毛主席溘然长逝，我们才断了这个念想儿。

我们这个村子历史不算短，据编撰村志的王孟珍、樊瑞华仔细查阅有关文献、反复进行搜索考证，至少从隋唐时期就有了。一千四百多年的日升月落之间，没有出过有重大历史影响的风云人物，也没有经历过多么波澜壮阔的生活，人们日复一日、年复一年，为春播秋收的农事奔忙，为柴米油盐的生活操劳，平平常常、平平淡淡却也朝斯夕斯、念兹在兹，日子照样过得有滋有味。

一个人不管走到哪儿，也不管活多大，心里得有一股根儿，就像飞在天上的风筝得有一根长长的细绳牵着一样。老家的村庄就是我们每个人在心里长根儿的地方。我隔长不短儿就回村子里一趟，因为我始终眷恋着老家的这片黄土地，眷恋着生于斯、长于斯、殁于斯的一草一木，并敬畏着行藏于这片黄土地上的每一个或巨或微的生灵。我在莲花营长到十九岁，在村子里积攒下的生活记忆，并未随着流水一样的光阴而破碎和消逝。它们贯穿了我所走过的人生岁月，时不时地浮现在脑海和眼前，不绝于缕而成为乡愁。慢慢地，它们在我的心里发酵了，源源不断地酿出了酒，供给我写作的素材和灵感。每当我提起笔来，那段早已远去甚至已被尘封的岁月便缓缓地打开了。随着一行行文字的涌现，时光开始汩汩倒流，仿佛枯木又遇上了春天。就这样，从2007年的夏天开始，通过一行行、一段段文字，我将自己的生活经历和故土风情，一点点、一滴滴地呈现到读者的面前，组成"村上的事"系列，陆续出版了《村上的事》《在村子里》和《平原上的村庄》，第四部《走，到村子里去》也已于今年春天写作完毕，准备在2018年推出。这个"村上的事"系列，有记忆人事，有描写风景，有述说乡村掌故、民间俚语，也兼谈风土人情及地域文化，并涉乡间的草木虫鱼、瓜果食物之类，包括想起来的旧事，今天遇到的新事。它们既属于我的个人书写、个体表达以及自我观察，同时又含有公共话语、大众视野和民间情怀，是我虔心敬奉给莲花营父老的一段心曲。

在村两委会的倡导与全体村民的支持下，王孟珍、樊瑞华两位同志经过辛勤努力，历时近两年，编撰出厚厚的一部《莲花营村志》，真是可喜可贺！从一定意义上说，《莲花营村志》才是原汁原味、继绝存真地记录莲花营"村上的事"的最正版的一部大书！我相信，这部记载着莲花营的政治经济、自然地理、乡野风情和人物故事的村志，一定会成为我们追忆历史、传承记忆、启迪后人的一笔宝贵的精神财富、一方共有的精神家园！

2017年4月9日于石家庄

有心处处皆文章

砾华是我的一位文友,前一阵子出版了一本名叫《闲心闲悟》的散文随笔集。当她将新书寄到我的手上时,我正收拾东西准备外出旅行,便将书也装进了行囊。羁旅途中,夜晚灯下,一个人有书看,就能排遣些许寂寞,何况是朋友的书。

看朋友的书与别人的书在感觉上是不一样的。因为熟悉,在阅读中便会不由自主地往里边加一些设身处地、如临其境的想象。这种感觉让读书成为一种精神愉悦、意味丰饶的享受,读着书,仿佛朋友就坐在旁边的不远处,面带着微笑,却不出声,颇有一种"相见亦无事,别来常思君"的情境。

收在这部《闲心闲悟》中的百余篇作品,都在报刊上发表过,大多数我是读过的,现在回头再读,仍是鲜活如初、记忆犹新,充满了行云流水的自在魅力。砾华小我两岁多,但经历比我深厚,其学识与才华也非常令我佩服。她从事过河北省博物馆的解说,搞过外联宣传,编辑过《文物春秋》这样的专业杂志。快人快语的她,为人热诚,才华横溢,著名诗人刘章曾为其题赠:"熟戏知诗晓史书,扫眉才子石城居。凌云健笔通幽径,叠彩峰头占一席。"被著名诗人称赞,很难得。我一直很欣赏、赞叹砾华的文笔,有时婉转清逸、意象纷繁,有时缜密老到、清奇洗练,或记人叙事,或谈文说戏,或吟诗咏景,手腕稍一翻转,感觉并不怎么费事,便信手拈来、涉笔成趣,成就一篇妙文,其味道丰美,颇堪把玩。有位报社的编辑就曾说:"编发砾华的稿子特别省劲儿,文字精妙不用改,篇幅恰当不用删,拿来往版上一铺就成,仿佛连替编辑排版都想到了。"这是一种功力呀!

记得有一年的初夏,我们几位朋友一道去井陉矿区的清凉山游玩,回来每人要交一篇"作业":给报纸写一篇游记。那是一个愉快的星期天,天气也好,大家兴致很高,一边上山,一边谈笑。山路蜿蜒起伏,走惯了平坦大路的我们,许是平时疏于锻炼的缘故,刚刚走至半山腰,就一个个气喘吁吁、汗流满面了,便相约停在山路旁的一棵大树下乘凉歇息。山风徐徐吹来,清凉而又温柔,很体恤地拂过我们满是热汗的额头。越歇越舒服,越舒服大家也就越不愿动。贪恋这份轻松的舒服,砾华便决定独自留下来等我们。我当时心想:刚上了半截儿就打"退堂鼓",回去了怎么交"作业"啊?谁成想,砾华回来后不久,就交上了一篇题为《独坐清凉山》的散文,角度很小,开掘却深,文句清丽,意韵深长,耐人寻味,最后评奖结果一出,竟获了个征文一等奖的第一名!瞧,身边处处有风景,半山花草也成篇,这就是砾华的功底与能耐。

其实,这般能耐在砾华根本就不在话下,有例为证:有一年的暮春时节,砾华去南京出差,由于等返程车票,归期延滞,她便抽空去了一趟苏州,清早走的,夜半返回,来去匆匆,又赶上个下雨天,其行程的匆忙自不待言。砾华回来后却很快写出一篇《匆匆晤苏州》,文章好似用了"水冲"技法的国画一般,满纸的水灵、润泽,新鲜而又素雅,不久就登上了《人民日报·海外版》副刊。在我等熟视无睹的平淡景象中,砾华却能发掘出亮点,撞击出火花,捕捉住灵感,吟诵出诗文,能不让我等佩服?

人们常说:文如其人。确是这样。读着书中的"闲而思""闲而读""闲而游""闲而赏""闲而乐""闲而吟""闲而写""闲而记"等篇目,就好像砾华坐在我们旁边一样,依旧是那么快人快语、连说带笑,言谈俏皮、笑声爽朗,一点儿也不矫揉造作。砾华的文章大都篇幅短小,千把字就是一篇,这样的文章很便于床头卧读。因为感觉不累,一篇篇地仔细读来,仿佛夹叙夹议地一路闲谈说笑着走过一处处怡人的风景,或会心一笑,或掩卷长思,或击节感叹,常常带给人意料之外的启悟。想来,这真是一番美妙的心灵之旅。

寻找乡愁的坐标点
——《村上的事》自序

我决计要写出《村上的事》这样一个乡土散文的系列,是老早就有的想法。所要记述的内容,主要来自于老家那个名叫莲花营的村子。我在那里出生,也在那里长大,有关乡村的生活和场景,在记忆中刻下深深的痕迹。

在乡下时,我一度是个内向的敏感而忧郁的少年,心中常有许多不着边际的无法对人言说的幻想。我是喜欢我们村子的,不仅因为她拥有一个美丽的名字。我觉得,村庄的宁静和安详,也是一种风景。有一段时间,我曾经努力地去寻找村庄的坐标点,努力地去想象我们那村子在我出生以前的模样,想象那些树,那些房子,那些街巷,那些井,还有那些桥,想象我爷爷的爷爷、奶奶在村子里的生活,想来想去也想不出个所以然来,因为,随着岁月的流逝,有的早已经变成了"传说"。其实,我们那村子与华北平原上的许多村庄一样普普通通,并没有什么特别的地方:由房子和树木组成高低错落的一家家院落,由一家家院落再组成纵横交错的街巷,走出院落和街巷来到村外,就能看到长着参差多态的庄稼、菜蔬与树木的田野,它们村东连着村南,村西连着村北,彼此连接成广阔、平坦的一片,又被或宽或窄的道路切割成或大或小的方块,环绕着村庄,滋养着村庄一年四季的风景,也滋养着生长于斯、劳作于斯而最终又殁于斯的勤劳一生的人们。

虽说我对写作"村上的事"这个系列琢磨了许久,但终究要写成个啥样子,当初也只是谋划了个大概的意向。想着是要在日后结集出书的,却也只是想了一想,并未精确地设计出来。所以,我在进入写作后的状态,基本上是想到哪儿写到哪儿，写到哪儿就算哪儿。但有一点，我是认真的。我所展现出来的，都是我经历过的，看到过的，听到过的，想起来的，忘不了的；内容上，或人，或事，或物，或牛马羊，或鸡狗猪，或雨雪风，有钩沉往事，有叙写今天，也有世俗和风情，东鳞西爪，拉拉杂杂，不一而足。

业余时间里挤出工夫来写文章，是很辛苦的。好在我一直坚持了下来，也并没有让它成为逼迫我、压榨我的差事和负担。两年多来，写作占去了我许多的休息时间，但我是随兴致而动的，有话则长，无话就搁笔。有时候，时间相对从容些，一日就写出两三篇，更多的则是五六日才拿出一篇来，还不太像样儿。一直以来，我对自己的文字有一种改了又改的习惯，总是尽力地想使它们看上去更好些，也使读者朋友们看到了能够比较满意一些。这样，在沉淀上三五日，作了数番修改之后，便陆陆续续地将这些文字在搜狐博客上"糊"了出来。反响倒一直还可以，大家七嘴八舌地留言，发表这样或那样的意见、建议和观感，甚至有时更新得迟了，还有人催促。博友们的激励不断鼓舞着我，于是，就这么坚持着写下来了。

乡村，是一片光而不耀的风景，是一缕深切绵长的记忆，是一腔亲切真挚的情怀。它缠绕在我的心里，永远也不会老去。乡村的岁月，虽说更多一些艰辛与清贫，但同时也充满了质朴、淳厚与清澈的气息，让我们记得土地的恩惠和阳光的恩情……也许，我们小村里的那些风景和我所经历过的往事，在你的眼里都太平凡，只唯独在我的心里才那样翻腾着，氤氲着，有时还会让我感到有些微微地发疼。我想，这或许是因为一种寻找，一种缅怀，或者是一种惦念和眷恋吧。

我对乡村是很有感情的。我是19岁从村子里出来的，二十多年后，又借手中的笔不断地返回到那里。城市里的高楼大厦、灯红酒绿、美女如云遮不住我回望故乡的视线，而我也在这种回望中，不断地反刍着人生。囿于文笔的艰涩，苦于表达的笨拙，我也许并不能让偶然读到《村上的事》这些文字的读者朋友们，能轻易地感受到乡村那虽淡然却又深切、悠长的意味。——我现在心里有些不安的，差不多就是这个了。

这里我就不多啰嗦了，还是翻过这一页，去看正文吧。

2009年11月

用心描绘"故乡的原风景"

——《村上的事》后记

这本《村上的事》，是在老师和朋友们的不断鼓励、催促和惦念中结集出版的。

"村上的事"是个乡土散文系列。自2007年6月开始在搜狐博客上连载以来，守着一份执著，我陆陆续续写下了一百多篇有关乡村生活的文字。在整理书稿准备出版的这段日子里，每当我重新校阅这一篇篇文字时，仿佛重又回到当初写下它们时那些沉迷与陶醉的时光，心里时时涌起一缕缕暖暖的欣慰。

文学是用来丰盈和滋润我们的内心，安顿和温暖我们的灵魂的。这些年来，尽管写作的道路并不平坦，但我仍坚持着没有放下手中的笔。写作《村上的事》，并没有让我觉得是件太难的事情，因为，我所写的大都是自己亲身经历过、感受过或耳闻目睹过的。带着一种迷醉，有时也夹杂着一些快意抑或怅惘，我仿佛是一头卧在夏天的树荫下倒嚼的老牛一般，在故乡的往事里徘徊复徘徊，记忆也便在这种回溯与凝望之中一点一点、一节一节、一片一片地复活并生动起来，萦绕在心头，圆如明月，清亮如水。因为记录，多了一些发现；因为发现，更加深了理解；因为理解，心中又增添了几分期许。——这样的写作，是一个沉浸其中，辛苦并快乐着、煎熬并感动着的过程。

记得曾在一本书上看到过这样一段话：好的民歌，思想的调门并不高，却用情甚深。因为用情，才有了调动一切表达资源的冲动，也才有了精耕细作，有了技艺上的最大的合理化。——在内心深处那个我们最想触及的因素面前，唯有深情，才能促使我们的文字呈现出与"深情"匹配的仪式感。低一点儿调门，并不妨碍我们去呈现高远的东西。我想，好的民歌是这样，好的文章也不例外。对收在这本集子中的文字，我还是比较满意的，因为我在写下每一篇"村上的事"时，感情是投入的，态度是真诚的。我非常喜欢听日本陶笛大师宗次郎的《故乡的原风景》，清新、舒缓而又沉静，携带着泥土、庄稼和草木的气息，烘托着故园的记忆，悠长的旋律里含着淡淡的不可言说的感伤。我写《村上的事》，其实就是想用手中的笔，描绘出自己心中的"故乡的原风景"。

　　我在书中使用了许多乡村语言，这大多得自于我的母亲。我老早就开始跟着母亲干活，力所能及地替她分担一些生活和劳作中的艰辛与苦难，而她朴实、生动的语言，便也像乳汁一样滋养了我以后的写作，一些虽然土气却很鲜活的词语和句子，不知不觉就涌到笔端上来，给文章增加上一抹来自生活的本真的亮色。

　　当我开始着手写下这些"村上的事"时，我也总是在尽力告诫自己：抛开那些空洞的概念、虚幻的符号以及花哨而无力的文字堆砌，尽力以泥土一般的朴素、坦然为底色，去营造一种覆盖在我真实的乡村生活之上的尽可能本色的意蕴与气息。所以，我所选择的叙述对象，所呈现于文字的表达，大多是些寻常的乡村景象、生活场景及其细枝细节。亲爱的朋友，你在阅读之中也许早已发现，在这些归于原貌、还原自身的描述和叙写中，总也滤不掉那些琐碎的，零乱的，带着尘土的，挂着雨滴的，在风中摇摆着的，沾着草叶儿的场面与景象，有些表达可能易懂而失于浅显，有些叙述因为太在意而显得拘谨与刻板。好在在收入本书之前，我对书中的文字又作了些必要的删节、补充和校正。这样，我才觉得稍稍放心了些。

　　《村上的事》的写作，也得到了各地网友和老师们的关注、支持与帮助，砾华、潇潇暮雨子规啼、疏延祥、丁一木、可可小心眼儿、老惑、栗永、玉壶有冰心、东方可可、海水知画、老废物头儿、昨非斋主、王全刚、百媚生花、佳佳、萧含、牛珍涛、远天的星、经典绅士、桃花村落……还有好多好多，他们真诚地给我鼓励，善意地给我提醒，诚恳地给我建议，也饶有兴趣地点题，认真负责地挑错儿，使我在写作中更多了一分耐心、勇气与毅力，更多了一分深耕细翻与去粗存精，使我笔下的文字渐渐地变得饱满和生动。在这期间，《读者》（乡土人文版）《青年文摘》《石家庄日报》《燕赵晚报》《杂文报》《青岛日报》《保定日报》《五月花》月刊和《河北工人报》以及中国期刊网等，陆续选发了部分文章，使我不断地受到鼓舞。中国书法家协会编辑出版委员会副主任、河北省书法家协会副主席、河北省新闻出版局副局长刘金凯先生欣然为本书题写书名。著名版画家、河北画院副院长李彦鹏先生为本书提供了精美的套色木刻作为插图。《河北工人报》的编辑康灏先生对本书的装帧进行了精心设计。一直关注着我写作的恩师、河北师大文学院教授刘绍本以及青年作家徐德泉，倾心写下了精妙的评论文字作为本书的序言。深情厚谊，良可感知，于此一并谢之。

　　四季变幻，人世流转，故乡那座小村庄的安然与淡定仍一如往昔。我深知，村上的事是永远也写不完的，一本书也是远远难以言尽的。《菜根谭》里讲得好：文章做到极处，无有他奇，只是恰好；人品做到极处，无有他异，只是本然。将这一百二十一篇零散的文字集合、排列起来，做成不太薄也不太厚的一册，是不是也算刚刚好呢？

　　耐着性子读完这本集子，但愿她能博得你会心的一笑。

2009年冬，写于石家庄

我的感谢与期待

——写在《村上的事》再版之际

因为入选河北省"农家书屋"采购书目,《村上的事》就要加印了,这使我十分高兴。我一直在盼望着这一天,但没想到它会这么快就到来了。

《村上的事》出版以后,有许多读者对我谈起他们阅读时的喜欢,这让我感到有一种成就感。乡间有句俗话:庄稼是别人的好,孩子是自己的强。书好比是作者的孩子,坦率地说,我不想掩饰自己有些孩子气儿的沾沾自喜。

《村上的事》第一版印出来后,我特意在床头放了一册,每当闲下来时,或者是在临睡前,靠在床头随手翻上一翻,像过筛子一样,每当发现字、词和句子中有不甚妥帖的,便在书上做出标记。我想,假若日后能有机会再版的话,也算是早有准备,认真一点儿总归是没有错的。基于此,我对书中遗漏了的记述又做了些补充,对还显粗糙的地方进行了打磨,遇到生涩的文字就尽力做些润色的工作,同时也增加了一些未曾表达的新的感受,有的文章因此涨了比较大的篇幅。等到出版社的同志通知我要再版加印时,我手上的这本《村上的事》已经被画得乱乎乎的了。

许多读者在阅读《村上的事》时引起了共鸣,触发了自己的回忆,他们跟我说起自己的乡村生活经历和一些发自内心的感受,对我修订《村上的事》很有帮助。我父亲对《村上的事》更是爱不释手,前后读了不下三遍,有针对性地提出了许多真切的看法。当我修改《左近的村子》时,加进去了一些描写鸭蛋、鹅蛋肥得流油的内容,父亲看了后,特意提醒我,包括鸡蛋在内，鸭蛋、鹅蛋都须在坛子里腌制上几个月，蛋黄儿里才会出油，否则，就不会有我所写的那种景象。我把父亲讲的这些做了补充，避免了对读者的误导，也防止了闹出笑话。

感谢《燕赵晚报》《河北工人报》《河北日报》《燕赵都市报》《大众阅读报》《石家庄日报》等新闻媒体针对《村上的事》的出版所做的热情推介；感谢河北省新闻出版局、河北省"农家书屋"办公室以及花山文艺出版社的领导和同志们对《村上的事》的关注与厚爱。花山文艺出版社副总编辑张采鑫先生为本书的再版付出了大量心血。他把书从头到尾通读了一遍，特别是对我修改的内容做了认真审核，并从书的封面设计、标题制作到页码排列、版式改进，提出了许多中肯的意见和建议。有人说，出书仅次于结婚。那么，书的再版加印呢？我不会比喻，只知道这同样是一件让人高兴的事情。

修订再版后的《村上的事》，也许看上去比第一版更完美了一些，但我知道，它依然是幼稚的、肤浅的、粗糙的。这绝不是自谦。所以，我也依然诚恳地期待着广大读者的批评指正；而我的学习和努力，也是一刻也不会停止的。

2010年夏天

献给我生活过的村庄、土地和岁月
——《村上的事》三版后记

《村上的事》要出第三版了,而且又荣幸地入选了全国"2010—2011年农家书屋重点出版物推荐目录",并上榜"河北省全民阅读"2011年第三批"好书推荐"名单。朋友们听说了,有的劝我再在书里写一篇东西,以作庆祝或是纪念。我觉得这有显摆和饶舌的嫌疑,会让读者厌烦。拖了些日子,但虚荣心仍是有,便不再忸怩,决定再写几句话。书的前边已很热闹,不妨加在书后,就叫"三版后记"吧。

《村上的事》进入河北省"农家书屋"后,得到了越来越多的读者,特别是农村读者的喜爱。有一些读者给我打电话或是写信,谈他们阅读的感受,并提出中肯的修改意见。有一位读者给我打来电话,说她一边读书,一边把她认为需作修改的地方标记了出来。更值得一提的,是我的一位同事的母亲。这位名叫王秀芝的大妈,对《村上的事》看得特仔细,还把她的阅读意见很认真地写下来,托同事转告给我。——一部粗浅的书,能得到读者如此的厚爱,我感到很是欣慰。亲爱的读者们,谢谢你们了!

我也要感谢妻子。这个感谢有些迟,但必须很真诚地补上。因为这部书离不开她的真心支持。在《村上的事》的写作过程中,妻子几乎是每一篇文章的第一读者。她虽然不搞文学,但凭着感觉,每回都能提出让我口服心服的意见或者建议。而且,也是她鼓励和支持着我把书印了出来。

这部书里所写的,好多是母亲给我讲过的,也有许多篇写到了母亲。母亲是我生命的源头,也是我乡村生活经历里的一个不可或缺的角色。每当别人跟我说起《村上的事》，我就会想起自己的母亲。2010年4月，在那个明媚的春天里，我驮着刚出版的新书回到村子里，喜滋滋地把书拿给母亲看，就像当年我在小学校里考了一百分，兴冲冲地举着卷子跑回家里一样。久病的母亲躺在床上，瘦瘦的手来回地摩挲着新书，脸上露出了笑容，两眼亮亮地望着我，忽然大声地说："不赖！"等到《村上的事》出第二版时，正值盛夏。母亲的神志在多数时间里已不大清楚了，有时她定定地看着我，却不能说出话来。现在，《村上的事》要出第三版了，而母亲去世已经五个多月了。

母亲在生前看到了我写的书，这让我的心里少了一宗遗憾。安葬母亲时，我特意将一本《村上的事》放在母亲的骨灰旁边，一同埋进了墓穴里去。——在我们村，将一本书作为陪葬品和母亲一起埋进土里，我大概算是头一个吧。

给母亲烧"百天纸"那天，我特意告了假回到村子里去。肃立在母亲的坟前，冬天的风吹乱了我的头发。我忽然想起台湾诗人余光中那首名叫《乡愁》的诗："我在这头，母亲在那头""我在外头，母亲在里头"，心里感到很忧伤。当我跪下来给母亲烧纸、磕头时，不时有朗朗的读书声从村边的小学校里整齐而嘹亮地传来。我的心里一下子又欣慰了起来：母亲一直是喜欢听我们念书的，如今她长眠在这里，有孩子们念书的声音陪伴着，有儿子的《村上的事》陪伴着，想来她一定是会欢喜的吧。

在《村上的事》的扉页上，印有这样一句话："谨以此书献给我生活过的村庄、土地和岁月……"其实，我想还应该再加上一句："以及我的母亲。"

2011年3月于石家庄

一种"敝帚自珍"

——《村上的事》四版后记

出版社告诉我,《村上的事》要第四次印刷了。

加印正是修订的时机,对此,我已有所准备。根据一些农村读者新提出的意见和建议,我对书中个别标点和字句又作了一点修改与补充。

可以说,我和《村上的事》都是很幸运的。《村上的事》自2010年4月出版以来,不断地逢上好事。除在《三版后记》里讲到的以外,值得一提的是,《燕赵晚报》在副刊上进行了连载,虽则因为改版的缘故,没有连载完就停止了,但好的影响已经造出,以至于2011年8月18日我在石家庄市图书大厦举行读者见面会并签名售书时,有众多的读者冒雨前来捧场,场面很是感人。

每次加印都要修改,这也许是一种"敝帚自珍"吧。而凡涉及改动的页码,出版社每回都要重新制版,增加负担不说,也给印刷厂造成麻烦。所以,这次以后,就不打算再改了。

2011年12月

安静下来，不紧不慢地做自己的事
——《在村子里》自序

这本《在村子里》的文字，是我的第一本散文集《村上的事》的继续，所叙述的内容，依然围绕着村上的事情展开——村子里的事情，真是有的可写啊！

2010年《村上的事》出版以后，我的有关乡村生活的写作并没有停止，陆陆续续地一直还在写。这并非是为了趁热打铁凑红火热闹儿，也不是为了证明和显示我还能写，从而来满足那份虚荣，而是因为在一定程度上，我是个有点儿心劲儿因而也有些执拗的人。在我的心里，似乎有着一份长长的清单，上面列着的都是些关于乡村的题目。我尽量坚守着自己的内心，保持着自己的沉着，不紧不慢地写呀写的，回忆和记录着乡村的这样和那样。写着写着，一段时间过去，就有了手头儿上的这本书，跟着也就有了个"系列"的打算。这本《在村子里》算是"村上的事"系列的第二本。

在这期间，有许多读者对"村上的事"的写作继续予以关注、支持和鼓励。也有读者嫌我老是"土里刨食"地捣弄这个，曾经半开玩笑半认真地督促着我尽快地扭扭头儿、转转身儿，拓宽思路，探索创新，去涉猎更为广泛的题材，比如写些城市里时尚、时髦、热点的事情。我曾经试过，可这在我却是件难事。至少眼下如此。

我在城市里也生活了快三十年了，这比我在乡村的时间要长得多，却仿佛总是对城市有所隔膜，就像是皮毛上的水珠儿一样。唉，有什么办法呢？这不是距离上的事，是心里边的感觉。用村子里人们常讲的话说，什么牛牛儿（我们乡间把小虫子叫作"牛牛儿"）就钻什么木头吧。于是，依旧回过头来写乡村，这样写着踏实，有底儿。作家、哲学家梭罗曾经说："对于一个作家，或者写作者，不仅仅要求他写他听来的别人的故事，还要求他迟早能简单而诚恳地写出自己的生活，写得好像是他从远方寄给亲人似的。"俄罗斯作家米·普罗什文认为，只有作家贴近自身的感受，并且有能力启发别人回想自己的生活，才能让他们觉得故事所讲的几乎完全是他们自己的事情，因而觉得分外亲切，在阅读中得到反响与快感。还有，茅盾文学奖得主张炜也曾经说过，真正尊重读者的作家，就应该充分地写出个人，因为读者等待的是读到让他惊讶的、非常偏僻的个体生命和心灵。——既然如此，我又何必去舍近求远，不在一块地上掘出深井来呢？莫不如就写我自己所经历过的乡村生活，写出自己喜欢着什么，害怕着什么，惦记着什么。就眼下的情形来说，我觉得这么写下去还算不错。

我在写这些村上的事的时候，依然是在跟着自己的感觉走。倘若没有感觉，就干脆停下来等着，去做一些别的事情。我从不去硬写，否则宁可放弃。鸡不下蛋，硬憋也是憋不出来的，还会惹旁人的笑话。我最害怕和心虚的，就是没的写，硬要写，搜肠刮肚，咬牙切齿，绞尽脑汁，装腔作势。在我看来，那是一种苦不堪言的写作，非写糟了不可。至少我是这样的。不过得承认，自己的确缺乏"硬写"那样的本事，所以也就不去眼气别人，不勉强自己去干那样让人受罪却不讨好的事。我认为，好的写作应当是：自己快乐、读者轻松。熟悉什么就写什么，想到什么就写什么，能写到哪里就写到哪里，自在随意，安心坦然，这有多么好！我就这么着写我自己喜欢的，把读者们当作我远方的亲人，平实地写来，诚恳地拿给他们看。也许气魄并不庞大，也谈不上"思想的深度和重量"，甚至还有些肤浅与平庸，但是有一点：简单、真实而本色的文字，读起来既结实又朴素，不会令人感到神秘和不安，差不多谁都能看得懂，进而会被打动，引发心里的共鸣。我想，这就够了吧。

在这个网络热点太多、频道切换太快，浮躁、喧闹却沉沦、盲从的当下,人们的注意力和关注点在不断地被分流、分散。我偏居一隅,安静下来做自己开心的事。我珍惜着这些年来自己静下心来不紧不慢地写出来的文字,并且有一点儿小小的自得其乐。人到中年,世间的事经过的、见过的越来越多了,最好的心态,我觉得还是顺其自然。

　　但愿读者朋友们看到这本书里的文字后能够喜欢。也真的希望我能够有那样的幸运吧。

2013年2月

"写你的村庄,你就写了世界"

——《在村子里》后记

　　《在村子里》是我的第二本书。书里写到的,依旧是些村上的事情——有过去的,有现在的;有写人物儿的,有写故事的;有整桩一点儿的,有鸡零狗碎的;大部分是我们村的,也有一点儿是外村的。这些文字所记述的,也不光是愉快的,美好的,甜蜜的,有的也有些别扭,沉重,还有的冒着几丝酸气儿,焖着一股苦味儿,憋着一点辣劲儿。

　　有道是,有什么本钱做什么买卖。从乡间走出来的我,这些年来,似乎只愿意写一写村子里的事情。"写你的村庄,你就写了世界。"这是作家列夫·托尔斯泰说过的一句话,我原先并不知道。2012年的夏天,张家口市一位名叫刘澍的读者,在给《村上的事》写评论时引用了这句话。我一看,心内大喜,也很受鼓舞。我虽说不敢存有那样的奢望,但这句话在一定程度上,无疑给我增加了接着往下写的信心和勇气。

　　我依旧经常回到村子里去,这里转一转,那里看一看,虽然每次待的时间不长,但了解到的事情却并不少。村上的事,除了乡亲们忙时下地、闲了斗嘴以外,还有各式各样的平淡或稀奇,在每一个白天和黑夜里一刻不停地发生着——在村外,石家庄铁路货运编组站搬迁过来了。一座座高楼在田野里矗立了起来;一束束亮闪闪的铁轨,从碧绿的田野上横穿而过;原来平坦的乡间公路被挖成了下坡、上坡;叮叮当当的铁轨撞击声和不时响起的鸣笛,刺破着村庄的宁静与寂寞;晚上一排排通明的灯火,侵占了曾经墨一样黑的夜空,扰乱了原本的月白风清,也让人心慌意乱,难以入眠；在村中，东西南北几道街大都硬化了，又粉刷了墙壁，栽植了花木，照着建设小城镇的模样亦步亦趋……我时常在村子里来回转悠，所遇到的一些零星的故事和琐碎的细节，是多有想象力的作家也编造不出来的。这让我感觉回到村庄就像进入了一座巨大的宝库一样。然而，我也只不过是偶然地看到了村庄的某一个方面、某一个点或某一个小小的角落。我并不能够把村庄的全部，都放到我的文字里去。我拉拉杂杂地写下了这么多，觉得还是写不完它们。

大钢琴家霍洛维茨有一次感叹着说："我用了一生的努力，才明白朴素原来最有力量。"的确，生活不是演戏，在大多时候是平淡无奇的，并没有那么多的机遇、巧合和震撼。因此，呈现于散文之类的文字的表达，也应该是顺其自然的朴素。在写这本书时，我有意把文字弄得朴素些，本色些，自然些。我最担心的，是有人说我弄出来的文字轻浮、草率和廉价、虚假。我拿"朴素"来作这些文字的镇纸，不许它们在读者面前眉飞色舞，故弄玄虚。有一位农村读者评论道："愿意看，看得懂。"我听了这话，内心是欢喜的。

还有一位朋友曾给我留言，善意地提醒我："在写村里的人和事的时候，多些悲悯和人性的情怀。"这话是对的。我便时刻提醒着自己，在写到村子里一些人性的"阴暗面儿"时，一定要想到世上没有无缘无故的爱、恨与淡漠，不论是什么事，都是有根有源有理由的。我们用文字记述它们，任何涂脂抹粉都意味着是在着意扭曲、蓄意破坏。所以，我虽也写到了个别人的别扭、狡诈、愚昧，但更关注的是大部分人的平淡实诚、俯仰不愧。而且，对于涉及的一些人，为避免引起不必要的烦恼，有的用了化名。有一回，我在读丰子恺的散文时见到了这样的话："佛菩萨的说法，有'显正'和'斥妄'两途。"这句话也给了我一些启发。我在写作时，就学着丰先生所作的漫画那样，多表现生活中那些可爱的、美好的、明亮的一面。书稿出来后，我还专门请父亲从头到尾给"审查"了一遍，对个别把握不太准的细节，或者是表达不大妥当有可能"冲"着别人的地方，我们一块儿商议着，作了些必要的修改。

故人语暖，亲眷情长。有故乡的人是幸福的。我是个有故乡的人。

故乡的村庄虽然在温情之外也曾留给我不少艰苦、辛酸、苦涩的记忆，甚至是疼痛和刺激，但那一段生活经历在岁月里经过了沉淀与发酵，却弥漫起淡淡的芬芳，给予了我深厚的文学滋养。我吸吮着故乡，土生土长，安然地致力于自己的写作，用文字一点一点地展开对村庄的诠释。我应该感谢故乡。记得有位现代作家在谈到故乡时曾经说："故乡是我们人生最大的教堂。故乡也是一块违背了物理定律的磁石，愈远引力愈强。"故乡之于我，也是如此，尽管世事多变迁，往事已随风而逝，但乡情依旧醇厚如酒，她在我的心里永远也摆脱不掉，所以必将终生厮守。故乡也会是我的文字的一个永远的主题，一个令人忧伤但又无比甜蜜的情结。

  我原也是想着拿我的书来向生我养我的村庄和土地致敬的。不过说实话，我最想给看的，其实还是我的母亲。母亲是最了解我的，谁也不能够替代得了她。2010年4月，当我的第一本书《村上的事》出版时，母亲还在世。记得那个春天的下午，母亲躺在老家东里间的病床上，两手捧着书，摩挲过来摩挲过去，眼神里满是欣喜。如今，母亲去世快三年了，她再也没有机会看到我的新书了。每念及此，真是"逝者已矣，怅惘何亟！"希望天国里的母亲能知道我的这一番小小的心意，而且不会失望。而我，也将会在心里永远地怀念着她。

2013年2月于石家庄

像沾着泥土的草根一样

——《平原上的村庄》自序

这部《平原上的村庄》，是我的"村上的事"系列的第三部。

之前的《村上的事》和《在村子里》出版之后，许多读者给予了我诸多肯定与鼓励。于是，我鼓起勇气，继续写了这部书。

从2011年到2014年，我先是到正定县挂职，后又抽调到全省加强基层建设年活动办公室、全省农村面貌改造提升行动办公室做督导工作，前后四年多的时间，经常下乡进村，与基层干部和村民群众有较为广泛而密切的接触。这四年多来，北到坝上高原，南到漳河之畔，东起渤海之滨，西至太行山间，从平原腹地到边远山区，从莽莽林区到茫茫草原，差不多每年都要跑上一百多座村庄。有人常讲到下乡之苦，在我却并不觉得，甚至还有些随遇而安、自得其乐的兴味。我觉得，这是工作所赋予我的一个难得机遇。因为，工作就是深入农村、接近农民，路途中还可顺便浏览乡野风光，考察乡间风情。这对于直接从民间汲取营养、吸收地气，浸润和涵养自己的语言文字，无疑是大有裨益的。它帮助我开阔眼界，丰富阅历，广泛见闻，增长知识，也进一步提醒、鼓舞和催促了我的写作。我在大大小小、各式各样的村子里走走看看，遇见喜欢说话的老乡们，就停下来问一问、谈一谈，既是开展工作，又似民间采风。当我走在别的村子的大街小巷或是田间地头，当我与村里的人们随意闲谈时，常常不由自主地会想到平原上我们老家那座小村庄，想到那里的一草一木、一砖一石以及村子里的乡亲们，唤起的回忆接二连三，引发的联想也由此及彼。我用自己的眼睛，变换着不同的视角去观察，去揣摩，去对比，去联想，每有所感所悟，或产生某种共鸣，便东鳞西爪地记录下来，再与自己的生活经历、乡村经验、社会阅历相结合，慢慢地就发酵出一篇篇文字来。书中不少场景和篇目就是这么随走随收集，一点一点零敲碎打着写出来的，文字方面的进展和进步都还算顺利。工作忙碌而辛苦，成天跑跑颠颠的，但时间饱满而又充实，还与写作"村上的事"相互投契、相得益彰，仿佛搂草打兔子——捎带脚儿，可谓一举两得。

这部《平原上的村庄》，无论是题材、角度，还是所谓的写作理念、技巧，并没有多少新的突破。但我对于乡村物事的进一步搜罗、挖掘与呈现，还是下了功夫的。我想力争多表现一些更真实、新鲜或别致的东西。我并没有拿捏着姿势，其实也的确没有那个必要。我只是像王国维所讲的那样，"感自己之感，言自己之言"，把我所见到的、想到的、体会到的，用平白、朴素得像是沾着泥土的草根一样的文字，原汁原味地予以再现，然后端放在读者的面前。"看似寻常最奇崛，成如容易却艰辛。"每至夜深，万籁俱寂，窗前灯下，专心致志于这样的梳理与写作，有一分辛苦，有一分甘甜，也让我感觉到，这是一件多么有意思的事。现在，将这部书稿呈现给读者们，我的心里还是很欣慰的。

作家孙犁曾在一篇读书笔记中谈到，一部书，缺少了序，开卷便是光秃秃的正文，读起来是不方便的，也会减少兴味的。有感于此，为减免这一弊端，故亦不揣多余，写下以上文字，缀在书的前面，算作自序。

2015年2月

用文字记录我的乡愁

——《平原上的村庄》后记

用文字切入故乡，叙写那里的自然物事、风土人情，记录下具有浓厚农耕文明映像的乡愁，是我近些年来展开的一个比较漫长而专注的写作项目。这就是我的"村上的事"系列。

这个系列从2007年夏天开始撰写，一边在我的博客上一篇一篇地攒着，一边听取读者意见并进行修改，2010年和2013年先后出版了《村上的事》和《在村子里》两本书。现在，《平原上的村庄》也要出版了。至此，我为我们那个名叫莲花营的小村庄已经写下一百多万字。尽管还有太多内容没有写进来，尽管还没有真正写出心中想要表达的那个味道，但我仍为能够写下眼前的这些而感到由衷的欣慰。这使我想起德国作家、诺贝尔文学奖获得者托马斯·曼那句深长而自得的感叹："哦，终于写出来了！它可能不那么好，但它总算写出来了。只要写出来了，它也就是好的。"

我是个坚持了三十多年的业余作者。囿于时间与环境，写作大多是在工作之余，利用边边角角的散碎工夫，零敲碎打地进行。在这如同长途跋涉的过程中，"村上的事"系列让我的写作变得专注起来，并且渐渐有了些模样。古人云：慧不如痴，速不如钝。对于我这样一个脑子"慢热"、反应比别人迟钝的人，要想写出点儿东西，只有靠笨鸟先飞、勤能补拙。有位作家曾经说过，坚持，就是日复一日地重复做一件小事。这些年来我所能做到的，就是这样一种坚持，也得益于这样的坚持。耐住那一份悠长的孤独和寂寞，我一个脚印一个脚印地往前走。在日复一日、不紧不慢、老老实实的坚持中，我用碎片的方式逐步建立起一种完整的系统的东西，我们的村庄也在我的笔下渐渐浮现出清晰的影子来。那种每日都在一点点往前走，文字一点点地变得丰厚起来的感觉，颇有一种"严霜烈日皆经过，次第春风到草庐"的意趣，苦则苦矣，苦尽甘来，却如此惹人回味。

古人曾说："情由忆生，不忆故无情。"对于家乡的山川、人物、草木与生活，作为游子，通常是"未免有情，谁能遣此"。是啊，有谁不在心里惦记生养自己的故土，又有谁的心中没有萦绕着一片或浓或淡的乡愁？抒写故土，同样也是文学的一个永恒的主题。我想，作为业余作者，自己没有能耐去概括和描摹别的地方与别人的生活，何不只瞄住我们那个小村子，专注于写一些老家的事呢？故乡有我的亲人和故交，有我生于斯、长于斯的过往岁月，它所给予我的荫庇如此深厚而绵延，有时就连夜里做梦的背景，也是那里的色彩与声音。有个作家说过，写作能有什么妙诀呢，写自己经历的就是了。写自己的经历，写得好不足为奇，写得不好才真叫奇怪呢！故土作为我生活经验与写作资源的所在，要写的东西遍地都有，俯拾皆是。我安下心来，尽着自己的记忆，写了我们村子里的人，村子里的事，又延伸到村子里的一块地、一条河、一棵树，哪怕是一块石头，只要是在我的生活里激起过浪花的，我就尽力把它们呈现出来。这么些年过去了，我感觉自己已经融入了被写的物事之中，成了它们当中不可割裂的一部分。

自我从老家的村子里走出去在外边读书做事，时光已经流逝了三十多年。但无论离开多久，也无论走出多远，总能感觉到有一根脐带连接着，像输液管一样源源不断地给我输送来自故乡的温暖，营养和润泽着我笔下一行行粗浅的文字。这些年来，我时不时地回到我们那个村子里去，碰到村子里的人便随意聊上一会儿，觉得有意思的事，就琢磨着写进书里。有许多原本很精彩曲折的事，但我知道的有限，索性就不写。还有些不太好的事，我不喜欢揭人疮疤，也就没有写在书里。我父亲在审查我这部书稿时，最担心的就是这个了，他在读初稿时，特意写下一长段话来提醒我。我自然是心中有数的。我写进书里的，大都是心中蛰伏、沉淀了许久的人和事。我用文字把他们从记忆中一一叫醒，不是想刻意表现什么所谓的理念，也不为专意传达什么了不起的想法，更不为耳提面命地醒世劝化和教导什么。我没有这方面的企图与压力，也就没有故作姿态、假装深刻，用惊人之语来为难别人。我所做的就是有什么说什么，简简单单，明明白白，自自然然，实实在在。当然，我的文字中也有劝人忠孝节义、勤俭持家，推行礼义廉耻、美德善行，呼唤人与自然和谐相处之意，只不过我把这些意思像盐化在水里一样，没有说得那么直白。要是让人看得出来你是在"教导"什么，即便有益于世道人心，也会被指斥为说三道四而让人不大喜欢。

作家契诃夫有个观点：作家要坐三等车。大概坐三等车有利于作家深入群众、接触底层，洞察世相、了解民心。我连车也不怎么坐，我骑着车子往乡下跑。对于我来说，这是心性的需要，也是写作的需要。骑着车子，速度不会太快，一路走来，十分随意，可以看看天，看看云，看看飞过的鸟儿，也方便跟偶遇的乡亲们打招呼说话。有时双脚沾满了泥土，感觉更接地气；天黑了也好，可以体验夜风缭绕的美妙，可以看到星光漫天的景象。我的写作其实跟农民的耕种与收割是差不多的，都算是"土里刨食"吧。

这部《平原上的村庄》在写出来之后，我把初稿拿给父亲和妹妹，也拿给老家的长辈、同学去征求意见。毕竟离开村子多年，一些记忆淡漠了，消失了，旧时的影像时浮时沉，渐行渐远，也捉摸不大准，让家里和村里的人们看看，还是很有必要的，因为他们知根知底，可帮助我作许多订正和补充。孙犁曾经在一篇文章中讲过："不怕云山罩，就怕老乡亲。"说的就是这个意思。这样，我吸收着从他们那里收集来的一条又一条阅读意见，把书稿从头到尾来来回回地修改了八九遍，反复进行打磨，直到觉得改不动了才停下来。即便如此，书中的一些情节与细节，还是难免会表述不清楚，甚或会有驴唇不对马嘴的出入，还望了解实情的人们不要认真见怪，而是给予宽容、担待并热心地予以指出、提供建议。我在写这篇后记的时候想的是，我已经尽了力，我的心里头是平静而踏实的。我在这部书里的呈现与表达，到目前为止，差不多已没有什么太大的遗憾。

苏联时代有位诗人,观察到一位意大利老妇享用咖啡的情景,他写道:

老妇人
花五千里拉买了价格三千里拉的咖啡
她被咖啡激起了青春的错觉
这错觉接近五十万里拉
……

倘若我的文字也能够在读者那里获得如此这般的"错觉",我也就得其所哉、大慰老怀了。虽不能至,心向往之。

2015年4月,于石家庄海德园4号楼

乡村风物，细描慢写

——《走，到村子里去》自序

《走，到村子里去》是"村上的事"系列的第四部。

我是从2007年夏天开始着手写"村上的事"系列的，陆续出版了《村上的事》《在村子里》《平原上的村庄》和这本《走，到村子里去》。十多年的光阴，就在这上面打发掉了。

美国作家威廉·福克纳一生致力于叙写故乡约克纳帕塔法县的故事。他曾说过这样一句话："我的像邮票一样大的故乡是值得好好描写的，即使写一辈子，我也写不尽那里的人和事。"我的目标则更小，只写我们那个名叫莲花营的小村庄——它是我的个人专属文学领地。我已经写下四部有关村庄的书，可是，距离写深、写透还是差得太多、太远！况且，这恐怕也是不大可能的事吧。

我在村子里一直长到了十九岁。这十九年的时光对于我来说，漫长但并不虚空。在村子里积攒下的生活记忆，并未随着流水一样的光阴而破碎和消逝。它们贯穿了我所走过的人生岁月，时不时地浮现在脑海和眼前，不绝于缕而成为乡愁。我坐在城市的高楼上回望村庄、翻检记忆，用朴素、宁静的文字把它们一点一点地写出来。写啊写啊，似乎老也写不完。

一个人不管走到哪儿，也不管活多大，得有根儿，就像飘在天上的风筝得有一根长长的细绳牵着一样。故乡的村庄就是我们的心之所系，是我们每个人长根儿的地方。我离开村庄已经三十多年，那座村庄对于我，不仅仅是生身之地，从某种意义上来说，更指涉我安放在乡愁深处的一座精神家园。它是我命中注定的人生出发地。在那里，有我对社会、对人生、对世界最初的认知与感触；有我对劳动、对生活、对岁月最原始的怀恋和领悟；有我最熟悉、最迷恋的声音、色彩和滋味，也有我最柔软、最温暖的心事、情怀与梦想。自然，也有许许多多一时难于与人言说的失意、落寞和怅惘。在村子里生活的十九年，除了在学校读书，我还在田野里学会了做各种各样农活儿。我打小就常跟着母亲一起下地。我从母亲身上学会了不怕吃苦受累，有苦有累也轻易不对人说，因为说也没用。我把吃过的苦、受过的累都记在了自己的心里。十九年的乡村生活，我没有白过，都在心里存着呢。三十多年过后，它们慢慢地发酵了，源源不断地酿出了酒，供给我写作的素材和灵感。每当我提起笔来，那段早已远去甚至被尘封的岁月便缓缓地打开了。随着一行行文字的涌现，时光开始汩汩倒流，仿佛枯木又遇上了春天。就这样，我通过一段段质朴、安详的文字，将自己的生活经历和故土风情一点点、一滴滴地呈现到读者的面前。

我们那个村庄非常普通，也不大。翻看村志记载，没发现历史上出过有重大影响的风云人物。而我生活在村子里的时候，也没有经历过多少波澜壮阔，总是那么平平常常、平平淡淡。日复一日，年复一年，人们为春播秋收的农事奔忙，为柴米油盐的日子操劳，连大一点儿的热闹也并不多见。因此，我在书里的呈现，也只能是我所熟悉的平常人、平常事、平常景，以及那些最普通、最平凡、最朴素的生活。

近些年来，随着城市的不断发展和持续扩张，站在我们村东口儿往远处看，能看到石家庄一片片新起的高楼，仿佛正在向着我们这里迫近。我在村子里也越来越频繁地听到人们关于村庄前途命运或许要被改写的议论，风一股、雨一股、吵吵嚷嚷、莫衷一是。村子里的人有的平静，有的欢喜，有的忧愁，有的一头雾水。年轻人的心里多有兴奋与期待，他们思维活跃，也更开放。他们愿意相信，村庄变成了城市，生活会变得更加美好。有时我也想：我们这个村子当真会在新型城镇化建设的浪潮中，像一粒沙尘一样被裹挟着顺流而下，最终变没了？我设想着：村里的人们搬出自家院落，迁移到远处新盖的高楼集中居住，兴高采烈地扒着窗户，望着变得越来越陌生，面目也越来越模糊的故乡田园。直到有一天，村庄被开发殆尽，村舍俨然消失掉，田野肌理消失掉，田园变成一个想回却只能在梦里回去的地方，人们的心里是否会泛起一股难言的酸涩，是否会感觉到一种被切割的疼痛？又会有多少人感觉到怅惘、失望和后悔？想呀想呀，我的心里乱麻麻的。

作家龙应台说："土地和老家，并非只是经济问题，它更深层次地联系着价值、信仰、情感、记忆，联系着人之所以安身立命的整套网络，犹如皮与肉的不可割离。"当城市像墨迹、油渍那样蔓延，站在村边就能望得见，我愈来愈觉得写作"村上的事"的必要。在这个系列里翻一翻、看一看，倘若读者能在文字间寻找到"吾心安处是吾乡"的慰藉，那么，我的写作即不是一种徒劳，拔高儿一点的话，甚至也可以说是一种责任和荣耀吧。

木心先生说过，许多"个人"加起来，便是"时代"。那么，把"村上的事"系列里写到的一桩桩、一件件、一个个加起来，兴许也能大致素描出一个村庄的模样吧。

2017年6月

生活给予我的款待

——《走，到村子里去》后记

"村上的事"系列之四就要出版了，我心里很高兴。这是2017年初夏时节的一个下午，窗外阳光很亮，照着嫩绿的树梢。我一个人坐在屋子里，看着书桌上摞着的书稿校样，想起这些年来我在业余写作上所走过的路、所经历过的事，酸甜苦辣，百感交集。

我从事业余写作已经三十多年。这是一条漫长的道路，曾经充满艰难的等待。时光过去了许久，回头一想，有些事情好像就发生在去年、上周甚至是昨天似的。这种记忆上的错觉，真是奇怪而又别致。

我是在1981年秋天上了高中以后，才开始真正意义上接触了文学。那时候，文学热潮遍地，舒婷北岛流行，无论机关、厂矿，还是部队、学校，包括乡村，全国各地的阅读写作运动如火如荼。我就读的那所乡村高中，有着浓厚的爱好文艺的风气。学校传达室有个姓杜的老校工，经常替乡里的邮局代销一些杂志，如《滹沱河畔》《新地》《百泉》《芒种》《人民文学》《小说月报》《河北青年》什么的。我们班上的几个男同学，下了课就去那里翻，断不了买回三本两本，在班里来回传着看。我也瞅着人家的空儿借过来翻看。学校里有间图书室，不大，一周只开放一次，而且是在周末下午的课余时间。每一次，我必定要去那里借书还书。记得我曾经借阅过罗曼·罗兰的《母与子》，还有高尔基的《童年》《在人间》和《我的大学》等等。因为看书，我的眼前渐渐展开了一片新的天地。再后来，我便开始模仿着写东西。当然，那个时候的写，看上去很认真，实则无异于硬努，常常"绕室彷徨，未得一句"，搞出来的诗呀文呀，无外乎一些装模作样、矫揉造作、无病呻吟的东西。比如，看书必要掩卷沉思，遇事就会百感交集，动不动就潸然泪下，一会儿黯淡地惆怅，一会儿苍凉地忧伤，一会儿忧郁地叹息，像个感情丰富的小老头儿似的。记得还曾写过"我是山的儿子"这样的句子，酸得倒牙不说，完全是无中生有！因为，我出生在平原上的村庄，只站在村西遥望过十多里地以外的远山，连山脚下也不曾去过一次……过了一阵子再看这些东西，满篇都是可笑、没用的玩意儿，没一个像点样儿的。有一次没藏好，父亲无意间检查到了一篇，不顾我脸红害臊、诚恐诚惶、汗出如浆，晃悠着那几页薄薄的稿纸，狠狠地笑话了我一回，说我是"牛吃荆条拉粪筐子——肚子里头胡编"。多年以后，每当回想起这一幕，我还会脸红。说实话，那个时候，真不知道啥该写啥不该写，更不懂得怎么去写，"为赋新词强说愁"，瞎编乱造的成分居多。后来又学着投稿，那些不好意思拿出来给人看的东西，却敢投给报刊去"撞大运"。结果可以想象，稿子投出去，有时连退稿的回音也没有。但我忘不了当时那种满心渴望却又慌张无措的等待，那般滋味，像极了一场潜滋暗长却又无果而终的单恋。

现在想来，在我幼稚地把年少轻狂当作慷慨激昂的岁月里，这样的举动，无异于不知天高地厚。好在写这些东西和把信封投进邮筒，都是悄悄地进行，很少有人知晓。直到快要高中毕业了，在付出了功课一塌糊涂、高考四面楚歌的沉重代价之下，才陆陆续续有三篇小豆腐块儿面世。我记得，我的文章第一次正式变成铅字印在报纸上，是在1983年4月19日的《安徽青年报》"处女地"版，篇幅也就比烟盒儿大一点儿，真正的"豆腐块儿"。高中很快毕业了，那一年，我高考失败，灰溜溜地离开了学校……文学能丰富和滋润人的心灵，锤炼和提升人的精神，但当年的我，的确因为爱好文学而影响了升学考试，走过了一段人生的弯路。

一晃就是三十多年过去了。我的生活虽说经历过曲折和坎坷，但总的来说还是比较顺利的。我没有挥洒自如的文学天赋，但一直孜孜矻矻地坚持着没有撒手，只可惜发表出来的东西都是零碎的，散乱的。过了四十岁之后，人生即到鲁迅先生所说的朝花夕拾的时节。有时夜深人静，回望这么些年来所走过的路,常常想了又想:总是这么东一犁、西一耙的,有什么大意思?应该出本像样儿的书,才算对自己有个交代,多年的笔耕也算得到些许的慰藉。——这便是我着手写作"村上的事"的由来。

"村上的事"就这么写起来了,且一写就是十年。十年啊,道阻且长。这期间,我一点一滴地寻访,一笔一画地描绘,将华北平原上乡村的风土、田园、人情、故事,通过原汁原味的文字呈现给读者。一开始,我也没有多大的信心,因为我知道,日常是反传奇的,被我写进书里的,大概都是没有资格进入历史的,但这并不代表它们就毫无意义。在它们的身上,散发着虽然微弱却同样迷人的光芒。挖掘和展现这样的记忆,使我寻找到了一座写作的富矿,踏进了文学的宝山。我是幸运的,"村上的事"一本接一本写到了第四本,成了一个系列。写作这么多年,能落下这点儿东西,也实在是有幸和难得!我由衷地感谢生活给予我盛情而又丰厚的款待。

记得当年《村上的事》出版之后,我的信心还很大,即刻开始着手写第二部。到第二部《在村子里》出来时,我有些犹豫了:往下还写不写?但只犹豫了不长时间,我又鼓舞起了信心。因为《在村子里》被命名为"'村上的事'系列之二",如果不接着写第三,何以成系列,岂不等于半途而废?于是,我又悄悄地开始,暗里使劲。等到《平原上的村庄》也印了出来,我长舒了一口气:好了,见好就收,就此打住吧。说实话,我也有些担心读者会因为烦而漠然置之。可是,没过多久,心里又蠢蠢欲动起来。第四部书的写作,只有家人和出版社知道我在用功。

把"村上的事"写成了一个系列,我觉得这并不重要,重要的是我找到了自己的路,并且一直坚持了下来。

写东西是一项又慢又细的劳动,一步步做,一字字写,费力、劳心、耗神,没点儿死心眼儿和缠磨头的劲头儿,很难坚持。好在自个儿喜欢。平时上班忙忙碌碌的,除了双休日和节假日,我没有多少大块儿的时间,可以归自己利用的,也就是午休和晚上。我在多年不断的摸索中,找到了一个好的办法:每天写200字。俗话说得好,日日行,不怕千万里。天天如此,只要能坚持住,还用发愁积少成多吗?人难免得做苦工,何况一天

200字，也不算个啥事儿，顺其自然，慢慢地写就是了。

鲁迅先生曾经说过："做一件事，无论大小，倘无恒心，是很不好的。"我没别的本事，就是肯耐下性子来，下一些笨功夫。或在家里，或在办公室，我以这种每天"随记"200字的方式，专注着、坚持着，零零碎碎、陆陆续续地留下了一篇篇文字。那些沉了底的记忆，一点一点地浮现，再用心地写出来，真的感觉很好。小小的一段文字，不会让我绞尽脑汁苦思，也不让我感到时间的紧迫和任务的压力，有时候还觉得挺好玩儿的，仿佛是一株植物在慎重而缓慢地生长，一点点地生枝、发叶，然后开花、结果。每天打开电脑看看，写上200多字，就像村里的老农去地里看他的麦子一样，又像是个乡间的老"财迷精"，悄悄地积攒下自己的小钱儿，那份心情，不足为外人道也，真是其乐也何如！

《庄子·天道》有言："素朴而天下莫能与之争美。"美往往是朴素的，包括文字的美。我喜欢朴素、本分、安静的人或物事，哪怕有些笨呢。我希望我的文字也是如此。我的"村上的事"系列就写得很笨。但这也有个显而易见的好处，那就是看上去挺实在的。就目前的这四部书来看，不论是当时写，还是在今天看，无论是文字的表达、感情的抒发、主题的提炼，还是对回忆的挖掘、往事的梳理、物事的臧否，仍有许多这样那样的缺点与不足，有些我预期的目标并没有实现，我所能给予读者的也还很不够。这和我的心性、修养与文字功力不够有关。我距离我所希望的和读者所期待的，还有很长很长的路要走呢！

"村上的事"系列，有对人事记忆的钩沉拾遗，有对自然风景的描摹记录，有对乡村掌故、民间俚语的参互考寻，也有对风土人情、地域文化的爬梳剔抉。它们既属于我的个人书写、个体表达以及自我观察，同时又兼及公共话语、大众视野和民间情怀。我想，"人书俱老"该是一个作者最向往的结局吧。但愿我的这些书也能有这样的好运——当岁月的流水漫过，那些记忆、那些痕迹在时间的冲蚀下渐渐破损、模糊、淡漠和消失，而它们，依旧雪泥鸿爪一般，安静地散落在民间淡淡的时光里。

2017年6月

故乡是我最为深远的精神源泉
——关于"村上的事"系列

"村上的事"这个系列,我已经写了四部,包括《村上的事》《在村子里》《平原上的村庄》和《走,到村子里去》。我耗费了十年时光,一个接一个地将它们完成。在此,谨向在这个系列写作的过程中给予我支持、帮助和鼓励的人们,特别表示由衷的谢意!

感谢我生活过的村庄、土地和岁月。我曾在我第一部书的扉页,特意印上这样的一句话:"谨以此书献给我生活过的村庄、土地和岁月……"这是我发自内心的表白。故乡的村庄是一个人血脉和心灵的安居之地,埋藏着记忆,承载着乡愁。它的辽阔、浑厚、沉默和朴素、真挚、美丽,一直滋养着我的生命,也一直是我精神的最为深远的源泉。

感谢我的母亲和父亲。母亲对我成长的抚育不言而喻。尤为宝贵的是,母亲对乡村方方面面的知识,堪称一本乡村生活辞典。少年时,我经常跟着母亲下地,母亲见到什么就跟我讲说什么。难得她当年的那些讲述,留存在我的记忆中,使得多年后我在"村上的事"里的呈现,多了几分切实、饱满和绵密。让人难过的是,我的第一部书出版之后刚刚半年多,母亲就去世了。要是她今天还活着,还不到八十岁,如果我在有关乡村的写作上遇到难题,或者弄不清楚的事情,马上就可以向她老人家请教,也必定能从她那里及时地得到贴切的答案。唉,母亲走得太早了!好在父亲仍然健在,有时也能给我一些力所能及的帮助。感谢我的妻子和儿子——他们是我的生活中最为亲近和信赖的人。虽然有时他们也笑我的呆笨和执拗，但更多的是理解、支持和鼓励，给我腾出工夫，让我能安心地将家乡的风土、人物与故事，一点一点地变成文字，并且印成这些书。更为可喜的是，在我的第四部书就要出版之际，儿子专门为我写了一篇序言，读来温暖而又亲切，让我十分感动。

感谢我的启蒙老师李素芹。李老师在乡下时叫辰姐，是一名乡村民办教师。她从小学一年级一直教到我们五年级毕业，又教语文，又教算术，偶尔也教我们唱歌，或在自习课上拿着小人书给我们讲上面的故事，还曾把我们分成若干个小组搞"勤工俭学"——在学校里养山羊、养小兔儿。记得到了夏秋农忙时节，她还带领着我们去生产队参加劳动，一同下到地里，帮着社员们拾麦子、摘棉花。上到四年级后，我们开始学写作文。李老师在课堂上不止一次表扬过我写的作文，有时还单独送我几页稿纸或者教案纸，让我一笔一画抄写干净，然后贴在教室后边的"学习园地"里。我们小学毕业后，李老师离开我们，去教别的班，再后来就调到了城里，我们就跟她见不着面了。听说她仍一直当小学老师，有一年还被评为河北省优秀教师，先进事迹登在了报纸上。我参加工作后，曾去过她在县城的家里两次，将我刚出版的新书送给她，那时她已经退休……我又有好多年没有看到过她了。我知道自己肯定不是李老师最好的学生。这些年来我用力地写作，也是为了不枉她当年曾经对我的悉心教导与一片期望。她能看到我用四十多年前她教会我的那些方块汉字写出来这些文字，心里该会有些许的欣慰吧。

感谢我的大学老师刘绍本最早对《村上的事》给予的鼓舞、鞭策、指导和提携。前辈的关心、帮助和支持，让我发自内心地感到珍贵。感谢我的亲友、村中的长辈。我深深地知道，你们也是我写作的源泉与动力所在。如果没有你们一直以来的鼓励和批评，我不会有一再挑战自己的勇气，不会有信心和力量能坚持这么长久，我的"村上的事"系列的写作也就不会走到这么远，做成目前的这个样子。

感谢花山文艺出版社。遇上花山文艺出版社是我的幸运。"村上的事"系列四部书，都是在花山文艺出版社出版的。我是一个有些笨拙、执拗和任性的作者。在出书的过程中，责任编辑非常有耐心地容忍我对书稿一改再改,我都快成"老改犯"(老是修改)了,他们也不说烦。这是出版社对作者的极为珍贵的理解、信任与爱护。在这十来年的时光里,花山给我留下了一连串美好、难忘的记忆。

感谢我童年的伙伴、少年时代的朋友和中学时期的同学。在我们一起玩耍、长大所走过的那些岁月里,有相似的经历,有共同的烦恼,也有不一样的喜悦。书里的好多事,写的就是我们在一起的童年与少年。生活和现实带领我们走上不一样的人生道路,在后来的日子里聚少离多。如今,他们许多人还住在村子里,有了一把岁数,并且大都已当上爷爷或者姥爷了。我有时回到村子里去,时不时能遇见他们,亲近之情一如当年我们还小的时候。

感谢天南地北的读者朋友们阅读"村上的事"。文字里的那些温暖、苍凉和苦痛,他们许多人懂得。他们告诉我真实的阅读感受,并且提出了诚恳、宝贵的意见和建议。我衷心希望有更多的读者继续给予批评指正。你们可以给我写信,发到我的电子信箱:hbfxf@sohu.com。哪怕说得不太妥帖或是不够准确,也是不要紧的。

木心曾说:"如欲相见,我在各种悲喜交集处。"我想,读书读到心中悲喜交集而产生共鸣,就是读者与作者的一种相见或者相逢吧。愿我们通过阅读,相逢了再相逢,隔着或近或远的时空,产生或深或浅的共鸣,用文字发出的一丝丝微弱的亮光,照见彼此的心灵。——那该是一件多么幸福、美好的事!

2017年7月29日,定稿于围场满族蒙古族自治县山湾子

第四辑

记取流年浮光

三月的雨带来四月的花

一

一年当中，我最喜欢的就是三月四月了。

不消说，一月二月太冷，即便有阳历新年，又有农历新年，日子欢乐、热闹，天地间弥漫着万象更新的喜庆气息，也难以消解天寒地冻带给我们的耐受力的挑战与考验；五月六月，万物生长、欣欣向荣，自然是很不错的，只是，地里的农活儿让人忙碌不停、不得闲在：锄草、间苗、打药、施肥、浇水，下秧、栽秧、种棉花、管麦子，少有闲暇。六月的麦收，让人兴奋却又慌张，日程忙累得没工夫闲散；七月八月，正是盛夏时节，阳光灼热，小暑大暑紧相连，又热又潮又闷，让人没处躲没处藏；九月十月也是我很喜欢的月份，天凉快下来了，又是大地金黄、瓜果飘香的收获季节，还有中秋月圆、云淡风轻，但地里的活儿多得干不过来——正是秋季农忙，又要收秋，又要种麦，事情一个紧连着一个，农活儿一堆顶着一堆：收割、运输、打场、晾晒、拉粪、施肥、耕地、整地、播种、浇地，还要收拾菜园子；到了十一月，树木凋零，天地一派清寒而又苍凉，说不定哪天，寒流南下，气温急转而下；十二月，北风吹，天气寒，大地封冻，万物萧然，有时还下雪……

三四月最是恰好，春回大地，杨柳堆烟，春风十里，乱花迷眼，处处生机勃勃，人们的心情也跟着明媚、欢快。我最喜欢的，便是三月四月了。

二

我喜欢三月四月,更喜欢三月四月里下雨的时候。

华北平原的春天,"春雨贵如油",十年当中得有八个年头儿是干旱的。一般要等到过了"雨水""惊蛰"之后,乍暖还寒时节,冷暖气团拉锯,天气晴阴交错,偶尔才会飘落一两场雨。下雨,也是那种淅淅沥沥的小雨,绵绵密密的细雨,断不至于电闪雷鸣、雨横风狂。

虽然只是一场两场的小雨,它们却是春天里最为出色的"点染师",被春雨濡湿了的春天,天地景色即刻便为之一新,徐徐铺展开的,是一幅春景的新画图。

三月里的头一场雨总是不期而至,或是在即将日暮的傍晚,或是在穿过夜晚的黎明。有时,是一场纯粹的雨;有时,则是一场细雨夹着散碎飞扬的雪花的雨夹雪——毕竟,冬天刚刚走去不远。

春雨缓缓地、细细地飘然洒落,有时会刮起风,雨丝风片中,村庄笼罩在一片朦胧之中,像极了一幅浓淡相宜的水墨画。

寂静的乡村道上湿漉漉的,泛起一片片有些模糊的光,像是抹上了一层油。

有时,春雨连绵,由白天一直下到夜里去;也有时候,雨很快就停了,天阴着,灰色的云层很低地压在村庄的上空。或许,当第二天清晨,打开房门,抬头一望,初春的阳光在高高的树梢上闪烁,天空一碧如洗,明丽得晃人的眼睛。潮润的空气里,有一股新鲜而又清凉的土腥味儿。

——这些,都是我记忆中关于北方春天的印象。

三

三月的雨,带来了四月的花。

乡村的春天,像是埋在土里的一颗种子。大地接住了一场又一场的春雨,得了雨水的滋润,春天很快破土而出。雨后的乡村,像是眉清目秀的小姑娘，刚刚洗了脸、梳了头，带着羞涩的浅笑，走到人的跟前，有着难以言说的可爱。

那些草呀花呀树呀，不误节令地苏醒了，萌发了。一切都是自然而然的，水到渠成。它们吸吮着雨水，发芽、生根、展叶、开花，生长、壮大、含苞、绽放，生命的过程，像是雨水从天上飘落就一定会掉在地上一样顺理成章、天经地义，无法阻挡，也改变不了。

村里村外，这里那里，一朵朵，一枝枝，一簇簇，一丛丛，一片片，开得纯洁，开得烂漫。杏花，桃花，梨花，海棠花，苹果花，还有泡桐树上的泡桐花，洋槐树上的洋槐花，田野里的油菜花，一个跟着一个地加入进来。白的、粉的、红的、黄的、蓝的、紫的，怎么会有这么多好看的颜色？这是一种寂静的喧闹，这是一种悄悄的奔放。春风荡漾着，整个村子都泡在新鲜、温润的香气里了。

在田间地头，在路边河旁，在墙根和林下，更多的是那些野草野花，荠菜、燕儿衣、蒲公英、紫花地丁、"狗唧唧儿"（就是野生地黄，别的地方有的叫"蜜蜜罐儿"，有的叫"老鸹喝喜酒儿"），还有米布袋、臭蒿子。快到四月底时，一片又一片的打碗花也笑吟吟地开放了，急着来赶赴野花们的盛会。

这些花，大多花朵很小，有时要俯下身来，才能看清它精致、柔软又有些细碎的花瓣儿。然而，"苔花如米小，也学牡丹开。"它们的开放，一点儿也不显得潦草而又唐突。它们不是随意的，而是认真的、郑重的。它们的花朵虽小，但是花朵的深处也是有蜜的。它们开了也就开了，谢了也就谢了，寂寞仿佛是它们与生俱来的命运，但它们依然高傲地举起了自己的花朵，向着阳光，向着风，张扬着华彩，露出灿烂的微笑。

四

季节更移，风景变幻，大地厚德而自有沉默与繁华。

许多场春雨下过了，许多花朵盛开，过不多久，又在风中飘落。很快，三月四月就过去了。时光如水，节令相催，一月月、一季季、一年年，匆匆，又匆匆。

三月的雨是美好的，三月的雨带来的四月的花，也是美好的。而美好的，却又大都短暂、易逝，牵动着人去追怀往事、忆思旧情。它们的远去与消逝，像是童年一样，像是青春一样，甚至像是人的一生一样。

但是，这个春天，因为三月的雨，因为四月的花，而变得华美、饱满、浓郁和生动。春意撩动人心，令人不忍遗忘，也自有一番感触吧。

四月就要过去了，春意阑珊。好在以后的日子里，还会有更多的花，接续着开放。而我们已经在三月四月里看过了太多姹紫嫣红，见惯了太多繁花似锦，已不再会觉得有那么多的新鲜了。

那些在四月里开过又飘落了的花，会在五月里悄悄地结下一枚枚小小的豆粒一般的果子，或是长出一支支细细的角儿，或是长成一片片薄薄的荚儿。那些果子们，大都带着茸茸的细毛，青涩的样子，一天一天地，在青枝绿叶间渐渐膨大起来；那些角儿和荚儿，也慢慢地支棱起来、鼓胀起来，然后在阳光下饱满、成熟、爆裂，里边的种子，有的像子弹一样弹射出去，有的变作飞絮，打着绒毛的小伞，自由自在，在风中飞。

五月的流光里，乱红飞过，乡村已是满目青翠、绿叶繁茂。

春已远去，初夏即来。

斑鸠在叫

"咕、咕——咕咕！""咕、咕——咕咕！"
"咕咕——咕！""咕咕——咕！"

入了春，斑鸠就开始叫了。它们的叫声低沉而又苍老，不甚悠长，不甚嘹亮，也不甚清脆，老是懒洋洋的，显得暮气沉沉，仿佛是无所事事，情绪不高的样子，特别是它的尾音儿，好像是咽进嗓子里去的一声叹息，有些无奈，让听到人无端地起了惆怅。它们叫的时候也常常有一搭无一搭的，有时连叫两声，有时连叫三声，然后就歇一阵儿，好像瞌睡了似的，又好像忘了似的。我有时会胡乱地想：斑鸠在叫着的时候，一定是皱着眉头儿的吧。从小到大，一听到斑鸠在叫，心里涌上来的，就是这样的感觉。

村子里有许多鸟，有麻雀、老鸹、鹁鸪、麻野雀（也就是灰喜鹊），也有斑鸠。我喜欢住在村子里的那些斑鸠们，喜欢听它们在春天里的叫声。过了二月，天就不大冷了。进入三月，日也暖，风也暖，春深似海，日子安逸，斑鸠的叫声在树林子里的深处此起彼伏，叫得人愈发地昏昏欲睡。听到斑鸠在叫，却不容易看到它的身影，它们总是待在高高的树顶子上，在密密的枝丫间，离开人很远。等到树们发了芽，长开了叶子，就更不容易发现，有时在树下追寻着叫声仰头看，却只看到一层层的枝丫与树叶子，阳光在树叶子间闪闪烁烁，再高远处，则是缓缓地飘动着白云的天空，每每地，就会觉得有点儿孤独，又有些失落。那个时候，我七岁？抑或八岁九岁？反正还小呢，但已经记事儿了，老是喜欢自己一个人，安安静静地慢慢腾腾地玩儿，一天也说不了几句话。

我喜欢读汪曾祺的书，他在书里曾经好几次写到斑鸠的叫声。他在一篇文章里这样子写道：

我家荒废的后园的一棵树上，住着一对斑鸠。"天将雨，鸠唤妇"，到了浓阴将雨的天气，就听见斑鸠叫，叫得很急切：

"鹁鸪鸪，鹁鸪鸪，鹁鸪鸪……"

斑鸠在叫他媳妇哩。

到了积雨将晴，又听见斑鸠叫，叫得很懒散：

"鹁鸪鸪，——咕！"

"鹁鸪鸪，——咕！"

单声叫雨，双声叫晴。这是双声，是斑鸠媳妇回来啦。

"——咕"，这是媳妇在应答……

汪曾祺的文字真是有趣，有时有股单纯、清澈、可爱的小孩儿气儿。

印象中，我们村子里的斑鸠好像并不多，听它们的叫声就能听出来。我所听见的斑鸠叫声，都是在春天里，天气晴好的时候，半前晌，或天将响午，村子里静静的，日头白花花的，晒得人身上暖暖的。至于斑鸠叫的是单声还是双声，单声叫过之后下没下雨，双声叫过之后是不是他媳妇真就回家来了，我倒没有留意过。李时珍曾在《本草纲目》里说："（鸠）雄呼晴，雌呼雨。"是说晴天叫的是雄鸟，雨天叫的是雌鸟，到底是不是，我也不得而知。我没有在雨天里听到过斑鸠叫。我想了又想，真的是没有过的。

我后来见过斑鸠，不是在村子里，而是在城市。一个秋日的午后，我和同事到单位附近的一座公园里去散步，看到五六只斑鸠和一群麻雀、麻野雀正围在高大的柏树下，啄着落在地上的柏鳞壳儿，捡柏树籽儿吃。斑鸠的样子和神态都很像鸽子，头颅小巧而可爱，胸脯丰满而紧致，身形圆润而利落，特别是羽毛，朴素的银灰色，绸缎一样光滑，闪着油油的柔光，脖颈上还有一圈斑点，看上去很是可爱。我们站下来，看了好大一会儿，它们没叫，也没飞，只顾低着头儿，不紧不慢地走来走去，啄着，吃着，彼此追赶着。公园里很安静，不远处，有三两个悠闲的老人提着兜儿在高大的柏树下认真地捡柏鳞壳儿。我跟他们随便聊了几句，他们说，捡这些柏鳞壳儿回去装枕头，枕着有一股清香味儿，枕得时间长了，对人的脑子和睡眠都有好处。

我们说着话的时候，那几只灰斑鸠仍和麻雀、麻野雀混在一起，低头啄着空地上的柏鳞壳儿。麻雀们三三两两挤在一块儿，叽叽喳喳的，蹦来蹦去，抢得最欢。麻野雀看上去大大咧咧的，翘着长长的尾巴，咋咋呼呼，有点儿愣，有点儿傻，有点儿不太稳当。灰斑鸠则安详得多，不怎么出声，有时会停下来，歪着头儿，瞪着圆圆的透亮儿的黑眼珠儿，朝着我们看，不一会儿，又"丢儿丢儿丢儿"地迈着小碎步儿走开，去啄别处的柏树籽了。

前不久的一天早上，我在小区里湖水边的小广场上，惊喜地看到了两只斑鸠，它们一边迈着碎步在地上啄食，一边躲避着旁边晨练的人们。小区的绿化很好，把斑鸠也吸引来了，这情景，真是让人欢喜。在房间里坐着，我也能经常听到斑鸠在叫了。每当听到窗外有斑鸠在叫，我会立马停下手儿来，侧着头儿，仔细地听一会儿。听着斑鸠叫，不由得，我就会想起春日的乡下，想起寂静的村庄，想起深远的蓝汪汪的天空，想起晒在身上的暖烘烘的日头，想起那些沉默着的大树，想起风吹过它们枝头的样子，继而想到童年的时光，想到故家旧物、云烟散场，想到曾经郁积在心里的那些乱乱的惆怅，引起我一点淡淡的乡愁。

有一天，无意之间，我在电脑上搜到了斑鸠的叫声。好极了，居然还有个"鸟叫声音网"，真是开眼！我专门下载了斑鸠的叫声，什么时候想听了，就打开网上的收藏夹，可以无限次地听。"咕、咕——咕咕！""咕、咕——咕咕！"一时间，我的小小的缭绕着斑鸠叫声的书房，仿佛一下子变身为寂静的乡野、悠远的山林，真是有趣得很。

写于2018年暮春

春风起　荠菜鲜

春风起，荠菜鲜。

时令过了雨水，北方的平原上，大地渐渐被春风吹绿，树上的芽苞越来越鼓胀，就要撑破了枝头。在路旁，在河边，在田间地头，在向阳、背风而又湿润的地方，荠菜开始冒出来，到郊外踏青春游挖荠菜的人也多了起来。

荠菜差不多是最著名的野菜了吧。一般来说，挖荠菜最好的时节是在立春、雨水之后，春寒料峭中，荠菜开始"起身儿"，正是最鲜最嫩的时候。这些荠菜大都是上一年的秋天就发了芽的，还没等长起来，天就冷了。漫长的冬天里，冰侵雪压霜欺，小小的荠菜趴在地上，紧贴着地皮，只有一块钱钢镚儿那么大，叶子也变成土一样的颜色，像一小片儿干菜叶子似的，一点儿也不起眼儿，眼神儿差一点儿的，根本看不见，除非弯着腰或者蹲下来留心细瞅，才能发现它的踪影。直到春风吹起，荠菜才渐渐苏醒、泛绿。这时节所谓的挖荠菜，更像是"挑"荠菜，小半天儿过去，"挑"来"挑"去的，也不过能攒上一小把儿。

可是，等到过了惊蛰，荠菜虽说长大长高了些，枝叶蓬勃起来，它却开始"蹿薹"，细茎高挑，由下往上，炫耀似的次第绽开一朵朵小白花儿，星星点点的，在春风里轻轻地摇晃着，有些矜持，也有些招摇。紧接着，也就三四天的工夫，花落、结荚、打籽儿，嫩叶子变得粗糙，毛拉拉的，梗里也生出了细筋儿，便有些老了，再长，就变成了草，身价也跟着贱下来。不过，不要紧的，荠菜也不是只有这一茬，这一茬老去之后，第二茬、第三茬荠菜又紧跟着长上来，特别是下了一场春雨之后，新鲜的荠菜得了雨水的滋润，层出不穷，接着采就是了。

我在村子里时，常去村外的地里给家里的猪拔草，早就见过荠菜。荠菜在乡下，到处都是。那时，人们并不知晓它的名字，也不知道它能当野菜吃。

我也曾给猪拔过荠菜，可是，把荠菜背回家，扔给小猪，猪却拱来拱去，给拱到一边去了。猪吃草，也很挑食儿，有的喜欢，有的不喜欢，有的干脆爱答不理，不闻不问，连叨都不带叨的。后来，我也就不再给猪拔这种草了。麦收时，在麦垄和垄沟沿上还能看到一丛丛、一簇簇的荠菜，都已经老了，完全是杂草的模样，乱蓬蓬地扎煞着，黄了梢儿，结了荚，打了籽。那些细小得像是针尖儿一样的种子，从裂开的荚里随风飘落，若无其事地落进地里，等到秋天，地里种上了麦子，它们便从麦地垄里探头探脑，钻出一棵棵细细的新芽儿来。想到它们年年春天混杂在麦垄里，令拔草、锄草的农民们头疼，便觉得它们很是讨厌。可是，有什么办法呢？地里的草是锄不尽的，不管你喜欢还是不喜欢，锄掉一茬，过一阵子，又冒出一茬。哪里想到它们居然大名鼎鼎，竟是诗经里味道最美的一味野菜——"谁谓荼苦，其甘如荠。"还被辛弃疾写进《鹧鸪天·陌上柔桑破嫩芽》里，而且写得还那么美——"城中桃李愁风雨，春在溪头荠菜花。"

有一年的春天，我几乎吃遍了我们这个地方所能见到、采到的所有野菜，先是荠菜，然后是蒲公英，小野蒜，再就是曲曲菜，青泥菜，灰灰菜，猪耳朵棵儿（即车前子），酸溜溜苗，马齿苋……一直吃到麦收时节的扫帚苗、大叶草（一种野苋菜）。

几乎每个周末，我都要带上小铲子和塑料兜，骑上车子回村子里去，有时走得远一些，也到山里去，到果园去，到河边去。一边吹着春风，一边听着鸟鸣，一边到处寻找着挖野菜，多么美！即便风吹乱了头发，衣袖、裤脚上粘了草刺儿，手上脚上沾了泥土，腰酸又腿胀，心情也是舒畅愉快的。

把挖到的荠菜、蒲公英、小野蒜带回家来，择好、洗净，用来做汤，那份悦目的翠绿，直晃人眼睛。还可以用开水焯一下，挤一挤水分，然后做凉拌菜，或者下油盐炒鸡蛋、炒肉丝，或者是剁碎了做菜馅儿，捏饺子、包馄饨、包包子。

物以稀为鲜，为贵。吃野菜，纯粹是为了调剂口味，图个新鲜，因为一个"野"而增加些许生活情调。可不是么，野菜所蕴含的那股不绝如缕的清芬与鲜气，夹杂着淡淡的苦，清清的甜，又有些薄薄的凉，清新爽口，的确令人舌尖欲舞。——这大概就是春天的味道吧。

春　灌

过完了年，不出十天半月，天气开始转暖。等到农历"二月二"，这时节已是惊蛰前后，东风解冻，万物复苏，柳条儿泛绿，杏花努嘴儿，地里的冰冻已经消透，麦苗也即将返青，该着收拾农具，张罗农活儿了。华北平原上的春天，十年得有九年旱，开春最要紧的农活儿，头一样儿便是麦田春灌。

20世纪80年代初期，生产队解散，村里的集体土地重又分给各家各户耕种。尽管如此，像春灌这样的大事，村干部们还是召集来了村里的电工和机手开会，作出计划和安排。村南村北、村东村西，所有的机井要挨着个儿地归置归置。电机、水泵、电线、电闸、配电盘，还有皮带、保险、井管子，都要一样儿一样儿地仔细检修一遍。早些时候，水泵还是那种老式的离心泵，后来由于地下水位不断下降，离心泵顶不上事了，就换成了电机和水泵一体的潜水泵。检修完之后，把机井周围的碎砖烂瓦乱柴火清理清理，选好一个平整的地方，在地上钉几个木橛子，把电机和水泵分别固定住，再往电机和水泵上安皮带。安皮带需要技巧，须先将皮带的一头儿套上电机的皮带轮，然后拽着皮带，一边慢慢地转动，一边往水泵的皮带轮上一点一点地套。皮带一定要套紧，要不一开机就会脱落。皮带上还要打一种像是臭油一样的皮带蜡，可以防止皮带打滑。这些都弄好了，然后合闸、开机、试水……忙过来忙过去，三两天的工夫，地头儿上的机井都开动了起来，全部投入春灌。

女人和男人扛着铁锨，相跟着，一同朝地里走去。谁家第一个浇地，总是早早地来到地头儿，还得两个人才行——人少了顾不过来。男人跟在电工旁边，帮着拿这个、递那个地干些碎活儿。女人也不闲着，挥动着铁锨，从机井口儿那里开始，沿着垄沟往地里顺垄沟，也就是将垄沟里的柴草、树叶和土坷垃清理出来，疏通一下，修补被人畜踩塌了的垄沟沿，防止垄沟溃口、跑水，有时还要注意堵住秋天时田鼠挖掘的那些七股八岔的仓洞。

电机"嗡嗡嗡"地响着，带动转子"嗖嗖嗖"地飞转，转子再带动皮带"咔嗒、咔嗒"转起来，紧接着，清澈的井水从碗口粗的井管子里"哗哗哗"地喷射出来，冲进水池子里，等水池子里涨满，再从出水口涌出去。水头儿像只欢快的小兔儿，沿着垄沟一路奔跑向前，奔进麦田，再钻进麦畦里，一下子散开，往前冲撞着，往四下里蔓延着，六七分钟的光景便将麦畦灌满了。这时，浇水的人挥起铁锨堵住畦口，引导水头儿朝着下一个麦畦流去。

抬牛地、水口地、李家坟、五十一亩地、岗上道……一块块麦田，谁家先浇，谁家后浇，依照着次序。一般是从地边儿上算起，由近及远，一家排着一家，挨着往前推。上家浇完，下家接水，只消把水口子往垄沟里一改就行了。全村的每一块麦田、每一格麦畦都浇上一遍透水，让每一棵麦苗都喝得饱饱儿的，顺利的话，时间最短也得七八天，长的时候，十二三天甚至半拉月，也不一定能浇完。

去浇地时，必得穿上棉袄和高勒雨鞋，女人还要箍上围巾。虽然已是春天，但早晚还是很冷的，身上披着棉袄，挡风挡寒；雨鞋是少不得的，看水浇地，免不了要踏水踩泥，有雨鞋就便利；围巾也是用来防风的必备品，早春风大，也凉，风里像长了刺儿，冷得扎人，要箍住脖子，箍住脑袋。即便如此，浇一天地回到家，灰眉土眼儿的，嘴唇干得爆皮儿，脸上也被冷风吹得皱皱巴巴……

浇地看似轻省，改改口子、挡挡口子，只要跑不了水就行，实则并不轻闲。首先要确保把地浇到、浇透、浇匀，水上不去的地方要铲一铲、平一平，低洼积水处则要垫一垫、补一补；水流不畅的地方，要把挡住的土块儿、柴草拨开；哪处畦堰快要跑水了，赶紧铲一锨土进行加固，一锨不行，两锨、三锨，必须眼疾手快、当机立断，闹不好就会顾得了头顾不了脚，弄得场面不好收拾，鞋上、脚上、手上、脸上、身上，到处溅了水珠子、泥点子，还有可能会湿了衣裤，又凉又湿的，不得不赶回家来换一换衣裳。

麦子进行春灌，也是追肥的好时机。有的是往麦垄里撒"尿素"，有的是往地里追"碳铵"，我记得还施过"过磷酸钙""二铵""氨水"之类的化肥。"氨水"是一种液态肥，装在一种专门的黑色胶包里，看上去像水一样，却有股很浓烈的味道，离得老远就能闻得到，离得近了得用手捂住鼻子，要不呛得喘不上气来。大人们还说，"氨水"有腐蚀性，不小心溅到身上，会"烧"皮肤。施"氨水"时，通过胶包底部的一小截儿细管儿，一滴一滴地滴进垄沟的水里，稀释后，随水流进麦田。滴了"氨水"的水，水里的草根儿、柴火棍儿上会附着一层像是霜雪一样的白色，小孩子好奇，有时走近了观看，有的还找根棍子捅一捅，大人们怕伤着他们，一看见他们往跟前凑近，便大声嚷嚷着轰开。

麦畦里灌进了水，把那些藏在土里的小甲虫们也给灌了出来，一个个慌慌张张地钻出来，晕头转向地飞奔，跟头咕噜地逃窜，有的想飞却已来不及，被水冲得四爪朝天，在漩涡里冲得打转转，直到抓住附近的麦棵才停下来喘口气，一副惊魂甫定的神态。它们的甲壳在阳光下闪着金属或丝绒一样的亮光，但狼狈的样子很是可怜，着实引人发笑。

时令不等人。除了春灌，其他农活儿也都陆陆续续忙了起来：要春播，撒籽儿的撒籽儿，点种的点种，育秧的育秧，移栽的移栽；要春管，浇水啦，施肥啦，打药啦，翻地啦，铺地膜啦，田野里，处处是人欢马叫，一幅"人勤春早"的景象。

人一忙，电也就跟着紧张，时不时就会发生停电。一停电，电机不转了，机井不出水了，地里的水头儿就断了。停电的时候没个准儿，很少预先通知；什么时候再送电，也没准儿，说来就来，说不来就不来。有时停电时间长，人们便从地里回来，去干别的，什么时候来了电，再回来接着浇地。有时，等到来电，已是傍晚，甚至有时到半夜了才来电，人都睡下了，电工过来敲门喊人："来了电了，水头儿进了地啦，快去浇地吧！"活儿紧的人，就赶紧穿衣出来，扛上铁锨，推开院门，钻进黑沉沉的夜幕，急急忙忙往地里走去，手电的光柱不安分地晃来晃去。也有的听见了喊，醒来也不吱声，直到外边喊得急了，才隔着窗户没好气儿地嚷嚷一句："算了吧，都这会儿了，这么冷，真是够呛！……赶天明了再说吧！"

也有用柴油机浇地的，不怕停电。不过，安装柴油机，给柴油机上皮带，再用摇把儿打着火，是很费事的，不是青壮年男人，一般鼓捣不了。柴油机动静很大，砰砰砰，噔噔噔，从村外传进村子里，在家都能听得见。

我在十三四岁的时候，每年的春灌，都跟着母亲去浇地。人们都愿意白天浇地，晴天亮晌的，暖和，也方便；不愿意黑夜浇地，黑灯瞎火的，又挨冻，又受罪。我父亲在外头上班，地里的营生全靠母亲一个人操持，工夫耽误不起，什么时候轮到浇地，就什么时候去浇，轮到晚上，就叫上我做伴儿，一块儿去。在我的印象里，好像我们总是在夜里去浇地，天冷，有风，又黑灯瞎火的，特受罪，去地里的时候，我就穿上爷爷留下来的老羊皮袄，再戴上棉帽子，母亲也围了厚围巾。俗话说，"春冻骨头秋冻肉儿"，特别是过了后半夜，把人冻得直打哆嗦，周身寒彻，仿佛连血都凝住了，嘴唇是紫的，手脚是木的。更倒霉的是，有时保险丝烧断了，或是皮带脱落了，我们处置不了，还得跑着去找电工，说上一大堆好话儿，求人家过来帮忙。在那个时候，我是多么想家里的热炕头儿、热被窝儿啊！

不过，看着清冽的井水唱着欢快的歌儿流进麦田，想象着不久之后，麦苗返青、拔节儿、扬花、灌浆，这平原上的一地绿油油，在阳光下闪耀，在南风里翻滚起一波波的麦浪，那无边的风景，会让人的心里一下子溢满了单纯而浓烈的快乐。

为了节水节电，现在，春灌大多不再是过去的那种大水漫灌式的了，地里没垄沟了，农民们改用"水龙"——可以卷起来的白色的尼龙管子浇地，一头儿接住机井的出水口，另一头儿则丢在地里，放在畦边，浇完了一畦，再扯着放到下一个畦里去。这个活儿不好干。水哗哗地往外冲着，"水龙"就像一根不服劲的粗粗的"犟筋"一样不好摆治。笨拙地抱着扯着，费劲地抻来抻去，有时还得像大炮似的支高，以便能浇到更远处，手忙脚乱地，来回奔忙，就跟打仗一样，远没有用垄沟浇地那么从容、省劲和体面。这样子浇完一块地，弄得一身湿两手泥，是一定的吧。我见有的地方用的是喷灌，像城市公园里的那种，也不用人在地里守着看水。有一年，我们村里曾在地里安装喷灌，是上边给投资，搞"节水农业"，开头大张旗鼓，掘沟、铺水管、安喷头儿，后来不了了之。人们等了老一阵子，还常跑到地里去看究竟，在这里、那里看过来、看过去，然后，拍拍手上的土，一边从地里走出来，一边骂着"样子货""唬笼人的""纯粹瞎扔钱"。这些喷灌到底一回也没用上。

初夏时节豌豆黄

四月底，五月初，已是暮春，初夏即来。

这个时节，在乡间，地里的豌豆棵开始渐渐转黄，棵上挂满了已经胀得鼓绷绷儿的豌豆荚，沉甸甸地悬垂着，样子很是可爱，像是一只只装满了的小布袋儿。再过上半拉来月，等豌豆收割了，我们就能吃到蒸豌豆黄儿了。

豌豆黄儿，其实就是豌豆糕儿，用磨碎的豌豆蒸出来的，黄澄澄的，又酥又面，很好吃。最早吃豌豆黄儿，还是在小的时候，母亲曾给我们蒸过几次。去姥娘家串亲戚，姥娘也给我们蒸过。

豌豆是在早春时节，地里刚开始解冻时就种下的。这种作物不怕冷，怕的是热，喜欢在寒凉而又湿润的气候中生长，快到夏天时，天要热了，正好成熟。

如果种得迟了，发棵晚，等到天气热了上来，就不好好结荚生长了。每年的四月，天气乍暖还寒，正是豌豆棵长到最旺的时候，一棵棵豌豆，青枝绿叶，煞是喜人。等到豌豆棵上开满了花儿，那才好呢，远远一看，像是落了满头的小蝴蝶儿一样，花骨朵儿大都是白色的，也有紫色的、粉色的，会更好看。

豌豆还是嫩棵儿的时候，豌豆尖儿，也就是豌豆的嫩梢儿，可以采下来拿热水焯了凉拌，也可以投入热油翻炒，吃起来清香满口，别有风味。豌豆花落了，不久就挂出一支支嫩荚，这些嫩荚也可以当菜炒着吃的。不过，村里人一般舍不得这么做，大都是等豌豆长熟了，收打、晒干，再磨碎了，蒸成豌豆黄儿。

我早先听母亲给我讲过，豌豆算是粗粮、杂粮，一般不大面积地播种，多是种在小块儿的闲散地里，或者是跟麦子套种（在播种机械出现之前，北方农村主要是用耩子种麦子，拉一趟耩子种三垄，然后闪三垄再种三垄，闪开的垄，用于套种棉花、豌豆、玉米、高粱等）。收的豌豆也不是为了给人吃，主要是喂牲口，牲口吃了豌豆，既长膘又长劲儿，赶到过麦收的时候，去地里拉麦子，在场上轧麦子，去公社送公粮，这些吃过豌豆愈加肥壮的骡马，正好派上用场。只有粮食歉收，又是青黄不接的时候，人们少吃没喝的，才磨了豌豆蒸豌豆黄儿。这东西吃了顶饿，顶过一阵子，等到过麦收，就接上新麦面吃了。

四月里豌豆荚正嫩的时候，满眼的碧绿，诱人食欲。小孩子嘴馋，有时趁大人看管不严，跑到地里偷摘豌豆荚，回来带荚水煮，或者上屉蒸熟了，剥里头的嫩豌豆吃，入口面丹丹儿的，又有一股清新的甜香，很是好吃。但这只能算是零嘴儿，吃个稀罕而已，不如吃蒸豌豆黄儿顶事儿。

蒸豌豆黄儿时，先把豌豆粗粗地磨碎，去了外边的硬皮，再加温水搅拌，然后就可以上屉蒸了。讲究儿的，在搅拌豌豆面的时候放点儿红糖或是白糖，压一压豆腥气，吃的时候发甜口儿，会更招小孩子们的待见。蒸熟起锅以后，将豌豆黄儿扣出来，冷却成坨，再一块一块地切开，拿在手里吃。吃一块两块还行，吃多了，就觉出了那股子有点儿"恶"的豆腥气。毕竟豌豆是粗粮。

这些年，村里的人们很少种小杂粮儿了，豌豆黄儿也就成了稀罕东西了。每年夏天，快到晌午的时候，街上偶有推着自行车的小贩，走街串巷卖豌豆黄儿，车子的后椅架上驮着箱子，上面罩着一块细白布，一边慢慢地走，一边拉着长声吆喝："豌豆黄儿！——""豌豆黄儿！——"这些小贩大多是邻县元氏的妇女，抑扬顿挫的元氏口音，悠长而婉转地飘散在街巷，引逗得小孩子们跟在她的车子后边，有的赶紧跑回家去，拉着家里的大人出来买。

这是我们乡间的蒸豌豆黄儿。我在北京，吃到过另一种豌豆黄儿，不过那是点心，跟我们这里的相比，大不一样，要精致得多、细腻得多，其制法是，将豌豆洗净、磨碎、去皮、煮烂、糖炒、凝结、切块，色泽浅黄，质地纯净，清凉爽口，入口即化，传统做法还要加上些红枣肉，味道更为香甜。

据说当年慈禧特别喜欢吃这种豌豆黄儿，清宫御膳房根据民间的做法并加以改进，更精细、更讲究儿，是将豌豆煮烂过筛成糊，加上白糖、桂花，凝固后切成两寸见方，不足半寸厚的小方块，上面再放几片蜜糕，色味俱佳，成为宫廷名品。

老家那里很少有人种豌豆了，我也好多年没有吃过豌豆黄儿了。真的是很想念啊！

乡村阅微

我在村子里生活了十九年,然后就出去读书和工作了。三十多年过去了,一些事情结束了,又有一些别的事情发生,我对村子里的事仍旧记得,一些零星的影像片断存储在记忆里,在光阴的深处闪烁。

狗　尿　苔

其实,狗尿苔也是一种蘑菇。

狗尿苔的模样有些猥琐和诡异,它们的菌盖和菌褶都很单薄,细脚儿伶仃,黄皮儿寡瘦地举着小伞,颜色浑浊,乌里巴涂的,有时甚至是乌黑的,看上去有一股混乱、怪异的鬼气,全不像草菇、平菇那么胖乎乎儿、肉嘟嘟儿,菌盖菌褶雪白,一副干净、纯朴又憨厚的样子。看到狗尿苔,乡下的孩子们一眼就能分辨出来。

狗尿苔生长的地方,有时是在枯树墩子旁边,有时是在破败的柴草垛上,还有的长在粪堆上,下了雨后这东西出得最多,一簇簇、一片片,密密麻麻地挤成一疙瘩。它们冒出来不过三两天,很快就会长"飞",乱糟糟地破落不堪。有的时候,见了狗尿苔,我们会上去踩一脚,或是胡乱地将它们踢飞。

是不是因为有狗在那里尿了尿,才长出了狗尿苔?不得而知。想来不是,之所以叫了个"狗尿苔",只是乡村的叫法,是说这东西卑贱,不招人待见。我们打小就被大人们告诫：狗尿苔是不能吃的，有毒，吃了就会拉肚子。也有的说，吃了狗尿苔并不拉肚子，而是"中邪"——表现为人来疯，会情不自禁地跳舞、唱歌、大笑，严重的还产生幻视幻觉，眼前模糊、天旋地转，有的则表现为昏睡或讲话困难。要是遇到这种情况，就得赶紧多喝水，撒上几泡尿，把毒排出去，也就没什么事儿了。

有时，人们也用"狗尿苔"来形容那些不招人待见的人，或是比喻那些让人瞧不起的不值钱的贱货和没正形儿的坏种。村里的人说："挨着金銮殿，准长灵芝草；挨着茅巴子，准长狗尿苔。"作家贾平凹的长篇小说《古炉》里的主人公，神神怪怪的，名字就叫狗尿苔。

臭椿与香椿

没听说过村里有人吃过狗尿苔，但把臭椿当香椿，却是实有其事。

我一个堂妹，有一天，从村外扳了一把臭椿芽，以为是香椿呢，兴滋滋地拿回来交给奶奶。奶奶就给炒了，结果可想而知，根本不能吃，全倒掉了。

臭椿芽和香椿芽，模样还真像，叶梗是绿的，叶子是红的，也有的淡黄夹着微绿，小孩子一时分辨不清，也是情有可原。但也奇怪，香椿什么味儿？臭椿又是什么味儿？看不出来，难道还闻不出来吗？

村里有好多香椿树，也有好多臭椿树。臭椿树的树干上常有一种硬壳昆虫，我们叫它"老谋儿"，模样有些怪气，在别的树上没有见到过，书上说这种昆虫叫"臭椿沟眶象"，是一种害虫。它们爬在树干上，慢慢吞吞，不吭不哈，一副循规蹈矩，又老谋深算的样子，专门在树干上凿出许多的小孔洞，钻进去干坏事，吸取臭椿树的树汁。这家伙有个怪癖，只要稍一碰它，即蜷起腿脚，从树干上"啪唧"掉在地上，一动不动地装死，自作聪明，妄图蒙混过关。你若不去动它，过一会儿，它就又爬起来，快快地跑掉。还有一种蛾子，好像披着个斗篷，身上有好多斑点儿，它在飞的时候，露出里边的翅膀，薄薄的，大红色，非常鲜艳、好看，我们都叫它"花姑娘儿"，它的学名是"斑衣蜡蝉"。"花姑娘儿"很机灵，弹跳能力极强,你只要稍一靠近,它先是"腾"地一下弹跳起来,然后开始飞,很难捉得住。有人说它就是"老谋儿"变的,不知道是不是。

香椿树也生虫,只不过是生在树干里,藏得很深,很少能见到。香椿树被害虫咬过,伤口处常常流出透明的黏胶,像是流着泪的样子,刚开始是黏的,等风干后,就硬了,像是琥珀一样。入秋之后,香椿树叶子上好生一种叫"裸橛子"的虫子,通身嫩绿,或是嫩黄,上面披着诡异的花纹和夵开的刺毛儿。这东西令人恐怖,招惹不得,只要不慎沾上一下,它的那些带毒的毛刺儿便钻进你的皮肤,身上难受得不行,那份热辣辣的疼,像是被火烧水烫一样,让人不堪忍受。人们一提说起这家伙,莫不毛骨悚然,秋天时走过香椿树下,避之唯恐不及。

臭椿树与香椿树,模样像是表弟表兄,或是叔伯兄弟,却相差很大。臭椿树叶子发臭,但却是很干净的树。香椿树除了初春时节人们扳香椿芽做菜以外,因为埋伏着"裸橛子"的缘故,多数时候倒是敬而远之的。

搭　　猪

早先,村子里差不多家家户户养猪。春天买小猪,养上一年,进了腊月杀掉过年,一年的日子也就有滋有味了。

刚买来的小猪大都刚生下一两个月,还是小奶猪,长到三个来月的时候,就该劁了。俗话说:"猪不劁不胖。"人们劁猪,为的是给它"去势",使它变得温顺,好安安生生地待着蹲膘儿、长肉儿。也有的人家不劁猪,留公猪,为的是将来作种猪,用以配种;留母猪,为的是将来作"老海儿",下小猪儿。一个村子差不多都留着两三头种猪、四五头"老海儿"猪。公猪长大后,变得身架子庞大,猪鬃竖起,雄壮无比,谁家的母猪"叫圈儿"(发情)了,需要配种,就把公猪牵了去,村里人把这叫"搭猪"。给猪配种儿,算是做买卖,要掏钱的,但一个村儿的,相好不赖的,一次两次的,有时也说不上什么,递上一两盒烟算是报酬。要是外村的,就得明算账了。我在公路边上就见过这样的广告:"南李家庄有约克种猪",这表明是以公猪配种为业的,算是一种买卖。

村子里有的人家，给母猪"搭猪"舍不得花钱，也不愿意求人，就用自己家的公猪配自己家的母猪，因为"非专业"，很多时候成功率不能保证。

村里有个人，外号儿叫"八成"，家里喂着几头猪，有公猪，也有母猪，为了省钱，他就催赶着自家的公猪来给母猪"搭猪"。有一回，他家的公猪给母猪"搭猪"，他自己也下到猪圈里"帮忙"。有人正好从猪圈边儿上路过，看见八成站在猪圈里，聚精会神的样子，随口问了一句："八成你干吗哩？"八成脸上红红的，露出几缕尴尬的笑，迟疑着，随口儿答道："咳，没干啥，'搭猪'哩！"

有些话儿，是不能"絮"的，也就是不能重复。一"絮"，就加进去了别的语气、别的意思，说出来就走形、变味，成了"出洋相"了。

八成从此在村里就留下了"絮"。在村里，一人出洋相，旁人寻开心，到底是平日里文化娱乐太贫乏的缘故，"絮"一"絮"别人，给平淡、单调、乏味的生活增添一点色彩，从中得到隐隐的暧昧的满足。

牲畜们配种，不知道避嫌，也不懂廉耻。大人们也多是见怪不怪，就在旁边或站着，或蹲着，说话、聊天儿，不时笑眯眯地扭头看上一眼。有时也凑到跟前，给上上下下手忙脚乱却不得要领的笨家伙们帮帮忙，一边还笑嘻嘻的。小孩子们则是不允许在旁边围观"看稀罕儿"的，怕他们"学坏"。

乡下的小孩子们有时太容易学坏了，遇到街上有"狗打架"，顽皮的孩子们就向它们扔土坷垃。两条狗受到惊扰，结果"链"住了，两个焦急的东西，一个头朝这边，一个头朝那边，一边"呜呜"地哼哼唧唧，一边互相牵扯着，在街上无可奈何地转着圈儿，一边冲着围观的人们龇出它们尖尖的牙齿，背上的脊毛也一丛丛地耸起来，眼里和脸上都露出凶狠的神情。女人们见了就拽着自家的小孩子赶快走开。别的小孩子们则继续围着看，哈哈地笑着起哄。更有的，甚至受了那些不三不四的大人的教唆，找来一根抬水棍，从两条狗中间穿过去，把它们抬起来在街上跑。胡来！——这帮小孩子已经学坏了。

喝　酒

　　家里的条几上总蹾着一瓶白酒，有时是"衡水老白干"，有时是"石家庄大曲"，有时是"双沟"，有时是"二锅头"。这酒是我父亲给我五爷爷预备着的。

　　我五爷爷好喝酒，每天不喝酒就有些过不去，不论什么时候，他的嘴里总是哈着浓重的酒气，眼睛也因为老喝酒而显得发红。只要有酒喝，他的脸上就笑嘻嘻的，连他的那对双眼皮儿也在一眨一眨地泛着笑意。

　　五爷爷常来我家，很随意，也很随便。叔伯辈儿中，五爷爷和我父亲一直都很亲近。我父亲讲，他小时候光愿意跑着耍，不愿意去上学，我五爷爷揪着他的顶天辫子，把他薅到学校。五爷爷每回来我家，进门便直奔条几跟前，拿过酒瓶子，拧开瓶子盖，嘴对着瓶子，"咕咚、咕咚"灌两口儿，然后长长地哈一口气儿，很享受的样子。五爷爷喝酒不讲究儿，不吃菜，就这么干喝。有时他晌午或傍晚下晌回来，只要路过我们家门口儿，就拐进来，抓起条几上的酒瓶子灌上两口儿，吧嗒吧嗒嘴，就又走了。

　　一瓶酒喝完了，父亲就再放上一瓶儿，依旧蹾在老地方儿。

　　五爷爷有时去别人家，也要酒喝："家里有现成的酒不？有就弄两口儿。"为这个，村里有人背后议论他。

　　有一天，五爷爷喝过酒，走了。我对酒一下子有些好奇，便拿起酒瓶，学着五爷爷的样子，仰着脖儿，小小地喝上一口儿，嗓子眼儿却被猛地呛到了，有些顶得慌。——呀，这么辣啊！这有什么喝头儿呀？

　　这是我最早的喝酒吧。那时年少，自然不胜酒力，闻一下酒味就有些微醺。后来又试着喝了几次，仍体会不到五爷爷那样的享受。因为是偷着喝，倒也另有一种隐秘的快乐和享受。长大以后，可以名正言顺地喝酒了，反倒没了那种趣味。我的酒量始终也没有练出来，一般时候，喝到四两就差不多了，再喝就难受了。

　　黄永玉说，喝不喝酒是人和野兽最大的区别……这话，说得有意思！

电　磨

　　村子里开了电磨后,我们吃的白面、棒子面就都是电磨磨出来的了,小米、高粱米也是村子里的碾米机碾出来的。碾盘那里一下子就清静了下来,只有过年要蒸年糕时,才去用碾盘推黏米,也就是黍子碾出来的黄米,而黄米也是去电磨那儿碾过的。

　　村子里的电磨开在村北一家两进式的老宅子里,占着南屋,是一个大敞间,有三间那么大,东头安着两台磨面机,北边是磨白面的,南边是磨棒子面的,西头安的是一台碾米机。挨着门口儿放着一台磅秤,用来称粮食,然后按斤称算钱,交加工费。屋子很旧了,水泥地面是后来抹的,很是光滑,夏天时凉丁丁儿的。四围的墙壁则是泥抹的墙,墙上,还有房顶上,有好多陈旧的蜘蛛网,网上落满了灰尘,长长短短、滴溜倒挂地耷拉下来,在那里慢慢悠悠地来回晃动着,却总也掉不下来。北墙上一共有三个窗户,是那种老式的木格子窗。屋里光线昏暗,屋门便总是敞开着,阴天的时候,白天也亮着电灯泡。磨面机、碾米机开着的时候,"嗡——嗡——"地响,声音很大,离着电磨老远就能听得见。

　　母亲每次去磨面时,都是我跟着去。母亲拉着小胶车儿,上面放着盛着麦子的笸箩,我在后边帮着推车子。等磨好了面,装布袋时,我帮着给张布袋口儿、递绑布袋绳儿;装车时,就握住两个车把,帮着架稳车子。

　　磨面很有意思,把麦子倒进料斗子里,机器一开,盛面的长布袋就像吹气球一样鼓胀了起来,磨好的面都吹进了这个长布袋。等磨完了面,用手摸一摸,面粉热烘烘的,很舒服。

　　碾米的时候更有意思,把谷子倒进碾米机的料斗子里,脱了皮的小米就像泉水一样从机器下边的出米口涌了出来,另一侧,盛糠的口袋便像气包一样鼓起来。碾米往往一次碾不净,就把碾过一次的小米装进去再碾一次。

　　村子里很安静,我和母亲拉着小胶车儿,一走到增岁家所在的街口,就能听见电磨的声音:"嗡——嗡——"要是没有听见,那极有可能是停电了。只要有电,电磨差不多每天都要开的。

电磨院子的门很窄，每次我们拉着小胶车都是小心翼翼才能通过。就这样，车轴仍不时会蹭到碰到门框，那门框上已经让车子给碰出很深的凹槽。

操持电磨的，先是村里的申申，后来不知为什么，申申忽然在家里上吊死了。申申死后，换上的是李雪成。李雪成，个子不高，爱说爱笑，成天戴着一双套袖，使他看上去很是精干利索。我们去磨面的时候，总见他忙里忙外、忙上忙下的，一会儿过秤，一会儿搬布袋，一会儿合电闸，一会儿卸布袋，一会儿又帮着老太太们把面笸箩抬上小胶车儿，然后在墙上的小黑板儿上记账。有时机器出现故障，他就趴在那里鼓捣来、鼓捣去。他的额头上、鼻头儿上甚至眼睫毛上都沾着面粉和细细的谷糠。雪成爱耍逗小孩子，有跟着大人去磨面的小孩子，在磨面机旁边瞪着眼儿瞧稀罕，他会用沾了面粉的手，猛不丁地在小孩子的脸上抹一道儿，吓得那小孩子赶紧缩了脖子扭头跑开。有的小孩子胖嘟嘟儿的，他就把小孩子提溜起来，放到磅秤上，一边猫了腰摆弄着秤砣，一边说："来，约约你这个小胖猪儿，看看又长了多少斤。"小孩子们也都喜欢他。

李雪成后来当了村干部，就不在电磨上干了。记忆中，他当过几年治保主任，还当过几年大队长。

到了1984年，生产队解散了，很快，电磨也就跟着停办了。紧接着，村上的贵春在家里开起了电磨，又磨面又碾米，干了几年，断断续续的，后来因为害了病，也不干了。

我是喜欢村子里有个电磨的——自己磨面，麻烦归麻烦，但有意思，吃着也会更放心。可惜……如今，村里很少有人再磨面了，嫌磨面麻烦，大都去面粉厂用麦子换面，或者直接去粮油市场买面吃。村里多少年没人种谷子了，也就更没人碾米了，要不换米吃，要不买现成的。

"齐、齐、齐！"

小孩子们在一块玩儿，闹耍耍儿，闹着闹着就会争竞起来，谁先谁后啦，谁输谁赢啦，鸡一嘴鸭一嘴地呛呛。这就用得着划拳来决定了。

两两捉对,嘴里一边喊着:"齐、齐、齐!"一边甩着手指,同时亮出自己的"石头""剪刀"或者"包袱"——攥紧拳头就是"石头",伸出食指、中指就是"剪刀",张开手掌,就表示"包袱"。

规则是:石头能砸坏剪刀,剪刀能铰破包袱,包袱能包住石头,一物降一物,却又输给另一个,如此循环往复。

人人都有怕输的心理,小孩子也一样。每到划拳时,每个小孩子必定是绷紧了脸,那副心怀忐忑而认真、紧张的神情,真是好笑啊!

有的人划拳时会耍小心眼儿,揣摩对方的拳路,出手时故意出得慢些,稍稍停顿一下,等对方出了,他才往外亮他的,你出"石头",他就出"包袱";你出"剪刀",他就出"石头";你出"包袱",他就出"剪刀"……一边还嬉皮笑脸地说:"哈,你输了你输了!"那边当然不让,便涨红了脸,着急地吵吵起来:"你不老实!你故意的!不能算不能算!"如此一来,斗心眼儿,就变成了斗气,再闹不好,就会歪拧脖子白瞪眼,彼此不欢而散。

这就得有大一点的孩子出面当"裁判",出场给个公道:"不算!重来!哼,看谁再不老实!"

于是,几个小脑袋儿又凑到一堆儿,一个个绷着脸儿,"齐!齐!齐!"起来了。

鸡　　鸣

夏天的晌午,我们从学校放学回来,还没进院子,就听见母鸡们正高一声低一声地欢叫着:

"个个大!个个大!"

"个、个、个,个个大!"

一个比一个叫得欢。真好听!——这是刚下了蛋的母鸡们在骄傲地臭谝着"摆功"哩!

一拐进院子,就能看见它们。有的迈着方步儿,慢腾腾儿地在院儿里踱着,像个大干部一样;有的懒洋洋地站在当院里,歪着头儿,像在想什么心思；有的低着头儿，正在地上有一下儿没一下儿地啄着什么；有的扎煞起肥短的翅膀，挺直了身子，笨拙地忽扇着——这相当于人的伸懒腰吧。它们都认识家里的人，一见家里的人回来，立马"丢丢丢"地跑着迎上来，兴冲冲的。那只大公鸡，漂亮、威武，得意洋洋，俨然一副睥睨一切的样子，在母鸡们的旁边"咕咕咕"地叫着，昂首阔步地溜达着，有一股抑制不住的兴奋与傲气。

我们甩下书包，从东边土墙上的"透蛋窝"里小心翼翼地掏出那一枚枚还带着鸡的体温的鸡蛋，拿在手里，一会儿在脸上蹭蹭，一会儿在眼皮子上蹭蹭，一会儿又对着日头照照，乐滋滋儿的。这时节，母亲也下响回来了。我们把刚拿到的鸡蛋递给母亲看。母亲自然也是欢喜的，她嘱咐我们小心着点儿，赶紧把鸡蛋埋进盛着谷子的小瓮里，等攒多了再卖给来村里收鸡蛋的小贩。

明亮的阳光，软软的风，做饭烧灶火的"嗵哒、嗵哒"声，从厨房顶上缓缓升起来的炊烟，还有炒菜时飘到院子里来的炝葱花儿的香味，交织在了一起。这样的日子虽然清贫、简朴，却热气腾腾，充满生机。

踩　背

我六七岁时，去姥娘家，姥娘打整好锅头之后，常把我喊去给她踩背。

姥娘靠着墙边，头冲里趴在炕上，我光了脚丫子，用手扶住墙，然后小心翼翼地踩到她的脊背上去，一边踩一边问："姥娘，没事儿吧？"我生怕把姥娘踩疼了。姥娘埋着头，闷闷地说："没事儿没事儿，踩吧踩吧！小孩子家，你才有多沉？踩吧！"我便顺着她的小腿开始，一点儿一点儿地往上踩，踩过大腿，踩过屁股，踩过腰，踩过背，踩过两只胳膊，再一直踩到她的肩膀头儿，有时连两只手的手指头也要踩的。有时，我给姥娘踩背时，能听见姥娘的骨头发出轻微的"咯嘣嘣、咯嘣嘣"的声响，直担心会把姥娘的骨头给踩裂了、踩断了。随着我的脚一下一下地踩着，姥娘不时发出"哎哟——，哎哟——"的呻吟，总是令我的心里"扑通、扑通"的，起着担心，不时弯下腰来问姥娘："没事儿吧姥娘，是不是踩得疼了？"姥娘回过脸儿来，笑着说："我这是舒服哩！踩吧踩吧！踩一踩，身上可得劲儿了，接着踩吧！"

姥娘操持着一大家子的生活，常常累得腰酸背疼，踩一踩，舒筋松骨活血，她就感觉身上通泰、轻松、舒服多了。

有一次，姥娘跟我开玩笑，说："小子呀，你的脚丫子真臭，臭得呛鼻子得慌！"我哈哈笑着，脚下一打滑，一下子跐疼了姥娘的胳膊，姥娘"喔唷唷"地长叹了一声，即刻也哈哈大笑起来。

我长到十一二岁，个子大了，身子沉了，瘦小的姥娘身子骨有些禁不住了，慢慢地就换成了我的表弟表妹立峰、敏敏、红红他们。他们也和我一样，小心翼翼地踩到姥娘软软的身上去，用手扶住墙，笨拙地一下一下地踩来踩去，纾解纠缠在老人家身上的酸涩的疲乏。

贪　贱

村里一个小伙子骑着一辆电摩，呼啸着从街上驶过，车后边的挡泥板上印着一条广告："宁买王派贵一千，不买杂牌骑半年。"——广告的话是刻薄了点儿，但这种认知和态度，以及话里边包含着的因果关系、辩证思维，却也是有它的道理的。

我想起村里人常讲的一句谚语："图贱买老牛，买了老牛卧墒沟。"墒沟是犁地时翻出来的一道深沟，平地的时候得填平，才能播种，要不，浇地的时候就费事了。老牛累了、乏了、干不动了，就喜欢卧在墒沟里歇着，不想起来。这句谚语笑话的就是那些见识短浅，买东西光图便宜，最终吃亏上当的人。

俗话说得好："一分钱，一分货。"东西有好赖，价钱有贵贱，好货不便宜，便宜没好货。贵有贵的说道儿，贱有贱的内幕。买东西不能光听价格，如果一味贪图便宜带来的那点儿得意，老是算小账儿、顾一头儿，结果，买回家的东西根本不能使、不能要，最后，钱也花了，东西也扔了，你说，这到底是图个啥？事情的真相是，当你想着要沾光捞便宜时，你就快该着吃亏上当了！

想的是自己很精明，老以为别人都很傻，其实正相反，自以为聪明的，往往是真傻。原想着自己有光沾，到头来，沾不到光不说，换来的是更大的吃亏和烦恼，甚至还会倒赔、挖生本儿。在我们的村子里，很是有几个这样"聪明"的"傻"人。至于有谁谁和谁谁，我就不在这儿说了吧。

生活态度

如今，在我们村子里，有钱的户有的是。有的是靠做粮油买卖发了财，有的是靠跑运输攒下了家业，有的靠当包工头儿挣了大钱，有的是靠征地拿到了大笔补偿款项，也有的靠蒸馒头、开超市，日子也过得殷殷实实。玉星叔则是靠开收割机割麦子、收棒子发的家，他家里有小麦联合收割机、旋耕机、播种机、推土机，有的还不止一台。

村里的人说，玉星叔光靠放在银行里的存款吃利息，小日子就过得没问题。可他却俭省得不行，舍不得吃好的，舍不得穿好的，闲下来时也不出去旅游旅游，别人撺掇着他出门旅游，他就笑嘻嘻地说："看景儿不如听景儿，听景儿不如安生，安生不如眯瞪儿。"——眯瞪儿，就是打瞌睡。再要说，他就给人家说："找着挨他们'捉'哩！——不去！"——挨"捉"，就是挨不法奸商的宰。

玉星叔有个特殊的生活习惯：不好喝水。当然不是一点儿水也不喝，他是在有意地克制自己。去别人家串门儿，给他倒茶水，他伸手拦着不让倒；倒上了，也很少喝。他说这是他夏天过麦收开收割机时养成的习惯——喝水多，上厕所就多，上上下下、来来回回的，耽误不少工夫。"不能惯成这'毛病'！"这是他的道理。

玉星叔家的房子盖成了转圈儿三层楼——三楼是接上去的，远看就像座城堡。他家也买上了小汽车，可是他不开，儿子也很少开，小汽车好多时候就在大门洞儿底下闲摆着。玉星叔和婶子，仍是成天泼了疯似的干活儿，挣了钱就攒起来，存到信用社里，日子依旧过得简简单单的。玉星叔说，干干活儿，舒筋活血，身上有劲儿、舒坦，吃饭也香，睡觉也沉，手里没活儿做，干巴子闲待着，反而心里发空，浑身上下难受得慌，没抓没挠儿的。

瑞华说：有什么法子呢？——他就是这种生活态度！他这么着惯了，就这么个劲儿，他觉得也挺好，不叫他这个劲儿，他还不行哩！你不叫他干活儿，比打他还难受哩！

截　　道

截道，用报纸上的说法儿，就是拦路抢劫。

邻村有一个叫老挺儿的，比我们大个七八岁。人们都说老挺儿年轻时就是个截道的，有时是一个人"跑单帮儿"，有时也一伙子，在半路上埋伏，看人过来，突然跳出来截住，瞪着眼、歪着嘴，要钱，抢东西。他们有时还带着匕首呢！要是不给钱、不给东西，就打你一顿，要是反抗，说不定就会动刀子。人们说，老挺儿这家伙是个"硬汉子"，打架舍着命上，也能吃住挨打，挨得再厉害，不吭声，不露"草鸡毛"。人们还说，他们这帮人有时结在一起，有师傅，有徒弟，师傅带着徒弟进行培训，苦练偷窃技术，比如用两根手指头从热水盆里往外夹玻璃球、夹小肥皂儿，还练习摔跤、散打、拳术，"黑狗钻裆""扫膛腿"什么的……老挺儿是他们的头儿，说一不二，谁敢不听他的，一瞪眼，一咳嗽，就吓得那人两腿打哆嗦。

我见过老挺儿这个人，是有一次我去姥娘村的半路上。那天半前晌，我走到姥娘他们村的村北，远远地看到一个人打南边迈着大步走过来，低着头，当时我也并不经意。等到这个人走到跟前，我突然意识到：这人可能就是人们常说的那个老挺儿！我的心一下子有些发慌，"咚、咚"地猛跳，赶紧闪在一旁，也不敢看他。老挺儿依旧低头走着，也没有看我，"噗嗒、噗嗒"地就走过去了。我紧走了几步，生怕老挺儿会忽然停下来喊住我，或者发生更恶劣的事——他会不会害死我？要是那样，我该怎么办呢？我肯定是打不过他的，要是跑，肯定也跑不过他。好在，老挺儿一声没吭，连头儿也没扭，继续低着头，"噗嗒、噗嗒"地迈着大步往前走。

我只见过老挺儿这么一面，以后再也没见过他。他给我留下的印象是：身材瘦小，个儿不高，头发很长，面皮很黑，面色沉郁，身上带着一股冷气，鹰眼狼顾的，被长头发半遮住的眼睛里，有隐隐的凶光射出来，令人不寒而栗。我感觉跟遇见了一匹孤独的狼一样可怕。

我清楚地记得，那一年，我十二岁。

沼　气

我敢说，我们家的沼气是我们村子里最好使的，谁家的也比不上我们家的。不信你去村里问问我父亲，问问前后邻居，问问乡亲们。

我们家的沼气，一年四季能做饭，大年早起还能煮饺子。夏天天热的时候，产气最足、最旺，沼气池子弄不弄就涨得要溢出来，害得我父亲不得不每天往外担沼液，灌菜园子。沼液是很好的有机肥料，父亲每天担个五六担泼到菜地里，我们家的菜也是长得分外茁壮，茄子黑紫，叶子大得像猪耳朵，茄子包儿像是气吹的似的。还有西红柿、西葫芦、菠菜、韭菜、青椒、南瓜、白菜，也都长得特别好，棵是棵，叶是叶，花是花，果是果。

我们家的沼气是我外甥壮壮儿出生那年修的，壮壮儿长了多大，这沼气就使了多少年。壮壮2016年都上高中了，这沼气也用了十六七年了。

那年春天，村里号召家家户户修沼气池，使用新能源，不烧柴草，少烧煤炭，防治大气污染。我们家是头一批响应号召的。那年壮壮儿刚出生，母亲去妹妹家帮助伺候小孩，只有父亲一人在家。村里来了修建沼气池的建筑工程队，父亲第一个去把他们请到家里，和他们一起商量图纸，一起挖坑、备料、和泥、搬砖，快晌午时，就去做饭，然后一起吃饭，一边吃饭，一边商量下一步的施工。父亲有文化，对工人师傅很尊重，建筑队的队长就拍着胸脯对父亲说："放心吧，老樊，我们一定把你家这沼气池修得好好的，在全村数第一的好！"

我们家的沼气是我们村第一个建完、第一个装料、第一个点火成功，第一个烧开水、做出饭的。村里奖配了专门的沼气灶、水泥和砖头、沙石料。

修好沼气的头一年，大年早起的饺子，就是用沼气烧开锅煮好的。像我们这样的，全村也就十来户吧。

乡村幽默

有人正遇着个急茬子事,低着头儿,从街上急匆匆地快步走过。三筐子从大门洞儿里走出来,正好看见,就喊:"咳,干吗呢?看走得快哩!是狼撵你哩,还是狗撵你哩?走那么快干什么?——别磨得裤裆里打着火儿了,小心着点儿!"

小孩子一个劲儿地哭,哄也哄不转,嚷也不听,喊也不怕,大人便有些烦,就吓唬说:"再哭?再哭?再哭就把鼻子给冲塌了!"跟拉了电闸似的,小孩子立马停住,盈满泪水的双眼有些害怕地瞧着大人,小心翼翼地试探着,用手去摸自己的鼻子,也就忘了哭了。

炒菜放盐,是个学问。淡了少滋寡味,咸了齁儿嗓子;不咸不淡偏点儿咸,才能提味儿,算是正好吧。

有一回我炒菜,可能是忘了,先后放了两回盐。父亲一吃,咧咧嘴,又吸凉气儿,然后就把筷子往桌上一撂:"咋?你是不是把人家卖盐的给打死了?"

有一次,三筐子嘎声嘎气地说:"马路边上挂着的'补胎打气'的广告牌,一弄就给念成'打胎补气'了……"

浮在三筐子脸上的笑,坏坏的。

小孩子顽皮捣蛋得反了天,大人急眼,就说:"你后脊梁是不是痒痒了?"要不就说:"你是想吃'旋饼',还是想吃'疙瘩'?"

"旋饼"就是烙饼,烙旋饼的时候,手托住面饼往铁锅里一拍:"啪!"所以,跟小孩儿说"吃旋饼",就是"挨巴掌"——"啪!"

"疙瘩"也不是拌面疙瘩,而是笤帚疙瘩——使得秃了的笤帚,就只剩个光疙瘩了,这玩意儿也是打孩子的好工具,既顺手儿,看着又挺厉害，其实轻重适宜，主要是吓唬一下子。用笤帚疙瘩打孩子，就叫"吃疙瘩"。

一个人品行不好，在村子里会被人们瞧不起。

清代王有光在《吴下谚联》里有一句话："死人臭一里，活人臭千里。"这是说，如果一个人的名声坏了，是比死人还要臭的。

在我们村，如果谁的名誉不强，人们就会说他："呵，这家伙，顶风能臭十里地！"

有一回，是个下雨天，舅舅坐在堂屋里的沙发上，一边悠闲地喝着茶水，一边和我聊天儿。舅舅望着门外正淅淅沥沥落着的雨，自得地感叹着说："你看这多好啊！——咱们在屋子里歇着，雨给咱们下着，给咱地里的麦子浇着水，又省水，又省电，又省工，又省劲，哪一垄麦子今儿个不给咱们涨个十来块钱？——净是赚的事儿！"

舅舅向来是乐观的。

故乡的闪念

1

我们村的小学校，原来有一口铁钟。每天清晨，晌午，傍晚，还有课间，钟声定时在空中飘荡，在风中悠悠回响，在村外的人都能听得见。

那口钟很特别，其实是一只锯成半截儿的日本飞机炸弹壳儿，挂在树杈上，有碗口来粗。年头儿久了，外边生了一层薄薄的铁锈，响声却还是那么清脆、圆润、悠扬。这在附近的村子里是绝无仅有的。

2

"咕、咕——咕咕！"

"咕、咕——咕咕！"

四月里，斑鸠的叫声此起彼伏，听起来总是有些落寞和惆怅，好像有什么心事似的，使得这个春天也显得更加幽静了。听到斑鸠叫，我总会愣上一会儿。

3

村子里骂人时总要用到的那句下流话中的字，有一次，我和另一个男生居然在大人们用的厚厚的词典里查到了！——还真有这么个字！不说啦，让人脸红，心慌，害臊。

4

下雨了,知了仍然在叫着,叫声里仿佛也带上了些"水音儿",不再像晴天的晌午时那么干燥、单调和聒得慌了。

知了为什么没白天没黑夜地老是叫啊叫的?不累么?真搞不懂它们。

5

有的人真是有意思。比如,碰上街里有卖好吃的过来了,他也想吃,但你要叫他买,他必是节俭得很,说来说去的,总缩着个身子,就是舍不得花钱;等到别人买来了,你让一让他,嘿,不客气了,他比谁吃得都欢、都多。

6

小孩子有小心眼儿,总是觉得别人家的饭更好吃,而别的小孩子碗里的米,也似乎总是比自己碗里的更稠一些,更好看一些,豆子也更多一些。

有的大人也是这个样子。

7

我打小就知道,"看嘴吃"是一件很丢人的事,嘴馋让人羞耻,它暴露出了藏在一个人内心里的贪婪。不许"看嘴吃"!——"看嘴吃",是家教不严的表现。这是我娘在我还小的时候就教给我的。

8

李家的那个二小子,村里的人私下里说,离他家不远的王某某才是他爹。这是不是瞎扯呢?

不过也是奇怪得慌,他的确和他的兄弟长得不大一样,说话,走路,还有神情上,都是很有差别的。

9

一到过年,母亲就一下子大方了起来。

北屋里的"关圣帝"像前,北屋墙上的"天地神"像前,大门洞儿里的财神像前,还有厨房里的灶君像前,都要点上一对红蜡烛,一直点到第二天天色大亮,也不可惜。

10

村里通上了自来水后,原先的水井就一眼接着一眼地消失了。慢慢地,村里的人们似乎不再像原先那么亲亲热热的了。

村子里的一个叫明来的老人,最早发现了这一现象。

11

村子里最安静的时候,一个是冬天的夜里,特别是外面正下着雪;一个是夏天的晌午,即便窗外的树上蝉声正响如急雨。

12

村子里几个最好看的闺女,一个一个地,都嫁到了石家庄的郊区。

这让村里的好多小伙子在望着她们一个一个远去的背影时,心情里感到了一种无法言说的悲愤与无奈,唯有恨恨的一声长叹:唉!——

13

在村子里,什么时候下雨或者下雪,什么时候就是"礼拜天"。什么时候老得再也劳作不动了,老人们才算"退休"。

14

村子里有一个女人,年轻的时候和好多男人都好过。不知怎么,她却一辈子也没生过一个小孩儿。一辈子也就那么过下来了。等到尘埃落定,细想想,这是多么热闹、混乱,又多么单薄、苍白的一生啊!

15

生产队长老是没大没小的，总爱当着队里那些才过门儿的新媳妇儿的面儿，大大咧咧地说些个酸酸怪怪的笑话，出尽洋相，让人家新媳妇儿们脸红得不敢抬头，眼不知道看哪儿。队长的老婆在后边撑着他，翻着白眼，一边狠狠地骂。一地人都在笑。

16

收音机真是个怪东西，看不见人影儿，又是讲，又是唱的。后来看到电视机，哇，更是神奇了！——小孩子总是纳闷：那些人是怎么钻进去的？讲完了，唱过了，电视机"啪"地一关，他们又都一下子去了哪儿了？

17

村里的人们最爱笑话的，是那些出外回来的，见了村里人打个招呼、寒暄几句，口音都变了，一撇一撇的，满嘴的"找声呵啦气"，好像见过了多大的世面。他们常常被编进段子里，诸如"坐碗儿（昨晚儿）回来的"之类，受到狠狠的调侃和戏谑。

18

在村子里时，渴了，我老是喝井里打上来的、机井里抽上来的凉水，有时冬天也喝凉水，还吃冰凌，也不怎么闹肚子。

上了中学后，我开始用暖壶、水杯喝热开水，也就很少再喝凉水了。偶尔喝一回凉水，就会拉肚子。

19

微笑，是一个人最好看的表情。不管是爹，还是学校里的老师和校长，也不管是生产队的队长、会计和保管，只要脸上一笑，马上就显得不那么丑了，而且还变得有些好看、生动了起来。

20

怪不怪？——村里人说的有些话，明明是汉语，怎么在所有的字典里都查不到，在手机里打不出，在电脑里也拼写不出来呢？是不是我们的中国字，至今还没有造全啊？

21

风云赶着牲口的时候，总是很生气地破口大骂它们，骂得那个难听，没法儿学。

而那些牲口们呢，只是眨巴眨巴着大眼，扑棱扑棱着耳朵，再甩一甩尾巴，打两个响鼻，一副无动于衷的样子。也不知道它们到底能不能听得懂他骂的那些难听话。

22

记得是从1983年那年的春天起，村子里就再也没有见过那些操着外地口音，拖儿带女、挨门串户来要饭吃的了。

23

过了五十岁以后，总是特别想念我读小学时念过的那些课本，《语文》和《算术》。

真后悔，当年那么顽劣，把它们一张张撕去叠了"四角儿"玩儿，而没有把它们小心保存下来。

24

小的时候，老觉得我们的村子离城市太远。我内心里的渴望与惆怅，曾经像村外的田野一样辽阔，又像田野里的庄稼那么沉默。

现在，我却觉得村子离城市还是太近了些，近得让人感到了有一种隐隐的压迫，和由此带来的一丝丝的恐慌和迷茫。

25

经历了冬天、春天和夏天，秋天变得多么丰饶、美好和动人！庄稼、果园、菜园，还有那些不起眼的野草，都准时结出了各式各样的果实，这是对这个季节和生活在这里的人们最好的慰藉吧。

我喜欢大自然，喜欢秋天。如果没有四季，没有秋天，也就没有我们的家园。

26

割麦子的时候，有时会在垄上忽然遇见一棵长到一拃多高的小桃树苗，或是小杏树苗。娇嫩、可爱的样子，真是讨人怜爱！

每次总要浇湿了它们的根，小心翼翼地挖下来，捧回家里，找一处闲地方栽上，寄予无限的期望。印象中，栽过四五次吧，却一次也没有看到红艳艳的桃花开、杏花开，更没有吃到酸酸甜甜的桃子、杏子……

27

春风是个出色的化妆师吧？

每一年的春天，春风都会用粉红、嫩白、新绿、浅黄，给草木穿上新的衣裳，再喷上香味儿，把我们的村庄像受宠、娇惯的小姑娘一样，装扮一新。

28

小时候，面对小孩子的哭泣是不奇怪的，甚至是无感的。——他们天生好哭嘛！而大人的哭，则让我感到害怕、担心和不知所措。他们必是遭遇到了什么绕不开、迈不过的难受、愁苦、可怕的事。

遇到这样的场景，我总是悄悄找个角落，把自己躲起来，不发出一点声响。不知道为什么，心里无端地有些孤独与自卑。

29

这几年，村子里的鸟儿明显多了起来，也都不怎么怕人了。

麻野雀在地里大摇大摆地走着，羽毛光洁油亮，尾巴一翘一翘的。它们捉虫儿，扒豆子，也飞到向日葵上嗑瓜子，叽叽喳喳地吵闹着，一飞一大片，顽劣得很，惹起村里人的讨厌。

那些机灵而又胆小的麻雀们见了人，也不一下子飞着逃走了。

还有好多鸟儿的叫声，在春天里能听得到，深秋里还能听得到。——村子里已经很少再有人掏鸟儿、捉鸟儿了。

30

每一年的春天差不多都是干旱的，即便下雨，一般也下不长、下不大。

"雨下得多大了？"

"看样子，有一犁深吧。"

"一犁深"，这是我至今所听到的最为生动贴切、富有诗意的表达。

31

"你顺着街巷看去吧，凡是那些修了高门槛的户，都是些难斗的主儿！"村里的一位老汉，有一次在跟我聊天儿时，低声对着我说道。

村里宅基地的"水平"有些乱，高的高，低的低。有的户翻盖房子时不顾四邻，只管把自家的地基拔得高高的，院门口的台阶伸到了街里，让路过的人们暗骂"欺街占道"。

我心里数出这样的几户，果然都是些平时难以相处的人家。

32

"在家怕鬼，出门怕水。"村子里的老人们这么说。

怕，应该是缘于一种摸不清底细的神秘与不知来头儿的诡谲吧？

老人们的感慨里，往往藏着他们大半辈子消磨不动、消弭不了的东西。

33

"笨槐树"怎么就"笨"了？"洋槐树"又"洋"在哪儿了？大人们也闹不清、说不明。

笨槐树和洋槐树的种子，一个是"槐树墩儿"，一个在槐荚里，都是一粒粒又光又硬的黑灰色的豆子。一场春雨过后，它们发芽了：先冒出来的是弯弯的脖子，脑袋和根还都扎在土里。过两天，脖子伸直了，脑袋也露出来，是两个张开的叶片儿，有时很搞笑地顶着个破豆皮儿。用手指捻一下叶芽，放在鼻子下一闻，呵，味道跟大树的一样浓重、正宗。

这样子发芽的植物还有许多：蓖麻，黄豆，花生豆，棉花，南瓜，北瓜，吊瓜……

村庄拾零

双　俊

　　村里的双俊是个顶风趣的人，大大咧咧，爱说爱笑，嘴头子也快。人们跟他在一起干活儿，他有时会讲个笑话、怪话，能让人乐得捂着肚子趴到地上。

　　双俊说笑话，不粗俗，男女老少都能听。他还有一特点，那就是说笑时，他自己不笑，或者说不怎么笑，巴瞪着俩眼儿瞅着人们，一脸懵懵懂懂的嘎相儿。

　　有一回，半前晌儿的时候，人们散在地头儿上歇晌儿，拉呱着说闲话，说着说着，不知怎么说到要是自己有什么本事、能耐，就不在地里"啃土坷垃"了，就能怎样怎样地享福了。人们说这些，只不过是在又忙又累的空当儿，纯朴地想象一番，天真地畅想一下，大都是过一过嘴瘾，开一开玩笑，嘻嘻哈哈的，全当是解乏哩，说过也就说过了，该干啥还干啥，该咋的还咋的。

　　有的说，当村干部不赖，隔长不短儿的，出去开开会、吃吃席，村里也这家请、那家拉、他家叫的，总也有酒喝；有的说，去公社大院儿的食堂做个饭什么的挺好，不用在地里撅着屁股猫着腰拉小车子了，再说，也少不了自己的好吃好喝；有的说，到石家庄当个工人最好，骑着自行车上下班，不用大热天儿的在地里挨着晒锄小苗儿了；有的说，要是能当上兵，在部队上学会开汽车，就好说个媳妇儿了；还有的说，当个瓦匠木匠的最有用，自家盖房子就不求人了，别人还老来求你哩，撵着给你说好听话儿……

双俊那时当着我们第六生产队的队长。他叼着烟，靠着地头儿上一棵树，听着人们说"相话"，脸上笑模滋儿的。他转身儿问旁边的三筐子："三筐子，你哩？"

三筐子一本正经，说："我？我，我要是能，能去个北京，当，当当，当……"他一时还没想好自己究竟当个什么，双俊就接上了话茬儿，说："当、当、当，你当、当、当，你以为让你敲钟哩？北京城不敲钟，人家先进，用电铃。"

三筐子急得直挠后脖梗子："不是不是，我是说，我，我要是在北京，当个什么大官儿，我就，我，我就……"他一边说着，一边琢磨着，却一直也没有想好。人们瞅着他，嘿嘿嘿直笑。双俊哼哈着，接口儿说道："你就，你就什么？——你就着水和泥儿、就着蒜醋吃饺子吧！"人们一个个乐得东倒西歪，有的都笑得翻白眼儿了。

时光真是快，这一晃儿，双俊都去世好些年了。至今，我还能想起双俊的样子，一想到他，就想起他的风趣，想起他一脸黝黑的嘎笑，仿佛就站在你的面前。

下 雨 天

孩子们喜欢下雨天。一下雨，就不用被大人们催着赶着、嚷着骂着去地里干活儿了。

下雨了，真好呀！我们待在屋里，可以敞着格儿地睡。下雨天，睡觉天，躺到炕旮旯里，伴随着雨声打窗的催促，睡意就像松软、熨帖的棉被，温暖地包裹着自己，不觉就睡了去，睡梦漫长而又沉厚。有时翻个身，想到外面还在下着雨，哎，多好，继续睡。

除了睡觉，还可以把半导体拿出来，抱在怀里，来来回回拧着旋钮儿，找找哪个台正放好听的歌儿，或者找找哪个台正放外国电影录音剪辑；要不，就缠着爷爷奶奶给"讲好话儿"（就是讲故事），讲了一个又一个；还可以叫上几个小伙伴，到一家宽敞些的大门洞儿里弹玻璃球儿，或是翻"四角儿"。我更喜欢的，是在下雨天一个人钻到一个安静的角落里，或是在炕上，或是在草棚里，看那些不知翻了多少遍，早已经翻破了的小人书，印象深的有《战斗的早晨》《九号公路》《南瓜生蛋的秘密》《红灯记》，不知不觉，许多时间悄悄过去了……

大人们是什么时候也闲不住的。雨天不能下地，他们就退回屋子里，摸摸索索地干些零碎的家务。女人坐在炕沿儿上，或坐在门框边，纳鞋底儿，做针线营生；男人则出出进进的，收拾收拾这个，拾掇拾掇那个，编筐啦，修理农具啦，磨一磨刀剪啦，总之，手是闲不住的。

但下雨的时候一长，小孩子们的心里就无聊、枯乏了，然后就本性暴露，顽皮起来。孩子们的顽皮，是令人头昏耳鸣的，招惹得大人也没了好脾气。村子里有俏皮话说："下雨天打孩子，闲着也是闲着。"这未必不是说明，下雨的时候，孩子的顽皮常常惹恼了大人，挨一顿揍也就在所难免。

雨下在院子里，哗哗哗，织起一道雨帘，很好看。我们想穿上大人的高勒儿雨鞋，开开心心地到雨地里去踩水玩儿。大人们不让，瞪我们，有时还嚷骂。我们只好待在屋子里，望着雨发愣，发呆。

雨落在房顶上，哗哗哗，溅起一层水雾。房檐上有瓦，雨水从瓦口里冲出来，蹿出去老远，跌进院子里，打着漩儿冲来冲去。院子里水越积越多，一漾一漾的，水泡儿一个又一个冒出来，此起彼伏，晃晃悠悠着，像小船儿一样。可是，雨下得欢，总把它砸碎，起来，破掉，又起来，又破掉。积水浮起树叶子柴草，往南墙下的出水口漂去，出水口有些堵，小孩子又自告奋勇找来了棍子，去捅出水口，其实还是想穿着高勒儿雨鞋，到雨地里玩一会儿的。大人们一眼就看穿，仍是不允许。

雨水打在我家北屋门口的两棵柏树上。村子里的人把柏树叫"柏鳞树"——大概是看着柏树的枝叶像是一层层细密、紧致的鱼鳞一样的缘故吧。这两棵柏鳞树是母亲栽种的，有人说过我母亲："院子里栽个啥不好，栽柏鳞树！"雨水打在柏鳞树上，柏鳞树只好那么挨着，浑身湿漉漉的，在风雨中一伏一起地摇晃着。当时我还想，课本上不是赞美过坚强的"苍松翠柏"么，怎么它们在风雨中像喝醉了一样摇摇晃晃的？

雨停了，雨滴挂在柏鳞树的树梢儿上，一串儿一串儿的，亮晶晶的，好看得很。

柏鳞树虽然到了冬天也不落叶子，但终归是长得很慢，这两棵柏鳞树在我们家院子里长了十五六年，父亲把它们刨掉了。当年栽下它们的我的母亲，也已经去世十来年了。

微风吹拂着我们

村子里的孩子，都是在野天野地里，经受过风吹雨打的，在艰辛的农事劳动中，慢慢长大。

我喜欢田野上吹过来的风。风吹过新翻耕过的土地，带来泥土的潮湿又有些土腥气的味道；风吹过生长着庄稼的田野，带来庄稼特有的芬芳或者有些淡淡苦涩的清新的味道；风吹过一棵棵欢喜的小树，哗啦啦地抖动着枝头亮闪闪的嫩树叶儿……风吹拂着我们的头发，吹拂着我们的脸庞，我们总是喜欢迎着风吹，看着远处的田野、树木、河流，还有西边更远处的山的影子。

刮大风的时候，也是常有的，去上学，或抢夏或抢秋时，抑或遇到别的什么非出门不可的重要事情，我们就一头钻进那扯地连天的大风里。我们的头发被吹得乱糟糟的，一个个傻傻的样子，却并不以为自己傻。

冬天终于过去了，春天来了，河里的冰凌化开了，南房凉儿里的积雪也消没了，春风吹起，天气暖和了。我们脱下箍在身上的厚厚的冬衣，立马轻快了许多。身上仿佛有了"轻功"，轻便得心也想着要飞起来。我们到村外去，到田野上去，尽管风有些料峭，我们仍欢快地敞开了怀，迎风奔跑，像一只只张开了翅膀的小鸟儿。我们喜欢春天的风。

我们更喜欢夏夜的风。夏日的乡间，空气炎热，蝉鸣不止，吹来的风也是热辣辣的。晚风却不一样，它们像是从高空的星星上吹下来的，带着沁人的凉意，轻轻地拂来拂去，软软地抱着你，驱散了溽热，吹散覆盖在心头的烦躁。我们极喜欢享受这样惬意的时刻。

秋天是一年中最繁忙的季节。庄稼们成熟了，一片沉甸甸的金黄；苹果、梨子、柿子成熟了，有红的，有黄的，更好看；秋风吹过来，好像也是金色的了。我们都到田野里参加秋收劳动。秋天的风，从我们的裤腿里钻进去，一下子通透地抚遍我们小小的身体，唰——，那份舒爽，立马传遍了全身，精神也不由得为之一振。

岁月是缓慢的，时光是悠长的。我们在风中奔跑，在风中坚持，在风中看天上云卷云舒。真的是很怀念啊，怀念在乡下，当风吹拂着我们的时候。那样的日子，即便还有些清寒、粗陋和简单，也是清澈、单纯、美好的吧。

造 物 有 灵

我打小在乡下长大。乡村的生活经历使我知道，生活中的一切，都要由劳动的汗水中得来。庄户人家过日子，都很勤俭。土里刨食，风里抢，雨里夺，得来殊为不易，自然舍不得大手大脚，能省着则省着，省下的，自然也就是挣下的、攒下的。记得母亲曾经说过，这叫"省牙儿仔细"。

世上的东西，其来有自，任何一样儿都不是平白无故就出现的。农具、工具、家具等器物，各有各的道理，各有各的用项，是所谓"造物有灵"。器物制造了出来，就是生产生活中用得着的，该用就要用；省着、搁着不用，有时反倒不好，甚至会适得其反、得不偿失。不白白地浪费、随意地糟践掉，是"惜物"，而物尽其用，不教闲置，也是一种"惜物"吧。

村子里有户人家，家底殷实，主人克勤克俭，事事精打细算，对自家人很是严厉，对待街坊四邻也这样，有时就会显得"叔伯"——悭吝而刻薄。他总以为别人家不如他家敬惜器物，凡他们家的东西，总是不愿意、不放心、舍不得拿出来借给别人使用。他们家有只铁丝筛子，老是高高地挂着，有人来借，便找出这样那样的借口，轻易不出手。时间长了，筛子受潮，铁丝织成的筛子底儿生了锈，一块块黄斑弥漫开，连成了片，用手指一捅就破开个窟窿。原本的敬惜，到最后竟成了糟践。而在别人家，同样的筛子，今天东家借，明天西家拿，筛子底儿反倒磨得铮亮，光光溜溜儿的，越使越轻巧，越用越可手儿。

我们家有一根扁担，十九岁离家以前，我经常用它从井上往家里挑水，从家里往菜园子里挑粪。因为每日都要用到，扁担光滑、柔韧，特别是中间常与肩膀接触的地方，颜色发亮，像是上了一层清漆一样，扁担钩儿也灵巧。前不久我回家，再拿过这根扁担，我发现，历经了岁月的磨蚀，扁担有些粗糙，还有些微的变形，已不再那么直溜儿，像老人变弯了的腰。但扁担上的铁钩儿还是原来的那对铁钩儿，挂住潲桶时，依旧吱呀儿、吱呀儿地唱歌。这些年来，父亲差不多见天儿从沼气池里往外挑三四桶沼液，用扁担担着，去浇村东的菜园子。因为常用，扁担跟肩膀皮肉儿接触，汗水浸渍，依旧那么轻巧、好使。

镰刀、薅锄、镢头也一样，常常握在手里使用，吃进我们不知多少汗水，不管是镰刀刃儿，还是锄头板儿，总是亮亮光光的。倘若老是挂在墙上、放在角落，过不了多久，它们就会感到受冷落，便要锈蚀，镰刀柄、锄头把儿也会跟着别扭起来。

鞋子也有这个脾气。一双皮鞋，打一阵子不穿，模样儿就有些丑丑的，怪怪的，皮子也僵硬得像是铁皮。再要穿，脚一下子是伸不进去的，为啥？——不"认脚"了，鞋口、鞋面发硬了，穿上后老觉得不舒服。穿了一两天后，才能慢慢地回到原先的那个状态。

土地何尝不是如此？我舅舅讲过："地是刮金板，刮了一板又一板。"舅舅还说，地不能撂闲，一撂闲就荒了，杂草就毡片一样把地糊住了。种地也不能种"卫生地"，要舍得给地里上粪，上足了粪，麦子呀谷子呀棒子呀，才给你好好地长，才能多多地打粮食。你去看那些粪大水勤的庄稼，真是又壮又好看，结的穗儿也大，一个个沉丢丢的，一副憨憨的样子，看着就有劲，让人喜欢。

民间的讲究儿是，你对我好，我也对你好；你敬我一尺，我还你一丈。其实，对人、对物，都一样。你对"人家"好不好，"人家"一准儿能够感知得到。你投入了感情，对"人家"好，"人家"也一样待承你，有一颗感恩的心。你对花草、树木、庄稼、蔬菜用心呵护，它们就欣欣向荣；你对房屋、院落用心修缮，房屋、院落便能长久地安然、结实。在这个世界上，什么也不是白给的，什么也不是从天上掉下来、大风刮过来、大水冲上来的，都是用心用意用智慧用汗水换来的。

村子里的慢时光

  光阴似箭，日月如梭。——上小学时学着写作文，一遇到感叹时间或回想什么事，总要想方设法地尽快将这一句"安排"进作文本里，效果却往往并不尽如人意，有时老师竟批评这是"堆砌词藻"。想想可笑，那时小小年纪，哪里懂得它真正的意义，又何来对光阴、对日月有如此沉重的感叹？真实的感觉却是：这一天一天的，怎么过得这么慢呀？干活儿时，老嫌日头走得慢，下晌下得迟；晚上村里演电影，老嫌日头不落山，天黑来得晚；夏天这么长，啥时候才下大雪、过大年呀？成天挨大人的喊骂，自己啥时候才能长大，自己做自己的主儿？

  一年三百六十五天，春夏秋冬四季，无论在哪，也无论是谁，都是没偏没向、一模一样的。早晨太阳从东方升起，傍晚夕阳从西边落下，过了白天就是晚上，一天二十四小时，时间是公平的，时光的脚步也不是以谁的意志为转移的，它不停地向前行走，从不会停下脚步。即便是有"意外"，那也真的只是个"意外"——2019年12月2日，我随省里的一个团组赴加拿大温哥华进行学习培训和公务活动，下午3：20从北京首都机场起飞，等飞机降落到温哥华国际机场时，却是当地时间12月2日上午9：30，前来接机的工作人员对着我们幽默地说："请首先接受温哥华馈赠给各位贵宾的大礼——您的时间被延长了十六个小时，也就是说，你比在国内一下子多了十六个小时！"其实，这只是开玩笑，所谓的多出来十六个小时，是因为时区、时差的缘故，温哥华比北京晚十六个小时而已。等到半个月以后我们再飞回北京，在温哥华多出来的那十六小时，就又原封原样、一点儿不少地"还"回去了，"便宜"是没有的，想"沾光"是妄想，该咋样儿还是咋样儿。扯远了，打住。

　　印象和感觉中，村子里的时光总好像是慢一些的。在村子里，时间似乎是不引人注意的东西，村里的物事，大都泡在时光里，从容缓慢，不慌不忙。除非是"三夏""三秋"，一年当中最为忙碌的季节，农活儿一茬儿压着一茬儿，农事的节奏才紧张起来一阵子。而当忙碌过去，即进入相对清闲的农闲时节，日子也跟着慢了下来，有时慢得像要睡着似的。

　　是的，村子里的一切大都是慢的。庄稼和蔬菜从种到收，是慢的。麦子，玉米，棉花，大豆，高粱，从播种、发芽、生根、出苗，到长叶、开花、结穗、灌浆，再到最后成熟、收割，就是这么依着天时、节令，慢慢地长大，一天一天长高，一步一步地演绎着春种秋收、春华秋实的含义，它们有先有后，从来没有乱过。菜园子里的白菜、萝卜、茄子、西红柿等，也同样需要风雨，需要日晒，才慢慢地有了自己的芽儿、苗儿、茎儿、叶儿，有了自己各式各样的花儿、果儿。不管庄稼还是蔬菜，都是急不得的。如果非要加温催促生长，非要加肥催高产量，就会在"成色"上打折扣，香的不怎么香了，面的不怎么面了，甜的也不怎么甜了，不如早先的味道那么纯粹了。

　　树木的生长是慢的。春回大地时，它们发芽、开花，夏天的艳阳高照时，它们枝繁叶茂，秋天来临，它们临风有感，知时而动，叶子转黄、凋零，到了冬天，则枝条裸露在寒风中……四季缓慢而有序的轮回间，风也过，雨也过，一年就过去了，小树们长高、长粗了些，大树、老树们看上去仿佛若无其事，好像变化不大，只是年轮又悄悄地多了一圈。我们村的村北有一座果木园，每次经过那里，我看到那些果树，总是不急不慌的：先是花开了，接着花落了，然后，枝头上挑起一颗颗青蛋蛋了……看管果园的老汉，成天总是那么忙碌，又总是慢慢腾腾，一副从容自若的样子。

　　一座房子、一堵院墙、一个院子由新变旧变老，是慢的。从最初它们崭新地矗立在那里，到历经了风吹，历经了日晒，历经了雨淋，它们沉默在凝固了似的时光里，不动声色地看着春来秋去、人世沧桑。顽皮的小孩子用树枝、用瓦片儿在它们身上划过或深或浅的一道道儿痕迹，猪啊羊啊狗啊什么的也在它们的墙边、墙角蹭痒痒，这里、那里或许就磨掉了墙皮与棱角……十多年、几十年，时间悄悄流逝，原先的挺拔、刚健，变得憔悴和萎靡，新颜渐渐地挂上了苍苔，已然灰白而漫漶不鲜。

而一个人的成长，又是怎样的呢？从蹒跚学步，到能跑会跳，从咿呀学语，到能说会道，从懵懂无知，到满腹经纶，也是一点一滴地学习、演习和揣摩，才渐渐积累了一点一滴的成长和进步。曾记得，小时候，总是嫌日子过得慢，总要熬到不耐烦的时候，才轮到过年；也老觉得自己长得慢，什么时候才能像大人一样懂得某一些道理而变得成熟、从容、坦然，洒脱地挥手告别村庄，去看看外边的世界？

等到真的离开了村庄，在外边参加了工作，随着年龄的增长，这才恍然发现，时光的脚步正变得越来越快：一晃儿，一天过去了；再一晃儿，一个礼拜过去了；很快，半个月过去了，一个月过去了，有一天突然发现，这一年已经过去了一多半儿。某一时刻，会忽然想起多年以前的某件事，仿佛就发生在昨天，或是上个星期……三十岁，四十岁，五十岁，五十多岁，呼噜呼噜就过来了，哗啦哗啦就过去了……外面的世界很精彩，外面的世界也很无奈，一处处光怪陆离，一个个心浮气躁。现在的我，越来越怀念在村子里时度过的那些慢时光了。

乡村的慢自有它慢的道理，也自有慢的好处。乡村的缓慢，绝不是停止，而是一种从容和坦然。哲人说，世界上凡一切好的东西，皆是慢的。美好的事物都需要有耐心，有了耐心，自然也就急不得，也才会从容。当然，慢有慢的缺憾和不足。——世间的事，发展得那么快，慢了就跟不上脚步。但是，快就一定好吗？我们要那么快、要那么多干什么？我们匆匆忙忙地向前赶去，到底是在急着追赶什么呢？

慢一点吧，让脚步再从容些，让神情再淡定些，也好等一等我们的灵魂，让它跟上来。

《土话词典》补遗(续)

在"村上的事"系列之二《在村子里》和之三《平原上的村庄》中,分别收有《土话词典》和《〈土话词典〉补遗》,先后罗列了村子里的人们在日常生活中经常说到的方言土语近三百个,引起热心读者的兴趣,有的帮着提供、提醒,有的帮着记录、补充,我在跟老家人交流时也留意着,陆陆续续又挖掘、收集到了一些,一条条整理出来,列出例句,放在这里算作续篇:

1. "半反子"。待人接物不成熟、不稳重,说话做事毛毛糙糙。例句:"这人在村里是个'半反子'货,你不要跟他一般见识。"

2. 中。好,行了,成了的意思。例句一:"娘,快做中饭了吗?"例句二:"都做中饭了,你还不回来?"

3. 志。称量、试验的意思。例句一:"你志志,不就知道有多沉了?"例句二:"就你,还想打我?来,你志志!"

4. 着。传染的意思。例句:"他感冒了,你离远点儿吧,可别让他着上你了!"

5. 添。生(孩子)的意思。例句:"他大娘,才听说你家媳妇这两天添了,添了个什么?是个带把儿的不?"

6. 脏眼。指不满意、不像样子、看不过眼去。例句:"看看你干的这活儿,真是脏眼得慌!"

7. 打整。打扮、收拾、拾掇的意思。例句一:"你给孩子也打整一下吧。"例句二:"你快把院子打整一下,一会儿客人就该进家来了。"

8. 下剩。就是剩下、其余、除此以外的意思。例句:"除了我的,下剩的都是你的!"

9. 献勤。巴结、献殷勤的意思。例句:"干好自己的事比啥都强,别老想着给别人献勤!"

10. 提另。单独、另外的意思。例句:"这些都是留给客人的。你的,提另给你放着呢!"

11. 念声儿。指简单地答应、回答、打招呼。例句:"我喊你,你咋不念声儿呢?"

12. 稀烂贱。非常便宜、不值钱的意思。例句:"年上种蒜卖了好价儿,今年人们都抢着种,没想到,卖不动了,稀烂贱了!"

13. 不行行儿。表示很、极、十分、特别等程度。例句一:"从地南头一下子飞过来好多麻雀,多得不行行儿。"例句二:"飞机在天上飞,看上去小得不行行儿!"

14. 狗舔屁股烧。形容一个人言行毛糙、浮躁,不够大方、稳重。例句:"你看你,成天狗舔屁股烧的,你就不会稳当着点儿?"

15. 耍耍物儿。就是小孩子的玩具。例句:"除了这把小手枪儿,你还有什么耍耍物儿?咱们换着玩儿吧。"

16. 长圆。这里的"长圆"其实是说不管长不管圆、无论是长还是圆,务必、一定、无论如何的意思。这是方言土话中特有的现象。例句一:"你长圆记着我今儿个给你说的这个话!"例句二:"不管咋着,你长圆得在年前往那儿跑一趟!"

17. 撒混账。任性胡闹耍无赖的意思。有时也说"明撒混账"。例句一:"快起来,别在这儿撒混账了,小心你爹回来收拾你!"例句二:"你这么闹,不是瞪着眼儿明撒混账嘛!"

18. 转边儿。四周、周围的意思。例句一:"你到转边儿去问问,看看有没有像你这号儿的?"例句二:"转边儿的人都这么说,你还不信?"

19. 掐巴。贬损、指责、嘲弄的意思。例句一:"你这是掐巴谁哩?

别以为我听不出来。"例句二:"看你这,一说话就掐巴人,嘴上积点儿德吧。"

20．浑实。一般用来形容人的体格粗大、壮实。例句:"二小子长到十七八岁,眼看着越发浑实起来了。"

21．搁不着。意思是搁不到一块儿、闹不到一块儿或者不能搁在一起。常用来形容两个人因为脾气、性格不合、相拒相斥,说话说不到一块儿,处事互相感到别扭,彼此看不上对方。例句一:"他俩老是搁不着,碰一块儿就吵架。"例句二:"这两口子老是'搁不着',成天鸡毛狗眼儿的。"

22．拱火儿。不怀好意地怂恿、煽动,或从旁挑唆、鼓动,使别人闹起矛盾来。例句:"本来没什么大不了的事儿,你就别在这儿给拱火儿了!"

23．"破鞋"。侮辱性的脏话,用来骂人。据说有人考证"破鞋"的来历,说是源于《水浒》里"阎婆惜"的谐音。泛指不遵守传统礼教规矩、作风不正派、乱搞男女关系的女人。例句:"时候不早了,咱们赶紧先走吧,管那个老破鞋呢!"

24．刨去。除去、除了的意思。例句一:"刨去我这点儿,剩下的都归你。"例句二:"刨去这些七七八八的缠搅,别的就都是赚下的了。"

25．崩。骗的意思。例句:"别信坏三儿的话儿,小心他崩你的钱儿!"

26．绵。老实、胆小的意思。例句:"这孩子可绵哩,没见他跟别人打过架。"

27．包。赔偿、补偿的意思。例句:"这东西是你给弄坏的,你得给包!"

28．随。继承、遗传、因袭、像的意思。例句一:"你这德行,真是随你爹!"例句二:"怪得慌,你这股劲儿,咋一点儿也不随你家大人呀?"

29．住。停住、停下来的意思。例句:"等一会儿,雨住了,咱再走吧。"

30. 昧。贪污、藏起来据为己有的意思。例句："你说，是不是你昧了人家的那件东西？"

31. 听记。意思是听见，并且记住。例句："我刚才对你说的那些，你都听记了不？"

32. 死烂。表示程度，很、十分的意思。例句："我死烂看不中这种耍小心眼儿、贪小便宜的人！"

33. 咬群。牲畜们与同类咬架、争斗被称作"咬群"，也用来比喻某个人性格别扭，同别人闹意见，搞不好团结。例句："这人你还不太了解，是个'咬群'的家伙！"

34. 三天两头儿。经常、时常的意思。例句："他也不嫌个麻烦，三天两头儿就跑过来一趟。"

35. 穷哆哆。或穷嘟嘟。其实应该是"穷嘟嘟"。指带着抱怨地没完没了地絮叨、嘟囔、唠叨。例句："成天穷哆哆，哆哆什么呀！？——哆哆得人脑瓜子都疼！"

36. 茶不出儿。没精神、发蔫儿、发呆的意思。人的性格内向，有时也显得有些茶似的。例句："你别看他成天茶不出儿的，肚子里却是有老主意的。"

37. 翻槌倒打。颠三倒四、来来回回、反反复复的意思。例句："就这么点儿事，你看你，翻槌倒打的，说了几遍了？"

38. 包眼儿。帮着给看看，褒贬褒贬、指点指点，最好能打个包票的意思。例句："这物件儿沾不沾？你给包个眼儿呗！"

39. 白漂。形容人长得白净、细发、好看。例句："你说的那个邻村的姑娘我见过，长得高高挂挂的，脸上可白漂了，模样儿不错。"

40. 擗理儿。分析、探讨、甄别道理。例句："来，你给俺们擗擗理儿，看看这事儿到底是怨谁？"

41. 不好介。意思是不舒服，不吉利。"介"是语气词。例句："俺肚子里有点儿不好介！"作不吉利讲时，指某种不当言行预示或有可能导致某种不好的结果或者报应，带有主观臆断的迷信色彩。例句："别这样没大没小地随便乱说，触犯了'神家儿'，不好介！"

42．吃僧。能吃、吃得多、饭桶的意思。例句："你就是个'吃僧'，别的还会干吗？"我看作家二月河的书，他在一篇文章中说，他的老家山西昔阳县也这么讲。

43．肿气。心有不平，却又不好讲出来，暗里生气的意思。例句："想一想这事儿，黑夜里就睡不着，唉，真是肿气得慌！"

44．闹手儿。方式、做法的意思。例句："你看你办的这事儿——没见过你这么个闹手儿！"

45．照模儿刻样儿。一模一样的意思。例句："他家老二跟老大长得照模儿刻样儿的，就是个子小了一号儿。"

46．没事事。尴尬，下不来台的意思。例句一："你在这儿待了老半天了，也没个人儿搭理，不觉得'没事事'的呀？"例句二："不叫你去你非去，看看，弄了个'没事事'不？"

47．摸不准。估摸不透情况，拿不定主意的意思。例句一："他这个人呀，我一时半会儿可摸不准！"例句二："这事该怎么办，我还摸不准，得好好想想。"

48．营生。通常是指女人的针线活儿，或某种活计。例句一："母亲有一手好营生。"例句二："你这是干什么营生？"有时，也指某种不大让人喜欢的东西、物件儿。例句："我可不喜欢吃这营生！"

49．喊揉。恶声恶气地埋怨人——"喊揉"嘛，用鼻子里发出的冷冷的"喊"来"推揉"人，自然不是令人愉快的。例句："你'喊揉'谁啊？——告诉你，少给我来这个，我可不吃你这套！"

50．"嘎儿奶"。用作"你这家伙""你这个人"的代称，一般用于带有亲昵的调侃、开玩笑的对话中。例句一："你这'嘎儿奶'的！"例句二："叫你穿厚点儿你偏不听，冻你个'嘎儿奶'的！"

51．睬睃。留心、留神、注意、关注，有时也带有猜测的意思。例句："这事儿你睬睃睬睃，看看到底是行还是不行？"有时也说"理睬"。例句："这个人来的时间不长，我也不怎么理睬，说不太准儿。"

52．实填。饱满、充实，没有空隙的意思。例句："这块地叫人踩得越来越实填了。"有时也用来比喻为人实在。例句："这人儿你放心吧，实填着哩！"

53. 没一成儿。指不足10%，意思是指没出息、不稳当、不成事儿、或程度不够、差得远、不像样儿。例句一："你这人，咋这么没一成儿啊？"例句二："别提了，瞧他给办的这个事儿，真是没一成儿！"

54. 听说。听话、听劝、懂事儿、懂话、乖巧的意思。例句一："这孩子，学习可沾哩！在家里也可听说哩！"例句二："你这孩子，咋这么不听说呀？"

55. 使坏。捣蛋、捣乱、发坏的意思。例句一："是不是你小子给使的坏？"例句二："要是谁敢在这件事儿上给我使坏，哼，可别怪我不客气！"

56. 稳儿稳儿。小心翼翼、稳稳当当的意思。例句："你可不能有一点大意，一定得稳儿稳儿地拿住，千万别给摔了！"

57. 挖痒痒。也就是挠痒痒。例句："来，快给我挖一挖痒痒，肩膀头儿那儿可痒痒哩，我自己够不着！"

58. 狗吊直腰。狗扯直了身子伸懒腰的样子。村子里的那些懒汉、二流子一让干活儿就腰来腿不来、走路一摇三晃，老人在叱骂他们时，常要用到这个词语："看你那尊贵的样子吧！一给你说正经事儿，你就狗吊直腰的！"

59. 成天。总是、老是、一直是的意思，略含埋怨之义。例句："你看你这人，成天这股劲儿，没个正形儿！"

60. 够数儿。意思是全了、齐了、够了，达到了，完整了，不缺了。例句一："行了，我看了看，够数儿了。"例句二："你别跟他一样，他心眼儿不够数儿。"

61. 错管。除非的意思。例句："这人架子大哩！错管是老支书，才能'搬'得动他！"

62. 至不进。大不了的意思。例句："不用着急的，能有啥？至不进咱们白跑这一趟！"

63. 栅。拦住、阻挡的意思。例句一："这事儿要不是让老支书给栅住，嘿，还指不定出什么娄子哩！"例句二："树枝和烂柴火把垄沟里的水头儿给栅住了，捅开就好了。"

64．干（读平声）。村里人有时会带着埋怨的口气说到这个词。"干"在这里有轻视、淡漠、不友好、不照拂的意思。例句："说个良心话，这么些年，你对我该有多么'干'？——比'干娘'还'干'哩！"

65．松闲。轻松、悠闲、从容的意思。例句一："唉，成天不是忙这就是忙那，老被事儿缠着，就没有个松闲的时候！"例句二："等忙过了这两天，松闲下来了，咱们去石家庄耍一天吧。"

66．响。有时也说"响头儿"。得宠、受溺爱的意思。例句一："二丫头在她奶奶那儿可'响'哩！"例句二："芬芬在姥娘家可是个大'响头儿'！"

67．消消静静儿。安静、从容、不慌不忙的意思。例句："别着急，就这么点儿事，咱们消消静静儿的，一会儿就能弄完。"

68．格扭儿。扭动腰肢的动作。"格扭儿"含有可爱、喜欢的成分。例句："小姑娘格扭儿格扭儿走过来了。"说"格扭"，则含有不喜欢、讨厌的成分。例句："你看你胖得，走起道儿来格扭格扭的！"

69．缺魂儿。指缺心眼儿，萎靡不振，傻，呆，也指不会算计。例句："你缺魂儿呀？——你瞅瞅你办的这个事儿！"

70．眼尖。眼力好，眼光敏锐的意思。例句一："这小姑娘，眼可尖哩！"例句二："别人都没看见，就数你眼尖！"

71．条个儿。体形、身条儿的意思。例句："你看二丫头多好看！要模样有模样，要条个儿有条个儿！"

72．揭挑。从中挑拨调唆、拨弄是非，以制造矛盾与误会。例句："少来这儿来回揭挑，这儿没有你说话的地儿！"

73．鼓槌。拳头的意思。例句一："刚才（划拳时），你出的是鼓槌，我出的是'包'，我赢啦，你输啦！"例句二："你这家伙，给你两鼓槌你就老实了！"

74．把睃。悄悄观察、秘密探寻、私下里留心，带有点儿别有心机和"小心眼儿"的意思。例句一："你去把睃一下，有情况就吱一声。"例句二："你注意把睃着点儿，多长个心眼儿！"

75. 光不牛儿。光溜儿、光滑的意思。例句一："瞧，这大山药，刚刨出来，光不牛儿的，长得真好！"例句二："这小孩儿，浑身光不牛儿的，真可爱！"

76. 外庄儿。也说"外道"，指不合常规，不随风俗，跟别人不一样。例句："你这人，真是外庄儿！你看看，可村儿的人，有谁像你这样儿的？"

77. "裹抓"。指乱摸和碰触不该碰触的东西。例句："谁的脏爪子，瞎裹抓什么？闪开！"有时也指徒劳的渴望与努力。例句："你就别瞎裹抓了，裹抓半天你也裹抓不上！"

78. 孞刺儿。又说"炸刺儿"。叫板、找事儿、挑事儿、不老实、起毛病的意思。例句："你小子是不是又想着孞刺儿？"

79. 打铺底。也说"下铺底"。花钱、投入、下本儿、铺道儿、打基础的意思。例句一："这些年来，你为了这个孩子的事，可是没少打铺底啊！"例句二："想成事儿？那哪是容易的，先看看你下铺底下得够不够吧。"

80. 扛事。能干、顶事、有担当的意思。例句一："他家老大干活儿可扛事哩！"例句二："行了行了，一点儿也不扛事，你呀，还是上一边儿去吧！"

81. 濛星儿。指零星小雨、毛毛雨。例句一："濛星儿这么点儿雨，也就湿了湿地皮。"例句二："外边正濛星儿哩，你待会儿再走吧。"

82. 堌堆。这个词有三个意思。一是指体积较大的东西，如土堆、石头堆等。例句一："村西边有老大的一个土堌堆，那就是过去村里的老砖窑。"例句二："就凭你？——瞧你这一堌堆吧！"二是量词。例句："他买了一堌堆儿杏儿。"三是指蹲着。例句："你上边儿上堌堆着去！"

……

乡人土语，其来有自。千百年来，祖祖辈辈、世世代代的乡民，口口相传，操着浓郁的乡音土话，在土地上耕种劳作，在村子里繁衍生息。这些乡音土话，承载着乡情乡俗，有着深厚的文化底蕴，既接地气又十分有趣,生动地反映了乡村现实生活和历史变迁之中的风土人情,说它们是村庄的"非物质文化遗产",也是不为过的。它们萦绕在每一个游子的心中和耳畔,成为乡愁的重要组成部分,每每听到,总是倍感亲切。随着时代的发展和普通话的推广、普及,这些极具地方个性的乡音土话"活化石",受到了巨大的冲击,不少曾经广为流传的乡音成了过去式,许多曾经熟悉的土话也渐行渐远,甚至已经消亡。语言是活的,发展的,不断更新的,我们既要积极推广使用普通话,赋予语言时代气息,但同时也不能忘了传统的乡音,特别是年轻一代。对乡音土话的保护与传承,是应当提上议事日程的时候了。

村　外

　　小孩子们都喜欢到村外去。村外比村里地方更大，更开阔，更自由，更有风景，自然也就更有意思。村外有庄稼地，有菜园子，有机井，有公路，有树林子，有小河沟，有野地，有风，有开得好看的油菜花、"打碗花"，有猪和羊喜欢吃的草，有蝴蝶，有鸟儿，有野兔子，还有……多啦！不上学的时候，我们就到村外去，在村外干活儿，跑着玩儿，撒野。冬天太冷，夏天太热，秋天又太忙，还要去地里帮着大人们干活，只有在春天，玩儿起来牵绊最少。

　　三月四月间的天气，乍暖还寒，有些动荡。有时风和日丽，有时又雨雪交加，有时刮来一场大风，气温骤降，风停之后，又忽地暖和上来，温度蹿到了十几度、二十来度。——这就是北方的春天。

　　毕竟是春天了，柳树、杨树的树芽已经努嘴儿了，榆树上的榆钱儿在高高的枝条上鼓胀着，一天一天大了起来。地里的草也开始冒芽儿。喜鹊们"喳喳喳"地叫着，飞来飞去，四处寻找着树枝、软草、羽毛，在高高的树杈上搭窝，这个春天，它们过得又兴奋、又疲惫，但乐此不疲。地头儿上的机井"突突突"地涌出清亮亮的水，顺着垄沟流进地里，大人们正在忙着给麦子浇返青水。打算种棉花的地块，等浇完了麦子后，也要溻一下。墒土好，棉花才能出苗齐、长得壮。

　　脱掉了厚扭扭的棉衣，我们的身上便轻快了许多。如果不上学，再没有大人拘管着，就都从家里跑出来，跑到街上，跑到村外来。跑出来时，一般都会背上一只粪筐子，这是我们的"道具"，主要用它来"打掩护"——我们不是去疯跑，而是要去拾柴火，或者是去给猪拔草。这是乡下的小孩子在这样的年纪里最适宜做的让大人满意和夸奖的事。当然，很多时候，这只是个"幌子"，更多的时间和精力，主要还是和伙伴们在一起疯玩。

春天里可以玩儿的花样有许多：爬到树上折柳枝拧柳笛儿。榆树枝、杨树枝也是可以的，但柳树枝最好；放风筝。我们叫"放天鹅"。"天鹅"都是我们自己做的，用报纸或牛皮纸糊成，再从母亲的笸箩里偷点儿纳鞋底子绳，就能把"天鹅"放到天上去。到野地里拔"甜甜锥"。"甜甜锥"又叫茅针，是一种叫菅草的茅草在春天发芽后处于花苞时期的嫩花穗，剥开了可以吃，甜滋滋儿的。爬到树上撸榆钱儿。撸了榆钱儿拿回去，交给奶奶，拌上面，蒸"苦累"，贴饼子，可以当饭。

除了这些，我们还经常干一些"坏事"：上树掏鸟窝、偷鸟蛋，打弹弓子，教唆你家的黄狗和他家的"四眼儿"互相咬架，"埋地雷"——把鞭炮埋起来，点着，"嘭"的一声，泥土被冲起多高，"爆炸"成功！印象深的是，我们合伙儿在路上用锄头挖"陷阱"，再用细棍儿、浮土、柴火"伪装"起来，然后骗别的小孩路过，远远地看着人家踩进自己制作的"陷阱"里，在一旁幸灾乐祸；或者是"埋伏"在旁边，等着骑车子的人过来，期待着车轱辘能正好轧上"陷阱"，狠狠地颠一下，看他气急败坏地"出洋相"——这个人要是一个我们平时不喜欢的人，最好是颠得让他人仰马翻掉链子……不过，所谓的"陷阱"，只不过是在地上刨个巴掌大的浅坑儿，顶多再往里边灌点儿水而已。

有时候，在村外也没什么好玩儿的了，就村南到村北、村东到村西地来回瞎跑，游游逛逛，消磨时光。天上如果有飞机拉线，我们能站在那儿仰着脖子看半天，直到飞机飞得看不见了，拉的线被风吹散了，直到仰得脖子发了酸……时光过得真是慢，要过好一阵子，才会到晌午。听见村子里有谁家的公鸡在打鸣儿，悠长而又嘹亮，很抒情的调子。狗也在叫，汪、汪、汪、汪、汪，不知是谁又惹着了它。

回头看看，村子里的炊烟，正一柱一柱地慢慢地升上来。有大人喊骂孩子的声音，大多是奶奶们在喊村外的孙子回家吃饭。我们赶紧找到各自的筐子，四处搜罗着往里边划拉一些柴火，或者随便拔一些猪能吃的青草，支应一下差事，然后各自回家去。

春天真好。童年的春天更是难忘。可是，童年很快就过去了，好多年也很快就过去了。我现在想知道的是，当年那些一起干坏事的家伙们，你们都去哪儿了？那些和你们在一起的时光，是多么让我想念……

听　见

　　乡村是宁静而安详的。我喜欢乡村，沉浸在宁静里，可以安详地听风，听雨，听雪，听水，听鸟鸣，听蛙声……

听　风

　　一刮风，我们就能听见。

　　平原上的风，有时温柔——吹面不寒杨柳风，轻手轻脚，徐徐吹来，吻上你的脸庞，拂过你的耳畔，悄悄地告诉你现在是春天；有时优雅——风乍起，吹皱一池春水，吹动着水波纹轻轻地摇荡开去，发出群鱼吃食儿般细碎的声响；有时调皮——忽地一下吹过树梢儿，翻动起树叶子，窸窸窣窣；吹过麦田，鼓荡起金色的麦浪，麦穗和麦叶在风中交相摩擦着，像是在窃窃私语；吹过秋天的青纱帐，呼啦啦，呼啦啦，像是正在行进着一支浩浩荡荡的队伍；有时也暴躁——摇动大树，刮过电线，跟打着尖利的口哨儿似的，发出"嗖儿——，嗖儿——"的声响。

　　风中，有时飘着雨丝，有时夹着雪花，风声中有时传来婉转的鸟鸣，有时响起悠长的蝉声。

　　听风枕上，最堪入眠。夜阑卧听，窗外风声忽远忽近，忽高忽低，更觉现世安稳，岁月静好。

听 雨

一下雨，我们就知道了，即便雨滴没有落在身上，我们也能听见屋外的雨声。

先是"啪嗒""啪嗒"，一滴滴地落在树叶子上，落在花瓣上，落在院子里的盆子、水桶等器物上；下大了，就变成"哗哗""哗哗"；再大些，就成了一个声音，像刮着大风，像站在瀑布跟前一样了。

听雨，必定要待在廊檐下、屋子里才有趣，倚在窗前，或者躺在床上。

听雨必须是一种欣赏才行。如果没有欣赏，就会失去内心的宁静，失去悠闲而愉快的情调，只会觉得无聊，单调，沉闷，枯燥。

作家汪曾祺是个很好玩儿的人，玩儿起来时，跟个孩子一样天真。他写文章讲，下雨的时候，他用两手捂住耳朵，又忽然放开，耳朵里"呜——哇，呜——哇。"他就这样子来听雨玩儿。

这样的把戏，在我小的时候，也是常玩儿的。平素得不到的清闲、悠然与放纵，在雨天的时候差不多都能实现的吧。

听着淅淅沥沥的雨滴轻轻敲打窗棂，发一发呆，不知不觉中静静地入眠，何等享受。

听 雪

冬天到了，下雪了。

下雪的冬天才有意思。小雪怡情，大雪壮怀。不管雪大还是雪小，都好。

雪花纷纷扬扬，在天空飞舞，然后轻轻地落在地上，发出簌簌的悄悄的声响。

我听到过雪。有一次，是在一个傍晚，我在老家的院子里，万籁俱寂中，无意间听到了落雪的声音，像是最亲密的喁喁私语。——除非是诗人，或者是小孩子，谁会有心思去谛听、谁又能听得到落雪呢？我却听到了。

一个人，心里不清净、不安静，心不在焉，也是听不到落雪的声音的。

刚落雪的时候，特别是那种叫作"霰"的雪糁儿，能听到落地时弹跳起来的沙沙的声响。再往后，等地上有了积雪，雪厚了的时候，就好像给雪花铺上了软软的毯子，雪花落在上面，声音就更细小了，不凝神细听，就不会听得到。

雪花纷纷扬扬，自是一种热闹。然而，四周却是静悄悄的，特别是在乡村的夜晚，更是。

乡下真是安静啊！

听 水

潺潺，汩汩，涓涓，淙淙，叮叮、咚咚、哗哗，哗啦哗啦，咕嘟咕嘟……这些都是流水发出来的声响。

小时候，我见过的河，有穿过我们村的官河，有从村南一里地外流过的蒲莲河，有从村北三里地外流过的金河，还有姥娘村里的那条浇河。这些河都不大，河床不宽广，水流也平静、缓慢，但遇到拐弯的时候，流过一片鹅卵石的时候，钻入桥洞子的时候，或者有小鱼蹦起来又落进去的时候，河里就会激起来波浪，发出细碎的声响。

流水的声音总是亲切的。

后来，我到过滹沱河、滏阳河、滦河、海河、清凉江、西拉木伦河，到过黄河、长江、松花江、黑龙江、钱塘江，到过杭州西湖、无锡太湖、扬州瘦西湖、青海的青海湖、内蒙古的达里诺尔湖，还到过渤海、黄海、东海……我听到了更多的水声、涛声、潮声、海浪声。

河水的潺潺，江水的滔滔，湖水的荡漾，海浪的咆哮，或温柔，或狂野，或细腻，或奔放。但记忆中最美的，还是故乡小河的流水声，抚慰着我的耳，熨帖着我的心。

听 鸟 鸣

村子里有很多大树，也就有了很多的鸟儿：麻雀，喜鹊，斑鸠，鸽子，啄木鸟，老鸹（乌鸦），"黄昏儿"，还有麦收时节才飞来的"王八好过"（布谷鸟）。它们各自有着不同的歌喉和嗓音，叫声也各式各样，有的清脆，有的婉转，有的短促，有的悠长，听来无不悦耳、有趣，正如梁实秋先生在文章中所描绘的那样："圆润而不觉其单调，有时候是独奏，有时候是合唱，简直是一派和谐的交响乐。"

村子里有鸟鸣，感觉生活一下子就美好、丰富和生动起来了。

我在村子里，在田野里，在树林子里，经常听到鸟们的鸣叫，特别是春天的时候，更尤其是在春天的早晨。鸟儿们最不会辜负的季节，就是每一年的春天。当春回大地，万物复苏，鸟鸣是无论如何也抑制不住的，时令就是命令，就像草要变绿，树要发芽，花朵要开放，蜜蜂要采蜜，蝴蝶要飞舞，小河里的水要向低处流淌一样，那么合情合理、自然而然。

鸟鸣，是鸟儿们用生命在欢唱，是它们的灵魂在歌唱。鸟鸣，是一种热闹的寂静。听一听大自然中的鸟鸣，愉悦的不仅仅是耳朵，更重要的是滋润我们的心境。

听 蛙 声

蛙声总是要到每年的暮春时节，才会响起来。

蛙声响起，最容易让人想起来的，是乡村。

天气转暖了，微风轻轻地吹，小河边，池塘里，忽然传来了蛙鸣，先是试探着："咕儿——呱！""咕儿——呱！"东一声，西一声。然后，渐渐就多了起来，热闹了起来，此起彼伏，前呼后应。过不了多久，水里就开始游动着墨点儿似的小蝌蚪了。它们一群群的，互相拥挤着，笨笨地摇头摆尾，多么可爱，多么有趣！

夏日里的雨后，蛙声如雨如潮，响成一片，是一年中最为热闹的时候。小蝌蚪们已经长大，加入了蛙声大合唱。孩子们听到蛙声，就会笑闹着喊："咕儿——呱，咕儿——呱，蛤蟆打架！"虽然未见过蛤蟆打架，我小的时候，也是这么喊的。

"稻花香里说丰年，听取蛙声一片。"这该是最朴素、最温馨也最美好的一幕乡村生活风景吧。

打 碗 花

每年一入五月，打碗花就开了。

地头儿上，渠沟边，田垄里，土路旁，不时就能见到小喇叭一样的打碗花，两三朵，或四五朵、六七朵地簇拥着，从一小片一小片匍匐着串开的细藤蔓上浮起来，有的粉红，有的嫩白，花瓣儿粉糯糯儿地张开着，中间是嫩黄的花蕊，有的还带着细巧、别致的花纹儿，有点儿娇滴滴的，又显出些土气。小风儿吹过来，打碗花轻轻地摇头晃脑，像是村里的那些小姑娘在羞怯地浅浅地笑。

记得是在五六岁的时候，初识打碗花，村里大一点儿的孩子曾经神神秘秘、指指点点着说给我：不要去动那些打碗花，会不吉利的——谁把打碗花带回了家，谁家里就会打破碗！也不知道这个"说道儿"到底灵不灵，但既然是从老辈子的人们那里传下来的，也就不由得不信吧。毕竟，打破饭碗不是件好耍的事，即便一只普通的粗瓷碗，也要一毛多、两毛来钱才能买来。如果打碎的是一只描花细瓷碗，更是让人心疼，小孩子自是承当不起，被惹怒了的大人的巴掌，也一定会应声落在那个倒霉的惹了祸端的小孩子的屁股或是脑袋上，顺便捎带着给你一个"白瞪眼"。由此，心里就对打碗花充满了一种莫名的不祥的恐惧，以后再见到打碗花，避之唯恐不及，总是赶紧蹑了手脚，小心地绕开了去。

那时，我每天傍晚放学回到家，头一项功课便是放下书包，背上粪筐，拿上薅锄，去村外的地里给猪拔草。我知道家里的小黑猪儿喜欢吃什么样的草，灰灰菜、大叶儿草、猪耳朵棵子、苦菜、酸溜溜苗、蒲公英……天黑之前，我得拔满一筐子草。拔草的时候，我一直不敢去触碰打碗花——唉，打碗花呀打碗花，瞧你这诡异、古怪、憋屈的名字，真是令人惊心而又丧气！

随着年龄的长大，好奇心也越来越大，每次见了打碗花，忍不住就想：它是凭着什么打破碗的呢？这里头会有某种直接、必然的逻辑，或是不可捉摸、神秘莫测的力量、咒语和密码吗？但我没能琢磨明白。

有一回，抑制不住好奇心和冒险的刺激，趁着周边没人，我偷偷地拔下一棵打碗花来，仔细地端详，又凑近了鼻子，闻一闻花骨朵儿，有一缕若有若无的细细的清香，像是油菜花那样的。我又轻轻地咬了咬它的茎叶，唇齿间弥漫开的，不像有的野菜那样发苦，也不像有的野菜那样发酸，而是一股莫名其妙的麻酥酥儿的怪味。我依旧没能琢磨明白。

我准备故意去做一件"坏事"：拔下一把打碗花，悄悄地藏在粪筐的最底下，带着一种"明知故犯"的紧张与兴奋，脸红心跳地背回了家。趁着大人没看见，我把那把打碗花拣出来，扔给猪圈里的小黑猪儿。小黑猪看见是我，欢欢喜喜地摇摆着小尾巴跑过来，用猪拱子一拱一拱地挑着打碗花闻了闻，然后就不慌不忙吃了起来，不时还抬起头来看我一眼。那天，我也一直留心着，提心吊胆地等待着，看看会不会发生打破了饭碗的事情发生，连吃饭时也是小心翼翼地捧好自己的碗，生怕会有什么闪失，把自己"暴露"出来。

直到吃过了黑夜饭，一天就要过去了，老天保佑，一切都还正常，我这才渐渐地放下心来，长出一口气——看来，把打碗花带回家里，并不一定就会打破饭碗，所谓的动了打碗花就会打掉碗的说法，要不是以讹传讹，就是凭空想象，或者就是一句并无恶意的玩笑话。以后，再见到打碗花，我不再感到神秘了，手脚也敢大大方方的了，说拔就拔，拔下来带回家喂给猪吃，也再不用担心打碗的事。

打碗花在田里是"害草"，很难除净，它的根扎得很深，这一回薅掉了，过上一阵子，又从土里冒出头儿来，不多久，又开出或粉或白的花骨朵儿。一年又一年，一直都是这个样子。

有一次，我无意间从某个植物网站上看到介绍，说是打碗花可以健脾益气、促进消化，还有止痛的功效。

没想到，不起眼儿的打碗花，竟还是一味草药呢！这使我想起作家韩少功曾在一本书里说过的话：乡下是个百草园，还是个免费的百药箱，每草皆药，每步见药。我相信，这话没错儿。

"蚂蚁搬家"

我最早认识的蚂蚁,是那种最为常见的小黑蚂蚁,小得像是黑线头儿一样的那种。至于爱打架、爱咬人、一个个像是莽撞的壮汉似的大黑蚂蚁,还有成天急匆匆、忙乱乱,像是匪军一样张牙舞爪的大黄蚂蚁,则是我再长大一些后,在村外的田野里见到的。

早春时节的晌午,遇上天气晴好,日头安详地照着,手和头脸都不冷,我们喜欢待在院子里玩耍。有时正玩儿着,无意间,眼的余光觉察出,地上好像正有个小小的黑点儿在悄悄地移动,便歪过身子,猫下腰来细瞧——哦,是一只小蚂蚁!再往旁边瞅一瞅,哎,又发现一只,紧跟着,又看见了第三只。好可爱,小蚂蚁出来了,从地下钻出来了!有的蚂蚁在慢慢地走,犹犹豫豫,东张西望;有的蚂蚁像个小孩子似的,没头没脑地小跑着,一会儿往这边跑一截儿,一会儿又像是想起一件别的什么要紧事,又掉头儿往那边跑。我蹲下来看着它们,一蹲就是小半天儿。等到阳光下的树影斜过去了一些,觉出无聊时,猛地往起一站,头有点儿晕,腿有些麻,四处望望,日头亮得晃眼,眼睛也有点儿酸胀。

那时,我们常喜欢蹲在地上看"蚂蚁搬家",低着个头儿,一看就是老半天。我们也管这叫"蚂蚁过庙"。蚂蚁们是很有意思的,它们总爱到处跑,有时是单独一只,一边走走串串,一边左顾右盼,像是好奇地四处寻觅着什么;有时是三两只做伴,一只跟着一只,一块儿往前赶路;赶上"蚂蚁搬家",情形就不同了,好多好多的蚂蚁聚集在一起,像是在赶庙会，也像是在集体游行，或者是大部队在急行军的样子。

"蚂蚁搬家"多是在夏天的时候。村里人说："蚂蚁搬家蛇过道，大雨马上就来到。"蚂蚁是很聪明的，似乎懂得预警，天要下雨，它们事先就知道了消息，赶紧把家搬到水淹不到的高处，或者是在蚂蚁窝里修筑防水的工事。蚂蚁们排着长长的不太整齐的队列，像是印在地上的一条弯曲的淡淡的黑线，浩浩荡荡地前进，一副忙忙碌碌、煞有介事的样子，也不知它们到底赶往何处。它们当中，有的什么也不带，有的则衔着、扛着白色的蚂蚁蛋，还有的跟在蚁后的四周，像是随从的护兵似的。

蚂蚁们的搬家之路，似乎总是辛苦而又漫长。这是一支看似忙碌慌张，实则井然有序、方向明确的队伍。我们常常给搬家的蚂蚁们捣一捣小乱，或是用小石子儿、土坷垃、枯树枝挡住它们的去路，给它们设置障碍，或是挖一道沟儿，再浇上一点水，给它们增加困难。每每遇到这种情况，蚂蚁的队伍必定要陷入一时的动荡，慌乱上一阵子，它们有些不知所措，互相用触须触碰对方，交流情况，商讨对策，彼此提醒，相互领会，然后再分头行动。很快，它们就镇静下来了，绕过小石子儿、土坷垃、枯树枝，或者干脆就爬上去，继续前进。陷入小沟儿泥泞里的蚂蚁挣扎着，也很快爬了上来，一副顾盼自雄的样子，待喘息稍定，就又大摇大摆或慌慌张张地跟上队伍，跑上前去了。

我看过书上的介绍，一伙子搬家的蚂蚁，其实是一个大的蚂蚁家族。在这个家族中，大家各有角色，也各有分工、各司其职、各负其责：蚁后是核心，负责繁衍后代和统管这个群体家族。雄蚁，主要职责是与蚁后交配。工蚁最多，主要职责是建造和扩大巢穴、采集食物、饲喂幼虫及蚁后等。兵蚁，负责保卫群体时参加战斗。这俨然一个组织严密的社会。蚂蚁的生命无疑是脆弱的，你看电影里的坏蛋总是瞪着三角眼，神情恶狠狠地对着落进他手里的被俘者说："弄死你，还不就像捏死一只蚂蚁一样！"但当遇到了困难或是敌人，一窝的蚂蚁马上就团结起来，浩浩荡荡，力量惊人，势不可挡！它们是有一种同甘共苦、生死与共的集体主义精神的。比方，它们中的一只蚂蚁发现了好吃的，就会跑回去报信，过了一会儿，又有些蚂蚁相跟着奔过来了，它们有的钻到食物的下面往起顶，有的在前边拽,有的在后边推,齐心协力,一起把食物拾掇回蚂蚁窝里去了。记得我看过一部电影,一大伙非洲蚂蚁团结起来,力量竟是那么可怕,竟然可以吃掉一头大象!还有,当它们遇到了火时,这种集体主义精神便会空前地迸发出来。我曾在一本书上读到过一个发生在南美洲森林里的故事——那一天,河边的一片草丛里烧起了野火,一个小丘陵上的一群蚂蚁被火包围。大火的包围圈很快地缩小着,黑压压的一片蚂蚁很快聚集了起来,抱成一团大球,从顶上滚了下来,经过火海的时候,虽然外面的那层蚂蚁被火焰吞噬了,但最终,蚁团冲出了火的包围圈,找到安全的地方幸存了下来。

　　当我们把身子低下来,再低下来,就能看得见那些小小的蚂蚁了。它们也是一个个生动、鲜活而又饱满的生命。世界这么大,蚂蚁那么小,在它们的眼里,这个世界会是个什么样子呢?在它们的日子里,肯定也是有操心、有坚守、有窃喜、有失落,甚至有情怀的吧。在我们看来,它们的身影与声音,它们的惊骇与怨恨都何其微小,但它们严明的纪律、它们的集体主义精神却耐人想象,怎不令人油然起敬!

那片树林子

小的时候，我们村子的周边，好多地方都是树林子，东边、西边、南边、北边都有，村子差不多是藏在树林子里头的。

这些树林子都是杂树林子，有又粗又高的老树、大树，更多的是小树和灌木。杨树，柳树，榆树，洋槐树，臭椿树，楮桃树，杜梨树，这儿一棵，那儿两棵，时近时远，时疏时密，仿佛谁想占哪儿就占哪儿似的；纵不成列，横不成行，有时两三棵挨排儿站着，有时三四棵乱蓬蓬挤在一堆儿，跟凑在一块儿闲说话似的。听村里的老人们说，这些树林子很是有些年头儿了，一直是完全的"原生态"——树木花草们随意、散漫、自由自在地生长，仿佛是由着它们的任性，高的，低的，各式各样；粗的，细的，不拘一格；直的，斜的，自觉自愿。春天里，它们的枝头有的开白花，有的开粉花；夏天时，有的结果儿，有的结荚儿；到了秋天，有的飞絮，有的裂壳儿，各有天命，也各安其详。

那时候，人们从外头回村，走到村边上，闪过一重重树影，能看见村子里简陋的街巷、院门，低矮的屋舍、泥墙，偶尔路过的鸡和狗，竖在房顶上的烟囱，还有那些堆在墙边、树下的或高或矮的柴火垛。

我很喜欢到树林子里去玩耍。树林子是我们小孩子的乐园。我去得最多的，是离家最近的村东的树林子。

从我们家出来，往东，再拐弯往北，上一个小土坡，过了双辰家的房子，是队长樊二庆家，他家的后面，就是那片树林子。顺着东墙边几个踩出来的脚窝窝儿下一道坡,就走进树林子里了。从树林子里看,二庆家的院子是建在一处高台上的。他家的院子很大,一拉溜儿五间北房,房后墙上抹着一层掺了麻刀的白大灰,因为年头儿长了,又年年淋雨,发些灰暗,还有的地方灰皮掉了,墙面便有些斑驳,这一块、那一块的,打远看去,有的像是奔走着的马,有的像是站着的骆驼,有的像是卧着的牛,有的像是犯傻的肥猪,有的像是卖呆的狗熊,有的像是落在地上的云彩,还有的像是动画片《大闹天宫》里的巨灵神,也有的咋看也看不出像个什么,顶多像是破衣烂衫,或者小孩子晚上睡觉时尿炕,在褥子上画出来的"地图"。它们不太整齐地排列在一起,好像一支行进着的奇形怪状、成员复杂的队伍,有的低头不语,有的仰头望天,有的东张西望,懒懒散散,慢慢腾腾,拖拖拉拉。

　　早春二月末,我们到树林子北边的营草沟里,猫着腰,细心地拨拉着刚刚钻出地皮的营草芽,寻找"甜甜锥"——它其实是营草的花苞,细长细长的,半拃来长,剥开外皮,露出嫩白的软芯儿,吃到嘴里肉扭扭儿、甜滋滋儿的;夏天,放了暑假,我们拿着镰刀去林子里割长到齐膝高的茅草;秋天更有趣,草丛里有野茄子,有梢瓜儿,都是可以吃的。傍晚放学以后,我们绕到树林子里,用拴着细麻绳的竹签子,把落在地上的杨树叶子一片一片地穿起来,穿得多了,后边扯着一长串,回到家里给猪铺窝或是垫圈。到了冬天,树们都变得光溜溜的。如果夜里刮了大风,第二天一大早,我们就去树林子里捡被大风吹落在地的枯树枝。最多的是柳树枝、洋槐树枝,也有杨树枝、榆树枝,去得够早,能捡到好多,抱回家去烧灶火做饭。这些枯树枝都干透了,特别好烧,火苗旺得很。我在拉风箱、烧灶火的时候,一簇簇金红色的火苗从灶火门儿一蹿一蹿地冒出来,烤得脸和前胸都热烘烘的。

　　在二庆家房子北边不远处,有一片长条形的洼地。我们曾猜测加估计,二庆家盖房子所处的高台子,一定是从这里挖土垫起来的。这片洼地在夏天里常常积满雨水,变成水坑,深的地方能淹到一个半大小子的大腿根儿。由于是死水,水坑里的水先是浑登登的,里边有下雨时冲进来的枯枝、落叶、猪粪牛粪什么的,天气热,日头出来一晒,水里就生出了一种叫"水虱子"的红色小虫。水虱子繁殖很快,不几天就团了蛋,浮在水皮儿那里,上上下下、挤挤闹闹的,看着有些恶心。水虱子是鱼食儿,鱼特别喜欢吞吃。小孩子们从家里找来旧袜子,绑在竹竿上,在水里来回地追着捞这些水虱子。旧袜子最好是尼龙丝的,又轻又薄又透水,捞水虱子时不兜水,捞上来后也好清理。如果水虱子捞得多,鱼们一时吃不完,就拿到日头地儿里晒干,冬天里也就有鱼食儿了。再过些天,在某一个晌午,捞鱼虱子的某个小孩会忽然喊起来:"哎,有鱼儿!水里有鱼儿!"旁边的孩子听见了,一边跑过来,一边不大相信似的问:"哪儿了?在哪儿了?"站下来,伸长了脖子瞪圆了眼,朝着水里看。可不,真是有鱼儿,不止一条!只是太小,像个线头儿似的,脑袋倒不小,眼睛似乎更大。它们忽来忽去,忽聚忽散,像闪电一样,眼睛都有些追不上……"咋有了鱼儿哩?"小孩子们闹不清,谁也不知这是怎的缘故,这些鱼到底是打哪儿过来的呢?——这可真是一件让人莫名其妙的神奇的怪事!记得后来母亲曾经给我说过:"千年的草籽儿,万年的鱼子儿。"意思就是说,即使过了一千年,草籽儿只要遇到合适的条件,一样可以出苗生长;而鱼子儿更厉害,只要碰上合适的条件,就算过了一万年也能孵化出小鱼来。母亲是这么着说了,我却一直是不大相信的。

  日子流水一般过去,夏天走了,秋天来了,雨水渐渐稀少了,水坑里的水慢慢地浅下去,也澄得清澈了,映着蓝白蓝白的天光,亮汪汪的。到了深秋时节,水落得更浅,水里的小鱼儿已经长到柳叶子似的,慌慌张张地窜来窜去。在天光水影间搅动起细碎的水波纹,在水洼儿里交错着、回荡着。有时鱼儿们会窜到水浅的地方,露出黑黑的一线脊梁,很有劲儿地扭动着,逗得我们立马扔掉笆子,而把粪筐子临时改作渔具,拽着筐子在水里刮过来刮过去地捞鱼。水坑边一片喧闹、一地狼藉,水坑里也早已搅成一团浑汤。最后,弄得一身黑泥儿,连脑门儿和脸蛋儿甚至头发上也抹得都是,再端着、捧着捞住的鱼儿,嬉皮笑脸地回家去,少不得又要领受大人的一顿劈头盖脸的"臭卷"……

  有一件印象深的事情,是这片树林子中间有棵杜梨树。这棵杜梨树有一搂来粗,两三层房子那么高,微微地向着东南斜着身子。它的可爱之处，是在恰到好处的地方，很是友好地伸出一根树枝来。它是如此的善解人意——这个高度，刚刚能使我们小孩子翘起脚丫子蹬住它，借此攀上树去，连不会上树的小孩子也能体会一下爬上树的妙处。这棵杜梨树在每年的四月初开出满头细碎的小白花，到了秋天，一骨抓儿一骨抓儿紫褐色的杜梨结满枝头。这杜梨说是"梨"，却只有黄豆那么大，再大点儿，也超不过花生豆儿。秋天的风染红了杜梨的容颜，像一颗颗珍珠玛瑙，也勾起我们肚子里的馋虫。这时候的杜梨，看着好看，其实离能吃还远着呢！咬一口，马上就涩巴得张不开嘴！我们有自己去涩的"土办法"：把它们用麦秸包住，在地上刨个坑埋进去，过上十来天，杜梨就"焐"好了，吃起来面丹丹儿的，有点儿甜，泛些酸。也有的用白酒涮一涮，再装进罐头瓶里"焐"的，据说一样可以去涩，而且味道更是特别。就这样，不等杜梨在树上长熟，就让我们害捣得憔悴不堪。毕竟那时个子还小，我们只能够得着低处的杜梨树枝，那些长在高高的树梢儿上的杜梨，我们是如何也够不着的，只能是望洋兴叹了。——那，就把它们留给村子里的那些鸟儿们吧！

我和堂弟秀增还曾在这片树林子里的一个隐蔽的地方埋过一块大石头。有一次，我们听大人们聊天儿的时候讲，山是一点点长高起来的。山有根么？石头还能长？——既然如此，那么，我们埋进土里的石头，也许有一天也会长高起来成为一座山吧。于是，趁人不在，我们从树海家堆在院墙外的一处石头堆上挑了一块中意的石头，俩人费劲地抬着，抬到树林子的空地上，像藏宝似的埋进我们挖好的深坑里去。然后就是满怀希望地等待着奇迹的出现。好多天过去了，慢慢地，差不多一年过去了，那块石头总也没有动静。再后来，我们就把这件傻乎乎的事忘到脑后边去了。

在随后的年头儿里，村东这片树林子因为划宅基地、盖房子而逐渐被侵占掉了。那里的大树小树被一棵棵地刨掉，水坑也被填平、垫高。接着，拉来了石头、沙子，运来了红砖和大灰。陆陆续续地，一家连着一家，盖起了一座座房子，又圈了围墙、起了大门。这些人家有树群家，建设家，山虎家，过灵家，新书家，过江家，喜江家……这片树林子最终也就消失掉了，一点不剩。至于村西、村南、村北的树林子的消失，大抵也是如此的过程吧。

　　当年，总觉得村边的这些树林子挺大的，现在再一回想，其实并没有多么大。不过，大也罢，小也罢，那时的树林子，的确曾带给我们这些乡下孩子太多的快乐；它们也的确是我们玩耍、探险的童年乐园。我一直固执地认为，有树林子的村子，或者说藏在树林子中间的村子，才是有意思的村子。如今，小村子变大了许多，而那些树林子却早已销声匿迹。有关树林子的一切，都成了遥远的往事、过眼的云烟、美好的回忆。每念及此，不由得心底生出绵绵长长、不绝如缕的怅惘与茫然来。

在菜园子里（三题）

偷嘴吃的蜗牛

父亲今年种的菜园子里，没有红萝卜。

父亲原本是种了三畦红萝卜的，那是在刚入伏的时候。只是，当萝卜籽刚刚发芽，萝卜苗刚刚拱出地皮儿，一夜之间，让地里的蜗牛们给吃了个精光。父亲无奈，用铁耙子划碎地皮，又紧着撒了一遍萝卜籽儿。四五天之后，新生的一茬萝卜苗儿，又被蜗牛们吃成了白地。再种吧，一是过了节气了——农谚讲："头伏萝卜二伏菜，过了三伏种荞麦"，节气不等人。再者，种得快赶不上蜗牛们吃得快。父亲那天早上从菜园子里回来，窝了一肚子火儿：算了，今年不种了！正好也进入二伏天气，萝卜畦改种白菜了。

今年的白菜，父亲也种了两遍，也是因为蜗牛们的破坏与捣乱。第一遍种下的白菜，同样是被蜗牛们一扫而光。到第二遍时，父亲吸取了教训，也听从了别人的经验，特意从镇上卖菜籽的"老董种子站"花四十块钱买了三袋儿"蜗螺双控四聚乙醛"，专治蜗牛的农药，在蜗牛们纷纷出动的傍晚时分，沿着菜地的边埂撒上了一溜儿。这药毒性大，着实厉害，收拾起蜗牛来还真管事儿。蜗牛慢慢爬过来，只要是碰着、蹭着了药粒，过不多久就开始溶化似的流水儿，一股劲儿地流，然后就流死了，地上只剩下一具空壳儿。尽管蜗牛们仍把菜秧儿吃得几近断垄，但到底保住了一些。后来，父亲利用给小白菜间苗的机会，拆东墙补西墙地补栽，还从忙忙叔的地里剜了十几棵菜秧，才算补上断垄。这之后，也不尽消停，一直还有新的蜗牛爬过来偷嘴吃，白菜的叶子常被它们咬得"衣衫褴褛"，上面布满了大大小小的窟窿眼儿、豁拉口儿。不管怎么着吧，白菜们总算是长起来了。

菜地里的蜗牛是最近这些年才开始多起来的，今年格外多，大的有指甲盖儿那么大，小的就像是小黄豆粒儿。它们并不像那首名叫《蜗牛和黄鹂鸟》的歌中所唱的那只不怕嘲笑，坚持不懈爬上葡萄树的小蜗牛那么可爱，完全是招人厌烦的入侵者、惹人头疼的破坏者。每当天黑的时候，它们一个个驮着重重的壳，慢慢吞吞地爬到菜棵子上，淡定地粘在菜叶子上，津津有味地大吃二喝，那阵势，俨然是一台台推土机、轧道机正在作业，也像是一辆辆坦克车、装甲车正在阵地上进攻、冲锋、碾压。父亲讲，他每回去菜园子，总是见一个捉一个，转着圈儿地捉呀捉地，不胜其烦。捉累了，直直腰，四顾茫然。

啥物件儿太多了也不好。想不到，小小的蜗牛也会在乡下成灾作乱。

今年冬天我得买萝卜吃了。哼！

促织们也不是省油的灯

促织们也是菜园子里的一害，比起蜗牛，也不是什么省油的灯。

促织们是在入了秋后才越发猖狂起来的。嫩嫩的芽尖儿，甜甜的菜心儿，是它们喜爱的清口小菜儿。前面讲到的萝卜、白菜们的遭遇，促织们也是同伙、共犯，争先恐后地参与了偷嘴吃，只不过它们的腿比蜗牛快，吃完了就蹦走了、逃跑了。相对于蜗牛们的慵懒与磨蹭，它们更机灵、急躁、鬼鬼祟祟，而且嘴巴也比蜗牛更厉害、更贪婪。瞧它们的那副大门牙吧，跟切菜刀似的，吃起东西来，"咔嚓、咔嚓"，或"咯吱、咯吱"，风卷残云一样，一点儿也不讲究客客气气的吃相，跟犯了抢似的不知道羞耻。傍晚时，如果你蹲在菜地里，安静下来，仔细一些，说不定还能听得见它们粗鲁的咀嚼声呢。它们吃饱了，喝足了，夜晚就待在草棵、菜棵的深处，鼓着肚子弹琴、吟唱，心满意足，自得其乐。

促织们不光在菜园子里兴风作浪，大田里也少不了它们作恶多端。不管是在庄稼地里，在草丛中，还是在粪堆旁，只要是你经过，或者是踢上一脚，必会惊起四处乱蹦着逃跑的促织们，像是溅起来的乱麻麻的雨点子似的。玉米地里大概是最多的，成群结伙的，能把一整穗的玉米啃得空下去半截。它们也好吃黄豆，能把黄豆棵儿上最饱满的豆荚咬开、掏空。还爱吃红薯，垄埂上崩开了缝儿、裂开了纹儿，露出来的一截红薯，促织们是一定要赶来尝鲜儿的。我在地里劳动，这些景象不止一次地见识过。

小的时候，在秋天，我们去地里干活儿，到菜园子里去摘菜，有时会带上一只玻璃瓶子。地里的促织这么多，捉住了就塞进瓶子里去，带回家来，作为对那些勤劳下蛋的母鸡们进行慰劳和犒赏的"点心"。那些母鸡吃惯了，一见我们从田里回来，欢快地"咯咯"叫着，夆着翅膀，"丢丢丢"地跑着围上来，歪着头儿，哈拉着嘴儿，兴致勃勃地巴望着我们快些打开瓶子。

既能捉促织玩儿，又能喂下蛋的母鸡，讨母亲欢喜，这是我们乡下小孩子们都愿意去做的一件事。

藏进菜地里的野兔

野兔偶尔也会光临菜园子。那通常是在过了霜降以后。

地里的大秋庄稼收割过了，麦苗刚刚能苫住地皮，野兔藏不住；红薯也刨了，又失一乐园；棉花地里好藏吧，偏偏三天两头儿有人过来摘棉花。野兔们便常常跑进菜地里，吃萝卜，吃白菜，吃菠菜，吃蔓菁。有的吃喝，又能藏身，简直是两全其美。

父亲有一次跟我说，地里的野兔子快管不住了，有时叫干活儿的人撞见，连喊带撵，野兔昏了头，有的竟会窜到村子的街巷里来。

记得我小的时候，每到深秋时节，常见到从石家庄来的人到乡下打野兔。他们大多是俩人做伴儿，戴着鸭舌帽，斜挎背包，端着长筒猎枪，在地里"蹚"着走，像是电影里的德国兵在搜捕南斯拉夫游击队员似的。

村里的人有些反感他们，因为他们有时不小心会踢着庄稼，也不知道心疼，特别是在菜园子里，白菜一踢就倒棵子了。有一回，一个泼辣的中年妇女站在地头儿，手搭凉棚，朝着他们喊："哎——，谁呀你们？干什么哩？——看着点儿白菜！在地里瞎踢跶个啥呢？"拉着长声儿，口气却是蛮不客气的。正在"蹚"野兔的人听见了喊，便停下来，笑嘻嘻地扭头望着，有些不好意思，然后就听话地从菜地里走出来。

他们是市里的工人，趁着礼拜天休息，骑着车子到乡下来打野兔。村里也有人喜欢他们，多半是那些冬天也喜欢打兔子的人们。趁着人家在地头儿上歇息，就凑了过去聊天儿，聊人家的猎枪，聊野兔子怎么打，野鸡怎么打。这些工人大都有着黑红的脸膛，两眼带着狡黠的神情，讲话风趣，很会聊，立马就传授起经验来：打兔子时要平端着枪，追着打，打屁股；打野鸡最好是去山里头，野鸡从草棵里被"蹚"出来，一开始是往上飞，这会儿先别着急放枪，等它飞起到六七米高，就平着飞了，这时再追着打，所以，枪口事先要抬起来些……我见过他们往枪里装火药装铁砂，铁砂是些亮晶晶的小钢珠儿；我也见过他们打住的野兔子，有的死了，软塌塌地耷拉着，有的后腿受了伤，流着血，不能跑了，仍是凶巴巴地鼓突着眼儿，从三瓣儿嘴里龇出牙来，一副不服气的样子……

现在，地里的野兔这么多，可是，好多年都没有见到市里的工人背着猎枪下乡来打兔子了。政府早有明文规定，猎枪、气枪什么的，都让公安给收了、禁了。也难怪。

晒

村子里需要晒的东西有很多。

晒粮食。新打下来的粮食自然是晒干之后才好储存，而每年入伏以后，储存在缸、瓮、囤里的上年的小麦、玉米、黄豆、绿豆、红豆，也都要弄到房顶上去晒一晒，晃一晃日头，见一见风儿，一则防受潮、发霉，再则防虫儿打——小麦、玉米和豆子夏天时易滋生一种叫"象鼻子"的小甲虫儿，会把粮食蛀成空皮壳子。进入伏里天，选日头最毒的晌午，我和母亲把粮食从瓮里舀出来，装进口袋背到房顶上，在日头地儿里摊开。日头早把房顶晒得烫脚儿，像烙饼的铁锅底一样。把粮食摊得薄薄的，不大一会儿，就有一只只"象鼻子"急急慌慌、晕头涨脑地跑出来，它们慌不择路，东冲西撞，可是，跑不了多远儿，就挣扎着跑不动了，或是趴在那儿，或是四脚朝天，晒死了。翻晒两三次，到了后半晌儿日头快要落山，就可以下房了。把粮食扫起来，装进口袋里，再一袋一袋地背下来，倒回瓮里。布袋扛在肩上，烙得肩背上也热乎乎儿的。

伏里天的小米也特容易生虫儿。但小米不能直接晒。母亲说，直晒过的小米，熬粥清汤澥水的，不容易乱锅。晒小米最好选有"花花凉儿"的地方——上面有些树叶遮挡，但又遮挡不严，主要是为晃一晃，见见风儿，让那些肉滚滚儿的小虫儿跑开，就行了。

晒酱。暑天里，气候湿热，适宜晒酱。早些年，母亲每年都要晒一坛子酱，晒得最多的是面酱，有时也晒豆瓣酱、西瓜西红柿酱。吃剩下的馒头发霉了，长绿毛儿了，扔了又可惜，就晒干了，存下来，等到入了伏，就能"废物利用"晒面酱了。具体怎么操弄的，都是母亲一人经管，我不经心，说不太清，只知道酱坛子要在房顶上的日头地儿里晒一个多月才搬下来。豆瓣酱是用发酵的黄豆做的，西瓜、西红柿也能做酱，也都是放在日头地儿里晒。晒酱的要领是搁盐，搁得少了，酱就酸了，溲了，死气了；盐搁得多了，又咸得齁嗓子。还有一项是顶要紧的，就是不能招蝇子，一招了蝇子，一坛子酱是非要生蛆变坏不可的。别看晒酱的时候，那些酱难看得不行，等晒好了，就华丽转身，味道特别好闻，可以抹饼子，可以蘸大葱，最好吃的是用来炝锅，炒菜特别提味儿，把酱往锅里一放，"欻——"的一声响过之后，浓郁的香气随着油烟腾空而起，瞬间爆棚，从厨房里飘到院子里，又飘到街上，大老远的，风中也能闻得见炸酱的香味。

秋天是收获的季节，从秋后到入冬，需要晒的东西更多。每年的这一时节，天气晴好的时候也多，有时天蓝得简直发傻，阳光也格外透明、强烈。收下来的玉米、高粱，有的挂在房檐下、树杈上，有的摊在房顶上、场院里，有的搭在墙头上、绳子上，风吹，日晒，很快就干透了。摘下来的棉花也要晒。晒棉花要铺上席子，远远望去，白生生的，像是落了一片片云彩。芝麻、黄豆是带着棵子晒的。将一捆儿捆儿的芝麻秸按"人"字形靠起来，通风透气，等干透了，倒提过来一磕，芝麻粒纷纷落下，像下雨一样。黄豆棵则是铺在场院里，阳光下，豆荚儿一会儿"啪"的一声，一会儿又"啪、啪"的两声，有时能看见豆粒从裂开的荚里弹射出来。翻过两回场，豆棵子就干透了，用碌碡轧两过，用木杈挑开豆秸，底下是厚厚的一层豆子。

天渐渐冷了，从地里刨回来的山药、萝卜、蔓菁，在院子里堆得东一堆、西一垛的。这些东西看着皮实，其实都挺娇气，得小心拿、轻搁放，弄不好就会破了皮，破了皮就搁不住了，很容易变质、腐烂。即使放得挺好，慢慢地，萝卜和蔓菁也会糠心儿，山药上出现点点霉斑，跟伤口化脓似的，渐渐溃烂。村子里的人骂那些坏心眼儿的嘎杂子货，就开玩笑说："你这个花心儿大萝卜！"或者"你这块子坏山药！"

这么多的山药、萝卜和蔓菁一下子吃不完，除了在地窖子里存储一些外，母亲每年还要把多余的清洗干净了，切成片儿，再背到地里晒干。晒干的山药片儿能熬粥，能磨面。山药面可以蒸干粮、包包子、捏饺子，也可以轧饸饹，只是山药面鼓捣熟了颜色发黑，样子难看，味道也有点儿"恶"，不讨人喜。晒山药片儿、萝卜片儿、蔓菁片儿，一般不在房顶上晒，房顶太光，晒的时候，背面晒不着，又不透气，容易长黑点儿，形成霉斑，一生霉斑就会发苦，不能吃了。要晒就在野地里晒，最好是刚刨过山药的地，或是那些入冬之前刚刚翻耕过的晒堡儿的地，地里有坷垃，支着山药片儿、萝卜片儿，既通风，又干净，赶上晴好的日子，一天下来就能晒得半干，三四天过去就晒得嘎巴儿干了，一片片地收拾起来，一点儿也沾不上土。每年初冬时节，母亲和我晒完山药片儿、萝卜片儿、蔓菁片儿，扎煞着沾满山药"zen"（就是切山药时冒出的白浆，粘在手上，发黏，一见风就变黑了。因是方言，没法写出，大概应该是"津"）的两手，顶着大风吹乱的头发从地里回到家中，那情形那场景至今都还记得。

红萝卜丝、白萝卜丝、蔓菁丝，是用礤床儿礤出来的，很细，好晒透，在房顶上晒，两天就行，晒好后收起来，装进席篓里，转年春天的时候，可以作包子馅儿、饺子馅儿，也可以熬粥、熬菜，炒菜吃也不错。

晒白菜。白菜是过冬的当家菜，要放进菜窖里保存好。一个寻常人家要度过一整个漫长的冬季，就指望着这一窖白菜了。白菜进窖前，除了撇掉外边的黄叶子、老帮子，还要趁着日头晒上两三天，收一收外层多余的水分，会有利于保存。有的白菜在地里长"傻"了，棵子蓬松，没有结实得发硬的心儿，一般是不放进菜窖里的，母亲把它们挑出来，用菜刀把整棵菜一切两半儿，再一切两半儿，一棵分成四瓣儿，然后一一挂在院里晾衣裳的铁丝上。院子里，阳光下，飘起湿漉漉的青白菜的清气。这些晒干的白菜，到了来年的春天用来熬菜，仿佛储存在干白菜里的阳光也跟着释放了出来，每一回吃到，总是觉得别有风味。

晒豆角儿。晒豆角儿很简单，直接把短绳子似的豆角儿挂在铁丝上就成了。春天里没有别的菜，干豆角儿用开水焯一焯，切碎了包包子，也特别好吃。

晒辣椒。秋天的辣椒，连棵子拔下来，一下子吃不完，根儿朝上，挂在屋檐下，随吃随揪，能一直吃到转年的初夏。

晒芫荽。新鲜的芫荽不好搁放，过不了几天便黄了、烂了。母亲的办法是辫成辫子，在西敞棚里挂起来，也是随吃随揪。这东西一见热汤热水，立马青翠碧绿地绽开，也不走味儿，一如当初。

晒白萝卜缨儿、芥菜缨儿、蔓菁缨儿。把从白萝卜、芥菜和蔓菁上切下来的缨儿，挑出些嫩的，倒挂在院子里的铁丝上，晒干后装进席篓里存放好，第二年春天缺菜的时候拿出来，用开水焯一焯，可以剁了馅儿包菜包子吃。做馅儿的时候最好搁上些肥腌肉，白萝卜缨儿、芥菜缨儿、蔓菁缨儿都喜欢荤油。

晒干草。秋天时割下来的草，晒干了，可以磨成草面用作猪饲料。秋天的草都打了草籽，磨成了面喂猪，猪又喜欢吃，又有营养。这样喂大的猪，猪肉绝对正味儿，也更香。红萝卜缨儿，还有花生棵子、豆秸儿，这些东西不能扔，在场院里晒干，也磨成草面喂猪。我母亲在世时，我们家的猪，每年都是这样喂大的。

土

在村子里,最不稀罕的东西,大概就是土。

哪儿没有土呢?——哪儿都有,哪儿都是!不消说,田野里、道路上全是土,树木、庄稼、蔬菜全都长在土里,街道、院子、房子、围墙,哪个不是用土垒造起来的?——盖房子的砖瓦,也是用泥土烧成的。即便坚如石头,多少年过去,风化了,破碎了,不也归成了泥土嘛!还有,庄稼成熟收割了,树上的叶子飘落了,枝上的花朵凋零了,河边的青草变黄了,慢慢地,也会回归大地,再沤成泥、变作土。就连村子和村子里的人们,不也都是土眉土眼、土腔土调的,或迟或早都要变成一堆堆的土、一把把的土吗?

著名作家蒋子龙的长篇小说《农民帝国》里有一段文字,专门讲到"土"——

> 古人说:土,犹吐也。地之吐生万物者也,以万物自生焉则言土。万物本乎土,有土斯有财。孔子云:"为人下者,其犹土乎!种之则五谷生焉,掘之则甘泉出焉,草木植焉,禽兽育焉,生人立焉,死人入焉,多其功而不言。"古人又说:壤,襄也,肥濡意也。襄有助的意思,即有人工培育之意。以人所耕而种之则称壤。壤,即柔土也。"厥土为壤","无块为壤",呈和缓之貌,天性和美。

古人把土的本源、价值、作用、状貌以至引申到哲学层面的意义，都说透了。

俗话说："人生一世，草木一秋。"人的一生，说是漫长，其实，像草木经春到秋一样短暂。人如草木，还有一层意思，就是同样地生于土，殁于土。泥土里蕴含着生命的源头，蕴含着生长的繁华，也蕴含着生命殒灭的全部秘密。人活着，离不开土。一旦离开了泥土，甚至连生命的根儿也会断开，不能活命；活命，终归是靠着"吃土"。自古以来，土壤便承载着百姓春种秋收、禾苗茁壮、五谷丰登的希冀。没有土，粮食打哪里来？蔬菜又从哪里来？人活在世上，说白了就是活在土里。土里吃，土里长，走路、干活、睡觉都是在土上和土里，土地养育和陪伴了人的一生。人也终归是要回到泥土里去的，死去之后埋进泥土，是谓"入土为安"。

"天无不覆，地无不载。"土地之上，有阳光，有雨露，有风，有霜，有冰，有雪，春华秋实，四季轮回，周而复始。土地是诚实的，是厚道的，是多情的，也是冷漠的，随便你怎样，它总是默默的那样。当阳光晒过，雨水洒过，大风刮过，白雪落过，它都接受，一点一点地收纳起来，一层一层地积存起来，仍是无言。

农人对土地是虔诚地敬重着的，倾注了真挚的情感和殷切的期盼。农人过的是"土里刨食"的日子，就像鱼儿离不开水一样，一生都离不开土。土地上各色庄稼的青翠与金黄，收成的好坏与多寡，都紧紧地捆绑着农人情感中的每一根神经。春耕为稼，秋收为穑，他们像祈求天道平安一样，祈求着土地上五谷丰登。而只要实实在在下苦力耕作、播种，土地才会捧出沉甸甸的收获，真正是"种瓜得瓜，种豆得豆""栽什么树苗结什么果，撒什么种子开什么花"。在土地上干活是很累的，但吃饭香，睡觉也香。这样的生活是朴素的，是本分的，因而也是纯净的、踏实的、温暖的、祥和的，这何尝不是土地带给农人的福报呢？

农人们常年与泥土打交道，并不觉得它们脏。去地里干活儿，耕种锄耪，抓泥挖土，滚一身泥土，被飞扬的尘土眯得没眉没眼、满头满脸的，是常有的事，算不得什么，拍拍打打、洗涮洗涮就干净了；天燥了，人

"上火"了，有时稍不经意就流鼻血，赶紧在鼻孔里塞上两小块干土坷垃儿，止血止燥，过一会儿就没事儿了。

我曾经在土地上侍弄庄稼，泥土里洒下过我的汗水，滴下过我的泪水，也滴下过我鲜红的血。我老家村子里的泥土，是一种"黑夹土"。这种"黑夹土"有一股胶性，沉重，发黏，适宜种小麦、棒子、谷子、棉花以及豆类，种蔬菜就差点儿，花生、山药、西瓜也能种，但收的时候有些小麻烦——不大好收拾。沙土地里种花生，拔起棵子来，一抖落就干净了，白生生的花生随手摘就行。"黑夹土"有点儿"夹"，有点儿"紧"，有点儿硬，拔花生时，棵子拔下来了，花生却让土给"拽"住了，还要用铁锹翻开土，仔细地从土里往外抠、捡。"黑夹土"种出来的山药也不太面，水气大，远不如沙土地里长出来的品质好。

俗话说："人吃土一辈，土吃人一回。"俗话又说："人吃土喜笑颜开，土吃人叫苦连天。"我们蚕食着从土里生长出的粮食、蔬菜、瓜果，维持着生命的所需，活在这个世间，或精彩，或平淡，或热烈，或暗淡，然后渐渐老去，直至生命逝去，土地成为生命的最后归宿。其他由土地所孕育的生命，也是这样，最后都要一一回到它的怀中，化成一撮土、一抔土，或者仅仅是微微的一粒尘埃。亿万斯年，人世轮回，皇天后土就是这么一点一点沉积下来的。

"土能生万物，地可发千祥""土产无价宝，地生有道才"过年的时候，村子里的人，曾把这样的话写在春联上。只有真正理解了土，才会从心里对土产生一种敬畏。——让我们敬重脚下的泥土吧！我们离不开土地的滋养。我们活着，将泥土踩在脚下，拍去落在衣服上的土，洗去沾在脸上的土。但是，一代一代的人，最终会被土地收纳，就像河流汇入大海，百年之后的我们，也终将埋进黄土，血肉之躯与泥土融为一体，再也不能找见。

我们到底都是泥土做成的人。

请问芳名

最好的踏青春游，我个人觉得，就是去挖荠菜。——高远的天空，辽阔的原野，疏密有致的树林，还有明媚的阳光，清凉的风，干净的乡村土路，一切都是悠闲的、舒展的、明快而又宁静的。

这个时节，鸟儿们也热闹起来。春天来了，它们总是忍不住地热闹。麻雀、喜鹊自不必说，斑鸠也开始叫了："咕咕——咕！""咕咕——咕！"叫声在树林的深处此起彼伏。

老人们曾煞有介事地跟小孩子们说，斑鸠是布谷鸟的姑姑，布谷鸟是斑鸠的侄子。斑鸠叫"姑姑穷"，布谷鸟叫"王八好过"，因为"姑姑穷"的叫声总像是在唠叨："姑姑——穷！""姑姑——穷！"而"王八好过"的叫声，听上去特别像是在喊骂："王八好过！""王八好过！"

关于这两个怪里怪气的鸟名儿，有一个民间故事：很久很久以前，是在一个春天，正逢青黄不接的时候，布谷鸟家里没有粮食吃了，就去斑鸠姑姑家借粮度荒。斑鸠有些小气，舍不得往外借粮食，便装作可怜，嘟嘟囔囔着对着布谷鸟叫苦："姑姑——穷！""姑姑——穷！"布谷鸟一听，明白了，对斑鸠姑姑的吝啬很是气恼，便不客气地连声回怼她："王八好过！""王八好过！"从此，人们便把斑鸠叫"姑姑穷"，把布谷鸟叫"王八好过"了。这自然是编排故事哄逗小孩子玩儿。"王八好过"是种候鸟，每年追着麦收的季节，一般在麦收前半个多月才出现，过完麦收不久，它们就往北飞了，也不知道最后飞到了哪里去。而斑鸠则一年到头住在平原上的树林子里,无论春夏秋冬,总能听到它们有一搭无一搭的叫声:"姑姑——穷!""姑姑——穷!"

还有一种鸟,春天的每个早晨,天刚放亮便鸣叫不已,不,准确地说,应该是"啁啾",或者"啼啭",因为它的声音音调婉转、富于变化,嘹亮而悠长,还有一股水音儿,怪好听的。我曾在小区里的一棵柳树的树顶儿上见过这种鸟,身体瘦柳柳儿的,个头儿比麻雀娇小,头顶儿上有一撮儿白,肚皮儿也是白的,叫起来时,好像用尽了全身的力气,胸脯一起一伏的,连尾巴也跟着一颤一颤的。

我不知道它的名字。我问小区的一位清洁工人师傅,他也不认识这种鸟儿。他仰着头儿看了半天儿,说,这种鸟儿一定是气性很大的,不是能在笼中养着的鸟儿,逮住了也养不活的,它会不吃不喝地气死的。我说,我们老家那儿的人把它们叫"看屁股"——一个坏坏的、怪怪的名字。记得小时候在村子里,有一次听到"看屁股"在叫,觉得很好奇,母亲就对我讲:"这是'看屁股'鸟儿!你听,'看——屁——股',多像!"我侧耳细听,一开始没听出来,再听,加上使劲往那边想,就越听越像是"看——屁——股",不由得笑了起来,也就一下子记住了这种鸟儿。老师傅听我讲完,呵呵呵地乐了起来。他说,好多鸟儿的名字是人们模仿着它们的叫声、依着它们的模样或是生活习惯、嗜好给起的。

村子里的人,对鸟儿的名字不甚了解,不知道学名,他们有他们自己的叫法,自己给鸟儿们起名,起的名字奇形怪状,比如,乌鸦不叫乌鸦,而叫"老鸹",麻雀不叫麻雀,而叫"家雀儿",猫头鹰不叫猫头鹰,而叫"夜猫子",从老一辈子那里就这么传下来,也不管什么雅不雅的,就是这么叫。

我知道,"看屁股"肯定不是鸟儿的学名,至于它的"学名"叫什么,村里的人没那份闲心琢磨这个事。到写这篇文章时,我还是不知道它的学名到底是什么,我专门从电脑上查过"鸟网""鸟声网""中国野鸟图库",可查来查去,看来看去的,也是莫名所以,只好还把它写作"看屁股"。我想,它在生物学里,肯定是有名有姓的,只是人们不大理会它的来历,随便用个"看屁股"的俗名儿,就给打发了。有机会的话,应该去请教一下鸟类学专业人士，他们肯定认识这种鸟儿。要不，我在文章里这么津津有味而又郑重其事地写什么"看屁股"，会让编辑老师误以为我层次不高、低级趣味，而以鼻嗤之，把我的文章"枪毙"掉。

　　这几年，随着生态环境逐步好转，好多过去没有见过的小鸟儿也飞了回来，真是令人欣慰，叫人喜欢。

　　每当看到不认识的鸟儿飞翔着欢鸣的时候，真想走上前去打问它们一声："可爱的小鸟儿，请问您的芳名？"

回　　村

2018年10月3日那天上午，我们回到了村子里。

2010年以后，每一年的10月3日，我们都要回到村子里来。这一天是母亲的"忌日"。我们回来，是给去世的母亲上坟烧纸。

一晃的工夫，母亲去世八年啦！天气很好，万里无云，天空蓝汪汪的，能看到西边远处的山影。虽是秋收时节，村子里的景象，依旧那么平淡、朴素和寂静。村里人家的院门，有的关着，有的锁着，有的半开着。半前晌时分，街上也没什么人走过。麻雀们在树枝上蹦来蹦去，叽叽喳喳。偶尔能听到远处的树上有斑鸠在叫，有一搭无一搭的。

我们到坟上去。母亲的坟在村东的地里。我在前头走，穿过菜园子，尽量拣田间地头上的土路走。我喜欢这样。这些土路是田野间的养种道，没有车，人也少，非常寂静。我们走过去，草棵里的蚂蚱、促织们被惊得四处蹦跶。当它们像雨点子一样溅开时，阳光把它们薄薄的膜翅照得通明透亮，能看到很好看的嫩红色、浅绿色、灰白色、淡黄色，也能听见它们逃跑时张开翅膀的声音："吱吱吱""喳喳喳""哒哒哒""嘎嘎嘎"……

庄稼熟透的馥郁气息，还有割倒的秸秆、干草被日头晒着时弥漫起来的那种特有的气味，有些苦，有些甜，<u>丝丝缕缕</u>的，浮动在空气里，穿行在秋风中，真好闻啊！玉米收割过了，土地又翻耕过，黄褐色的土地喧腾着，袒露着，空旷了许多，一下子能望出去老远。有的地块已经种上了小麦，有三三两两的村民正在打埂、扒畦、掏垄沟，有的已经在浇头一遍水了。大豆也大都收割过了，有村民把豆秸摊在村边的公路上，一边晒着，一边让路过的车辆连带着轧一轧，也有把脱了粒的大豆在马路边上铺开来晾晒的。还有一些豆子长在地里，叶子大都落光了，豆秸上挂满一串串饱饱的豆荚，有些热闹，也有些落寞。稍稍静一静，能听到豆棵子中间秋虫唧唧，小心翼翼的，此起彼伏。

母亲坟上的那棵榆树，还是我在2012年的清明节栽下的，从底部分出的两个树干，一个粗些，一个略细一点儿，都已经长到三层房子那么高，也都有小碗口那么粗了，树顶子上还架着一个大大的老鸹窝……时间过得真快。

上坟回来，在村东五十一亩地的地头儿，碰见山云和他老伴。他们刚用镰刀把豆子地的地头儿割了割，以方便机子进地的时候好调头。收豆子的机子已经联系好，一会儿就要过来。他家今年种的豆子长得不错，豆垄儿密密实实，豆荚儿挂得满满当当。他们把割下来的豆棵子一抱一抱地掐起来，装在三轮车上，然后坐下来歇着，望着眼前的一大片豆子地，脸上晒得红扑扑的。村边的菜园子里，白菜、豆角、大葱、菜花、萝卜、蔓菁们长得正旺，一畦挨着一畦，高高低低的，一派郁郁葱葱。人一走近，促织啦，蚂蚱啦，"担杖钩儿"啦，便从菜棵子里跳了起来，在脚边乱蹦着，纷纷逃到别处去。

站在寂静的村口，我有些心情寥落，用手机随手拍了几张照片，照了晌午时分的村口，照了三辰叔家露出墙头儿的红了的柿子，照了村子里骑着车子玩儿的小孩子，照了南房凉儿的地上一片绿茸茸的青苔，还有菜园子里碧绿的菜畦。我应该早一些拍、多拍一些的，比如母亲坟头上的那棵榆树，路边开得正旺的喇叭花，地里一群群的灰喜鹊，但那会儿没有想到，便只拍了眼前所见的这么几张。

从老家回来，我把这些照片整理了一下，配了文字，上传到博客。四五天过去了，只有一个人发来两个字的评论："亲切"，还有一个人表示了"喜欢"，其他的反应就再也没有了。世易时移，变幻多端，原来热心于写博客的那一堡子人，许多已经写得很好，如今却都风一样跑去玩儿微信了，他们有了新的"微信群""朋友圈"，不再回来。博客已然田园荒芜、人迹罕至，也像现在的村子，寂寞得有些发凉。

母亲坟上的榆树

母亲的坟上长着一棵榆树——的确是一棵榆树,但看上去却是两棵,因为从根部分成了两股杈,长成了两根树干。这棵榆树,是我在2012年的清明节那天,回去给母亲上坟烧纸时栽上的。

母亲的坟埋在村东的地里。这块地在我们村东北角,东边和北头紧挨着的,就是邻村的地了。1993年麦收过后,村子里重新调整口粮田时,我们家的地由楔子地和李家坟转到了这里,写在母亲和二妹的名下,每人八分五,俩人一亩七。分完地,旁边还余下一窄溜儿,有一亩半多,地边地角有点儿斜,不太规整,村里便征求我母亲的意见,想让她承包下来,母亲喜欢养种地,就手儿就答应了。

从那时起,母亲就作务着这三亩三分地,直到她后来病重了以后,才不下地了。母亲在2010年秋天去世,先是埋进村西的樊家坟,没成想,刚过一年多,赶上上级征用那块地,就从樊家坟迁到了村东这块地里,重新入土为安。

村外的地里原先都有不少坟头,20世纪50年代末期,上级号召搞平坟运动,平坟整地,平坟开荒,推行火葬,解决中国人多地少、死人和活人争地的矛盾,就把坟头都平掉了。70年代中期的时候,又搞过一次大规模的平坟运动,连带着栽在坟上的大杨树、老柳树和杜梨树,也都刨掉了。我们家有一块杜梨木的案板,就是当年用刨下来的杜梨树做成的,到现在还用着。后来,村里去世的人埋进地里,只在当年保留坟头,等到第二年秋天耕地种麦子的时候，就又平掉了。平掉了坟头，烧纸时就很麻烦——不好找到准确的地点。

我记得，每次去樊家坟烧纸时，我们总要按记号儿选准方位，再用步子丈量，并参照路边的树，找到一个大致的地方，然后，上供儿、烧纸、放炮、磕头。这纸钱是不是烧在了坟头上，也只是心到神到而已。

2012年，樊家坟所在的那块地被征用后，村上要求各家各户尽快迁坟。我们去迁老爷爷老奶奶、爷爷奶奶和母亲的坟时，人们正三一群、五一伙儿地照着自己留下的记号儿，在地里找来找去，挖来挖去，有找到的，有找不到的，也有找错了或拿不准的，一个个急得脑门子迸汗。面对挖出来的朽木板子、烂砖头和变成泥土的骨头渣儿，人们大眼儿瞪小眼儿，莫衷一是，不明所以，也不敢最终确认——认错了的话，那就是笑话。因为母亲埋进去时间尚短，我们很快就找到了母亲的骨灰盒，但哪个是老爷爷、哪个是老奶奶，哪个又是爷爷和奶奶的，因为年头久了，又是土葬，实在是认不清了。后来，父亲和叔叔商量了一下，决计放弃辨认，只抱走了我母亲的骨灰盒。他在家里用毛笔写了我老爷爷老奶奶，还有我爷爷奶奶的牌位，装进一只细木箱里，连同母亲的骨灰盒，一起埋进村东的地里，并留下一座坟头。

我觉得，光是坟头，光秃秃的，不如栽上一棵树。栽什么树呢？我问过村里的老人们。老人们说，坟上栽什么树，曾经是有规矩的，栽的多是柏树和松树，后来有柳树、杨树，还有杜梨树。我去外地时，也曾留意过别处地方坟上栽种的树木，许多栽的是松树、柏树、银杏树。

后来，我读到一则资料，宋代赵令畤的笔记《侯鲭录》，卷第六，引《春秋纬含文嘉》说："天子坟高三仞，树以松；诸侯半之，树以柏；大夫八尺，树以栾；士四尺，树以槐；庶人无坟，树以杨柳。"我想，就在母亲坟上栽一棵榆树吧。榆树是我们这里的本土树种，很常见，又好栽又好活，长得也快，再说，比起杨树柳树来，榆树的枝条稀疏一些，长再高再大，树冠也不怎么影地，不大妨碍庄稼的生长。

我老早就对榆树有很好的印象。原先，村里村外有好多大榆树，七八岁时我就知道，跟香椿树能吃香椿芽一样，榆树也是有用的。每到春天，我常和伙伴们爬榆树捋榆钱儿、捋榆叶儿，回家来交给母亲，掺上玉米面贴饼子、蒸"苦累"。

榆树在我国有着悠久的栽种历史。据记载，早在先秦时期，榆树就已经广泛栽植了。《诗经·唐风》里曾提到榆树："山有枢，隰有榆。"东晋辞官归隐的陶渊明，在房前屋后也栽着榆树，他在《归园田居》中说："方宅十余亩，草屋八九间。榆柳荫后檐，桃李罗堂前。"榆树之所以自古就赢得人们的青睐，大概是因为它具有救荒的功能，是一种"活命树"，赶上青黄不接，或是遭了年荒，榆树的榆钱儿、榆皮、榆叶都可以采下来当粮吃，或掺在粮食里，帮着人们糊口度荒。

明朝李时珍在《本草纲目》中写道："荒岁，农人取皮为粉，食之当粮，不损人。"我也听母亲讲过，榆树皮发一点儿甜口儿，不难吃，晒干了，磨成粉，可以加在荞麦面里轧饸饹，增强黏性。在老家的一间闲屋子里，我曾见过一小捆儿装在席篓儿里的干榆皮，整整齐齐地捆扎着，已经发黄、泛灰。我好奇地撕下一缕，放进嘴里小心翼翼地嚼了嚼，因为时候长了，没什么味儿，就吐掉了。印象中，母亲没给我们吃过榆树皮。那时吃得最多的，就是榆钱儿和榆叶。现在，生活好了，每年春天还要四处找榆树去捋榆钱儿、捋榆叶，和面粉掺到一块儿贴菜饼子吃，纯粹是为了换胃口，吃个新鲜劲儿。

母亲坟上的这棵榆树，是我从村西战国家的院墙外挖回来的。那天，我去铜冶赶集，在集上找卖树的。可是卖树苗的卖的多是果木树，没有卖榆树的。一位卖树苗的老汉听说我找榆树，就咧开嘴笑了："你可真是的，榆树还用买呀？——哪还找不到一棵榆树？春天时榆钱儿随风刮得满地是，河坡上、闲院子里、墙旮旯里，不到处都是小榆树嘛！不用买，随便挖一棵就是了。"

我离开铜冶集，骑着车子回村，一进村西口儿，就在战国家的西院墙外看到一片高高低低的小榆树，选中一棵有掀把儿粗的挖了下来，扛在肩上，径直去了村东的地里，头晌午前就栽到了母亲的坟上。又从机井上打了一桶水，灌满了树坑。

榆树栽活了，缓了一段时间，渐渐长旺，第二年起，一年往上蹿一大截子。七年多过去了,它已经长到了两三层楼那么高,树干也越来越粗壮了。

2020年大年初一的早上,我去上坟,用手量了量树干,两根树干都有三拃多粗了。我仰头望着高高的榆树,树上有两个麻野雀窝,头一个是栽上这棵榆树第四年的春天时,一只麻野雀搭建的。当时,树杈还低,如今随着榆树长高长大,这个窝也渐渐抬到了高处。还有一个麻野雀窝,在更高一点儿的树杈上,稍微小点儿,没注意到它是在什么时候搭成的。

有大榆树遮荫,有麻野雀绕树,母亲的坟上不会太冷清了。

粮　食

我在村子里见过很多种粮食：麦子、玉米、高粱、大豆、谷子、黍子、荞麦、绿豆、红小豆、豇豆、豌豆、扁豆、蚕豆。现在，能见到的好像只有麦子、玉米、大豆、绿豆，其他杂七杂八、这豆那豆的小杂粮儿，大都很少见得到了，因为好多年都没人种了。为什么不种了呢？因为产量太低，一亩打个几十斤、百十来斤，更主要的，小杂粮儿是吃着玩儿的东西，不算是"正经粮食"，作务、收拾起来又麻烦、费工。人们忙着外出打工，还是种麦子、玉米更简单、省事儿。

在这些不算是"正经粮食"的小杂粮之中，蚕豆，好像在我还小的时候在村子里见过，只是印象不怎么深。荞麦种得也不多，只是在遇上干旱或是涝雨、冰雹的荒年，庄稼收成不好，时辰又有些晚，种不成别的了，才种荞麦救急。荞麦生长期短，三个月就收一茬。"头伏萝卜二伏菜，三伏过了种荞麦。"说的就是这个。荞麦磨了面，能蒸"扒糕"、轧饸饹，也是吃着玩儿的东西吧。

杂粮中，我印象深的是豌豆。记忆中的豌豆，样子很好看，一垄垄儿、一趟趟儿，青翠、碧绿，生机蓬勃，尖梢儿伸出来又细又嫩的丝，像是小孩子的小嫩手儿似的，仿佛在找寻着，想要抓住点儿什么。豌豆开了花更好看，像是落满了小蝴蝶，翩翩欲飞的样子。等到花瓣儿落去，豌豆荚挂了出来，一天天鼓胀起来，直到长到圆滚滚儿、肉乎乎儿的。趁着豌豆荚还嫩，摘下来蒸熟了吃，最有意思，那份清新的香气，令人流连，有时甚至连豆荚的嫩皮儿也吃下去。

麦收之前，先收豌豆。将豌豆棵割下来运到场上，晾晒、收打，然后晒两三天，晒得干透了，再存起来。豌豆是杂粮，也是粗粮，主要用于磨杂面（麦子、绿豆、黄豆、豌豆、豇豆等掺和在一起磨成面，用来擀杂面），再就是蒸"豌豆黄儿"——将豌豆压成碎渣儿，去了糠皮儿，用热水搅和搅和，然后上锅蒸熟，就能吃了。就是这么简单。北京有种点心叫"豌豆黄儿"，那是"宫廷"食品，跟我们自己蒸着吃的粗粗拉拉的"豌豆黄儿"大不一样。每年的夏天，街上有叫卖"豌豆黄儿"的，装在箱子里，驮在自行车的后椅架上，上边盖着白细布，有人来买，便掀开细布，用薄片刀切下来一块，挨近了，能闻到飘过来的一股怪亲切的豆腥气。

前几年，我在菜园子里种过一回豌豆，但是错过了时令，没能种好，没有收成。村里的老人说，豌豆这物件儿，怕"伤热"，种豌豆要趁早，最好是顶着冰茬儿种，等天气转暖，豌豆出苗了；等天热了，豌豆也结了荚该收了。我是谷雨时节才点种的，太迟了，豌豆光长棵子，就是不开花。

人们不种豌豆了，不种蚕豆了，不种扁豆了，再后来，连黍子、谷子也都不种了——黍子和谷子成熟的时候好招鸟儿，成群搭伙的麻野雀、麻雀们，把谷穗儿、黍穗能"弹"空多半截，慢慢地，大田里就只种两茬儿庄稼：一是麦子，二是玉米，两年三熟。

我打小就知道爱惜粮食。这是母亲教育我的。20世纪70年代初，我们家曾经断过粮。母亲不止一次给我讲过她的这一段艰难的经历：1972年冬天，我们跟叔叔分了家，只分到一四斗瓮的玉米、半布袋高粱和三十多斤麦子。转年到了麦收时节，家里断粮了，连玉米面、高粱面也都吃没了。那天，母亲在生产队的场上打麦子，中午，母亲没有吃饭，饿着肚子干活儿。听说傍晚时要给社员分新打的麦子，母亲心里总算有了个盼头儿。半后晌时，母亲又热又累又饿，歇晌儿时，她一个人坐在双辰家东院墙外的麦秸垛旁，默默地发愁着晚上能给孩子们做什么饭吃。盘算来、盘算去，慢慢地，她伏在膝上迷糊着了，还做了梦，都是零零碎碎的片断，一会儿这，一会儿那，也说不清到底做的什么梦，只记住了好像是走在雨后的泥地里，一走一陷，拔不出脚来，鞋上粘的全是泥……然后，一下子就急醒了。队长在喊人上工，她就又扛起杈子干活儿去了。母亲悄没声地找到在队上当会计的正月叔叔，叫他分麦的时候照顾一下儿，先给我们家分，分了麦子好去换面。等把分到的麦子拉回家，父亲也下班回来了，立马驮了四五十斤的麦子去了十里地之外的寺家庄粮站面粉厂。不巧的是，寺家庄粮站面粉厂没有面了，父亲调转车把，马不停蹄，又直接从寺家庄奔了铜冶。等到父亲满头大汗地骑着车子回到家里，天已黑得透透的了。母亲赶紧搲（音"wǎ"）了两升面，和面、烧火、烙饼，等到一家人吃完了饭，四岁的妹妹秀丽已经靠着厨房的门框睡着了……每当母亲讲完这段经历，总是两眼含着泪珠子。我知道，在讲这个"故事"的时候，她的心是苦的，鼻子是酸的，眼泪是咸的。

　　后来，家里的日子渐渐好了起来，再也不缺吃少穿的了，但是母亲依然爱惜粮食。母亲说："家中有粮，心中不慌。"她最见不得丢损和浪费粮食，掉在地上的麦粒、豆粒、玉米粒，见了总要蹲下来，一粒一粒地捡起来收好。我们很少像其他孩子那样吃炒黄豆、炒玉米豆之类的零食，母亲不让，看管得很严。母亲说，黄豆留着做豆腐，玉米磨成面可以贴饼子、熬粥，都当正经饭吃，炒着吃，那算个啥？——那是"吃嘴货"！母亲也不肯拿麦子去换馃子、换麻花，用玉米换西瓜、换苹果、换凉粉。她说："五马换六羊，越换越不强。粮食只有做成饭吃，才最合适。"我们兄妹仨，吃饭从不浪费，吃多少，盛多少，很少剩饭，吃饭时掉下的饭粒，也要捡起来吃掉。母亲说："谁浪费粮食，谁就是'造罪'！"

　　一直到现在，我们依然保持着珍惜粮食的好习惯。

红 高 粱

我喜欢到地里去看庄稼。在我眼里，茁壮的庄稼都是好看的。广阔的田野，绿油油的庄稼，构成一幅朴素、自然、美丽的风景画。

你看麦子，密匝匝、齐刷刷的一整片，干干净净的，在南风中鼓荡起麦浪，一波追赶着一波，向着远处起伏而去；谷子快熟了，饱满的谷穗儿，沉甸甸地弯下腰来，一副憨厚、纯朴、谦逊的样子；玉米是那么青翠、挺拔、舒展，一棵挨着一棵，站成整齐的队列，像是一群朴实、健壮的乡村少女；高粱也跟玉米一样，却比玉米又多了几分柔美、清秀的风致。一棵棵亭亭玉立的高粱秆上，敷有一层淡淡的霜白，霜白下又隐隐泛出一丝丝的天际红，等到抽出了高粱穗儿，日头晒红了高粱米，那景象，好像是广阔、翠绿的原野上燃起了火焰，底部一块绿，上头一抹红，红绿映衬，色彩强烈，对比鲜明，热烈得像是一幅颜色饱满的水彩画。那高高挺起的熟透了的高粱穗儿，仿佛村子里的小伙子们的一张张笑脸，热情、纯朴、健壮，风一吹，它们头儿碰头儿、脸儿对脸儿，像是在交头接耳，愈加多了几分可爱。

高粱曾经是重要的粮食作物之一。我还小的时候，村里每年都要种好几片地的高粱。高粱和玉米一样的生长期，初夏播种，秋后收割。七八月里，高粱长到高过人头，在平原上织成一道道密不透风的青纱帐，浩瀚如海，蔚然壮观。高粱收获下来，可以碾高粱米、磨高粱面，好吧赖吧，那年月，起码可以糊口、填肚子，总比没吃的强。高粱是高产的作物，吃起来口感却差。我是吃过高粱米粥、高粱面饼子的,虽然那时也就七八岁,但仍有较深的记忆,到现在还能回想起来当年吃高粱面的滋味。村里流传着这样一句歇后语:"粜了麦子换高粱——不吃好粮食儿!"也从一个侧面生动地说明了高粱在人们心目中的价值与地位。

高粱秸秆水分大,甜滋滋的,有点儿像南方的甜甘蔗,很讨北方乡村孩子们的喜欢。我们去地里干活儿或是玩耍,有时发馋,常趁着大人们不注意或者看不见,偷钻进高粱地里撅上一两枝,然后坐在地垄上,像是小兽儿一样大嚼一番,很是解馋、过瘾。但这属于"破坏庄稼",要叫队长和社员发现了,自是不可轻饶。高粱收割以后,秸秆可以铡碎了喂牲口,或烧火做饭,或垫圈积肥。而高粱秸秆"价值最大化"的用处,一来是替代木条,用作给房子吊顶的材料——龙骨。谁家房子需要吊顶,挑选那些长得直溜儿、修长、匀称的,剥得光光的,用来扎骨架,既轻巧、便捷,又结实、耐用;二来是剥了席篾编东西。用刀子把高粱秸劈成两半儿,沉在水塘里泡上半拉来月,捞上来用碌碡压过,再用刀刃儿别住,刮去那层压瘪皮了的秆芯儿,只剩下薄薄的、长长的、光溜溜的皮儿,就是席篾,可以编席子,编席篓,编敞口的浅筐。这一应东西,在农家生活里,很多地方都是用得到的,所以,编席子、编席篓、编浅筐曾经是一项非常适宜平原乡村的家庭副业项目。村子里好多男人都有一手儿编席子、编席篓的手艺,就像作家孙犁笔下的白洋淀人擅长编苇席一样。我爷爷当年在村子里是编席篓的高手,他编的席篓从大到小,从圆到扁,从敞口儿到缩口儿,各式各样。冬闲时节,爷爷也闲不着,编下的席篓,能堆满大半间屋子。逢到哪里过集,他就用扁担挑上他的席篓去赶集,近点儿的到铜冶、永壁,远点儿的到振头、寺家庄,再远的,栾城的窦妪、元氏的南佐,还有西边山里的上寨也都去过,把莲花营编席篓的名声带到四面八方。我四五岁时,爷爷的身体还好,记得是在一个冬天的早晨,我跟着爷爷去村西的官河里捞他泡好的高粱秸。官河里有鱼,那天,有一条金红色的大鲤鱼钻进了爷爷泡的高粱秸里,因为水冷,这条鱼被冻得懒得动,没费劲儿就被爷爷捉住了。我们把它装进筐子里,背上,再拖着湿漉漉的高粱秸,高高兴兴地回家。我母亲正在做早饭,爷爷站在厨房门口儿,把鱼交给她。母亲收拾了收拾，用菜刀刮鱼鳞，又剖开了清理，洗干净后，把鱼装进一只大碗里，掀开锅盖放了进去。不知过了多会儿，母亲把这只露出鱼头和鱼尾的大碗从热蒸汽里端出来，摆在吃饭的小低桌儿上，调了酱油醋什么的淋上去。然后，一家人围过来，用筷子捅来捅去，小心翼翼地吃，也没觉得出有什么特别好的滋味——那是我来到这个世界上所吃到的第一条鱼。我至今记得，那是一条非常好看的金红色的大鲤鱼。

高粱秸的顶端，连着高粱穗的那一截儿，叫"格档儿"，可以用来扎"排排儿""壳壳儿"，用以摆饺子、盛干粮、盛洗好的菜。手巧的人，还能用"格档儿"给小孩子扎小灯笼、蝈蝈笼儿；刮过高粱米的空高粱穗子，可以扎扫地笤帚和厨房里刷锅洗碗扫案板用的炊帚，比起用棕毛、塑料丝、尼龙丝做的炊帚来，绿色环保，顺手儿好用。

我从五六岁上开始跟着大人下地干活儿，跟高粱打过不少交道。从初夏时的间苗、锄草、浇水，到盛夏时节钻进又闷又热的高粱地里一垄一垄地"找草"（村里人把给高粱成熟前最后一遍锄草叫"找草"），秋天时钻高粱地撇高粱叶子（为的是增加通风），再到收高粱时掐高粱穗儿、割高粱秸、刨高粱茬，我都干过。大概是20世纪80年代中期以后，随着队集体的解散，村外的田野里再也见不到成片的高粱了。人们的生活好了，不再为吃喝犯愁，也就不再拿高粱当回事儿。最近这些年，也有人在地头儿、路边偶尔种一小片儿或几垄高粱，但都不是过去的那种"笨高粱"，而是黏高粱、甜高粱等新品种，不过是为了尝尝鲜儿，或是为了用点儿高粱的"格档儿"和高粱穗子。

而满地一片红彤彤的高粱，永远是我心中的一幅抹不去的美丽的风情画。

蒸 年 糕

一入腊月,就望见年了,年味儿也一天比一天浓郁起来。在浓浓的年味儿之中,我最喜欢的,是家里蒸年糕时的那种醇厚的米香,混合着大枣儿特有的甜滋滋的味道,从厨房里飘散而出,丝丝缕缕地浮动在响午或者黄昏的村巷里。

大人的日子小孩儿的年。对于过年,大人们似乎是不打紧的,照旧不慌不忙,一日一日地过。他们阅尽人世沧桑,经历的已经够多的了,过年嘛,徒增岁数而已。小孩子们却是满心的兴奋与好奇,支使得大人们不得不团团转地忙将起来,在"小寒大寒,杀猪过年"的歌谣声里,开始做起迎接新年的一应事务的准备。紧着打理着,一样儿一样儿预备着,年就到了眼巴前儿了。

需要打理、预备的事项中,光说吃的,就有蒸的、煮的、炒的、炖的、炸的,好多花样,好多品种。蒸的方面,有馒头、拧丝卷子(也就是花卷儿)、枣花馍馍、豆馅包儿……最隆重且有仪式感的,就是蒸年糕。

母亲还在世的时候,每年过年我们家都要至少蒸上一锅年糕。过年不蒸年糕,这年似乎就少去了一大块,也失却了许多色彩与滋味。

年糕,实则黏糕,是用黄米面加上大红枣儿上锅蒸熟,一层面,一层枣儿,又是香,又是甜,还讨个"年高"的口彩,最是应和过年的喜庆、祥和与欢乐,一说年糕,就没有小孩子说不喜欢的。

蒸年糕首先要有黄米面,黄米是用黍子碾成的。早先,村子里每年都要种些小杂粮儿,红豆、绿豆、蚕豆、扁豆、谷子、黍子什么的。种黍子就是为了碾黄米、蒸年糕。这些小杂粮儿种和收都很麻烦,其中最麻烦的就是谷子和黍子,因为这两样儿特爱招麻雀。每到秋后,谷子黍子快成熟的时候,鸟儿们便盯上了。收割之前,得专门放人在地里"值更儿"看着鸟儿们,往外哄赶,或者在地里绑一些装模作样的"稻草人"吓一吓(往往也吓不到这些精明而屡教不改的小家伙儿),总要斗智斗勇地与成群的麻雀们周旋上十天半拉月的,要不就会让一伙子又一伙子的麻雀们把谷子、黍子的穗子给"弹"得空去了半截,到时候,割下来跟一把草也差不太多了,忙活一季,全填给鸟嗉子了。

割下来的黍子运到场上,却不能像麦子那样摊在场上用碌碡碾。为啥?黍子的秸秆还另有用处,要是让碌碡轧扁了、碾皮了,就不好派上用场了。收拾黍子,用到的是一种扒畦的农具——铁板。把铁板平放在地上,板刃儿朝上,手里拿上一小把儿黍子,在上头一下一下地往下捋着刮,"吱楞儿——""吱楞儿——",黍子米像小雨点儿一样唰唰地落下,直到把黍子穗儿上的米粒刮得干干净净,把黍子秸秆放在一边,再刮下一把儿。黍子秸秆最大的用处是制作笤帚。到了冬闲时节,就会有走村串户的匠人来到村子里,在街角一处背风向阳的地方支起摊子,给人们戳笤帚。人们把存放着的黍子秸秆背过来,向手艺人交上几角钱的加工费,换回几把戳好的大笤帚、小笤帚,扫地,扫炕,还可以扫案板。

黍子粒是黑色的,比谷子粒儿要大,亮晶晶的,很像是小鸟儿的眼睛。我特喜欢用手插进黍子粒儿,抓起一把,凉渗渗儿、滑溜溜儿的,从手指头缝儿里像水一样漏出来,很好玩儿,有一种别样的手感。

把黍子碾去了皮,就成了黄米,再把黄米磨成面,加上事先预备的用开水焯过的大红枣儿,就可以蒸年糕了。母亲蒸年糕的时候,大多是我来负责烧灶火。母亲把糕面装在一只笸箩里,放在锅头台儿上,然后用温水搅面。搅面要把握好"水花儿"——"水花儿"小了,面发干,蒸出来的年糕不黏,酥啦啦的,口感差;"水花儿"大了也不行,容易把年糕蒸"流"了,品相不好,也不好捉拿。母亲把面搅好以后,又铺好箅子,先往上撒一层枣儿,再往枣儿上撒一层面,然后盖住锅,把风箱拉杆儿交给我："来，拉火吧，'一气馍馍二气糕，豆渣窝窝大火烧。'先烧第一气儿。"烧火也是有技术要求的。蒸年糕很费火，火小了，热气顶不上来，年糕不好蒸熟；火大了，费柴火不说，有时能把锅里的水耗干，甚至烧焦了箅子，烤煳了年糕。像这种糗事，往常年间在村子里也是发生过的。

母亲蒸年糕时，还嘱咐过我，烧火便烧火，小孩子家不要乱说话。比如，小孩子不能在灶火前问大人："年糕快熟了吧？咋还不熟呢？"这一问，可坏了，就"得罪""神家儿"了，这锅糕再怎么蒸也蒸不熟了。母亲郑重其事地这么一说，就给蒸年糕笼上了一层神秘的色彩。我听话，便噤声不语，只安安生生地坐在蒲墩上，一下是一下地拉火，让母亲放心。"呼咚嗒——！呼咚嗒——！"我舍得出力气，拉动风箱，催动着灶火，不一会儿厨房里就热气弥漫了。

烧上来第一气后，闷上一会儿，母亲过来掀开锅，再撒第二层枣儿、第二层面，最后再撒上一层枣儿，之后，我就开始烧第二气。第二次大气烧上来后，再多闷会儿，就可以起锅了。起锅得两个人，一起拽着箅子绳把箅子从锅里抬出来，然后抓着箅子两边的掌，把年糕倒扣到事先铺好的席子上，揭下箅子，跑一跑热气，等晾得差不多了，紧了皮儿了，就可以拿刀切了块，捧在手里大快朵颐了。——哈，新米新枣新年糕，又香又甜又黏真好吃啊！

年糕、年糕、年年高，这里头，寄寓着人们对美好生活的渴盼与向往。——这也是一种浓浓的乡愁啊！

蒸 血 糕

2018年的隆冬时节，刚入腊月不久的一天傍晚，我们正在吃晚饭，接到三姨从乡下打来的电话。

三姨在电话里乐乐呵呵地说："俺们今儿个后响儿在大锅里蒸了一锅血糕，色气、味道都挺好。你姨父趁着村里这两天有杀猪的，老早就去那儿盯着，专门跟熟人要了一大碗猪血，端回来叫我给蒸血糕。他好吃这个'营生子'（老家方言，在这里是指不太珍贵、不太值钱的东西、物件儿）！刚才和你姨父还说哩，村里眼下也没别的什么稀罕的东西，就这血糕，除了腊月里杀猪，平时也见不着、吃不到，别的地方更没有。我知道你打小也好吃这玩意儿，送你两方块儿尝尝鲜儿吧。就蒸了这么一锅，也不太厚，所以多了也没有，你别嫌少就行。"又拉呱了会儿别的，三姨最后说："好些年不喂猪、不杀猪了，村里的猪现时下也都可少哩，有十多年都没蒸过这'营生子'啦！"

听三姨热热闹闹地这么一说，有关乡村腊月里杀猪、煮肉、炸馃子、蒸血糕的回忆，一下子就被唤醒，在我的脑海里活跃了起来。三姨说到的血糕，让我想起多年以前母亲还在世的时候，家里买猪、喂猪、杀猪的那些往事，想起腊月里杀了猪后，母亲给我们蒸血糕吃，以及血糕的模样、口感、味道。再一想，自从1993年秋天母亲得了病，家里就不再喂猪，过年也就不再杀猪，再到后来的2010年秋后母亲去世，算起来，我至少得有二十五六年没有吃过血糕这东西了。

"血糕"的名字，猛一听来，不晓得的读者朋友可能会有生理和心理的"反应"，感到有些残忍、生猛和恐惧。其实，"血糕"是我们华北平原西部的乡村里，普通却也特有的一种食物，它以猪血、白面（或是荞麦面）为原料，配以葱花儿、食盐、"猪油三儿"（猪板油熬过后剩下的油渣）等配料，和成面团儿，经过发酵，"起"（即"起面"，就是发酵）好之后，上锅蒸制而成的发糕式的面食。

　　蒸血糕一般只在腊月里、正月里。因为，村子里入了腊月才开始张罗着杀猪。杀了猪，才有新鲜猪血；有了新鲜猪血，才能张罗着蒸血糕。

　　母亲在世时，我们家跟村里别人家一样，年年都喂一头猪，从每年三四月买上小猪儿开始，一直喂到腊月，猪喂得肥了，正好杀了过年。这曾是那些年乡下人家生活中的一件大事——杀上一头肥猪，油也有了，肉也有了，年和日子才会过得有滋有味有劲头儿。杀猪的时候，母亲总是特意准备上一只和面的盆子或者铝盆，里边撒上一把粗盐，预备着到时候接猪血，端回来给我们蒸血糕。

　　母亲每次蒸血糕，大都是让我负责烧灶火。我在旁边跟着看，有时也帮她打个下手、递个零碎儿。母亲蒸血糕的程序和步骤，我一一看在眼里，根据回忆，大致记录如下：

　　一、和面、"起"面。母亲先是用升子搲上四五升白面，再舀上一碗猪血倒进面盆，然后再往里边加一瓢腥汤——就是煮肉时留下的浓汤，冷凝后有点儿像肉冻儿。用腥汤和面，是为了有油有盐、增加滋味。和面的时候，还要放一点"起子"（也就是酵子）。和好面后，盖上面盆，等着面团发酵。要紧的是猪血要放得适量，不能多不能少，多了，蒸出来的血糕发黑，品相上不好看；放得少了，色气淡了不说，滋味也就寡淡了。

　　二、准备配料。小半天儿或多半天儿过去以后，盆儿里的面团就"起"（也叫"开"）好了——这主要看屋里的温度，气温低就"起"得慢些，气温高就快一些。"起"好的标志就是面团膨胀，变得暄软。面团"开"得狠一点儿最好。这时候，还要往里边另外加一些作料：切上半棵白菜，用油、盐、葱花儿翻炒一下，一并和进面团里去。和好的面团"内容"丰富，而且松松软软，油光光儿的。

三、上锅蒸熟。锅里的水烧得"响"了之后，在箅子上铺一层烫过开水的干白菜，然后把"起"好的面团在上边摊平，盖上锅开始烧火。"一气馍馍二气糕"，烧得锅里"嗤嗤嗤"地往外冒起大汽来，就停下灶火，歇上一歇，一刻钟后，再烧上一气。从烧第一气到第二气，差不多四十来分钟，血糕就蒸熟了，稍焖上一会儿，即可起锅。血糕蒸得好，暄腾腾的，也筋道，色泽暗红，表皮儿上还有一层亮汪汪的油光儿，吃起来咸蔫蔫儿的，香喷喷儿的，特别有滋有味，好吃！

那天，去三姨父那里拿回来血糕，晚上我们就馏了三小块儿。不必说，味道是有记忆的，隔开了那么长久的时光，当它们在我的舌尖上醒来，让我一下子就回到了从前，想起了去世多年的母亲，想起了在乡下度过的那些穷困、暗淡的岁月，想起了那些琐碎却又滋味深长的日子。

小孩子家"食儿细""嘴刁"，喜欢吃有滋有味的东西。但是，我小时候的那个年代，虽然不再饿着肚子了，但日子少油没盐，依然穷得露着脚后跟。平常下也吃不到别的稀罕东西，特别是在漫长的冬天，一天三顿饭，翻来倒去，老是那么几样儿：上边蒸玉米饼子，下边熬玉米面粥，这是主食；菜，除了白菜就是白萝卜、红萝卜，要变变样儿，无非是今天切丝儿、明天擦片儿，而且吃的时候也舍不得搁油。这样的饭食，早就腻烦了，看到就皱眉头儿。直到进了腊月，家里杀了猪，有肉有油有腥，嘴里才算有了嚼头儿。蒸血糕也是其中的一个花样儿。有油有盐，夹有葱花儿、白菜、油渣的血糕，自然是刺激口味的。三姨之所以记得我喜欢吃血糕，我想，大概是相对于我对玉米饼子的腻烦、抗拒与无奈吧。而所谓的好吃，更多的应该是对童年、少年生活的品味，是对淳朴的情感、温情的回忆的一种寄托与释放。

血糕是应时的普通的食物，属于乡下和民间，论品相、模样儿，既显不出高级，也不大好看，上不了台面儿，很少用来招待客人，只留着自家以及彼此走得近的亲戚和要好的朋友吃。我吃过母亲蒸的血糕，吃过姥娘和妗子蒸的血糕，现在又吃了三姨蒸的血糕，除了这些，再没吃过别人家的血糕。

我也算读过不少的书了，但一直没有读到过有关"血糕"的文章。

梁斌在长篇小说《红旗谱》中曾经写到,严萍在大年夜去江涛家,江涛的母亲把血糕、猪头糕、灌肠、萝卜缨儿大饺子摆在小桌上来招待她,严萍把一块猪血糕送进小嘴儿里。但这里写到的"血糕",什么样子、怎么做的,作家没有交代,也就不知其详。我也曾经特意问过单位里几位家在外地的同事,他们都没有听说过、更没有吃到过我们这里的"蒸血糕"。我还专门上网搜索,网络上倒是有不少关于"血糕"的消息,但讲的并不是一回事儿。有的说的是"血豆腐",有的虽然也叫"血糕",却是用猪血加上姜末、葱花儿、鸡精、花椒面和盐下锅蒸熟的那种。比如,东北乡下过年时特有的一道咸鲜口味的蒸菜,就叫"血糕",是把刚杀了猪的新鲜猪血,用盆装了,加上作料搅拌,然后下锅蒸制。还有的,不是做法不同,就是吃法不一样。比方"安阳血糕",是河南安阳的一种传统地方小吃,是用荞麦面、猪血加调味料蒸出来的,吃的时候切片油煎,再抹上蒜泥。还有邯郸曲周及周边乡村的"煎血糕",是冬春季节常见的一种路边小吃,主料是荞麦面,加上猪血或羊血,用慢火、文火油煎。所有这些,都跟我们这里的"血糕"不一样。可是,我们这里的"血糕",在网上却没有一行文字、一张图片的记载与展示。

  岁月如水流逝,而一同流逝的,不会只是如水的岁月。如今的村子里,"肥猪满圈"与正在大张旗鼓建设的"美丽乡村"是有些"隔"的,操心费力去喂猪的人家,越来越少了,而且似乎是一年更比一年少。记得小的时候,谁家想要杀猪,还得起早去排队、写号儿。我们小孩子也最喜欢去看杀猪,全不知道个怕,轮到杀自家的猪,心上又喜欢、又着急、又兴奋、又慌张。等到全村的猪都杀完,管杀猪的爷儿们,六七个人组成的一个班子,怎么也得热气腾腾地忙活上三四天才行。现在,满打满算,也就一天的时间,总共也杀不了几头。物以稀为贵,想吃用新鲜猪血蒸的香喷喷的血糕,也就不是那么方便和容易了。——我在这里不揣冒昧,把蒸血糕的事情一五一十地写出来,作为关于"血糕"的一则补充资料,说起来也算是不无裨益的吧。

咸　菜　谱

小　序

在乡下，入冬之后，新鲜蔬菜渐少，除了白菜、萝卜、土豆以外，村里的人还在腌咸菜上打主意。

记得村子里几乎家家户户都在院子的墙角儿或者厨房的旮旯里，放着一口咸菜瓮，粗瓷，黑褐色，口儿小肚大，齐膝来高，专门用来腌制咸菜。腌满一瓮，差不多可以吃上对头儿一年。腌咸菜所用的盐不大讲究儿，多是那种从村供销社里"量"的大粒海盐，村里人叫"盐嘎巴"，咸得有劲儿。讲究儿的人家，除了盐，还会往咸菜瓮里放些花椒（或花椒叶儿）、生姜和大蒜等作料，腌出来的咸菜味儿更好。

我看过一则资料，腌菜在中国有着悠久的传统。《周礼·天官》中有"大羹不致五味也，铏羹加盐菜矣"的说法。所谓的"羹"，是用肉或咸菜做成的汤。这是我国对咸菜吃法最早的文字记载。后来，东汉崔寔的《四民月令》、北朝北魏贾思勰的《齐民要术》、唐朝《唐代地理志》、宋朝《东京梦华录》、明代刘基的《多能鄙事》和清代袁枚的《随园食单》等，都对腌菜有详细的记载和论述。清人著作《真州竹枝词引》中记载："小雪后，人家腌菜，曰'寒菜'……蓄以御冬。"更是鲜明地讲明了腌咸菜的时令以及吃法。咸菜大部分是在大秋后、入冬前腌制，一个月后，正好腌透，味儿地道，成色也足。

我在这里写到的，都是过去村子里的人家腌过的咸菜，有的一直延续至今。如今，生活水平的提高，使得咸菜的品种、滋味都有了新的变化和讲究儿——从前没有时令蔬菜才去吃咸菜，现在的咸菜只是饭桌上的一个点缀，人们吃的，是稀罕，是新鲜，是回忆，是对生活的品味。

白 萝 卜

时令进入深秋，白萝卜长成了个儿，有大人的胳膊那么粗，光溜溜的，有的直，有的弯，上半截儿日头晒得着的地方发青，下半截儿因为埋在土里，则像象牙一样白生生的。

李时珍说："（萝卜）大抵生沙壤者脆而甘，生瘠地者坚而辣。根叶皆可生可熟可菹可酱可豉可醋可糖可腊，乃蔬中之最有利益者。"这评价不低。村里老人说："萝卜赛梨。"的确，萝卜水分足、脆性大，不干不渣，可以生吃。除了切片生吃外，正如李时珍说的那样，作为蔬菜，还有很多种吃法：切了块炖羊肉，切了丝炒菜，剁了馅儿包包子、包饺子，还可以熬白萝卜汤。新鲜白萝卜一时吃不完，可以在湿润的沙土里埋好，也可以放进地窖里储存起来，能吃到过年。再有就是将萝卜擦成丝，在房顶上晒干后，存放到防潮的地方，到第二年的春上，用开水煮软，然后既可以炒菜，也可以包包子、包饺子。白萝卜丝加羊肉或腌肉调成馅儿，包出来的包子、饺子是上讲儿的，如今的大饭店里也郑重其事地吃这个，有的还是"招牌"呢！

白萝卜还有一大用项，就是腌咸菜。腌白萝卜非常简单，只需一口大缸，把白萝卜洗净、晾好，先切段儿，再一切两半儿，在日头地儿里晒晒，收一收水气，等晾晒得半蔫堕了，再放进咸菜瓮里一层层码起来，一层层撒上大粒盐。三五日过后，盐将萝卜里的水分逼出来，慢慢就淹住了萝卜块儿。这样腌上一个月后，咸菜就腌得差不多了。将腌好的萝卜从缸里捞出来，用清水洗一洗，然后切丝，装盘儿，调上酱油、醋，再滴几滴香油，加点葱丝儿，吃吧，脆格铮铮儿的，咬饼子、就粥，特对味儿。

红　萝　卜

　　红萝卜也是每年都要种的。这东西皮实，产量也大，种个三四畦，就能收一大堆。红萝卜也是冬天里离不开的主要蔬菜之一。

　　种红萝卜讲究节气。"头伏萝卜二伏菜。"村子里的人这样说。一粒轻飘飘的尘埃一样的种子落进土地，发芽，生根，缨儿往上长，根往下钻，直到长成鸡蛋那么粗，一把匕首那么长的萝卜，把地皮挤得绷开了裂纹儿，也的确令人稀罕和惊诧。

　　"地冻车辙儿响，萝卜蔓菁使劲长。"村子里的人这样说。所以，天都下过霜了，水皮儿也开始结出冰凌茬儿了，萝卜们还挤挤插插地翠绿地长在地里。一年中，红萝卜差不多是最后才从地里收回来的。

　　红萝卜是贱物，但绝对是有营养的好东西。红萝卜脆生生的，更有甜味儿，生吃爽口。还可以蒸熟了吃、煮熟了吃，软软的，糯糯的，甜味儿似也更浓。切成不规则的块熬粥，可以"乱锅"。切了丝加荤油炒菜，有回甘，且下饭。红萝卜还可以炖排骨汤、鲫鱼汤、干贝萝卜汤。新鲜的吃不完，可以埋进潮湿的沙土或者窖存，还可以擦成丝儿晒干，在干燥的地方储存好，转年的春天也能当菜或作馅儿吃。

　　原先，村里的人们用红萝卜腌咸菜。红萝卜的腌法与白萝卜一样，可以整根儿，也可切成两半。红萝卜咸菜吃起来脆格铮铮儿的，但口味稍微发甜，和咸味绞在一起，口感不如白萝卜咸菜地道、顺口儿。现在，人们已经很少腌红萝卜了。

辣　椒

　　小的时候怕辣，大了以后却又喜欢辣。辣椒腌成咸菜，辣劲儿便打了七折八折，所以，我倒更喜欢吃辣椒腌成的咸菜，又咸又辣，下饭。

　　用来腌咸菜的辣椒，大都是到了秋后仍没有长红的青辣椒，等着长红似乎已经来不及，便扔进咸菜瓮里腌成咸菜。用长熟的红辣椒腌咸菜的，少。红辣椒大都用来制作酸菜和辣椒酱，或是挂在房檐下晒干了，用作炝锅或是炖肉时提味儿的作料。

辣椒有好多品种，有的适合腌咸菜，有的却不适合。父亲种过一种叫"牛角王"的辣椒，能长到一拃多长，到了生长旺季，滴溜当啷地纷纷从棵子上挂下来，多得摘不过来、吃不过来，腌吧，却不多久就化成水，只剩下一层皮儿。反倒是那些老品种的尖辣椒，长大了的也好，没长大的也好，都能丢进咸菜瓮里腌制。记得每年要种白菜了，为了腾地，母亲就把还在生长着的辣椒棵子拔掉，把棵子上大大小小的辣椒统统揪下来扔进咸菜瓮里。一个月后，我们就开始捞着腌辣椒吃了，那些小辣椒只有些微的辣味儿，连一向怕辣的女孩子也能连吃好几个。

白　菜

初冬时节收下来的白菜，要一直吃到转年的春天，必得挑拣那些饱满、瓷实、周整的，放进白菜窖里储存好。至于那些长得不太好的白菜，比如没实心儿的，棵子长散了的，就晒成干菜，要不就腌成咸菜。

要腌的白菜，有整棵腌的，也有切开腌的。大一点儿的棵子，一般切成两半儿或是四半儿，切开的地方朝上，往上边撒盐。一层层地码好，上边压上一块从河滩里捡来的鹅卵石。咸菜瓮放在墙角儿的阴凉通风处，等上一段时间，白菜就慢慢地塌下去，盐水渐渐泛上来，渐渐淹没了白菜，一个月后，腌透的白菜完全入了味。

腌好的白菜依然青是青、白是白，翠绿是翠绿、嫩黄是嫩黄，只是不再支棱着，有些软塌塌的了。吃的时候，切丝装盘，再放点儿酱油醋和白糖调一调，清爽可口，又有嚼头儿。有的也放些辣椒面儿，或拌些辣椒酱，口味儿就更丰富了。

我父亲最会腌白菜，每年冬天都要腌上一小瓮儿，大都是由他上手来张罗。我二妹喜欢吃这个，白菜一下来，就说给我父亲，父亲就乐颠颠儿地忙活上了。等白菜腌好了，就装上一些，乐颠颠儿地给二妹送过去，吃完了还想吃，就再送一些，管够儿。

白菜疙瘩

记得母亲在切白菜剁饺子馅儿时，切到剩下白菜疙瘩，便开始念叨："白菜心儿，包饺子儿，白菜疙瘩喂小鸡儿。"白菜疙瘩除了喂小鸡儿外，还可以丢进咸菜瓮里腌咸菜。

腌好的白菜疙瘩，格筋筋儿的，吃起来有滋有味。据说，这白菜疙瘩还能清毒，除烦，还可以止痰咳、治感冒，对付发热头痛、鼻塞、口干、无汗等，也有一定的效果。

现如今的饭店里，有一种叫作"菜根香"的凉拌小咸菜儿，有芹菜根儿，有菠菜根儿，有芫荽根儿，也有切成薄片儿的白菜疙瘩，都是贱物，却滋味丰富，讨人喜爱。这种小菜，是厨师们用切菜时剔下来的菜根儿腌制而成，没什么成本，顶多再加些葱丝姜丝蒜片儿，调些辣椒面儿或辣椒油儿、花椒和香油、酱油醋白糖什么的，一般都是随粥附赠，盛在小碟子里端上来，吃着顺口儿，不够了再上，也不收钱。大鱼大肉之作，嚼一嚼菜根儿，既可清口，又能开胃。

对于寻常百姓，说"布衣暖，菜根香，读书滋味长"，说"嚼得菜根，百事可做"，也许显些矫情，但就着一碟脆生生的腌白菜疙瘩喝小米粥、大米粥、玉米面粥，或是吃面条、馄饨，的确是别有风味的一种享受。

茄 包 儿

"茄包儿"是啥？说白了，"茄包儿"就是那些还没有长开、长大的小茄子。

农事讲究时令，夏日里，入了二伏，就该着种白菜了。此时，菜园子里的茄子盛产期已过，得拔掉茄子棵儿，给种白菜腾开地方。茄子棵上还零零星星地长着一些大大小小的茄包儿，有的只有鸡蛋、核桃那么大，不好红烧，不便热炒，也不能蒸熟了用蒜泥儿凉拌，最好的去处，是揪下来扔进咸菜瓮里腌起来。腌茄包儿是很好吃的，讨小孩子们的喜欢。

丢在咸菜瓮里的茄包儿经盐水一渍，不几天就开始瘪了下去，最后，缩得皱皱巴巴、黑不溜秋的，就算腌好了。小孩子一手举着腌茄包儿，一手举着饼子或是馒头，细细地咬一口腌茄包儿，再大大地啃一口饼子或馒头，别有滋味。这景象在乡间是常见的。腌好的茄包儿，吃起来肉肉儿的，有的小孩子吃腌茄包儿，就连茄子把儿上的那层皮儿，也要剥下来吃掉。所以，腌在咸菜瓮里的几个茄包儿，总是等不到入冬，就让家里的小孩子们今儿一个、明儿一个地给捞着吃光了。

长豆角儿

腌咸菜的长豆角儿，不是那些长得顺溜儿、饱满的好豆角儿，而是清理、拆除豆角儿架时，那些还没有长好或者说还没来得及长好的嫩豆角儿、细豆角儿，剥开看看，里边的豆粒儿才绿豆那么大点儿。

在村里人的眼里，是个东西都是有用处的，是个"物件儿"都不能随意丢弃、浪费掉，都要想法派上用场。细豆角儿就是，没法儿炒菜吃，扔了也就扔了，丢进咸菜瓮里，它就变成腌咸菜了。

入了伏天，豆角儿的旺季渐渐过去。到二伏了，得把豆角儿架拆掉，给种白菜腾地方。虽然豆角儿的旺势已过，但架上仍有豆角儿在开花儿，还挂着一些没长大的豆角儿。但节气到了，不能等了，只好扯蔓拆架。那些细豆角儿要一根一根地揪下来，在日头地儿里晃一晃，半天儿的工夫，收一收水气，就丢进咸菜瓮里了。

腌好的长豆角儿跟根儿细绳子似的，挺好吃的，格筋筋儿的，有嚼头儿，除了咸，还有一股淡淡的豆腥味儿。有的小孩子专门捞咸菜瓮里的腌豆角儿，提溜在手里，然后齐着小牙儿，一截儿一截儿地咬着吃，就着饼子或是馒头，津津有味。

芥　菜

咸菜当中，我最喜欢的是芥菜，口感和味道都很好。报纸上说，堪称咸菜之王的，应是榨菜。榨菜主要生长在南方的重庆、浙江等地，尤其是涪陵的最出名。北方不出榨菜，北方的咸菜之王，应是芥菜。我看一则资料说，榨菜也是芥菜中的一类。

有的人分不清芥菜和蔓菁，可能是误会吧。它们圆球一样的模样确实有些仿佛，吃起来也都有一股辣味，但区别其实是很大的：芥菜的个头儿比蔓菁大，但不如蔓菁浑圆、周正，表皮也不如蔓菁细腻，所以叫"芥菜疙瘩"；芥菜都是青白色的，蔓菁除了青白色的，还有嫩红色的，紫色的；蔓菁可以生吃，但一般人少有生吃芥菜的；芥菜可以腌成咸菜，腌蔓菁的少有。

芥菜也是在秋天拔回来的。去了叶子以后，将芥菜疙瘩上的须根去掉洗净，在日头地儿晒得蔫巴一点儿，然后放到咸菜瓮里去腌就行。腌透了，芥菜疙瘩慢慢地由青白色变浅棕色，辣味也渐渐地消失掉了。

腌好的芥菜疙瘩可以直接切成丝，撒上辣椒面儿，再加点儿酱油醋和香油凉拌了吃，加上肉丝炒了吃也挺好，脆的脆，香的香，是吃稀饭时的绝好搭配。芥菜的叶子也可以吃，有些像雪里红，也能像雪里红那样腌成咸菜，还可以晒干了留到冬天当干菜吃，同肥肉一起炒，很香。

小黄瓜儿

所谓的小黄瓜儿，其实就是那些入秋后扯黄瓜蔓时还没来得及长大的黄瓜，生吃、做菜吃都不得法，便丢进咸菜瓮里腌起来。说来也是，大的黄瓜倒并不适合腌咸菜，因为水气太大，除非剖开了晒到半干。不过，一条新鲜翠嫩的黄瓜，大概人们也是舍不得腌了作咸菜的吧。

小黄瓜儿在瓮里一腌，很快的，水气就让盐分给煞了出来，变得蔫蔫巴巴的了。腌好的小黄瓜儿，颜色变暗发黑，肉肉儿的，格筋筋儿的。常有小孩子从咸菜瓮里捞出一根小黄瓜，一手捏着在手上，轻轻咬一小口儿，再啃一口另一只手上的干粮，吃得津津有味。和别的咸菜不同的是，吃腌黄瓜不需要放香油，吃起来很清爽，有一种清香。如果切了丝，再拌上点儿辣椒面儿或是辣椒油儿，滋味会更足。

我吃过保定酱菜里的腌黄瓜,味道自然是不错的。我也吃过装在罐头瓶里或装在塑料袋子里的腌黄瓜,但大多是酸黄瓜,而且腌制的时候一定是加了糖的,算是泡菜,吃起来酸酸甜甜的,但那已经不是平原上的农家风味的腌黄瓜了。

洋 姜

过了霜降剜洋姜,紧接着,就该着腌洋姜了。

在乡下,洋姜不是什么稀罕物儿,随意地长在路旁、沟坡、地头儿、房角或者闲院子里,这里一丛,那里一片,却都是"野"的,不是特意种的。

洋姜,学名叫"菊芋",大概是因为顶上的花像菊花,地下的茎块像芋的缘故,又因为它的茎块颇似生姜的模样而被称为"洋姜",也有的地方叫"地姜",其实与生姜并没有"血缘关系"。

洋姜有两种腌法,一是鲜腌,即把刚剜下来的洋姜洗净、切碎,调上酱油醋,稍加点儿盐,再滴几滴香油就成。再就是腌咸菜了。腌洋姜与腌白萝卜、红萝卜和芥菜疙瘩一样。母亲说,洋姜这东西有个怪脾气:一洗,一见风,皮就会黑掉,变得黑不溜秋的。要腌的洋姜最好不要洗,轻轻地用手抹拉干净,直接扔进咸菜瓮里。

腌好的洋姜依旧是脆生生的,咬起来,在齿间沙沙作响,既爽口,又好吃。早饭和晚饭喝粥时,从咸菜瓮儿里捞出一块洋姜,切成细丝,调上酱油醋,滴上两滴香油,再配点儿葱丝或是芫荽,稍微一拌,就是一道可口的下饭小菜儿。

小的时候,在姥娘家的西院里,年年都长出一大片的洋姜,也不用管。等到节令过了霜降,姥娘开始剜洋姜,能剜出两大筐来。姥娘家的咸菜瓮里,总也缺不了腌洋姜。

院门外的花和树

一

作家汪曾祺在《人间草木》里写道:"如果你来访我,我不在,请和我门外的花坐一会儿。"——老爷子真是有趣得可爱,难不让人喜欢。放下书,我想起我老家门外的那些花和树来。

我家院门口的西边,北墙根儿下,原先有一窄溜儿闲地方。这地方不挡车、不挡马,也不挡人走路,而且向阳、通风,光照足,正好适合栽这种那。和汪老家门外种花不大一样,老家院门外种的是吊瓜、丝瓜、眉豆和木耳菜。其实,这些也能看花——夏天和秋天时,它们的藤蔓上,此起彼伏地开出一朵朵、一串串的黄色的花、紫色的花,一样能装饰风景、供人观赏。后来,院墙外边还栽了一棵杏树、一棵桃树和一棵香椿树,每到春天,或"红杏枝头春意闹",或"桃花依旧笑春风",或"嫩芽味美郁椿香",自有一派清新与妩媚。庄户人家,栽什么种什么,大都讲究实惠,为的是收获一些能吃、有用的东西,更多的是在过日子上做打算,而不只是为了看花、看风景而已。村里人说:"这个好看、那个好看的,能当吃还是能当喝?"虽说如此,院门外的花啊叶啊瓜啊果啊,年年枝繁叶茂、生机勃勃,别有一番景致。

自从1973年父母盖好新房子搬家过来,母亲看到院门外那一溜儿地方,心里就盘算好了,第二年一开春儿,拿铁锨把土翻了翻,又铺了一层圈粪作底肥，然后就种上了吊瓜、丝瓜，还种了眉豆。收成果然很好，瓜也盛，豆亦多，让母亲欢喜不尽。以后，母亲就年年种瓜种豆，从不教这块地方空闲过，一种就是三十多年，直到她晚年得病之后，力不从心，不能再从事劳作。印象中，好像只有一年，前街邻居二炳叔家要翻盖房子，头年冬天得预备新砖，可是，他家没地方垛砖，便跟我母亲商量，要占一下我家院门外这块地方。母亲爽快地答应了。二炳叔便指挥着那些送砖的拖拉机，把拉来的新砖一垛挨着一垛地码在了那里。第二年，那块地方就一直压在砖垛子底下，直到新房子盖起来，才腾开了地方，可季节也过去了，便什么也没种。

二

农谚讲：谷雨前后，种瓜点豆。每年快到谷雨节气，母亲便开始张罗起来。

母亲做的第一步准备，是给种子"催芽"。先是把上年留下来的吊瓜子、丝瓜子和眉豆用一块浸湿的粗布包好，放在瓦盆里，再搁在一个背风向阳的旮旯里。每天晌午，她从地里干活儿回来，打开湿布看看，然后再往上边淋些水，让布包儿保持着适度的湿润。四五天过去了，一粒粒瓜子、一颗颗豆子吸收了水分和热量，渐渐鼓胀起来，然后就努开了嘴儿，白白的嫩芽像胖小孩儿的胳膊腿儿一样，从瓜子和豆子的"嘴角儿"那里伸出来。母亲把生好芽的瓜子和豆子小心翼翼地拣出来，一一放进刚刚饮过的小土窝儿里，再用晒得温热的湿土轻轻埋上。过上三四天，再去看，一棵棵胚芽弯着腰、拱着背，探头探脑地顶破了地皮，伸展开来的两瓣儿小叶芽，像是小孩子的手掌托儿一样可爱，有的像是淘气的娃娃，歪着脑袋，上边俏皮地顶着瓜子壳儿。

很快，瓜秧、豆棵儿长到了一拃多高，扑棱开四五片叶子，嫩闪闪的，十分可爱。这些秧棵儿的"串"劲儿都大，吊瓜顶多种上五六棵，丝瓜和眉豆各自种上两三棵，足矣，否则，瓜蔓子豆蔓子串起来缠绕在一起，就会"团蛋"，影响通风透光，就不好好结瓜挂果了。母亲每年都要多育一些瓜秧、豆棵儿，她说："有钱买籽，没钱买苗。不多预备下，错过了节令，就不好补了。"育下的秧棵儿自家使不清，母亲便让左邻居、右街坊们来剜秧儿。吃晌午饭的时候，讨瓜秧、豆棵儿的人们一个接一个地来了，母亲尽着他们挑选，然后用煤泥铲子沿着瓜秧和豆棵儿的四周，连棵带土挖下来，小心翼翼地放进簸箕里，让他们端回去栽。村子里，好多人家移栽过我母亲培育的瓜秧和豆棵儿。

　　栽好了秧棵儿，母亲又找来棉花秸或是玉米秸、高粱秸，转圈扎起半人来高的篱笆，为的是提防小鸡们钻进去给啄了，小狗们钻进去给踩了，小猪们钻进去给拱了。这些家伙毛手毛脚的，尖尖的嘴、不安分的爪和厉害的猪拱子（猪鼻子）向来不懂得客气，土匪似的，要是让它们横冲直撞钻进来，娇嫩的瓜秧、豆棵儿非遭殃不可。

　　四月里栽下的瓜秧、豆棵儿，五月里就串开了蔓，到了六月，要过麦收了，弯弯曲曲的藤蔓已经顺着靠在墙上的树枝和搭起来的架子爬上了房檐。吊瓜、丝瓜们一边在架上爬，一边次第开出一朵朵金黄灿烂的像是喇叭筒一样的花儿，浮起在绿叶上。最初开出的一批花，大多是"谎花"——开就开了，谢就谢了，并不结瓜。能结瓜的，是那些带着小"瓜仓儿"的花。小"瓜仓儿"藏在瓜藤和叶子的腋窝儿处，羞羞怯怯地冒出来，或朝上撅着，或朝一旁歪扭着，顶端上的花苞，像是贝雷帽似的。小"瓜仓儿"顶上的花苞一天天地膨大、绽开，等那花儿开谢了，"瓜仓儿"像是吹气球一样，变粗、变长，一天一个样儿。随后的小"瓜仓儿"，排着队，接二连三，长的短的，直的弯的，从藤蔓上悬挂下来，青绿的瓜皮在阳光下熠熠发亮儿，看着真是让人喜欢。

三

　　母亲最喜欢种的，是那种黑皮的长脖子吊瓜。吊瓜是北瓜的一种，细长细长的，从瓜架上垂吊下来，所以叫"吊瓜"，除了黑皮的，还有黄皮的、花花皮的。母亲种的丝瓜有两种，洋丝瓜和笨丝瓜。洋丝瓜的样子像一支精巧的棒槌儿，身上有十道棱儿。笨丝瓜则像又短又粗的火腿肠似的，上面有些不明显的暗纹。

母亲常常利用下地之前或刚下响回家的闲散工夫，打理这些瓜呀豆呀，有时抠抠杈儿，掐掐尖儿，有时整整篱笆，理理瓜架。我们放学后，也常给瓜秧、豆棵儿浇水，弄来鸡粪施肥，观察哪棵瓜秧最粗壮，那根瓜藤上冒出"瓜仓儿"来了，那棵眉豆蔓子上先开花了。

这些瓜们豆们不缺肥、不缺水，都长得很壮。丝瓜开起花来，一层又一层，招惹得蜜蜂和小粉蝶儿扑闪着翅膀，追逐着飞来飞去。特别是到了初秋，丝瓜也到了旺产期，丝瓜花一朵挨着一朵地开，长大的丝瓜滴溜当啷，今儿个摘了三四根，明儿个又冒出来三四根，一茬又一茬，一直吃到深秋。吊瓜的叶子黑绿黑绿的，大得像小蒲扇，瓜蔓像绳索，有小手指那么粗。吊瓜们大多是吊在瓜藤上的，也有趁势躺在房檐上、墙头儿上的，它们悄没声儿地藏在瓜叶的深处，直到变得又长又大，变得笨重起来，再也藏不住。等到瓜皮上敷了一层淡淡的像是霜一样的白粉，那瓜就算是长老了也长好了。

丝瓜吃嫩，吊瓜吃老——丝瓜趁嫩才可口儿，吊瓜老了才面丹丹地有味道。洋丝瓜最好的吃法，是趁着嫩切丝凉拌；笨丝瓜的吃法，主要是素炒，或者是做汤。丝瓜从过麦收开始，能一直吃到秋凉儿。有的丝瓜爬上了树，长得太高够不着摘，慢慢长老了，只待秋后收起来做"丝瓜络儿"，用以刷锅刷碗，非常好用。吊瓜要在入秋以后，才渐渐有老得挂霜的。吊瓜适宜熬粥，切了块，和小米或玉米面搁一起熬粥吃，又面又甜，还"乱"锅。如果瓜收得够老，切成一瓣儿一瓣儿地蒸熟了吃，能当干粮，黄澄澄的瓜肉儿，又干又面又甜，像是吃栗子似的，小孩子们很喜欢。这东西，好吃又养胃，三天两头吃也吃不絮烦。剖开瓜，掏出瓜瓤，瓜瓤里的瓜子也要一颗颗地抠出来，放在窗台上晒干，然后用铁锅炒熟了，是小孩子喜欢的"零嘴儿"。如果哪一天吃的吊瓜格外面、甜，赢得全家人的一致好评，母亲就特意嘱咐我们，别把瓜子炒了，留着明年作种儿。她把瓜子单独放在窗台上，晒干后收拾起来，用旧报纸包好，或装在一只小瓶子里，塞到西敞棚檐下的椽子眼里。过了霜降以后，瓜架子就该落了，母亲指挥着我们，扯了瓜蔓子，将摘下的吊瓜堆在闲屋子里，一家人能一直吃到飘雪的隆冬季节。

母亲种的眉豆,别看只有两三棵,可它们滋劲儿大,到开花时就快串满房顶了。眉豆的花儿一开一串儿,像是好些小蝴蝶儿落在那儿一样,有白色的,也有紫色的。开白花儿的,结出的眉豆荚是绿的,开紫花儿的,眉豆荚也是紫色的。眉豆长得胖乎乎儿、肉牛牛儿的了,摘下来,和着肉丝炒,稍加些辣椒,别有风味。眉豆不大"吃"油,稍放点儿油,炒出来的菜就油汪汪的。秋后,经过霜打的眉豆儿,有一种特别的味道,我很喜欢。

后来,母亲每年都要在篱笆边种一棵木耳菜。"木耳菜"真是名副其实,厚扭扭的叶子,特像是绿色的木耳。木耳菜也是厉害的,长起来很"霸道",谁挨它近,它就抓住谁,像绳索一样一圈一圈地缠住谁。母亲一般都是把它种在最边上,让它离吊瓜丝瓜眉豆远一点。木耳菜也开花,星星点点的,缀在藤蔓上,不同于寻常的花的模样,常让人误以为它没有花。木耳菜是吃叶的,或是素油清炒,或者放进面糊儿里摊煎饼,或是做汤,揪几片木耳菜叶放进汤里,碧绿,柔滑,又好看又好吃。

除了种瓜种豆,我们又陆续在门外栽上了几棵树。最先栽的,是有一年的春天我从西边山里的谷家峪带回来的香椿树;再后来,又栽了一棵杏树和一棵桃树。十多年过去,这几棵树也慢慢长高长粗长大了,香椿树自不必说,年年都能掰上三四茬嫩香椿,杏树和桃树每年也能让我们吃到酸酸甜甜的果实。至于秀丽和秀芬在篱笆边上种"送闺女花",种"染指甲花",还有牵牛花、麦穗花、扫帚苗,那都是她们出嫁之前时候的事,后来就没有过了。

门外的这些瓜呀豆呀树呀,其实就相当于我们家小小的菜园、花园和果园,既有经济价值与使用价值,发展了生产,丰富了饭碗,又给平淡的生活增添了些许闲情雅致。我在家时,常在门外的这片小园子边逗留。夏天的傍晚,坐在院门旁边那个竖起来的碌碡上,看太阳慢慢落山,看晚霞渐渐暗下来。从巷子口儿吹过来的晚风,一阵阵地吹过满架的花朵,吹过高高的树梢儿,花朵们轻轻地摇摆,像是在朝着谁招手,楚楚动人;树叶子窸窸窣窣地响着,时疾时徐,时断时续,像是在和谁窃窃私语……

四

  我家院门外的花和树，一并消失于2019年的暮春时节。这一年的四月间，村子里要整治环境卫生、硬化小街小巷。村干部通知每家每户，让把门前种的花、栽的树一律自行清除，腾开地方，打上水泥，用作停车位——村子里的汽车越来越多，不好找地儿停。村干部还说，这是镇里的统一要求，还要检查、督促。

  这就有些奇怪：在院门外的闲散地方种几棵瓜、点几棵豆、栽几棵树，不侵边、不占道、不招谁、不碍事的，怎么就不行了呢？——这些田园格调的景致，难道不是一种绿化和美化吗？

  很快，村子里的大街小巷硬化完了。这下子可好，一棵树也没了，一朵花也没了，连草也看不到了。那天，我站在巷子里，站在院门口，望着眼前的景象，有些百无聊赖。一只小麻雀忽然从头顶上"嗖"地飞过去了，我抬头望去，追着它远去的影子，想：也不知道它会落在哪里的树枝上？转圈儿四下看看，目之所及，地面墙面，全抹了水泥，光秃秃、干巴巴，仿佛板着面无表情的脸——水泥的样子，真丑！

  丑就丑吧，日子还不照样过？至于没了树的遮挡，村子里夏天天更热、冬天风更硬，既煞风景，又少滋味，又有什么办法呢？

  当春风再起、燕子归来，在我家的院门外，再也不会看到杏花、桃花了，再也不会看到香椿树在春天里努出的一簇簇紫红色的嫩芽，再也不会看到麻野雀们落在枝头，听它们"喳喳"地欢叫，再也不会看到吊瓜花、丝瓜花、眉豆花在风中摇头晃脑……

  父亲对我说，以后不能种瓜了，树也没法儿栽了，这块地儿只能当日头地儿了。天气好的时候，扫干净了，可以晒萝卜丝，晒大白菜，晒蔓菁缨儿，晒大黄豆，倒是方便。唉，也只能派上这么个用场了吧。

"美丽"的遗憾

周六那天下午,骑车子回村,在村东巷子口儿上碰见了三辰婶子,便站下来闲唠几句。

婶子跟我念叨起她家大门口旁边那棵长了十多年的银杏树,说是村里发通知了,要对小街小巷路面进行硬化,各家房前屋后栽的树,不论品种,也不管大小,一律都得刨掉。婶子舍不得那棵已经长到茶杯粗的银杏,还有那棵黄桃和山里红,可上级要求统一行动,都得这样,没处商量。言语间,哼呀咳地直叹气,颇多惋惜和无奈。

回到家里,见父亲正站在南屋顶上,够着墙外的香椿树枝扳香椿芽,喊里喀喳,下手挺狠。我让他悠着点儿,别"一扫光儿"。父亲说:"没事儿,反正过几天连树也得刨,留也是白留。唉!"我的心一沉——我家院门外的这棵香椿树长了二十多年了,比碗口还粗,又高又壮,也要一下子刨掉吗?

我向村支书打问此事,支书的说法印证了村民们的议论。支书说,这是全镇统一部署的行动,目的是为了提升村容村貌,改善人居环境,打造和谐美丽新乡村。现在村里私家车越来越多,小街小巷大多五米来宽,有的人家在院门口、街巷旁私搭乱建、侵边占道、乱堆乱放,再加上栽树的、种花的、种菜的,严重影响车辆通行和停放,赶上有人家过红白喜事、村里过庙会,这儿挡、那儿堵的,更是过不来过不去。趁这次硬化小街小巷,干脆一律予以清除,而且一棵树不留,腾出地方全都画上停车位,只许停车,不作他用。不光如此,按照上级的"建议",村里的主干大街旁不能停车,行道树也都统一更换成四季常绿的"女贞"。村里是有些议论,唉,顾不了那么多了。

沉吟了一下,支书又说,邻村也都是这么弄的,已经搞起来了,他们前两天参观过西边的一个村,不管大街还是小巷,两旁一律不许栽树,全部规划成停车的地方……

很怀念小时候的村子。那时,村里有许多大树、老树,村外还有成片的树林子,杨树、榆树、柳树、槐树、香椿树,还有春天开花、夏秋结果的桃树、杏树、梨树、枣树、苹果树、柿子树、核桃树、杜梨树……村里的人们在劳作之余,在树下歇凉儿,谈天儿,分享瓜果梨枣。那份自然、纯朴和随意、从容,至今留存在记忆中,多年过去也不曾淡漠。近些年,随着生活越来越富裕,村里的房子、院子越来越新,越来越漂亮,有的人家的宅基地也弄得越来越高,但大树却越来越少了,田园风味越来越淡了。这次要是又刨树又换树,对保留原汁原味的乡村风光和别致独特的乡村风味,无疑又是一次"重创"。

我首先想到的是:没有大树遮荫,到了夏天咋办?那该多热啊!光靠电扇、空调机吹凉风儿么?再说,没有了千姿百态的树木、花果,一道道单调、生硬、干巴、乏味,模样都差不多的街巷,多难看啊,乡村还有什么特色和趣味?这样的乡村又如何承载记忆、安放乡愁?乡村味道的变味或丧失,不是提升村容村貌,而是丢弃传统传承,又何谈"美丽乡村"的魅力与幸福?

写于2019年4月13日

后 话

此文在2019年4月17日的《燕赵晚报》发表后,有村民读到后,还转发到了一些微信群里,引起很多人的议论。

父亲后来跟我讲,我们家门前的香椿树,不是小心翼翼地刨下来的,是干工程的人开着钩机,用粗大的机械臂直接打掉枝权,再左一推右一抗、左一摇右一晃,然后提溜住树干往起一拔,一棵比碗口还粗的树就此连根拔起,分崩离析,现场惨烈,令人心疼。

村里的小街小巷被混凝土覆盖之后,满目水泥,不见一棵苗木,看上去,感觉像是一道又一道的水渠。夏天下雨时倒是不再泥泞,排水也很快,麻烦的是太阳一出来,那个干巴巴的热呀,蒸得让人没处躲没处藏,从街上走过,空气烫脸,路面烙脚。

不必讳言,整肃环境卫生、改善生活条件、建设"美丽乡村",这绝对是为农村、农业、农民着想的好事、实事,但好事如何办得更好、实事如何落到实处,值得细细审视与思量。如果单方面强调"这是为了你们好"而采取"一刀切",追求所谓的"整齐划一""形象美观",有时即便初衷和出发点很好,也花了力气、干了事情,群众有获得却没有"获得感"。硬化小街小巷、清除欺街侵边占道、规范停车秩序,无疑是应该的,只是这小街小巷不留一棵树、大街两旁只栽一种"外路"来的树种,值得商榷。

建设"美丽乡村",应保护和改造并重、美化与绿化并举,统筹考虑,综合施治,精准施策。从一定意义上可以说,"天翻地覆""全面刷新",并不一定就是最佳选择,而保持住乡村的基本特色,保护好乡村的传统风貌,保留下乡村特有的地方树种,未尝不是一种更为积极的"建设"。涉及村民们关心的诸如房前屋后树木的去留、树种的选择等具体问题,应该多和村里的乡亲们商量——这里是他们住了多少年、多少辈儿的家,认真听取他们的意见,仔细分析他们的建议,然后再着眼于长远,从实际情况出发,因地制宜地作出选择,"美丽"的效果也许会更好。如果为了"建设"而"建设",为了"美丽"而"美丽",这样"建设"出来的"美丽",难说不会留下这样或者那样的遗憾。

村庄十二时辰

1. 子时（23时至1时）

村庄早已安静下来。房屋、院落、街巷、树木，全都沉潜在深沉的夜色中。

村子里的人大都睡得早，劳作了一天，这会儿已经歇息下来，沉入梦乡。偶有人家的窗户上还亮着灯光，这里，那里，也在渐次熄灭。

天上的星星们挤在一起，太多了，太密了，彼此星光辉映，把天幕都映得微微泛白。

这时节，如果有月亮，一定是弯弯的下弦月，在夜深人静的时候，悄悄从东边的树影子里升上来，有些孤独地挂在那里。月光洒在地上，清清淡淡的，若有若无，猛地一看，还以为是下了一层薄薄的霜呢。

2. 丑时（1时至3时）

暗夜像一张巨大的网，更严实地笼罩着四周的景物。村庄，原野，像是埋在了深深的湖底，一点动静也听不见。

头顶上的天河，宽宽的，长长的，从高空里斜斜地横贯而过。它也在慢慢地旋转着，到后半夜时，斜成了东北——西南走向。怪不得叫"天河"呢，瞧，真像是在天上涌起来了一条波涛滚滚的大河一样。有时，望着天河，我会想起小的时候姥娘讲过的牛郎织女的故事，便在天河两边寻找挑着扁担的牛郎星和站在河对岸的织女星。这两颗星星在天河边上，一边一个，是最明亮的，很好找，一找就找到了。犹记得，少年时的我，望着两颗寂寂地闪着亮光的星星,心里会引起一阵神秘的惶惑,又有一种难言的惆怅与落寞……

偶尔,有一缕夜风吹过。夜风在街巷里打着旋儿,调皮的小孩子似的,推一推这家的院门,又去推一推那家的后墙,又忽地刮向高处,晃动着树梢,拂过村庄的夜的静寂。

3. 寅时(3时至5时)

村里村外,一片静谧。

这时节,是夜与日交替之际,天将破晓,迎来黎明。那些星星们,还在一眨一眨的,一眯一眯的,像是小孩子困极了的眼。

黎明之前,往往也是最沉寂、最黑暗的时段,可以用来验证什么叫"伸手不见五指"。小时候看过一部黑白电影,片名叫《冲破黎明前的黑暗》——这个名字起得富有哲理的意义,真是好啊!

老人们觉儿少,照例会在这个时候早早地醒了来,望望窗外的天色,然后轻手轻脚地穿衣起床。他们一年四季里都勤勉着,为日子操劳,只要身上没病,是从来不肯睡懒觉的。

这个时候的我,总是沉浸在深深的睡梦里,刮风、下雨、打雷也难以叫醒。村庄里这会儿即便有什么样的事情发生,大概我也是一点也不会知道的吧。

4. 卯时(5时至7时)

东天边,隐隐地露出了一片鱼肚白。那就是晨曦吧。

暗夜正在从那里消失,那里,将会是太阳升起来的地方。

村东村西,村南村北,公鸡的打鸣声悠长地响起,此起彼伏,悠然传来,响彻四方。

晓色初绽,大地从夜的黑暗中渐渐浮现出来。村庄的轮廓也慢慢地清晰。这个时候,往村东看,东南方向的半空中,升起一颗很亮的星星,那就是课本上说的"启明星",也就是金星,是离我们这个地球最近的行星。

天亮了,村庄醒来。村东,田野的尽头处,太阳开始露头儿,先是一道细细的耀眼的红边儿,渐渐扩大,再扩大,露出半圆,红光四射;高升，再高升，很努力的样子。然后就一下子跳了出来，金光闪亮，光芒万丈。这是一种平静的热烈与辉煌！多么鲜艳、好看的太阳啊，圆圆的，红红的，像是一张可爱的娃娃的笑脸。不过，太阳很快就刺眼得让你不能直视了。

我一直记得，冬天的清晨，是一天当中空气最为凛冽的时候。金红色的阳光已经照射在窗棂上，我仍懒懒地躺在暖被窝儿里，一点也不想起来。不过，这样子的话，过不了多会儿，一定会招来没有耐心的母亲的一顿"臭卷"。

5. 辰时（7时至9时）

当朝阳照彻整个村庄的时候，新的一天就开始了。

村庄里的动静渐渐多了起来。人们吃过了早饭，收拾停当，从家里走出来，开始各自的忙碌：小孩子要去上学，男人们要去地里，女人提了篮子要去菜园子里，姑娘小伙子们一个个打整得清清爽爽的，他们大多急急忙忙地赶着路，去市里上班。

院门打开了——"吱扭儿！"

院门又关上了——"嘭！"

通往村外的那条马路上，清脆、悦耳的自行车铃声，干燥、滑稽的电动车的喇叭，傲气、蛮横的汽车马达，交织在一起，响成一片。

早晨，是村里的人们一天当中最为行色匆匆的时候吧。

6. 巳时（9时至11时）

村庄四周的道路上，还有场院、田野、菜园子里，四处人影绰绰。

这个时候，村子里的人们大多在忙活着各自手头上的事儿。

太阳一点点升高了起来，转到了东南方向。倘若是在夏日，这会儿的天气，一定会越来越热。

倘若是在冬天，这个时节，阳光照在身上，暖烘烘的，有说不出的舒坦。村子里的老头子们，一个个慢悠悠儿地从家里走了出来，去他们的"老地方儿"相聚——靠在北墙根儿一处背风儿的旮旯坐下来，一边吸烟，一边聊闲天儿，或者百无聊赖地看着路上走马灯似的过来过去的人们。他们已经经历了这个人世上太多的事情，无论看着什么，也都麻木得不待搭理了。日头儿从头顶上泼水似的照下来，晒着晒着，慢慢地就上来了困意，于是，一个个埋下头儿，或者仰着下巴颏儿，迷迷瞪瞪地打起瞌睡来。

7. 午时（11时至13时）

晌午到了。一白天的时光也过去了一半儿。

夏天的晌午，吃过了午饭就开始犯困，大人们干了半天活儿，躺下一睡就睡着了。小孩子不肯午睡，趁着大人歇晌儿，轻轻地提起脚后跟儿，踮着脚尖儿，像一缕风一样溜出门去，到村西的那一汪水皮子已被晒得温热的水塘里去耍水，脱得光光的，往水里扎猛子，狗刨儿一样打扑腾，一时间，波纹狂乱，水花飞溅，原本宁静的水塘闹得跟翻了天似的。

这差不多是这个夏天里，他们每天都乐此不疲的事情。

冬天的晌午有什么景致呢？不记得了。能记得的，好像总是安静得很，炊烟在房顶上徐徐地升高，然后慢吞吞地飘散；三三两两的麻雀，瑟缩着站在院子里的树上，小眼珠儿机灵地瞅着院子里的鸡食槽子。老人们背着手儿，从晒日头的地方慢慢腾腾地往家里走去——该着吃晌午饭了。

8. 未时（13时至15时）

太阳已经开始偏西。村子里很安静。有时，就连一只蜜蜂或一只苍蝇扇动翅膀搅动空气发出来的嗡嗡声，也能听得见。

要是在夏天，这该是一天中最热的时候了。

这也是一段最为惬意的时光，午睡的人们，慵懒地享受过了，然后慢腾腾地坐起来，揉揉眼，伸伸懒腰，再打两个哈欠，踱着四方步儿走到院子里，望望天，挠挠头皮，再开始收拾、准备后晌的活计。

夏天的晌午，仿佛总比冬天的要更漫长一些。

9. 申时（15时至17时）

夏日里，玉米和谷子的叶子总要叫晌午的日头晒得打绺儿，失去了精神头儿。路边的树也蔫头耷拉脑的，快要睡着了似的。

只有树顶子上的蝉鸣响成一片，吵得耳朵眼儿烦得慌。管它呢——管又管不了、管不住。也是怪，听得久了，就不觉得了。

从机井里抽上来的水真是讨人喜欢，那么清澈，喷着凉气儿，把手和脚伸进里头去，一下子让人舒服得浑身打个激灵。

夏天的这个时节，常常会下起一场雷阵雨。天气热得过了头儿，天边会很快地涌起一片乌云，被风催促着漫过来，继而开始打闪、响雷，一场大雨从天而降。雨后的天气是清新可爱的，一下子就凉快了下来。

有时，雷阵雨里会夹杂着冰雹打下来。这种情况，总是令人揪心的。

10. 酉时（17时至19时）

日头开始落山了。冬天会落得早，白天短，黑夜长，特别是冬至那一天；夏天会落得迟，白天长，黑夜短，特别是到夏至那一天。

冬天，天黑得快，仿佛只是一下子的事，远处的人啊，树啊，一会儿就都朦朦胧胧看不清了。夏天的傍晚，像是被人拉长了一截子似的，我们放了学，都玩过了好一阵子了，天还是明亮着的。

有时，西天边会飞起晚霞。晚霞那么好看，映得我们都变成了金人儿。只是，好看着好看着，就暗淡下去了，天也就黑了。

在西南方向的半空中，这时会有一颗金光灿灿的星星。它是在天将黑未黑的时候，最早跳出来的一颗星星。其实，它就是早晨出现过的那颗启明星，在傍晚，它有一个另外的名字，叫"长庚星"。

随着暮色的降临，炊烟缓缓地升高到了树梢上去。奶奶和母亲们站在巷子口儿，手搭凉棚，一边往远处瞭望，一边拉着长声儿，喊着自家孩子的小名儿，有时还骂着喊，口气里却是一股狠狠的亲切，听着怪舒坦的。

日头落进了山里，会是怎样的一幅景象？小的时候，我百思不得其解。

黄昏是一天里最有意思的时辰。这时候，人们都回到了村庄里来，有说有笑，又打又闹，亲亲热热的。电视机、收音机里的歌声，或是天气预报声，一飘一飘、忽远忽近地传出来。村庄这会儿的热闹，比早上的热闹要从容许多，也亲切许多，温暖许多。早上，人们总是一副急匆匆要出去做事的样子，有时是连话儿也顾不上多说几句的。

11. 戌时（19时至21时）

天黑了，晚上来了。

起初，西边山顶上方的天空，还是明亮的。只不过，明亮在悄悄地消逝，在渐渐地转暗。

人回家，鸡钻窝，鸟回巢，羊进圈。

这家，那家，窗口上的电灯一盏一盏地亮了起来。

一抬头，天上的星星也这里一颗、那里一颗地跳出来了。

一家人坐在灯下，围在桌前，吃饭，说笑。小孩子有时会突然被家里的大人问到白天的功课和再过两天就要开始的期末考试，或者是关照过的家务活儿干得怎么样。这个时候，小孩子不由得会一下子坐直了身子，紧张得面红耳赤，眼神儿也发茶——心里到底是觉得发虚啊！

12. 亥时（21时至23时）

白天的时光欢尽而散。夜幕四合，村庄也显出了疲惫，渐渐沉进夜的深处，缓慢地安静下来。

人们停下了手里的劳作，准备睡下了。只从这里一家或那里一家的窗户里，透出点点灯火，告诉你村庄里还有在忙碌着的人。

我喜欢夏日里这个时候的村庄，天上月成银钩，村边蛙声一片。

我最爱村庄的这份安静、安详、坦然和从容，如秋天的小河里的水一样，是多么地熨帖人的心。

我有时坐在村口儿，有时坐在院子里，有时坐在房顶上，望望村里，扭头儿再望望村外，安心地体会这一份安宁的美好。

抬头望一望夜空，繁星点点，亮晶晶的，多好看啊，像是叫谁撒了一天的银钉儿似的。

打　坯

　　20世纪80年代以前，村子里盖房子、垒围墙、盘炕、支灶，大都离不开土坯。随着时代的进步、社会的发展，人们的生活水平不断提高，如今，土坯已经退出了历史舞台。现在的村子里，已经很少见到那种泥皮斑驳的土坯房子土坯院墙了，恐怕现在的年轻人也大都不知道"打坯"是怎么回事儿了吧。

　　1972年入冬，父亲母亲开始张罗着找人、备料，准备着来年春天盖新房子的事。那时节，卧砖到顶的房子，平常的人家是盖不起的，有限的砖瓦大都用在了装"门面"上，条件好一点儿的，前墙、后墙用的是蓝砖，差点的，只在垒房子的四个角和窗户、门垛儿时才舍得用砖，前后的大墙、两头的山墙和屋子里的隔间墙，全都用的是土坯。那年的秋收过后，天冷之前，母亲去找了队长樊二庆，经生产队研究同意，在村东南岗上道那块地里划给我们家一块地方，准许从那里取土打坯。母亲先放水洇湿那块地，等晾了一集后，母亲去地里剜起一锹土看了看，又用手攥了攥，土半湿不干的正好，就找来村里打土坯的，准备打坯了。

　　打坯讲究时候儿。夏天雨水多，不便晒坯，也怕雨淋；冬天天冷，如果不等土坯干透，上了冻，再一消，土坯就会起酥，跟糠饼子一样，一搬就碎，不结实；秋天时农活儿忙，不好找人，也顾不上。所以，打坯一般选在秋后上冻之前，或是初春土地解冻之后，这时节的乡间，阳光足、风气高，又是农闲时节，打坯、晒坯两方便。还有，村里盖新房，也大都是在春天进行，打好了坯，正好赶趟儿用得上。打坯也讲究土质，略带沙性的土壤最好，打出来的坯既光滑，又瓷实，沙性大的土坯不结实，黏性大的虽说结实，但打坯时老是粘连坯模子，费事儿，误工。

过去，农村有"四大费劲"之说：拔麦子、打坯、拉小车子、和泥，打坯排在第二。这是个费力气的活儿，其中的艰辛与劳累的强度，不是壮年汉子，一般是承当不起的。乡间有专门受雇凭力气吃饭的，打坯是其中之一。打坯的家伙什儿，有坯模子、石杵子，还有一块平滑的青石板。坯模子一般都是用硬木做成的，枣木的居多，结实、硬磕，用的年头儿长了，摩挲得久了，坯模子的内侧摸上去很是光溜儿。坯模子的底端有根横掌，能开能合，用来固定和打开坯模子。另外还有一块挡板儿，作为堵头儿，也是活动的，两头儿卡在浅槽里，方便安上和取下。石杵子是用来捶土、砸实的，提在手里沉丢丢的，得有二十多斤重吧，底下是个脑袋大的圆形青石，青石正中挖有一个圆的深槽，安着一把"丁"字形的提手儿。坯模子底下要垫块青石板，一米见方儿，放在一处矮土台子上，算是"操作台"——这就是打坯人亮手艺、展手法儿、显本事的"舞台"了。

打坯的大都是两个人，有的是父子搭档，有的是兄弟结伴儿，也有的是两口子打联手，一个为主，一个为辅，一个管供土，一个管打坯，两者分工明确，又相互照应，程序有条不紊，彼此衔接紧密，配合得心应手。打坯的只管提杵子打坯、搬坯子上垛，供土的只管摆坯模子、撒灰、填土。别看供土的是个辅助角色，作用实际上一点也不次于提杵打坯的。供土的有眼色，手脚麻溜儿，干活儿顺手，动作协调连贯、一气呵成，打坯的不用等着，效率也就跟着提高了；要是磨磨蹭蹭、丢三落四，顾了吹笛顾不了捏眼儿，配合得磕磕绊绊，就会出现窝工。俩搭档也得磨合，时间一长，合上了脾气，有时不用说话，给一个眼神儿就知道是啥意思，合作起来也就默契了。打坯的身手好，供土的跟得上，干起活儿来就来劲儿，打坯的师傅嘴里"嘿嘿、哈哈"着，手上、脚上的动作也跟表演跳舞似的，离老远就能听到舞动杵子打坯时节奏明快的响动："咚、咚！咚咚！""咚、咚！咚咚！"跟敲着鼓点儿一样，听着就有劲道。这样下来，一天差不多能打一垛子坯，一垛子坯五百个，四五天的时间，盖三四间房子的土坯就打出来了。

我在村里时，曾经看过别人打坯。打坯的程序和步骤是这样的：管供土的先将坯模子在石板上摆正、合上，卡好横掌，把挡板儿插好，再从旁边的筐子里抓上一把草木灰，冲着坯模子里头左右"唰、唰"一甩——这是为了防止坯模子及坯底子发生粘连，接着，往坯模子里扣上三锨土，填满，一连贯的动作完成了，就可以闪在一边了。这时候，打坯的提着石杵，轻快地跳到坯模子上，先是将坯模子四个角上的土拧着脚踩一下，将暄土踏实——坯角儿结实了，坯也就结实了，再用脚将坯模子里左右两边的土搓一下，搓到中间，鼓起一道脊，然后提起杵子，轻点四下，之后再开始用力，左左右右、上上下下，一杵一杵地将土砸平、砸实。俗话说："坯、坯，二十一。"意思是说，一个土坯打成，一般都要用力杵二十一下，多了耽误工夫，少了，打出来的坯不瓷实。打坯的姿势，大都是"骑马蹲裆式"，不是熟手儿，这个架势是不好拿捏的。坯打好了，把石杵提起来，放在石板边上，然后从坯模子上跳下来，顺便用右脚后跟磕开横掌。这时节，管供模子的迅速上前，身手利落地抽开挡板，打开坯模子，往起一支，打坯的就手儿把打好的土坯搬起来，回转身儿，将土坯放到坯垛子上摆好。趁这工夫儿，供模子的赶紧再将坯模子放下来，三把两把擦抹干净，在石板上摆正、归置好，然后上横掌、安挡板，从旁边的筐子里抓把草木灰，朝着坯模子里"唰、唰"一撒，之后捞起铁锨，三锨两锨用湿土将坯模子填满。一上一下、腾挪辗转之间，打坯的和供模子的，两个人动作干净利落、张弛有度，所有环节无缝对接、一气呵成。如此这般，周而复始。

垒坯垛子也是一项技术活。坯垛子一般都是垒成半括号形，开口朝南，最高可垒五层，一层和一层的土坯，在摆放时要稍微岔开方向，这一层朝这边扭着点儿，下一层就朝那边扭着点儿，而且坯与坯之间也要保留一定缝隙，这样既通风，又向阳，有利于土坯的晾晒、风干。一座坯垛子垒五百块土坯，垒得太多，坯垛子容易压塌或变形，坯垛子一倒，辛劳的汗水一瞬间变成一堆土坯头儿，前功尽弃不说，还惹人笑话。

打坯是个费劲的辛苦活儿，干不多会儿就满头大汗了，有的打坯的，干活时身上就穿个单褂子或是背心。干上一段儿，累了，得歇息歇息。主家儿早在旁边给预备下了暖壶、茶壶、茶碗，外带两盒烟、一盒火柴。打坯师傅停下来，喝喝水，吸吸烟，自我得意地评说一下自己打出来的坯，闲聊几句，打打哈哈，开开玩笑，然后再接着干活儿。俗话说："够不够，三百六。"意思是，再不济，一天至少得打出来三百六十块坯来，要不就是偷懒耍滑混饭吃，对不住主家儿的好待承。人有脸，树有皮，乡里乡亲的，不能走过去了让人们在背后指点着嘟念不好听的话。其实，除了费些力气，打坯这活儿还是有干头儿的，主家儿一天管三顿好饭水，有酒有肉有豆腐不说，干完了就结算工钱。他们也知足，也坦然，凭自己的力气、汗水和手艺换碗好饭吃么。

　　随着时代的前进，必定会有些过时的东西从我们的生活中慢慢地淡出，正像这打土坯离我们远去，消逝在历史的长河。这是发展，是进步，是提高。虽然我们也回忆，也怀恋，但我们知道，这不为别的，只为我们都是从那个年代走过来的，我们曾经那样深刻地经历和体会过那样的生活。而那样饱含苦辣酸甜的生活，是永远也不该忘记而值得记取的。

小拉车儿

20世纪七八十年代，在村子里，差不多家家户户都有一辆小拉车儿——有车辕车帮的两轮木板车。这是农家最主要的农具之一，平常有用得着搬动、运送和拉拉拽拽的，比如拉土，拉粪，拉柴火，拉庄稼，还有走亲戚接送老人，往医院送病人去看医生，都离不开这样的一辆小拉车儿。因为小拉车儿的车辘辘是胶皮的，也叫小胶车儿。说得阔气一点儿，小拉车儿就是农家的"私家车"吧。

我七八岁上就跟着母亲，小使小唤地干些力所能及的农活儿，十来岁起，开始和母亲一起拉车子。先是母亲驾辕，我在旁边帮着拉偏套，就是在右车帮前头的掌上拴根长绳，我拉这根绳子，帮着母亲一起用力。人还小，步子有时跟不上，拉偏套的绳子常常拖在了地上，母亲看到了，就笑着提醒我："快点儿走几步，再不快点儿，看轧住绳儿了！"我便紧着往前跑几步，重新绷紧了绳子。到了十四五岁上，我个子已经长高，驾辕的事便以我为主，由此也备尝农人生活的艰辛劳苦。母亲曾经对我说："拉小车子不用学，撅着屁股猫着腰。"这是拉车的要领：把拉绳挎到肩背上，双臂驾起车辕，弯下腰，弓起腿，脚下蹬实，往前迈步，车子才能走起来。拉车子是很费力气的，偷不得懒，耍不得滑，不撅着屁股用不上劲，不猫着腰也不能往前走，动作是连贯的、配套的。一个人，没有一副好腰胯，腿杆子不壮，是干不了这活儿的。走平道儿时还好，要是遇着上坡，不使出咬牙吃奶的劲儿，就甭想着轻易拉上去。下坡倒是轻松的，但也存在着危险,切不能掉以轻心,得两膀用力,把好车辕,两腿紧绷,踏实脚步,必要时还得抬高车把,让车尾擦住地,以增加摩擦带来的阻力,控制好下冲的速度,防止车子过快,冲撞伤人。

1972年的秋天,我们和叔叔分了家。分家时,小拉车儿分给了叔叔。那时候,生产队分配农活儿,比如整地、撒粪,经常让出工的社员拉上小拉车儿,有小拉车儿的,算半个劳力,也给记工分。我们家没有小拉车儿,母亲很是着急,平时拉个这,运个那,也很不方便,老是借别人家的,也不是个办法,一来不凑手,二来也难为情。可是,要置办一辆小拉车儿,不是件轻而易举的事,买辆现成的,要一下子花老多的钱,一时拿不出来;要是找人打制一辆呢,得有合适的木料,得待承木匠,得买这样那样的零配件,也需要一大笔花销。好心的二庆队长见母亲成天为这事犯难,便跟母亲说:"你要是不嗔着赖,不嗔着破,我们家有个旧拉车儿,使不着了,不如你弄回去,简单修理修理,先凑合着拉上吧,好得有个拉拉拽拽的,总强比没有。"母亲自是十分感激,便去了二庆队长家里,把那小拉车儿拉了回来。车子年头儿太长了,确实又破又旧,都快要散架子了,左右车把,一边高一边低,右边的车把还折了一小截儿,是用别的木头接上去的,车厢板的中间,有一个烂出来的拳头大的窟窿。父亲下班回来,和母亲一块把车子修了修,找来一块铁皮,把那窟窿钉住,又把别处松动的地方,能加榫卯的加榫卯,不能加的就绑上八号铁丝。这辆浑身"咯吱吱"乱响的旧拉车儿,母亲拉拽了三年,实在是不能再用了,大概是在1976年吧,巧手的父亲自己设计,用角铁和铁管焊了个车架子,又装了车厢板,配了胶皮轱辘,做了一辆小拉车儿。父亲又给车身刷了防锈漆,我们家的这辆铁拉车儿就"惊艳出场"了。这在当年,可是我们村里的"头一份儿"。

有了这辆铁的小拉车儿,拉个什么、运个什么的,就方便多了。我和母亲拉着这辆小拉车儿,往地里送粪,往家里拉庄稼,去西龙贵接姥娘来我们家里住,还拉着这辆小拉车儿去石家庄袜厂拉乏炭(炉渣子),去华北制药厂拉泔水。这辆铁的小拉车儿唯一的缺点,是有些沉,不如木头的小拉车儿轻便。拉乏炭、拉泔水,都是在冬天的早晨出发,天寒地冻的，两手摸着冷冰冰的铁管做成的车把，冻得手都麻了，一步步走到石家庄，装上乏炭或是泔水后，再一步步拉着走回来。母亲驾辕累了，换上我，我累了，再换成母亲，都累了，就停在路边歇一会儿。去袜厂还近些，天不亮就出发，过了晌午就回来了；华北药厂道儿远，紧走慢走，也得天擦黑儿才能赶回来，走得双腿肿胀，脚底板上都打起了花生豆儿那么大的泡，有的还是血泡，疼得脚不敢着地儿……

后来，小拉车儿慢慢地被拖拉机、三马子、电三轮所取代。现在，村子里更多的是这样那样的汽车，小拉车儿派不上用场，也就越来越少见得着了。我们村2016年建村史馆时，收集各式各样的农具，人们找了好多家，才找到一辆旧的小拉车儿，拾掇了拾掇，然后，郑重其事地把它摆列在了村史馆最显眼的位置上。

我是弯腰割过麦子的人

村子东北角的那块地,叫闫家坟。我们家的三亩三分地就在闫家坟的最东头儿。2019年秋收过后,这块地闲了下来,像是被扔在了那里,没有人再耕种了。

十月底的一天上午,我回到村子里,去给母亲坟上烧"寒衣"纸。已是深秋,村外的风很凉。往远处看,长空寥廓,大地平坦而又宁静;往近处看,地里麦苗青青,一行行、一垄垄,一畦连一畦,有的已经浇过头遍水。走到我们家的地头儿,看到的却是一地狼藉:地上散乱地铺排着轧扁了的玉米秸秆,这里一丛、那里一簇的衰草,东倒西歪,一派破败潦倒。这是机器作业时留下的痕迹,可以想见当时的场面——拖拉机很气势地哼哼着,愣乎乎地开过来,骑着玉米垄儿,利索而又生硬、粗暴地掠去了秸秆上的玉米穗子,然后从玉米秸上兜头轧过去,稀里哗啦的一片乱响中,玉米们乱七八糟地仆倒在地。人们在意的只是收成,而消失了对庄稼的尊重,更谈不上敬畏。秋收变得如此蛮横,变成了对庄稼、对土地的一种掠夺式的践踏和蹂躏。想象着那样的场面,我的心里有些不舒服,有一种说不出的茫然与惆怅。

这块地作为口粮田,写在我母亲和二妹的名下。母亲在世时,在这块地上秋种小麦、夏种玉米,一共作务了十四五年。这块地曾经承载过母亲和我们这个家的希望与梦想,洒下过我们的汗水,生长过我们的渴盼,收获过我们的欢乐。1993年秋天,母亲得了病,但她仍和父亲努筋拔力地坚持着，又种了两三年，直到后来病情逐渐加重，再也不能下地才算作罢。记得有一天傍晚，我们去地里干活儿回来，母亲靠在床头，心有不甘却也无奈地对着我讲："唉，只要不叫我害病，叫我的身子骨儿壮壮的，能好好种几年地，哪怕叫我吃赖点儿、穿赖点儿、身上累点儿哩，我也愿意！"父亲从工厂退休以后，一边照顾着病中的母亲，一边照管着这块地。父亲当了一辈子工人，种地并不在行，就这么潦潦草草地维持着。2010年秋，母亲去世了，父亲又对付着种了三年，觉出了笨拙与吃力，就撂下不种，交给村里的彦京来种，三年后又转给玉星叔，玉星叔种了五六年，到今年秋后也不想种了，便给父亲打声招呼，然后扔在那里不管了。

我早就料想到这块地会有这样的一天，只是或迟或早的事。没想到，它竟这么快就到了眼跟前。以后，该怎么办呢？

我想，能不能在地里栽上果树什么的。有人说："种果树？果树可拴人哩！要是没人看、又没人管，长也长不好，闹不好光长一地乱草。"可是，我又不能辞了工作回村子里来种地，不种树，又种什么呢？我一时拿不准个主意。

我曾经在地里出过力、流过汗、费过劲，在地里耕种锄耪，在地里挥镰割麦，挨过风吹日晒，领略过什么叫"面朝黄土背朝天"，什么叫"汗滴禾下土"，什么叫"土里刨食"。在我的心里，对土地、对庄稼、对粮食有着一种复杂的难以割舍的情感。可是，我有多少年没有实打实地下地劳作了？有多少年没有再弯着腰割过麦子了？我一边想，一边算，不再下地干活儿大概得有十来年了，而不再弯腰割麦子得有三十来年了吧。

我老早就开始跟着母亲下地干活，春天锄草、间苗，夏天浇地、看水，秋天收割、打场，冬天拉粪、追肥。记忆和印象最深的，是到了六月过麦收的时候，跟着大人们一道儿，早早地起床来到地里，占住两三垄麦子，然后弯下腰来，挥着镰刀往前割。大人们割麦子，轻车熟路：左胳膊伸出去，把一大绺儿麦子拦腰往旁边一揽、一压，露出来麦根，右手的镰刀上来兜住，往后用力一拉，亮闪闪的镰刀刃儿划过，麦子割了下来，地上剩下麦茬，一连串的动作干净、连贯、利落。轮到我们，就满不是那一回事儿了，既没经验，也没力气，一开始还行，学着大人的样子，虽说笨手笨脚的,却干得很卖力。可惜坚持不了多大一阵子,就腻烦起来,单调,反复,枯燥,再加上天热、口渴,力气用去不少,动作也跟着慢了下来,直腰的时候越来越多,越直腰越觉得腰酸背疼。抬头看看,大人们早就割出去老远了,像是鸭子凫水一样,一起一伏地出没在一大片的麦海里,不由得叫苦连天,气急败坏得真想甩了手里这破镰刀,到大树凉儿底下躺着去……

　　我至今还依稀记得左手握住麦子、右手挥动镰刀时的感觉,记得麦穗儿挤在一起窸窸窣窣的干燥的声响,记得镰刀划过麦秆儿时"嚓嚓"的声音,记得从远处树林子里掠过的布谷鸟清澈、激越的叫声,还有荡漾在麦田里的那种只有麦收时节才会有的气味。也记得,刚学割麦子,手抓不住多少,麦子撒在地上,母亲走过来,教我怎样握镰,怎样下镰,怎样收镰,怎样打麦腰子,怎样捆麦个儿。当不小心让镰刀割破了手指、手背或者脚面时,看到鲜红的血珠儿从脏兮兮的伤口处源源不断地渗出来,总也擦不干净时,心"咚咚"地跳着,那份惊慌、怕死的心情,一下子把自己吓得满头大汗,呼天抢地地吱哇乱叫。每逢这时,母亲便又赶紧跑过来,一边埋怨着一边帮着收拾,还一边安慰着,语无伦次地嘟嘟囔囔,我只记得有一句话:"唉,我的老皇天呀,干一个钱儿的'茧儿',要俩钱儿的工!"这些事,这些场景,一幕幕地回想起来,仿佛就是发生在上一年夏天的事。

　　我想,一个在地里挥汗如雨,下过苦力,弯着腰割过麦子的人,和没有干过农活儿的人,是有些不一样的吧。他曾经那样努力地劳作,尝到一个人在六月的日头下晒得头皮发麻、眼冒金星的滋味,尝到挥汗如雨又浑身"滋闹"刺痒的感受,尝到汗水流进眼睛、流进嘴里被咸涩蜇得难受的感觉,然后,他就获得了五谷丰登时那种朴素而真挚的幸福与快乐。——这样的一种幸福与快乐,只有年纪到了,才会深刻而又感性地体会到。劳动教育了他,教他一点点地领悟、理解劳动对于生活、对于成长、对于人生的真正意义;劳动也磨炼一个人的意志,培育一个人的品格,造就一个人的心性。

　　我离开故乡,在外读书、工作三十多年,始终也脱不了乡村的底色,也不愿意脱去。不管是在哪个单位，什么岗位，总是安生、本分，不会耍滑，不去争抢，只安心做自己的事，该咋就咋，不该咋就不咋，不咋也没咋。我喜欢结交的，都是那些诚恳、纯朴、踏实、善良的人。过去单位的好多同事，分开十多年了，也不断线儿；有的退休十多年了，仍保持着联系。他们知道，我是一个在地里弯着腰割过麦子的人。一个在地里弯着腰割过麦子的人，大抵是值得交往与信赖的吧。

写于2019年12月

飞机拉线

乡下天高地阔，我们常能看到天上的"飞机拉线"。一年四季里，不管春夏秋冬，只要天气晴朗，差不多天天都能见到。只不过，在我的印象里，似乎秋天的时候，尤其是秋天的下午，会更多一些。

不上学的时候，我们就拿上小薅锄儿，背上筐子，去村东、村南的地里给家里的猪拔草。乡下的孩子，干得最多的就是去村外拔草、割草。这不算力气活，正适合于我们这样半大的孩子，既力所能及，又可以玩耍，自由散漫，大人不在一旁管束着，偶尔发个废，也不会招来他们生气的喊骂。春天和夏天，我们拔的是蒲公英、灰灰菜、崩锅底、猪耳朵棵子、大叶草什么的，拔回去，倒给猪圈里的小猪。秋天时，蒲墩草、串蔓草长高了、长老了，有的抽穗儿，有的打籽儿，它们的根儿扎得深，抓地也抓得紧，用锄头已经不好对付，得用镰刀割，割下来晒干，找个地方垛起来，到冬天时再磨成草面，然后储存在猪棚房的糠洞子里。——这是家里养的猪在冬天喜欢吃的饲料。一个秋天过去，连割带晒的，像我这么大的一个孩子，得攒出高高的一垛子草，才算是不白吃闲饭。

我常和堂弟秀增一块儿去拔草。我们俩从小就老在一块儿，秀增比我小两岁，我属马，他属猴。我们也好，我们也吵，但没有打过。我好记仇儿，谁要是跟我打了架，要想和好，且得一阵子哩！秀增不好记仇儿。记得有一回，头一天刚吵过，第二天又来找我了，一进院子就喊："咱们去拔草吧！我知道一个秘密的地方，别人还没发现，草又高又厚，咱们弄它满满一车子回来没问题。"他巴瞪着两只小眯缝眼儿，笑嘻嘻的，早把头一天的事忘光了。我虽有些难为情，但也善于就坡下驴，就装着没事，一块儿相跟着，有说有笑地去了……

九月以后的天气，是让人喜欢的。夏天渐渐远去，秋天跟着到来。西北风多起来了，带着凉意，钻进衣袖里，灌进裤腿里，好舒服。下雨的时候少了，空气干燥，天空透明、清澈，蓝得醉人，阳光无遮无拦，照耀着大地。云彩悠闲了许多，在天上浮得更高了、更远了。小河里的水也安静了下来，慢慢悠悠儿地流向前去。大秋庄稼正在成熟，抽穗的抽穗，结桃的结桃，吐缨的吐缨，灌浆的灌浆，鼓荚的鼓荚。我和秀增喜欢去棉花地里拔草、割草，那里开阔，透风儿，不像玉米地里那么闷热。棉花已经打过群尖儿，最后一批花朵开在棉棵的顶上，还在傻呵呵地招摇着，底下，蒜瓣子似的棉桃，一个个由绿色晒成了铁锈色，滴里嘟噜的，沉甸甸地坠着，坠得整个棉棵都喝醉了似的歪斜了。棉垄间，田埂上，长着一片又一片的串蔓子草，顶上抽出了一枝枝像是无线电报话机的天线一样的天穗儿，用手一搂就是厚厚实实的一把。干上一会儿，累了，身上出汗了，就坐在垄沟沿儿上歇一会儿。割下来的草铺在日头地儿里晒着，暖烘烘地散发出浓烈的气味，熏得头微微地有些晕。

闲着时，我喜欢看远处，看天，看天上的云彩。白白的云彩，在西斜的阳光中发些银灰色，慢慢地飘着，慢慢地变幻着形状，飘走了一大团，又飘到头顶上更大的一团，它们一会儿看着像是一匹奔马，一会儿再看，又像一头狮子了，再过一会儿，狮子不见了，游过来一条胖墩墩的大鱼……这景象，正像杜甫《可叹》的头一句所描绘的："天上浮云如白衣，斯须改变如苍狗。"——杜甫肯定也曾像我们这样，痴痴地望过天上的云彩吧。

在我们村正北三十多里地以外，有个大郭村机场，听大人们说是个军用机场，常有飞机搞飞行训练，从那里起飞，先往西，再往南，再往东，从村庄的上空路过，然后又往北，兜完一大圈就回去了。这些飞机飞过去时，会有"呜——"的轰鸣声传过来。那是飞机猛地撞破和搅动干燥的空气发出来的，很粗，很响，震荡着我们的耳朵。大人们曾讲过，这种飞机叫"超音速飞机",飞起来比声音传得还快,所以,天上的轰鸣声就像是被前边的飞机扯着似的,隔上一小会儿,才从后边传来。那巨大的轰鸣声,一阵儿接着一阵儿,轰隆隆地从村庄的上空,从我们的头顶上滚过,我们仰着头儿看飞机,一看就是老半天,看着一架架飞机渐行渐远,渐渐消逝,直到再也看不见。

更让我们喜欢的,是看到"飞机拉线"。又高又远的天上,快速地划过一道或两道笔直的,或是带着优美弧线的白白的长印儿——从一架飞机的尾巴那里,没完没了地喷吐出来雾线。我们两眼紧紧地盯着天空的飞机,眼里只有这架飞机。飞机看上去那么小,有时像是一小片儿三角形的碎玻璃渣儿,有时像是一只飞虫,有时又像是一枚小小的子弹头儿,或疾或徐地从蓝天里滑过,有时有轰鸣的声音,有时则悄无声息。飞机飞过去了,飞远了,飞得看不见了,而留在它身后的白线却还留在那儿,在天空横贯着,渐渐拖长,拖长,像是用老师的白粉笔画到天上去的。然后,像是被风一点点地吹着,白线变得越来越松散,越来越轻淡,越来越模糊,最后融入了无边的蔚蓝。天空仿佛一下子变得空茫,而我们的脖子也扭得发酸了,眼睛也瞪得发花了。揉一揉眼,叹一口气,捡起镰刀,继续去割我们的草。

最好看的,是我们在傍晚时候见到的飞机拉线。飞机向着太阳落山的地方飞去,而它拉出来的白线,被金色的余晖照彻,变成金黄的一束彩带,被红红的晚霞映衬着,跟雨后的彩虹一样绚丽,把我们痴迷的眼睛也照得亮了。

那个时候,年纪小,见识也少。天上的飞机拉线,在我们的眼里,不啻一件奇迹。后来长大了,从书上知道,飞机拉出来的线,其实叫"机尾云"或称"尾迹云",是飞机的发动机喷出高温的气体,迅速与高空的冷空气混合,凝结成小水滴或小冰晶,飘浮在空中,远远地看去,就像一条长长的白线了。这条长长的白线,以优美的姿态,带着炫目的光芒,从村庄的上空划过,也从我们的心上划过。那从天空飞过的一架架银光闪闪的飞机,代表着远方,代表着城市,代表着另一个新鲜、陌生、神秘的世界,也代表着未知、未来和一种超越现实的力量,激励着我们的心比飞机飞得还要高、还要远。

　　乡村少年的心事，就像天上变幻的云彩，谁能说得清楚呢？那个时候，对于我来说，远方除了遥遥一无所有，我还想不明白自己的人生理想，也不晓得自己长大了要做什么，将来会是怎样，但我已经在悄悄地鼓励着自己，用耐心去努力，用勇气去改变，去积累出自己一步步的成长，终有一天会坐着火车、乘着飞机走出去，看看村庄以外的世界的样子……

后记：他年旧事饶相忆

时光如行云流水，人生若白驹过隙。眨眼的工夫，许多年头儿就过去了。那么多的日子，那么多的人，那么多的事，那么多的场景，如一缕缕云烟，渐行渐远，消逝在岁月的深处，被淡漠，被遗忘，被淹没，归于沉寂，悄无声息，了无痕迹。

但总也有许多日子、许多人、许多事、许多场景，在生命里刻下或深或浅的印痕，被岁月收藏，不被记忆遗忘。闲下来时，我喜欢检视、回味这些留在记忆中的片鳞碎甲、点点滴滴，从中认识自己的来路，看到自己真实的存在，体悟天地悠悠、人生苍茫该何去何从。这些回忆，也成为我的写作资源，我选择用文字将它们一一梳理、留存下来。手上的这本书，就是这么来的。

俄国作家陀思妥耶夫斯基曾说："我最担心的一件事，是怕我配不上自己经受的苦难。"——这是有本事的作家才能自信地说出来的话。我已五十多岁，回首所走过的生活道路，总的来说，经历相对简单、平庸、单薄，没有多大的波澜起伏和曲折跌宕，也没有广阔、丰富的社会参与和深沉、厚重的生活阅历。有限的个人经验，有时不免让我捉襟见肘，这是我在写作中经常遇到而不得不面对的苦恼。

我曾听一位杂志主编讲过他的写作观点：作家不可能一直使用第一手经验写作，这样的资源有限且不易短期再生，文学生命长的作家必然会从一手经验向写二手、三手经验转场。他认为，就散文而言，在砌字手艺相当的情况下，在一手生活经验里深度开掘的写作，更容易接通读者的心肺和泪腺。粮食通过酒曲发酵，完全不勾不兑形成的原始酒液叫原浆酒。以此类推，用一手经验创作的散文，就是"原浆散文"。这样的散文，不依赖搜索引擎和文史资料，使用作家的直接人生经验或社会观察，展示了自我打开的诚意和勇气，像乡村酿酒一样使用真本实料，高投入低产出，尤其是经历了沉淀和发酵后，把个人经验和时代烙印融为一体，自是厚重之作。

　　我是惯用一手材料来写作的。我非常佩服那些什么都能写的作家，他们是那么聪明、机灵，即使不熟悉的领域和题材，只消短暂的接触，甚至去走上一趟，就能下笔千言，写得龙飞凤舞、洋洋洒洒。我是个笨人，性子慢，只会老老实实地写自己经历过的，无论是新的印象，还是旧的记忆，只会写自己的生活，写在我的生活中留下刻痕的，我自己受到触动的，温暖和感动过我的心灵的。我的幼年、少年是在农村度过的，经历过生活的艰辛与磨难，遇见过人性的善恶与美丑，追寻过心灵的高贵与富有，承受过世事的挫折和落魄、希望和绝望、空茫和无助，由此也体验和观察到了命运、人生的丰富、复杂与单纯，以及不知归途的诡异和虚妄。我略带忧郁、沉闷的性格，或许正是形成于这样的人生经历，这也成为我写作的源泉与动力。

　　时间走过，留下记忆；沉淀内心，返璞直面。闲在、清宁的余暇里，我被对岁月的忆念抚慰着、温暖着、推动着，一点一点地书写，一笔一笔地记录。多少个深沉的夜晚，笔尖沿着稿纸上一个个方格子铺出来的路跋涉，或是在电脑键盘上时快时慢地敲击着，写下这些文字。这些文字，真实地映现了我在生活中的泪水和微笑、欢欣和惆怅、眷恋和抛开、感动和迷惘。

　　这部书里的文字，许多是写乡村的。这是我一直流连着的土地。我已离开村庄多年，但那里是我毕生的家园，我在村庄里完成了对这个世界的启蒙，那里的生活和记忆，终将贯穿我的一生，那份丰富、饱满和沉实，是一辈子也不可磨灭的。

　　我也写到了城市里的场面以及角落。惭愧，这方面的文字不多。有时我会想到，人生好像兜圈子一样：还在乡下时，远处的城市带着无法言说的神秘，曾是我和像我一样的乡村少年所神往和企盼的。当我终于来到了城市，并且，时间过去三十五六年了，庸庸碌碌、日复一日，城市里的好多东西一直进入不了内心和情感。走在城市里，我心中经常想起的，是故乡的原风景，那些田野、道路、树木、河流，那些阳光、天空、云彩、风雨，那些蛙鸣、蝉声、鸟叫、虫唱，那些泥土、庄稼、牛马、农舍、场院、炊烟，还有村人的布衣布衫，脸上纯朴的笑。遇上下雨，我首先想到的是，哦，这是在浇地呢；听见布谷鸟叫，也马上会想到，哈，快要过麦收了；当金风吹来的时候，我更是欣喜地关注着来自村庄的丰收的讯息……这实在是一种有些奇怪的感觉。

　　一向喜欢诚恳、朴素、真实、干净的文字，喜欢这样的作家，喜欢读这样的书，我自己的书写，也是用心往这上面努力。余光中说，散文最难做假，最逃不过读者的明眼。我对读者的"明眼"，是始终充满敬畏的。写作对于我来说，是回顾与述说，是回望、纪念走过来的路和曾经经历过的生活。许多年过去了，许多东西已经不在，许多东西早已改变，但总有一些东西一直都还在，而且，它们永远都会在，等着遇见，等着你来。收在这部书里的文字，就是一直在等着我的那些东西，它们来自于我个人生活的某个场景、某个片断、某个瞬间，或由若干片断与瞬间剪辑而成，全部都是真实的经历和感受，是岁月给予的馈赠，经历赋予的收获。它们就像晒盐一样，从我走过的路、读过的书，和所爱过的人的经历与识见中，一点一点地析出来，慢慢地结晶出来。但愿它们也能经得起别人们一点一点地品味，耐得住时光慢慢地消磨。

2019年12月，记于石家庄市海德园4号楼